HEYNE <

MAX KORN

TALBERG 1977

Roman

WILHELM HEYNE VERLAG
MÜNCHEN

Sollte diese Publikation Links auf Webseiten Dritter enthalten,
so übernehmen wir für deren Inhalte keine Haftung,
da wir uns diese nicht zu eigen machen, sondern lediglich
auf deren Stand zum Zeitpunkt der Erstveröffentlichung verweisen.

Der diskriminierende Begriff »Zigeuner« soll in diesem Roman nicht verharmlost werden, sondern wird lediglich im Kontext der Erzählung wiedergegeben.

FSC
www.fsc.org
MIX
Papier aus verantwortungsvollen Quellen
FSC® C014496

Penguin Random House Verlagsgruppe FSC® N001967

Originalausgabe 02/2022

Dieses Werk wurde vermittelt durch die
Literarische Agentur Thomas Schlück GmbH, 30161 Hannover
Redaktion: Tamara Rapp
Printed in Germany
Umschlaggestaltung: Sandra Taufer, München unter Verwendung von
Motiven von © Shutterstock.com (Ondra Vacek, sergio34,
Jamie Farrant, ilolab, JungleOutThere)
Satz: Satzwerk Huber, Germering
Druck und Bindung: GGP Media GmbH, Pößneck
ISBN: 978-3-453-42460-9

www.heyne.de

PROLOG
1947

Im Frühjahr entdeckten Waldarbeiter vom Steiner-Hof in einer von den üblichen Wegen abgelegenen Anpflanzung einen Toten. Die arme Seele musste dort in den Wintermonaten hineingeraten und elendig erfroren sein. Das erkannten die beiden Holzfäller auf den ersten Blick, denn ein erfrorener Mensch war in jener Gegend weniger ungewöhnlich als einer, der am Hitzschlag verreckt war. Trotzdem drückten sie mit ihren Äxten abwechselnd testeshalber gegen den leblosen Körper, den die zaghafte Frühjahrssonne noch nicht zur Gänze aufgetaut hatte, bevor sie sich endlich von dem grausigen Anblick lösen konnten und zurück ins Dorf eilten.

Beim Eintreffen der Gendarmerie stellte sich heraus, dass der Zustand der Leiche in zweifacher Hinsicht grauenerregend war. Nicht allein der lang anhaltende Frost hatte dem bedauernswerten Gesellen zugesetzt. Es hatten auch etliche Bissspuren von Wildtieren sein Gesicht unkenntlich gemacht. Des Weiteren wurde bereits am Fundort festgestellt, dass der beklagenswerte Mann nichts bei sich trug, woran man ihn hätte identifizieren können.

Später gab der Leichenbeschauer eine Schätzung über das Alter des Leichnams ab, wobei aufgrund der Umstände allerdings eine Abweichung von fünf bis zehn Jahren möglich war. In der Umgebung oder im Verwaltungsbezirk war niemand von der Statur des Toten im vergangenen Winter als abgängig gemeldet worden, allerdings wurden zwei Jahre nach Kriegsende immer noch viele Männer vermisst. So wurde in der Akte, welche das Polizeikorps zu Wegscheid über den Leichenfund führte, unter anderem vermerkt, dass es sich bei dem erfrorenen Mann mit hoher Wahrscheinlichkeit um einen Kriegsrückkehrer handelte. Zu dieser Annahme führten vorrangig dessen zerlumpte Kleider, die sich nach der kriminalistischen Untersuchung als einstige Wehrmachtsuniform entpuppten, auch wenn sämtliche Abzeichen, die Auskunft über Rang und Bataillonszugehörigkeit hätten geben können, fehlten. Daher wurde letztlich mit Bedauern davon ausgegangen, dass der Erfrorene als eines der zahlreichen Kriegsopfer zu werten war, denen die Heimkehr zu Haus, Hof und Familie nicht mehr gelungen war.

BUCH MARIA

1

1977

MARIA

Sie hatte dem Hund nie einen Namen gegeben. War er vielleicht deshalb so wild und unberechenbar geworden?

Der Hund war vor etwa fünf Jahren in ihre Obhut gekommen. Der Mann, dem er bis dahin gehörte, hatte den dummen Entschluss gefasst, in die Stadt zu ziehen. »Kein Ort für so einen großen Hund«, hatte er kopfschüttelnd gesagt und ihr die Leine in die Hand gedrückt. Und sie hatte nicht Nein sagen können. Der Hund war damals noch jung gewesen und hatte mitleiderregend mit den Augen gerollt. Außerdem hatte der Mann ihr Geld gegeben. Genug, um den Welpen ein paar Monate versorgen zu können.

Ein reinrassiger Deutscher Schäfer, hatte der Mann behauptet und sich dabei so hochnäsig gegeben, als verstünde er etwas von Hunden. Und ein bisschen leidend hatte er getan, offenbar weil sie den Eindruck bekommen sollte, dass das Tier ihm etwas bedeutete. Dabei hatte er sich seither nicht wieder blicken lassen oder sich auch nur nach dem Hund erkundigt. Er nicht und auch sonst niemand in seinem Auftrag. Maria ging davon aus, dass er im Trubel der Stadt das Tier schlicht vergessen hatte. Darum würde es dem Mann, der ein Verwandter vom Steinmetz Hauser war und dessen Gesicht sie sich nicht mehr vor Augen führen konnte, auch nichts ausmachen, wenn der Jäger den Hund heute erschoss.

Die ersten Jahre war er friedlich gewesen. Vorsichtshalber hatte Maria ihn jedoch stets an der Kette gehalten. So ein Hund fing schnell an zu wildern, wenn er zu viele Freiheiten genoss, und sie hatte keine Zeit, auf der Suche nach ihm schreiend durch den Wald zu stapfen. Was hätte sie auch rufen sollen? Der Hund hatte keinen Namen. Außerdem wollte sie keinen Ärger. Wollte nicht, dass er ein Wild riss oder sich gar irgendwelches Vieh von einem der umliegenden Bauernhöfe holte und die Leute dann anklagend mit dem Finger auf sie zeigten, weil sie ihren Hund nicht im Griff hatte. Denn selbst wenn er mit seinem treudoofen Blick zu ihr aufsah, blieb er doch, was er immer gewesen war: ein Raubtier, das seinen Instinkten folgte. Etwas, das so tief und seit Urgedenken in einem steckte, konnte sich einfach nicht ändern. Sie war zu vielem in der Lage, aber etwas Wildes zu zähmen, das nicht gezähmt werden wollte, gehörte nicht dazu. Erst recht nicht, wenn aus dem Wilden eine Bestie wurde.

Im Spätsommer letzten Jahres hatte er sich trotz aller Vorsicht losgerissen und blieb für eine gute Woche verschwunden. Abends hatte sie auf der Bank vorm Haus gesessen, den Waldsaum beobachtet und sich gewünscht, dass der Hund daraus hervorgesprungen kam. Mit aufgestellten Ohren und hängender Zunge. Nach ein paar Tagen jedoch hatte sie ihn aufgegeben und auch nicht mehr nach ihm Ausschau gehalten. Dann, als sie endgültig aufgehört hatte, daran zu glauben, war er zurückgekehrt. Dreckig und verfilzt, mit gekrümmtem Rücken und überall getrocknetem Blut im Fell. Er hatte

Wunden am ganzen Körper, die sie mit heißem Wasser auswusch, während er sie misstrauisch anknurrte.

Er wurde nicht mehr derselbe.

Er winselte nicht mehr vor Freude, wenn sie ihm das Fressen hinstellte, und das Fell wollte er auch nicht mehr gebürstet haben. Und selbst als sie es einmal tat und er es widerwillig hinnahm, kam kein Glanz mehr hinein. Es blieb stumpf – wie der Blick des Hundes. Das, was er durchgemacht hatte, als er alleine im Wald unterwegs gewesen war, und was seine Hundeseele seither quälte, hatte sie nicht wegwaschen oder herausbürsten können. Jemand hatte ihm etwas wirklich Schlimmes angetan. Etwas so Schlimmes, dass er seither nicht mehr mit den Augen rollen mochte. Stattdessen fletschte er sein gelbes Gebiss, wenn sie sich ihm näherte.

Nun legte der Jäger auf ihn an.

Aufrecht stand der Hund auf seiner Hütte und starrte in den Gewehrlauf, als fürchtete er weder Tod noch Teufel. Ein letztes Mal, so schien es, zeigte sich der Hund in ihm, der er einmal gewesen war, weshalb es sie nun erst recht schmerzte. »Lassen Sie ihn erschießen, das ist für alle das Beste«, hatte der Wachtmeister vor drei Tagen zu ihr gesagt. Es war ein Befehl gewesen, keine Bitte. Was die Menschen fürchteten, das vertrieben sie; und ließ es sich nicht vertreiben, brachten sie es um. So waren die Menschen. Sie hatte es nie anders erlebt.

Freilich, ihr gegenüber hatte der Hund das Raubtier in sich all die Zeit über nicht ein Mal zum Vorschein kommen lassen. Dennoch hatte er vor einer Woche einen Menschen angefallen. Die Frau vom Brenner-Bauern, die in den Schwammerln gewesen war und sich dabei auf ihre Seite des Tals getraut hatte. Der Unterarm der Frau war blutig gebissen, und wäre Maria nicht dazwischengegangen … Sie wollte sich nicht ausmalen, was dann mit der dürren kleinen Bäuerin passiert wäre. Nachdem alles vorbei war, hatte Maria die überall verstreuten Pilze aufgesammelt, aber das Bild von der schluchzenden Frau ging ihr nicht aus dem Kopf. Selbst heute nicht.

Dem Tier konnte man natürlich keine Schuld geben. Der Instinkt, dieser verteufelte Instinkt des Wolfs, der in ihm drinsaß, war herausgebrochen wie Eiter aus einer Wunde. War herausgebrochen und hatte die schwache Hundeseele vergiftet.

Wenn man jemanden beschuldigen wollte, dann den Jüngsten vom Brenner-Bauern. Als er vorigen Winter auf seinem Schulweg bei Maria vorbeilaufen musste, weil der Schnee zu hoch und der Weg durchs Tal nahezu einen Monat lang völlig zugeweht war, hatte der Rotzbengel den Hund immer wieder mit Schneebällen beworfen. Der Hund hatte den Geruch des Buben seither in der Nase gehabt. Und der Geruch dieses Feindes hatte das ganze Frühjahr bis hinein in den Sommer in ihm gegärt. Als dann letzte Woche die Mutter vorbeiging, konnte das Tier sich nicht mehr beherrschen, riss sich los und schlug seine Fänge in den dünnen Unterarm der Brennerin. Wenn er es darauf angelegt hätte, dann hätte er den Arm durchbeißen können wie eins der Stöckchen, die Maria ihm manchmal vor die Schnauze gehalten hatte. Davon war sie überzeugt, und das hatte sie auch dem Wachtmeister gesagt. »Das Tier hat nur eine Warnung ausgesprochen«, hatte sie gesagt. *Keine Schneebälle mehr!*

Doch das wollte der Polizist nicht als mildernde Umstände gelten lassen. Weshalb der Hund den nächsten Winter und die Schneebälle jetzt nicht mehr erleben würde.

Der Schäfer stand auf seiner Hütte, sein schwarzes Fell verschluckte die Vormittagssonne. Mit stolzgeschwellter Hundebrust erwartete er den Schuss. Zumindest kam es Maria so vor. Als ahnte er, was ihm blühte, als wüsste er, dass seine Zeit gekommen war. Und als wäre er zu trotzig, um sich winselnd in seiner Hütte zu verkriechen. Er blickte dem Tod aufrecht ins Auge, und ja, der Schein mochte trügen, aber es sah aus, als grinste er dabei.

Womöglich ist er froh, dass er mich verlassen kann, schoss es ihr durch den Kopf. Vielleicht hatte er genug von ihr. Ähnlich wie die Menschen, die es eine Weile lang mit ihr aushielten und dann gingen. Auf die eine oder andere Weise.

Das war natürlich ein dummer Gedanke. Der Hund konnte das gar nichts im Sinn haben. Er war ein Tier, und Tiere dachten nicht auf diese Weise.

Sie nickte dem Jäger zu, der in zwanzig Metern Entfernung an einem Baum lehnte und den Schäfer über Kimme und Korn hinweg anvisierte. Dann drehte sie sich weg, verschwand um die Hausecke, dorthin, wo sie ihre Gemüse- und Salatbeete angelegt hatte. Keinesfalls konnte sie mit ansehen, wie die Kugel den Brustkorb des Hundes zerfetzte.

Der Knall der Büchse hallte laut über die Baumwipfel hinweg, hinauf ins wolkenlose Azur, als sollte der Schuss die Ankunft der Tierseele im Hundehimmel ankündigen. Und nicht nur Petrus, auch der Brenner-Bauer auf der anderen Seite des Tals wusste nun, dass die Bestie, die seine Frau fressen wollte, ein Ende gefunden hatte.

Andererseits ... vielleicht wäre es dem Bauern ja auch ganz recht gewesen, wenn das Tier – statt in den Arm – in die Kehle seines Weibs gebissen hätte. Maria schüttelte die Vorstellung ab; an so etwas wollte sie nicht denken, jetzt, da der Hund wie ein nasser Sack vom Dach seiner Hütte in das zertrampelte Gras dahinter stürzte und sein Blut in die aufgeweichte Erde sickerte.

Sie machte ein Kreuzzeichen und spürte eine Träne über ihre faltige Wange rinnen. Sie hätte ihm einen Namen geben sollen, denn jetzt hatte sie nichts, was sie auf sein Grabkreuz schreiben konnte. Hinterm Haus, unter dem Hollerbusch, wollte sie ihn unter die Erde bringen. Ein schönes Plätzchen, an dem es versöhnlich duftete, sobald der Holunder blühte.

2

Der Pulverdampf hing noch in der Luft, oder sie bildete es sich zumindest ein. Der Jäger saß vor dem Haus und hatte seinen Hut neben sich auf die Bank gelegt. Er reckte das runde, mit Sommersprossen übersäte Gesicht in die Sonne und rauchte. Die geröteten Pausbacken verliehen ihm selbst in seinem Alter noch ein spitzbübisches Aussehen. Sein rotes Haar war voll, nur im Kinnbart kündeten die ersten grauen Strähnen von den vier Jahrzehnten, die er auf seinen breiten Schultern trug. Schweiß glänzte auf seiner Stirn.

»Sicher, dass ich ihn nicht mitnehmen soll?«

Maria schüttelte den Kopf. Sie bot ihm ein Glas von dem Kirschwein an, der seit dem Frühsommer in ihrem Keller reifte, doch der Jäger lehnte dankend ab. Er würde heute noch auf anderes Getier schießen müssen und wollte einen scharfen Blick behalten.

»Und die Grube willst du auch alleine ausheben?«, fragte er stattdessen.

»Was kriegst du?« Sie mochte in seiner Gegenwart nicht weiter darüber nachdenken, wie sie den Hund unter die Erde brachte.

Der Jäger schnippte die Kippe in weitem Bogen ins Gras, dorthin, wo der Schäfer immer mit aufmerksamem Blick über die Lichtung in der Sonne gelegen hatte.

»Wie abgemacht. Ich brauch wieder eine Weste. Der Herbst steht vor der Tür.«

Sie musterte ihn. Er strich sich über den Bart und blinzelte ihr gegen die Sonne entgegen. Seine Augen waren grün wie der Wald, den er durchstreifte.

»Da werde ich noch mal nachmessen müssen, dein Ranzen ist seit letztem Jahr gewachsen.«

Er sah an sich hinunter und zog dabei den Bauch ein. »Wenn du meinst«, antwortete er, und sie merkte, dass er sich in seiner Eitelkeit gekränkt fühlte.

»Aber nicht mehr heute! Komm vorbei, wenn dich das Wild wieder auf meine Lichtung führt. Heute muss ich den Hund begraben.«

Damit wandte sie sich ab.

»Pass auf dich auf«, sagte er, als sie schon fast durch die Haustür war. Sie blieb stehen, ohne sich nach ihm umzudrehen.

»Ich mein nur, jetzt, wo du keinen Hund mehr hast, der dich bewacht.«

Maria drehte den Kopf und suchte seinen Blick, doch er wich ihr aus.

»Im Dorf hat sich jemand nach dir erkundigt. Das hat der Hirscher Franz erzählt, als ich gestern bei ihm in der Wirtsstube gesessen bin.«

Sie schnaubte abwehrend. »Wer sollte von mir was wissen wollen?«, fragte sie und marschierte hinein. Es war nichts Neues, dass im Dorf über sie geredet wurde. Und nur selten kam sie gut dabei weg. Das scherte sie nicht. Erst recht nicht, wenn es um Wirtshausklatsch ging. Davon gab es immer viel, und der größte Teil war in Schnaps getränkter Unsinn. Für Sekunden stand sie unschlüssig vor dem Küchentisch und wusste nicht, was sie hatte tun wollen. Dann fiel ihr wieder ein, dass sie Wolle bestellen musste, wenn sie die Weste für den Jäger vor dem Herbst fertig gestrickt haben wollte. Ihre Finger waren nicht mehr so schnell wie früher, und sobald die Kälte kam, schmerzte jede Bewegung. Besser also, sie fing bald damit an. Dann konnte der Jäger sie überziehen, bevor die ersten Herbstnebel ins Tal drängten. Eine Wolljacke, die ihn wärmte, dunkelgrün wie das Dickicht. Dafür bekam sie einen Rehrücken und zwei Hasen. So wie jedes Jahr. Und die Kugel, die im Herz des Hundes steckte.

Im Haus war es kühl. Die dicken, aus Klaubsteinen gemauerten Wände isolierten gut, sommers wie winters. Sie holte sich ein Glas Wasser und setzte sich an den Tisch, über dem ein paar Fliegen tanzten. Auf der Kuckucksuhr war es kurz nach zehn. Ohne zu trinken, saß sie am Tisch und betrachtete die Muster auf der Wachstischdecke. Alt und fleckig, genau wie ich, dachte Maria. Mit Schnitten, Rissen und Löchern. Sie spähte hoch in den Winkel über der Eckbank, wo das hölzerne Kruzifix hing. Wenn auch ohne den obligatorischen, mit Weihwasser besprenkelten Strauß aus getrockneten Kräutern. Marias Kreuz war blank, nackt wie der Jesus – vom Lendenschurz abgesehen –, der gequält auf sie herabstarrte. Er war nie der Tröster gewesen, den man ihr einst versprochen hatte. Wie oft war sie drauf und dran gewesen, den Gekreuzigten von der Wand zu nehmen und in den Ofen zu schieben. Doch sie hatte sich jedes Mal besonnen. Das Kreuz hing dort in der Ecke, um all jene zu besänftigen, die sich in diese Stube verirrten. Der Glaube war stark unter den Leuten in der Gegend, selbst wenn er in den meisten Fällen geheuchelt war.

Sie wartete, bis sie sicher sein konnte, dass der Jäger zurück in den Wald verschwunden war. Sie wollte ihm nicht erneut unter die Augen treten. Dazu fühlte sie sich im Moment nicht in der Lage, selbst wenn er einer der wenigen war, dessen Gesellschaft sie für eine Weile ertragen konnte. Er war niemand, der unnötige Fragen stellte. Womöglich weil auch er ein Geheimnis in sich barg, das an ihm nagte. Sie wusste nichts Genaues, aber sie spürte, dass ihm ein Schatten auf der Seele lag, der nicht allein davon kam, dass er in den Wald ging, um zu töten.

Müde erhob sie sich und trat in den Hausflur. Gelbliches Licht fiel durch die quadratische Riffelglasscheibe, die auf Sichthöhe in die Haustür eingelassen war. Sie wusste nicht, wie er dort hingekommen war, aber der Spaten fand sich auf dem Schrank wieder, in dem ihr Wintermantel hing. Den würde sie bald wieder hervorholen können, denn hier in der Gegend würde der Kälteeinbruch nicht mehr lange auf sich warten lassen, egal was die Wichtigtuer im Radio behaupteten. Maria lebte bereits ihr halbes Leben in diesem Wald und brauchte keine Wettervorhersage. Sie musste sich auf die Zehen stellen und weit strecken, um den Spaten zu erreichen.

Der Hund lag im Gras, als schliefe er. Nicht einmal der Tod hat ihm seine Würde genommen. Nur die Zunge ragte unnatürlich weit aus seinem Maul. Fliegen umkreisten ihn. Sie löste die Kette von seinem Hals und warf ihm einen Kartoffelsack über. Dann zerrte sie ihn am Haus entlang über die Wiese. Die Gänseblümchen färbten sich rot. Der tote Hund war schwer, aber sie hatte noch Kraft in ihrem alten Leib. Hinterm Haus war es kalt. Die Sonne würde erst nachmittags um die Ecke leuchten. Maria dehnte ächzend ihren Rücken und blickte hinüber zum Waldrand. Seit Längerem hatte sie schon das Gefühl, dass der Wald sie anstarrte.

Im Dorf hat sich jemand nach dir erkundigt.

Nachdem sie ein wenig verschnauft hatte, holte sie den Spaten, der jetzt an der Hundehütte lehnte. Ihr Mund war trocken. Sie hätte das Wasser trinken sollen, doch im Moment wollte sie nicht zurück in die Stube. An den Kappen ihrer Gummistiefel glänzte das Blut des Hundes.

Die Ziegen kamen aus dem Stall, der direkt ans Haus grenzte, und reckten ihre gehörnten Köpfe über das Gatter. Die Braune meckerte. Die Weiße rieb ihren Hals am Holz. Noch gaben sie ausreichend Milch. Seit sie hier draußen lebte, hatte sie stets zwei Ziegen im Stall stehen gehabt. Nun dachte sie immer häufiger darüber nach, dass diese beiden wohl ihr letztes Pärchen bleiben würden.

Nach einer Stunde war das Loch tief genug. Die Erde war weich, trotzdem schmerzte ihr Kreuz. Der Schweiß machte ihre Unterwäsche unangenehm klebrig. Beim Graben war sie auf fünf größere Steine gestoßen, die sie am Rand der Grube aufgeschichtet hatte. Ihre Hände waren voller Lehm. Für einen Moment stand sie still da und lauschte. In den Blättern des Hollerbuschs über ihr raschelte der Wind, drunten im Moor kreischte ein Eichelhäher. Unten im Grab ringelten sich Regenwürmer. Fette, grün schillernde Schmeißfliegen umsummten den Hund. Trotzdem vernahm sie das feine Geräusch, das die nächste Böe an ihr Ohr trug. Sie kraxelte umständlich aus dem Loch und wischte sich die dreckigen Finger an der Schürze ab. Für einen flüchtigen Moment blickte sie zu dem mit Unkraut überwachsenen Schacht des Kellerfensters, dann wandte sie sich dem vom Dorf herkommenden Weg zu, der aus dem Wald heraus auf die Lichtung führte. Die Sonne stand inzwischen hoch, und sie kniff die Augen zusammen. Wie an den allermeisten Tagen erwartete sie auch heute niemanden mehr. Die rechte Hand legte sie auf den Spaten, der in dem kleinen, neben dem Grab aufgehäuften Erdhügel steckte.

3

Das Mädchen saß auf einem Fahrrad. Ihr blondes Haar hatte sie zu einem Pferdeschwanz gebunden, der wild an ihrem Hinterkopf auf und ab hüpfte. Rote Flecken blühten auf ihren Wangen, als wäre sie den langen Anstieg, der durch den Tannenhag führte, zu schnell hinaufgeradelt. Vom Dorf bis zu Maria waren es etwa fünf Kilometer, doch der Weg durch den Wald war schlecht und bestand im Wesentlichen aus zwei Fahrrinnen, in denen oft knöcheltief das Brackwasser stand. Dazu kamen tückische, vom Regen ausgeschwemmte Querrinnen, moosbewachsenes Gestein und gewundenes Wurzelwerk, das sich bisweilen wie ein Netz über den Weg legte. Dem Fahrrad fehlte hinten das Schutzblech. Wer damit durch den Wald fuhr, konnte davon ausgehen, dass ihm der feuchte Dreck bis hoch auf den Rücken spritzte. Gerade heute, nachdem es nachts geregnet hatte und jeder mit gesundem Menschenverstand ahnen konnte, dass ein halber Sonnentag nicht ausreichte, um den schwarzen Waldboden zu trocknen. Aber warum sollte sich Maria den Kopf darüber zerbrechen, ob sich die Dreckspritzer und Flecken aus der weißen Bluse des Mädchens wieder herauswaschen ließen?

Jetzt, da sie fast bei ihr war, erkannte sie in dem Mädchen die Tochter des Metzgers. Wie immer fiel ihr der Name nicht ein. Maria hatte sie ab und an im Laden gesehen, obwohl sie selten dort einkaufte. Das Mädchen bog vom Weg ab und radelte auf sie zu. Schweiß glänzte auf der hohen Stirn. Ihre Haut war hell, so als würde sie tagein, tagaus in der Stube hocken. Zur Bluse trug sie kurze Hosen. Dünne, nackte Beine ragten daraus hervor. Sie hatte die Züge ihrer Mutter, jedoch viel feiner. Aus dem schmalen Gesicht leuchteten die Augen des Vaters, allerdings ohne die Kälte darin. Äußerlich schien sie nur das Beste von den Eltern geerbt zu haben. Maria stellte sich vor, dass die jungen Männer im Dorf bereits um sie herumscharwenzelten.

Das Mädchen bremste mit drei Metern Abstand vor Maria und grüßte schwer atmend. »Ist das der Weg zur Brücke?«, fragte sie und deutete quer über die Lichtung, runter ins Tal. Sie wollte so tun, als wäre sie zufällig vorbeigekommen. Maria betrachtete das Mädchen. Obwohl man hätte meinen können, dass bei ihr täglich Fleisch auf den Tisch kam, war sie dürr wie ein Besenstiel. Andererseits zeichneten sich unter der verschwitzten Bluse bereits kleine Brüste ab, die schon erahnen ließen, das bald eine Frau aus dem hageren Gestell erwachsen würde. Die blauen Augen blinzelten verlegen.

»Was willst du?«, fragte Maria. Es war nicht schwer zu erraten, dass sie den Weg durch den Wald und über die Lichtung mit voller Absicht genommen hatte.

Statt zu antworten, starrte das Mädchen auf den Schwanz des Hundes, der unter dem groben Leinen des Sacks hervorlugte. »Oh. Tut mir leid«, sagte sie.

Jeder im Dorf wusste, was der Hund getan hatte. Maria vermutete daher, dass die Metzgerstochter es nicht aufrichtig meinte. Warum sollte sie bedauern, dass der Hund tot war? Sie hatte ihn nicht gekannt. Konnte jemand, der täglich Schlachtvieh von der Decke hängen sah, überhaupt Mitleid mit einem toten Tier haben?

Das Mädchen legte das Fahrrad ins Gras und kam noch einen Schritt näher. Sie sah sich um, als wollte sie sich vergewissern, dass niemand hinter ihr stand. Unschlüssig kreuzte sie die Beine und blickte auf ihre dünnen Stoffschuhe. In dieser Sekunde begriff Maria, was die Tochter des Metzgers hergetrieben hatte.

»Wie alt bist du?«

Beschämt biss sie auf ihrer Unterlippe herum, bevor sie antwortete. »Bald sechzehn.«

»Das ist früh«, brummte Maria und schaffte es endlich, den Spatenstiel loszulassen, den ihre Finger bisher umkrampft hatten.

»Gehst du noch zur Schule?«

Das Mädchen nickte, und Maria erinnerte sich daran, dass sie selbst in diesem Alter schon seit zwei Jahren in der Backstube hatte schuften müssen. Wie verwöhnt die jungen Leute heutzutage waren!

»Ich schwänze sonst nie, wirklich«, fügte das Mädchen hinzu und vermied angestrengt jeden Augenkontakt.

Dabei hatte Maria gar nicht nach einer Erklärung verlangt. Hier draußen waren die Wochentage nicht so wichtig.

»Und ich hab Geld.«

»Meinst du, das interessiert mich?«, knurrte Maria. »Wie kommst du überhaupt drauf, dass ich dir helfen kann?«

»Eine unserer Verkäuferinnen ... ich habe sie mit einer Kundin tuscheln hören, als sie sich unbeobachtet fühlten ...«

»Gehst du immer danach, was andere Leute tuscheln?«, erwiderte Maria, die ahnte, von wem das Mädchen sprach.

Ihr Gegenüber zuckte mit den spitzen Schultern. »Ich weiß nicht, was ich sonst machen soll. Mein Vater bringt mich um«, fügte sie mit brüchiger Stimme hinzu.

»Das tut er auch, wenn er erfährt, dass du damit zu mir kommst«, erwiderte Maria, dann ging sie an ihr vorbei und ums Haus herum.

Das Mädchen folgte ihr in die Stube. Maria trank das Glas Wasser leer, das immer noch auf dem Tisch stand. Es linderte das Kratzen in der Kehle, aber es kühlte nicht ihr Gemüt. Die Metzgerstochter stand scheu im Türrahmen, die Finger ineinander verschlungen, und blickte sich verstohlen um.

Maria bot ihr nicht an, sich zu setzen. »Wie lange?«, fragte sie stattdessen.

»Seit sechs Wochen«, murmelte das Mädchen, »ich weiß nicht genau.«

»Aber du weißt, wann es passiert ist?« Es lag viel Wut in diesen Worten. Maria sah hoch zum Herrgottswinkel und versuchte ihren Zorn zu bezähmen. Die Schmerzen der Vergangenheit züngelten einem Feuer gleich um ihr Herz.

»Im Urlaub. Wir waren in Italien«, flüsterte das Mädchen, als würde das alles entschuldigen. »Anfang Juli. Ich war ein paarmal allein am Strand ... auch mal nach dem Abendessen.«

»Und?«

»Da waren immer ein paar von den Einheimischen, abends am Meer. Mit Bier und Wein und so ... Einer hatte immer seine Gitarre dabei und hat gesungen. Ich mochte seine Stimme und die fremden Worte ... wir haben uns irgendwie verstanden, ohne dass ich seine Sprache konnte.« Sie starrte unglücklich zu Boden.

Maria nickte. *Dich zu besingen hat ihm aber nicht gereicht.* Wie sie sich anhörte, hatte sich jedenfalls niemand mit Gewalt an der Kleinen vergangen. Aus Marias Sicht machte es das allerdings nicht besser. Ohne ein weiteres Wort schritt Maria hinaus in die Kammer und von dort runter in den Keller. Unten war es kühl. Es roch nach Kartoffeln; in der feuchten Dunkelheit schrumpelten sie vor sich hin und setzten lange Triebe an, die sich bleich aus dem Holzverschlag wanden. Es war höchste Zeit, die neue Ernte einzubringen. Der Schweiß auf ihrem Rücken machte die Kälte hier unten noch spürbarer. Doch sie hatte ihre Ordnung und musste nicht lange suchen. Bevor sie die steinerne Treppe wieder hochstieg, warf sie einen schnellen Blick auf die mit Eisen beschlagene Holztür am Ende des gemauerten Gewölbes.

Die Tochter des Metzgers stand immer noch auffällig exakt am selben Fleck. Möglicherweise hatte sie ein bisschen herumgeschnüffelt, während Maria im Keller war? Nein, eher nicht; vermutlich hatte sie dafür zu viel Angst vor ihr. Vor der *Hexe*. Und selbst wenn, sie hätte sowieso nichts gefunden. Maria stellte das kleine Fläschchen mit dem Kräutertrank auf den Tisch. Durch das dunkelbraune Glas war die Flüssigkeit darin nicht zu erkennen.

»Warte bis zum Vollmond, dann trink das! *Wenn* du dazu bereit bist!«, ergänzte sie und sah dem Mädchen dabei direkt in die Augen.

»Wird es wehtun?«

»Du wirst bluten, aber wenn du es klug anstellst und nicht rumheulst, wird niemand was merken … und ja, es wird wehtun. Was erwartest du, es reißt immerhin etwas aus dir heraus, das mit deiner Seele verbunden ist.«

Das Mädchen bekam feuchte Augen.

»Stell dich nicht so an, das schaffst du schon. Das Töten liegt ja bei euch in der Familie.«

Das Mädchen schluckte laut. Zögerlich nahm sie das Fläschchen an sich und kramte dann in ihrer Hosentasche herum. Sie förderte eine Handvoll Münzgeld zutage, das sie auf den Tisch rollen ließ.

»Nicht ganz fünfzehn Mark«, sagte sie, obwohl sie nie über den Preis gesprochen hatten. »Mehr war nicht in meinem Sparschwein.«

Nicht ganz fünfzehn Mark für einen Engel, dachte Maria erbittert. Eine Summe, die zugleich ihr Eintrittsgeld zur Hölle war. Jesus blickte gepeinigt auf sie herab. Die Metzgerstochter ihrerseits wagte nicht, zu ihm aufzusehen. Über diesen Handel würde sie nicht einmal ihrem Beichtvater berichten, da war sich Maria sicher.

Im nächsten Moment rannte das Mädchen ohne Gruß aus der Stube. Maria lauschte dem Ticken der Kuckucksuhr, die in der Ecke über dem Sofa hing. Ihr Atem ging schnell. Das Alter raubte ihr immer häufiger die Luft. Bald würde man auch für sie eine Grube ausheben. Ihr Blick wanderte hinüber in die Schlafkammer und zur Kellertreppe. Mit einem Kopfschütteln verscheuchte sie die Gedanken, bevor sie ihr noch mehr die Luft abschnüren konnten, und trat in den Flur. Das Mädchen hatte die Haustür offen gelassen. Die Sonne fiel warm auf den Steinboden. In dem lichtdurchfluteten Rechteck, das sich dort abzeichnete, tanzten tausend Elfen.

Auf dem Weg hinters Haus kam sie am Holzlager vorbei. Kam der Winter früh und dauerte er so lange wie der letzte, würden die Scheite nicht ausreichen, die dort entlang der weiß getünchten Hauswand aufgereiht waren. Sie hatte zwar noch einmal so viel davon im Schuppen, dennoch nahm sie sich vor, in den nächsten Wochen immer mal wieder Klaubholz aus dem Wald zu holen.

Der Hund lag noch da. Am Schwanz zog sie ihn in sein Grab. Der Spaten steckte nicht mehr in dem Erdhaufen.

Verdutzt schaute sie sich um, dann fiel ihr ein, dass sie ihn vor der Haustür abgestellt hatte, bevor sie mit dem Mädchen hineingegangen war. Die Göre hatte sie völlig durcheinandergebracht. »Italien«, murmelte sie verächtlich und mühte sich erneut um das Haus herum.

4

Der Himmel färbte sich bereits rot, die Schatten der hohen Fichten waren bis an die Bank vor dem Haus herangekrochen und mit ihnen die Kälte. Wie ein Vorbote des Herbstes, der wiederum nur ein Vasall des grausamen Winters war. Mit dem Winter kam die ungewisse Zeit des Wartens, denn der Tod glitt am liebsten über Eis und Schnee. So würde er zu ihr finden, in dieses verwaiste Tal, in dem sich der Schnee oft bis in den April hinein hielt, ausgerollt für den Tod wie ein Teppich, direkt bis vor ihre Haustür. Ja, er würde es leicht haben, wenn er sie auf seiner Liste hatte. Nicht dass sie sonderliche Angst verspürte. Er war nur einer, der seine Pflicht tat. Und wenn sie an der Reihe war, war sie eben an der Reihe. Sie war jetzt zweiundsiebzig. Hatte zwei Weltkriege überlebt. Zwei Ehemänner, deren Dahinscheiden sie nie groß betrauert hatte. Der erste war für sie ein alter Mann gewesen, als man sie nötigte, sich im Alter von sechzehn Jahren mit ihm vor den Altar zu stellen. Der zweite war der Sohn des ersten und vom Krieg ums Leben gebracht worden. Gefallen in Stalingrad, hatte in dem Brief gestanden, den ihr die Wehrmachtauskunftstelle für Kriegerverluste und Kriegsgefangene geschickt hatte. Danach war sie hier heraus in den Wald gezogen. 1944 war das gewesen.

Erinnerungen an früher ermüdeten. Das kannte sie schon lange, doch mit jedem Jahr mehr auf dem Buckel fand sie es erschöpfender zurückzudenken. Weshalb sie es in der Regel unterließ. Sie konnte sich nicht erklären, warum sie ausgerechnet heute daran dachte. Vermutlich hatte einfach der Tod des Hundes sie durcheinandergebracht. Und müde gemacht – nicht nur im Kopf. Eigentlich war noch viel zu tun, doch die Müdigkeit hatte sie dazu genötigt, sich auf die Bank vor dem Haus zu setzen, um die letzten wärmenden Sonnenstrahlen einzufangen. Nun fand sie nicht die Kraft, sich wieder zu erheben, obwohl die Wärme längst gewichen war. Sie hätte ihre Weste umlegen sollen.

Plötzlich fiel ihr wieder ein, dass sie Wolle bestellen musste. Für die Weste des Jägers. Hauptsächlich dunkelgrüne, dazu ein Knäuel in Grau für den Saum und die Knopfleiste. So mochte er es am liebsten. Morgen kam vielleicht der Postbote vorbei, bis dahin musste sie die Bestellkarte ausgefüllt haben. So würde alles seinen Gang gehen und die Wolle rechtzeitig eintreffen. In drei, vier Wochen wäre sie fertig und könnte dem Jäger seinen Lohn geben. Für die Kugel, die in der Brust des Hundes steckte. Der Hund lag in der Grube, war aber immer noch nicht mit Erde bedeckt. Sie hatte zwar den Spaten wiedergefunden, doch bevor sie wieder hatte nach hinten gehen können, war die Müdigkeit über sie hergefallen wie ein hungriges Tier. Auf dem Sofa unter dem Fenster, das nach Süden zeigte, hatte sie den Mittag verschlafen. Und als sie verwundert aufgewacht war, ließ der Hunger sie nicht an die Arbeit. Also hatte sie die Schwammerl angebraten, die sie gestern gesammelt hatte, und zwei Eier drübergeschlagen. Dazu hatte sie Holunderwein getrunken, der sie ein bisschen schwindelig gemacht hatte. Nach dem Essen war es schon später Nachmittag gewesen, ohne dass sie wusste, wohin die Zeit entschwunden war. Sie hatte noch ein wenig Unkraut gezupft, die Ziegen gefüttert und nach dem Melken die Milch in den Keller gebracht, wo das ganze Jahr über eine gleichbleibend kalte Temperatur herrschte. Einen Eisschrank hatte sie nie gebraucht.

Und jetzt hockte sie vorm Haus und fröstelte. Der Hund würde nicht wieder aus seinem Grab springen. Auch wenn ihr beim Zuschaufeln wieder warm geworden wäre, entschied sie, dass die Arbeit bis morgen warten konnte. Sie sah zum Waldsaum, dorthin, wo die Grenze war, diese scharfe Linie von Licht und Schatten, welche die Geister, Dämonen, die Gnome und Trolle und all die anderen Waldwesen tagsüber nicht zu überschreiten wagten. Zumindest hatten sie es bisher nicht gewagt, und sie hoffte, dass es auch in der kurzen Zeit, die ihr noch vergönnt war, so blieb. Es war etwas anderes, wenn sie selbst in den Wald ging. Dann war sie gewappnet, trug ihre Schutzzauber bei sich und ließ die Angst daheim. Grundsätzlich vermied sie es, nachts zu gehen, und wenn es doch ausnahmsweise einmal geboten war, nach Sonnenuntergang die Lichtung zu verlassen, achtete sie sorgfältig darauf, nicht vom Weg abzukommen. So hatte sie es stets gehalten, und dabei würde sie es auch belassen.

Ja, sie war geschützt, solange sie auf ihrer Lichtung blieb, die sich ganz hinten im Tal schon seit Jahrhunderten gegen den Wald wehrte. Und solange der Tag ihr beistand. Nachts, wenn sie in ihrem Bett lag, war es hingegen durchaus gerechtfertigt, dass sie gelegentlich Furcht beschlich. Zu bestimmten Zeiten, je nachdem, wie der Mond stand und die Vorzeichen zu deuten waren. Beispielsweise zur Tagundnachtgleiche im Frühjahr und im Herbst, aber auch zu den Sonnwenden. Desgleichen in den scharfen Raunächten. Das waren allesamt kritische Tage, auf die sie sich besonders vorbereiten musste. Und im Schlaf, nun, da funktionierte das Hexeneinmaleins ebenfalls nicht, genauso wenig wie Gebete. Wobei sie nicht zum Herrn im Himmel betete wie die anderen Leute um sie herum. Sie war schon seit Jahrzehnten ohne Gottes Segen, was sollte es ihr daher nützen, ihn um seinen Beistand zu bitten, wenn die Halbwesen aus dem Wald kamen, die diese Religion ohnehin verleugnete?

Was mache ich mir überhaupt Gedanken darüber? Die Jahre lassen mich immer wunderlicher werden.

Der Wald hatte zwei Gesichter, das hatte sie früh gelernt. Von der Wegebauerin, die einst jenseits des Dorfes gelebt hatte. Beinahe ebenso abgelegen wie sie, wenn auch mit einer großen Familie um sich herum. Wenn sie je mit Wehmut an jemanden aus dem Dorf dachte, dann an diese besondere Frau, die so viel über die Natur, den Wald und diejenigen wusste, die dort zwischen den schwarzen Stämmen ihr Unwesen trieben. Jene dunklen Wesen, die Kinder oder Seelen raubten, falls ihnen danach zumute war. Wenn diese Waldwesen es darauf anlegten, eine alte Frau zu necken oder sie gar zu rufen, konnte sie nur wenig dagegen machen. Und stets kostete es immense Kraft, ihnen zu trotzen. Daher war sie bestrebt, sich gut mit ihnen zu stellen. Sie nicht zu verärgern oder gar zu reizen. Doch sie wusste sehr wohl, sollten die Geister jenseits des Waldsaums sich irgendwann entschließen, sie dennoch zu sich zu holen, würde kein Menschenzauber dieser Welt sie aufhalten können. Erst recht keiner von der Hand eines Pfarrers, der sich dazu berufen fühlte, im Namen des Heilands zu handeln.

Leider hatte sie jetzt auch keinen Hund mehr, der anschlug und sie warnte, wenn das Böse im Wald sich regte.

So wie der Gott im Himmel bisweilen gerecht sein mochte, so wohnte auch im Wald die Güte. Tatsächlich war es so, dass diese Güte zumeist überwog, sonst hätte sie es kaum derart lange hier draußen ausgehalten. Der Wald behütete sie, schirmte sie ab von der Welt dahinter. Und er gab ihr zu essen. Ja, wenn man sich darauf verstand, hielt er einen in jeder Hinsicht am Leben. Und sie verstand sich sehr wohl darauf, mit dem Wald in Einklang zu leben.

Mit einem tiefen Seufzer stemmte sich Maria von der Bank hoch. Sie hatte die Klinke der Haustüre schon in der Hand, als eine Ahnung sie durchfuhr. Sie kam auf der Windböe dahergeritten, die sanft und doch deutlich über ihren Nacken strich. Rasch drehte sie sich noch einmal um. Ihre Hand zuckte hoch bis zu ihrem Herzen und legte sich darüber, als wollte sie verhindern, dass es ihr vor Schreck aus der Brust sprang. Sie kniff die Augen zu Schlitzen zusammen, doch das änderte nichts. Der Jäger und das Mädchen würden nicht ihr einziger Besuch heute bleiben, so ungewöhnlich das auch war. Am Ende der Lichtung, dort, wo ein schmaler Pfad vom Westen her durchs Gehölz führte, stand ein kopfloser Riese, in schwarze Schatten gehüllt.

5

Maria schluckte, ihre Hand über dem Herzen zitterte. Nun war es nicht mehr nur ein Frösteln, das ihr mit eisigen Fingern über ihre Haut strich. Die plötzliche Kälte verlangsamte den Fluss ihres Blutes und den Lauf der Zeit. Vom Moor her stiegen erste Nebelgeister aus dem feuchten Gras. Auf dem Gartenzaun hockte eine Krähe und musterte sie abschätzend. Der Riese machte einen Schritt aus dem Schatten heraus. Maria schluckte ein weiteres Mal, obwohl ihr Mund viel zu trocken war, um noch Speichel hervorzubringen. Im feuerroten Licht, das schräg durch die Bäume leuchtete, erkannte sie ihren Irrtum.

Ein kopfloser Riese. Innerlich immer noch zitternd, kam ihr der Gedanke in der nächsten Sekunde lächerlich vor. Der Mann trug einen Rucksack, der ihn überragte. Er winkte. Kurz nur, als wäre es ihm peinlich, ihre Lichtung betreten zu haben. Maria rührte sich nicht. Oder sie konnte nicht. Der Spaten lehnte immer noch an der Hauswand. Griffbereit. Erdklumpen klebten an dem abgenutzten Blatt.

Der Mann schob seine Daumen unter die Träger des Rucksacks und näherte sich langsam. Er lächelte, aber sie mochte es nicht. Nicht das Lächeln und nicht diese unruhigen Augen. Er würde die Lichtung überqueren und runter zum Bach gehen, zu der Brücke, die ihn auf die andere Talseite brachte.

Jedenfalls wünschte sie sich, dass er genau das tat. Am besten, ohne sie anzusprechen.

Doch er blieb stehen. Mit fünf Schritten Abstand und eingehakten Daumen. Die Blechtasse, die unten am Rucksack hing, schaukelte hin und her.

»Grüß Gott!«

Maria presste die Lippen aufeinander. Sie musste zu ihm aufblicken. Für den Moment meinte sie ihn zu erkennen. Die Art, wie er die Schultern hängen ließ, den Oberkörper leicht nach vorne gebeugt. Die Augen, auch wenn sie deren Farbe im schwindenden Abendlicht nicht ausmachen konnte. Doch sie musste sich irren. Ganz gewiss. Diesen Mann hatte sie in der Gegend noch nie gesehen.

Mit dem Kinn deutete er runter zum Bach. »Geht's dort weiter?«

Sie nickte. Der Mann blinzelte. Zu oft hintereinander für jemanden, der gesund war. Ein Nervenleiden vielleicht. Früher hatte man solche Krankheiten aus dem Krieg mitgebracht. Aber Krieg gab es schon lange nicht mehr. Zumindest nicht hier. Und der Mann war viel zu jung, um im letzten Krieg gekämpft zu haben.

»Ist es noch weit bis Talberg?«

An guten Tagen schaffte sie es in eineinhalb Stunden bis ins Dorf. Trotz des Rucksacks, der ihm schwer am Rücken hing, würde der Mann schneller vorwärtskommen. Er war groß und kräftig und vermutlich nicht älter als vierzig. Die Fältchen um die Augen deuteten darauf hin, genau wie das blonde Haar, das schon licht wurde, auch wenn er es so trug, wie die jungen Leute es heutzutage taten: zu lang über den Ohren und mit breiten Koteletten, die sich runter bis zum Kinn zogen. Doch seine langen Beine würden ihn tüchtig voranbringen.

»Eine Stunde, wenn Sie sich nicht verlaufen«, sagte sie. Ihre Stimme klang fremd und rau in ihren Ohren.

Er spähte hoch in den Himmel, der sich mit immer mehr Rottönen schmückte. Von Osten zogen feurig angestrahlte Wolken auf.

»Dann gerate ich ins Dunkel«, überlegte er laut. »Ist der Weg denn gut begehbar?« Er sprach wie die Leute aus der Stadt. Vielleicht kam er auch von weiter her.

»Hie und da ein paar Wurzeln«, antwortete Maria und bereute sofort, nicht gelogen zu haben, als sie bemerkte, wie er zum Schuppen hinüberlinste. Sie folgte seinem Blick, und die Kälte kroch in ihr Herz zurück. Und die kam nicht vom Schreck über sein Auftauchen. Es war die schwarze Kälte, die ihre Seele überzog und in der die Erinnerungen an Furcht und Leid festgefroren waren. Sie hielt die Hände nah am Körper, damit der Mann nicht mitbekam, dass sie zitterten.

»Schön haben Sie es hier. Leben Sie schon lange an diesem wunderbaren Fleckchen?«

»Sehr lang«, antwortete sie.

»Und ... und das gehört alles Ihnen? Das Haus und die Wiese drum rum?«

Maria schwieg, was den Mann jedoch nicht davon abhielt weiterzureden. »Ich gäbe vieles darum, so einen Rückzugsort zu haben. In dem Schuppen, lagern Sie dort Heu?«

Das Heu für die Ziegen und das Feuerholz für den Ofen, dachte sie, sprach es aber nicht laut aus. Außerdem verwahrte sie dort die Sense, zwei Äxte, mit denen sie das Holz spaltete und zu handlichen Scheiten hackte, und noch ein paar andere Werkzeuge, die vor sich hin rosteten.

»Bestimmt haben Sie dort drinnen Ihr Heu«, fuhr der Mann fort. »Ich kann es beinahe riechen. Meinen Sie, ich könnte im

Heu übernachten? Ich würde Ihnen natürlich was geben ... für die Umstände. Und für das heiße Wasser und die Milch, falls das für morgen früh möglich wäre. Ohne Kaffee komme ich nicht in die Gänge. Aber keine Angst, den rühre ich mir selber zusammen.« Er klopfte gegen den Rucksack. »Bin bestens ausgestattet.« Er blinzelte so schnell, wie er redete. »Natürlich nur, wenn Sie damit einverstanden sind ...«

Maria wusste nicht, womit sie einverstanden sein sollte. Damit, dass er im Heustadel schlafen wollte oder dass sie Milch und Wasser abgeben sollte. Sie fühlte sich verwirrt und überfordert, und das machte ihr Denken langsamer.

»Es gibt nur Ziegenmilch«, sagte sie, weil ihr nichts Besseres einfiel. Sie kannte einige, die bei Ziegenmilch das Gesicht verzogen.

Leider verzog der Städter nicht das Gesicht, stattdessen holte er einen Geldschein aus der Hosentasche und wedelte damit herum. Zwanzig Mark. Viel zu viel für eine Nacht im Heu und einen Krug Ziegenmilch. Die Leute jenseits des Waldes wurden immer verrückter.

»Geben Sie Ihrem Herzen einen Stoß! Und einem müden Pilger eine Unterkunft!«

»Pilger?«, wiederholte sie den seltsamen Ausdruck, den sie kannte und doch auch wieder nicht. Sie hätte den Mann eher einen Vagabunden genannt. Und jetzt, da er so bestimmt verlangte, im Schuppen übernachten zu dürfen, wuchs ihr Argwohn noch mehr.

»Ja, ja, ich weiß. Pilgern. So nennen es sonst nur die, die einmal im Jahr nach Altötting raufbeten und dabei auf den Sündenerlass hoffen. Klar, bis Altötting sind es von hier an die einhundert Kilometer, da kann man bestimmt so einiges büßen und bereuen. Aber stellen Sie sich vor, in Spanien soll es einen Weg geben, der ist zehnmal so lang. Ich hab da vor einer Weile drüber gelesen, übers Pilgern nach Santiago de Compostela. Schon mal davon gehört? Von Santiago?«

Sie schüttelte den Kopf. Die vielen Worte des Mannes machten sie schwindelig wie ein zu schnell getrunkenes Glas Hollerwein.

»Verstehe. Wie auch immer, auch diese lange Strecke nehmen Leute neuerdings wieder in Kauf. Jetzt, da man wieder runterkann nach Spanien, weil die Kommunisten fort sind.« Er winkte ab. »Aber das ist eine andere Geschichte, damit wollte ich gar nicht anfangen. Trotzdem, einmal quer durch Spanien, das ist doch irre, oder? Das hat mein Interesse geweckt. *Beten mit den Füßen*, verstehen Sie? Ich hab mir gedacht, das könnte man mal ausprobieren. Also, nicht unbedingt nach Altötting, in so einer Prozession mit zig anderen. Und auch nicht durch Spanien. Ich meine, selbst ohne die Kommunisten gibt's ja keine Garantie, dass man denen trauen kann. Jedenfalls, ich habe mir gedacht, Beten mit den Füßen, wenn man es ehrlich meint, dann könnte das doch auch hier bei uns funktionieren. Durchs hiesige Land ziehen und Gott begegnen. Sie glauben doch an Gott?«

Maria nickte schnell. Der Mann war zweifelsohne nicht bei Sinnen.

»Na ja, wie Sie sehen, ich habe mich getraut. Hab meinen alten Barras-Rucksack vom Speicher geholt und bin los. Pilger voraus!« Er lachte schrill.

»Und, haben Sie ihn getroffen?«, wollte Maria wissen.

»Wen?«, fragte der Mann mit dem Rucksack leicht irritiert.

»Gott.«

Er hob den Zeigefinger und wackelte damit herum. »Ha, jetzt haben Sie mich aber erwischt! Sie haben recht, noch sind es bloß die Füße, die mir wehtun und meinen Marsch bereuen. Aber vielleicht bin ich einfach noch nicht weit genug gepilgert, damit auch die Seele nachzieht und zur Besinnung kommt.«

Sein Redeschwall stockte; vermutlich wartete er darauf, dass sie ihn fragte, wie lange er schon unterwegs war. Den Gefallen tat sie ihm aber nicht.

»Wissen Sie«, begann er daher nach ein paar Sekunden wieder, da er offenbar einer war, der das Schweigen nicht ertrug, »neben einer gewissen Wegstrecke, die man bewältigen muss, um in die Nähe von Gott zu gelangen, ist sicher auch eine gewisse Art von Isolation nötig. Und Stille. Stille und Natur. Das ist meine Theorie, verstehen Sie?«

Dann wird es schwer für dich, dachte Maria, darauf bedacht, keine Miene zu verziehen.

»Aber nach so einem langen, in sich gekehrten Marsch, braucht es natürlich auch ein Bett. Ein Bett für eine geruhsame Nacht, die einem neue Kräfte bringt. Und so ein Bett im Heu, das hat zudem was Demütiges. Der freiwillige Verzicht auf eine bequeme Matratze wird Gott doch sicher beeindrucken, meinen Sie nicht?« Sein Grinsen wurde noch breiter. »Genau das fehlt mir noch. So habe ich mir meine besinnliche Pilgerreise vorgestellt. Eine Nacht im Heuschober, wunderbar. Die wird der Herrgott mir bestimmt anrechnen.«

Maria blieb stumm.

»Und Ihnen auch«, sagte er. »Gastfreundschaft ist immens wichtig beim Pilgern. Ein Pilger ist immer willkommen. Das sehen Sie doch auch so?«

Auch dazu hatte sie nichts zu sagen.

Der Mann wedelte mit seinen großen Händen. »Ich weiß, ich weiß, ich rede zu viel, das ist ein Fehler von mir, aber auch dagegen könnte mir diese Wanderung helfen, denken Sie nicht? Ich gehe in mich und finde Stille, draußen wie drinnen.«

Sie hatte keine Antworten für ihn. Alles, was sie sich im Moment wünschte, war, dass er sich in Luft auflöste. Dass sie in der nächsten Sekunde blinzelnd auf der Bank aufwachte und feststellte, dass sie in der Abendsonne eingenickt war. Aber die Sonne war weg. Der große Mann ragte vor ihr auf, und der Wind, der ein paar bleigraue Regenwolken aus dem Böhmischen herüberblies, brachte die Blechtasse an seinem Rucksack wieder zum Schaukeln. Trotz seines vielen Geredes über Gott erschloss es sich ihr nicht, wieso er unbedingt in ihrem Schuppen nächtigen wollte. Er würde es auf jeden Fall ins Dorf schaffen, bevor es dunkel wurde. Doch ehe sie reagieren konnte, drückte er ihr den Zwanziger in die Hand, und ihre Finger schlossen sich darum. Das war viel Geld. Viel zu viel jedenfalls für eine Nacht im Heu.

»Ich richte mich dann mal ein«, verkündete er und marschierte hinüber zum Schuppen, der nur mit einem Holzpflock im Riegel verschlossen war. Dort drin gab es nichts, was man hätte einsperren müssen. Abgesehen von ihrem Frieden. Doch den konnte sie vor diesem Fremden offenbar nicht schützen.

Der Pilger verschwand in der Dunkelheit des Holzverschlags. Sie wusste nicht, wann sie dort drinnen zuletzt aufgeräumt hatte. Ob ihm der Hackklotz im Weg stand oder gar die Sense achtlos im Heu lag und er sich daran in Arm oder Bein schnitt, wenn er sich darin zur Ruhe bettete. Aber was ging das sie an? Wenigstens war er nicht auf die Idee gekommen, sich bei ihr im Haus einzunisten. Darüber konnte sie froh sein und sich mit dem Rest abfinden. Immer noch schlug ihr das Herz bis zum Hals. Sie hatte ihn nicht nach seinem

Namen gefragt. Eine Weile lang stand sie noch vorm Haus und wartete darauf, dass ihr die Beine wieder gehorchten. In einer Stunde würde es dunkel sein – und es roch nach Regen.

Der Hund hätte angeschlagen, lange bevor der Mann auf die Lichtung getreten wäre. Vielleicht hätte ihn das Bellen von einer Annäherung abgehalten? Aber jetzt lag der Hund in der Grube hinterm Haus.

Der Wind wurde stärker und löste schließlich ihre Starre. Mit bedächtigen Schritten ging sie ins Haus und sperrte gegen ihre Gewohnheit die Tür hinter sich schon am helllichten Tage ab.

6

Es klopfte. Sie sah auf die Kuckucksuhr. War es ihm schon zu unbequem zwischen dem Heu und Stroh, das er sich mit Mäusen und womöglich auch mit der einen oder anderen Ratte teilen musste? Widerwillig legte sie das Strickzeug beiseite und erhob sich von ihrem Stuhl. Das Wollknäuel hüpfte davon, rollte über die Tischkante und hinterließ einen dunkelgrünen Faden, der seinen Weg unter die Eckbank kennzeichnete. Sie würde sich später danach bücken, entschied sie und trat aus der Stube in den Flur. Durch das Glas in der Haustüre sah sie die Umrisse des Pilgers. Hatte er ihren Abend nicht schon genug durcheinandergebracht? Was wollte er jetzt noch von ihr?

Sie drehte den Schlüssel und öffnete die Tür einen Spalt. An seinem Ohr vorbei blitzte der Mond durch ein Loch in der Wolkendecke. In vier Tagen würde er voll sein.

»Sie haben nicht zufällig ein Bier für mich?«

Sie schüttelte den Kopf.

»Was anderes vielleicht? Ein Schnäpschen? Und ein bisschen Gesellschaft? Drüben redet nur der Wind mit mir«, sagte er und deutete mit dem Kinn Richtung Schuppen. »Es ist ein bisschen gruselig, muss ich zugeben, mit den Äxten und den ganzen anderen Werkzeugen an den rostigen Haken überall an den Wänden.«

»Holunderwein«, sagte sie, und er bekam leuchtende Augen.

»Prima!«

Es verstrichen ein paar Sekunden, bevor sie Platz machte und ihn einließ. Er zog den Kopf ein, als er durch die Tür in die Stube trat, und dann noch einmal unter dem Holzbalken, der die Zimmerdecke trug. Seine Statur war zu groß für die niedrige Bauweise von einst. Interessiert blickte er sich um, nickte wohlwollend, als hätte er genau das erwartet, was er zu sehen bekam.

»Gemütlich«, kommentierte er, dann hockte er sich ungefragt auf ihren Platz und schob ihr Strickzeug zur Seite.

Sie sagte nichts, betrachtete ihn nur, bis er verlegen grinste.

»Holunderwein?«, wiederholte er ihr Angebot. Maria nahm einen Steinkrug von der Anrichte über dem Spülstein und ging damit in den Keller. Sie hatte den Wein in einem großen Bottich angesetzt, der in einem der Holzregale stand. Intensiver Blütenduft stieg ihr in die Nase, als sie den Deckel anhob. Mit einer Kelle schöpfte sie den Krug zu drei Vierteln voll. Das musste genügen. Bevor sie wieder nach oben ging, überprüfte sie das Vorhängeschloss des Gewölbekellers, der sich unter dem hinteren Teil des Hauses erstreckte.

Der Pilger lümmelte auf dem Stuhl. Seine Beine waren zu lang, um sie bequem unter den Tisch stecken zu können, weshalb er sie mitten in die Stube hineinragen ließ. Das spärliche, gelbliche Licht der einzigen Lampe im Zimmer reichte nicht aus, um alle Ecken auszuleuchten. Maria brachte ein Glas mit zum Tisch, das sie zusammen mit dem Krug vor ihn abstellte.

»Sie lassen mich jetzt doch nicht alleine trinken?«, fragte er in gespielter Empörung.

Ohne eine Antwort zu geben, rutschte sie ihm gegenüber auf die Eckbank und sah zu, wie er sich einschenkte. Bevor er trank, hielt er das Glas mit dem zitronengelb schillernden Holunderwein gegen das Licht. Schwebteilchen wirbelten darin umher, obwohl sie ihn durch ein Leinen gefiltert hatte. Der Pilger zögerte nur kurz, dann trank er das Glas in schnellen Zügen leer.

»Hervorragend«, lobte er und schenkte sich nach. »Und Sie wollen wirklich nichts?«

Maria verschränkte die Finger und presste die Lippen fest aufeinander. Wie viel Unwillen musste sie ihm noch zeigen, damit er sie endlich in Ruhe ließ?

»Liegt es an der Einsamkeit hier draußen, dass Sie nicht besonders redselig sind? Oder waren Sie schon immer so verschlossen? Sind Sie vielleicht sogar deshalb hier in den Wald gezogen, damit Sie nicht ständig in die Verlegenheit kommen, eine Unterhaltung führen zu müssen?« Er griff über den Tisch und legte seine übergroße Hand auf die ihren. Es kostete sie Überwindung, ihn nicht wegzustoßen.

»Aber ich versteh Sie.« Er nickte wissend. »Ich kann mir gut vorstellen, dass ich auch mal so werde. Verschlossen im Alter. Weil es einfach auch mal genug ist, wenn das ganze Leben lang Abermillionen Wörter aus meinem Mund geflossen sind.« Er lehnte sich wieder zurück und trank vom Holunderwein. Doch diesmal nur einen kleinen Schluck.

»Es wäre nur schön. So ein ungezwungenes Gespräch, meine ich, das den Abend kurzweilig macht. Gehört es Ihnen, dieses Haus?«

Das hatte er vorhin schon wissen wollen, und sie ärgerte sich über diese dreiste Neugier kaum weniger als über seine unverfrorene Berührung vorhin. »Meiner Tante«, sagte sie und bereute sogleich, dass sie es ihm verraten hatte. Außerdem wusste sie es nicht einmal mit Sicherheit. Tante Bruni war tot.

Ebenso wie Mathilde. Und jetzt stieß dieser dahergelaufene Schwätzer sie darauf, dass sie sich nie ernsthafte Gedanken darüber gemacht hatte, wem dieses Haus überhaupt gehörte. Konnten Tote ein Haus besitzen? Unruhig verlagerte sie das Gewicht auf der Bank.

»Ihrer Tante also«, wiederholte der Pilger und lachte. »Na, die muss dann ja schon uralt sein.«

»Genug Wein«, entschied sie, stand auf und griff nach dem Krug.

Er wedelte abwehrend mit den Händen. »Entschuldigung, ich wollte Sie nicht beleidigen. Ist mir so rausgerutscht. Ihre Tante, wo wohnt die denn?«

Maria drückte den Krug mit dem Holunderwein gegen ihren Bauch, trug ihn zum Spülstein und stellte ihn hinein.

»Ach, kommen Sie, jetzt seien Sie nicht nachtragend!« Er klang ein wenig verzweifelt, was sein Gehabe noch seltsamer machte, ohne dass sie genau sagen konnte, was sie störte.

»Ich will jetzt ins Bett«, erklärte sie bestimmt.

Der Pilger schnitt eine beleidigte Grimasse und erhob sich. »Na, dann eine gute Nacht«, sagte er. Mit eingezogenem Kopf und zwei langen Schritten war er aus der Stube.

Gleich darauf hörte sie, wie er die Haustür hinter sich zuwarf. Nein, dachte sie, dieser Mann hatte sich nicht aufgemacht, nach Gott zu suchen. Sie ärgerte sich, dass sie noch immer nicht nach seinem Namen gefragt hatte. *Aber er wollte ja auch meinen nicht wissen*, schoss es ihr in den Sinn. Bloß war das nicht die einzige Ungereimtheit, die ihr durch den Kopf schwirrte wie ein aufgeschreckter Nachtfalter.

Womöglich braucht er meinen Namen gar nicht erfragen, weil er ihn bereits kennt.

7

Der Regen trommelte auf das Blechdach ihrer bescheidenen Behausung. Sie war daran gewöhnt. Seit über dreißig Jahren hatte sie unter keinem anderen Dach mehr geschlafen. Und an die Jahre davor vermied sie jede Erinnerung. Jedenfalls verwehrte ihr das stete Trommeln des Regens, das ihr sonst so vertraut war, heute den Schlaf. Aber vielleicht war es auch der Mann im Schuppen, der sie zudem davon abgehalten hatte, den Hund unter die Erde zu bringen. Nun würde die mühsam ausgehobene Grube mit Regenwasser volllaufen.

Wie spät mochte es wohl sein? Oder wie früh?

Wenn sie zu Bett ging, verschloss sie das Türchen des Kuckucks, damit er nachts nicht herauskam. Jetzt sehnte sie sich nach seinem blechernen Rufen, das jede volle Stunde verkündete. Sie wollte wissen, wann diese verteufelte Nacht, in der sich die Dämonen und Waldgeister weit auf die Lichtung wagten, endlich ein Ende hatte. Womöglich waren sie sogar schon am Haus. Sie hielt den Atem an. War da nicht ein leises Kratzen an der Haustür? Sie zog die Decke bis hoch zum Kinn, obwohl ihr ohnehin schon viel zu heiß war unter den dicken Daunen. Wiederholt zählte sie die Tage bis zum Herbstäquinoktium am 23. September. Nein, bis dahin war es noch einige Zeit, weshalb sie die brodelnde Unruhe aus dem Dickicht des Waldes auch nicht verstand.

»Einbildung, alles Einbildung«, murmelte sie.

Mathilde hätte jetzt gebetet. Und dabei ihre Hand gehalten. Vielleicht sogar eine Wetterkerze angezündet, auch ganz ohne Gewitter.

Mathilde. Eigentlich vermied sie es, an ihre Cousine zu denken. Doch diese rastlose Nacht machte das unmöglich. Maria versuchte sich daran zu erinnern, wann genau Mathilde gestorben war. Wie viele Winter seither ins Land gegangen waren.

Das Grab. Sie musste das Grab richten, wenn sie das nächste Mal ins Dorf ging. Wenigstens das war sie ihr schuldig.

Mathilde war immer so verwirrt gewesen. Eine verlorene Seele in dieser unbarmherzigen Welt, in der sie beide hatten aufwachsen müssen. Ihre Cousine hatte all das weit weniger gut verkraftet als sie. Ja, sie musste unbedingt nach Mathildes Grab sehen. Wann war sie zuletzt auf dem Friedhof gewesen? Den ganzen Sommer nicht. Die Hyazinthen und Veilchen, die sie im Frühjahr gepflanzt hatte, mussten längst vertrocknet sein.

Da! Wieder ein Geräusch. Sie zuckte zusammen, umkrampfte ihre Bettdecke. Was sie diesmal vernommen hatte, unterschied sich von dem leisen Krallengescharre der Waldgeister. Und es kam nicht von draußen. Maria schloss die Augen und wünschte sich, das auch mit den Ohren tun zu können. *Verfluchte Nächte.* Das Knarren der Holzdielen verriet den Eindringling erneut. Sie spürte, wie der Schweiß ihre Haut klebrig machte. Es war ein Fehler gewesen. Ein Fehler, von Anfang an.

8

Noch war es dunkel draußen. Aber der Regen hatte aufgehört. Ihr Rücken war nass geschwitzt. Sie musste eingeschlafen sein. Trotz der Geister, die in ihr Haus eingedrungen waren. Jetzt konnte sie jedenfalls nicht mehr liegen bleiben, obwohl die Müdigkeit wie Blei ihre Knochen füllte. Mühevoll schob sie ihre Beine über die Bettkante. Die Matratze hing schon seit einer Ewigkeit durch, sodass sie in einer tiefen Kuhle lag. Ihr Rücken hatte sich damit abgefunden, nur war es jeden Morgen schwer, dieser Vertiefung zu entkommen. Heute besonders. Es war kalt in der Stube. Die Uhr zeigte halb sechs. Maria stemmte sich hoch und warf sich ihren Morgenmantel über, der über dem Fußende des Bettgestells hing. Kurz hielt sie inne, bis sie sicher war, dass der Schwindel sie nicht zu Boden warf. Sie befreite den Kuckuck. Dann schlurfte sie hinaus in den Gang. Bevor sie zur Toilette abbog, ging sie zur Haustür. Der Schlüssel steckte, aber es war nicht abgeschlossen. Dabei war sie sicher, dass sie zugesperrt hatte, denn immerhin beherbergte sie in ihrem Schuppen einen Fremden. Unmöglich, dass sie so nachlässig gewesen sein sollte. Aber das Alter konnte grausam sein, ließ einen oft glauben, etwas getan zu haben, obwohl man es gar nicht getan hatte.

Und was, wenn doch? Wenn sie den Schlüssel gedreht hatte? Zwei Mal, so wie sie es auch sonst zu tun pflegte, wenn die

Anzeichen für eine umtriebige Nacht stark waren. Maria dachte an die Geräusche. Den Traum. Den Traum, der sie schweißnass hatte werden lassen. Den Traum, der vielleicht keiner gewesen war.

Nachdem sie sich gewaschen hatte, schürte sie ein. Setzte Milch und Wasser auf. Die Milch kochte, als sie aus dem Keller zurückkam. Sie nahm den Topf vom Herd, schöpfte das Häutchen ab und goss einen Teil der Milch in einen kleinen Tonkrug. Sie sah über ihre Schulter in die Ecke über dem Esstisch. Jesus erwiderte leidend und dennoch gleichgültig ihren Blick.

Draußen war es frisch. Der Regen der Nacht hing schwer an den Gräsern auf der Wiese. Doch die Wolken waren verschwunden. Die Luft war klar, und man konnte schon den Winter schmecken. Nur ganz leicht, aber es war keine Frage. Er war im Anmarsch. Sie ging hinüber zum Schuppen und stellte die heiße Milch und einen Blecheimer mit Wasser auf den Steinsockel neben dem Eingang. Dabei fiel ihr ein, dass der Pilger auch heißes Wasser verlangt hatte, in das er sein Kaffeepulver rühren wollte. Sie hatte noch einen Topf voll auf dem Herd stehen, doch es widerstrebte ihr, den Weg ein zweites Mal zu machen. Sie lauschte am Tor. War da ein leises Schnarchen zu hören? Sie war nicht sicher. Ohne zu klopfen, drehte sie sich um und ging zurück ins Haus.

Sie machte sich Frühstück. Der frisch gemahlene Kaffee duftete verlockend. Auf jeden Fall besser als das Pulver, das der Mann im Schuppen dabeihatte. Vielleicht würde sie ihm einen anbieten, falls er in absehbarer Zeit aus dem Heu gekrochen kam.

Mit dem dampfenden Becher setzte sie sich an den Tisch. Die Glühbirne in der Lampe über ihr flackerte. Die Leitungen waren nie sonderlich gut gewesen. Bei Gewitter drehte sie stets alle Sicherungen heraus. Während sie Zucker in den Kaffee löffelte, dachte sie an die Tage zurück, als sie völlig überraschend Strom bekam. Wie lange lag das zurück? Fünfzehn Jahre etwa. Plötzlich tauchten Männer in blauen Arbeitsanzügen auf, die Masten aufstellten und Leitungen durch den Wald bis zu ihrem Haus zogen, ohne dass sie jemals etwas dergleichen angefordert hätte. Die Arbeiter, die damals die Leitungen spannten, konnten ihr nicht sagen, wieso sie einen Stromanschluss erhielt. Ebenso wenig der Elektriker, der die Kabel ins Haus gelegt und die Zimmer mit Steckdosen und Schaltern versehen hatte. Er hatte seinen Auftrag, mehr wusste er nicht. Und sie solle froh sein und sich nicht beklagen.

Jedenfalls war dieser unerwartete Anschluss sehr bald zu einer deutlichen Erleichterung für sie geworden. Gleichzeitig hatte sie sich aber auch eine ganze Weile schrecklich darüber gesorgt, dass ihr bald Rechnungen vom Stromwerk zugestellt werden würden, die sie vielleicht nicht begleichen konnte. Dann würde man ihr diesen Komfort wieder wegnehmen. Doch bis heute hatte sie nie auch nur eine Geldforderung erhalten – und dachte mittlerweile auch nicht mehr darüber nach. So hielt sie es mit vielen Dingen.

Gehört es Ihnen, dieses Haus?

Sie verbrannte sich die Zunge am heißen Kaffee. Schnell biss sie in das Honigbrot, das sie sich geschmiert hatte. Die klebrigen Finger wischte sie an der Schürze ab, dann zog sie die Schublade unter dem Tisch auf und holte die Bestellkarte für die Wolle und einen Stift heraus. Im schwachen Schein der aufgehenden Sonne füllte sie die Karte mit großer Sorgfalt aus. In der obersten Schublade der Kommode neben dem Sofa fand sie ein paar Münzen, genug für das Porto. Darin lag auch das Geld des Mädchens, fünfzehn Mark für einen Engel; und dazu der Zwanziger, den ihr der Pilger aufgedrängt hatte.

Es war kurz nach halb sieben, als sie erneut aus dem Keller zurückkehrte und das Tablett auf die Anrichte neben dem Spülbecken stellte. Jetzt hätte sie für gewöhnlich den Hund gefüttert. Für einen kurzen Moment übermannte sie eine tiefe Traurigkeit, die sie dazu zwang, sich erneut an den Tisch zu setzen. Sie entdeckte einen Tropfen Honig auf der Wachstischdecke und tupfte ihn mit dem Zeigefinger auf. Nachdem sie ihn eine Weile betrachtet hatte, lutschte sie ihn von der Fingerkuppe. Danach fühlte sie sich kräftig genug, um erneut nach draußen zu gehen.

Noch lag die Lichtung im Schatten. Die Milch und der Eimer mit dem Wasser standen immer noch auf dem Fundamentstein vor dem Schuppen. Die Milch war bestimmt schon ausgekühlt. Maria griff nach dem Spaten, der an der Hauswand lehnte.

9

Lange bevor der Briefträger auf ihre Lichtung fuhr, hörte sie das Knattern seines Mopeds aus dem Wald. Sie erwartete ihn auf der Hausbank sitzend. An ihren Fingern klebte noch Erde. Er hielt an der üblichen Stelle und schwang sein Bein über den Sitz, ohne den Motor auszumachen. Aus dem Auspuff quollen Rauchwolken, es stank nach verbranntem Öl. Die blaue Jacke mit den Schulterklappen und die graue Hose hätten ihn zu einem eleganten Mann gemacht, wäre er nur zwei, drei Spannen größer gewesen. So sah er immer aus, als müsste er noch in seine Postbotenuniform hineinwachsen. Er lüpfte seine Dienstmütze, unter der er seine gerötete Glatze verbarg. Freundlich nickte er ihr zu. Sie betrachtete seine roten Wangen und die blauen, suchenden Augen, die von feinen, hellblonden Wimpern umrahmt waren; man sah sie nur, wenn man ganz genau hinschaute. Er kam seit so langer Zeit zu ihr, dass sie sich kaum mehr an seinen Vorgänger erinnern konnte. Nur daran, dass dieser stets mürrisch gewesen war, während der jetzige Briefträger immer gute Laune hatte. Selbst im Winter, wenn er den Weg zu Fuß machen musste und daher mindestens zwei Stunden später dran war. Er vollführte immer die gleichen Bewegungen. Klappte mit dem Fuß den Ständer des Mopeds nach unten, schwang sein Bein elegant über den Sattel, zog danach seine Uniformjacke glatt und rückte die ausladende Ledertasche zurecht, die ihm an einem breiten Riemen um den Leib hing. Seit Jahren dieselbe Choreografie.

Maria stand auf und ging ihm entgegen. Mit einem unguten Gefühl lugte sie kurz zum Schuppen hinüber. Das Tor war geschlossen. Im Riegel steckte der Holzpflock. Sie schüttelte den Kopf, um ihre Gedanken beisammenzuhalten. Aus ihrer Tasche zog sie die Bestellkarte und das Kleingeld.

»Ich hab einen Brief für dich«, sagte der Postbote und stand stramm, als hätte er ein höchst amtliches Schreiben zu überbringen. Ohne hinzusehen, griff er in seine altgediente Ledertasche und zog einen Umschlag daraus hervor.

»Von wem?«, fragte sie überrascht.

Er hielt ihr den Brief entgegen. »Kein Absender«, antwortete er. »Das halte ich für sehr fahrlässig. Aber die Leute werden immer schlampiger, nicht nur, was ihre Postsendungen angeht.«

Ihre Finger zitterten leicht, als sie das Kuvert entgegennahm. Die Adresse war mit Schreibmaschine getippt. Sie zögerte, steckte ihn dann aber schnell in die Tasche vorne an ihrer Schürze. Für einen kleinen Moment wirkte der Postbote enttäuscht. Vielleicht weil sie den Brief nicht sofort vor seinen Augen öffnete.

»Brauchst du wieder Wolle?«, fragte er nach ein paar Sekunden.

Sie nickte und reichte ihm die Karte und die Münzen. Er steckte beides ein. »Dann sehen wir uns nächste Woche«, verkündete er, setzte sich aufs Moped, klappte den Ständer ein, rückte erneut die Posttasche zurecht, gab Gas und folgte dem Weg hinunter ins Tal. Sie sah ihm nach, als er zwischen den Bäumen in der Senke verschwand. Noch für eine Weile lauschte sie dem Knattern des Zweitaktmotors, dann wurde es endgültig vom Wind verschluckt.

»Ein Brief«, murmelte sie, und plötzlich war ihr, als steckte statt dem Umschlag ein Felsblock in der Schürze.

10

Noch bis Mittag war sie hinterm Haus zugange. Die Sonne brannte so heiß vom wolkenlosen Himmel, als wollte sie den Sommer ein letztes Mal mit Macht zurückbringen. Sie schwitzte. Das Kreuz tat ihr weh. Auf dem kleinen Acker, der den Teil der Lichtung einnahm, auf den am längsten die Sonne schien und der sich sanft abfallend hinunter ins Tal erstreckte, warteten die Kartoffeln darauf, aus der Erde geholt zu werden. Sie verschob es auf morgen. Das Wetter würde bis zum Ende der Woche halten, sie hatte keine Eile. Nicht, was die Kartoffelernte anging.

Maria stellte den Spaten in den Schuppen. Der Pilger hatte den Hackklotz zur Seite gerollt, das konnte sie aus den Abdrücken auf dem staubigen Boden lesen. Sie nahm die Mistgabel von ihrem Haken hinter der Tür und lüftete das Heu. Darin war immer noch der Abdruck des großen Mannes zu sehen, der keine Ziegenmilch mochte und sie ohne Abschied wieder verlassen hatte. Ein seltsames Verhalten, das ihr allerdings durchaus zupasskam. Jetzt war es, als wäre er nie hier gewesen. Den Milchkrug und den Wassereimer nahm sie mit ins Haus.

Sie wusch sich. Dann entschied sie, dass es an der Zeit war, sich um ihr Haar zu kümmern. Über die Jahre war es schlohweiß geworden. Sie löste es und dröselte den Zopf auseinander, um es durchzukämmen. Dafür brauchte sie keinen Spiegel. Sie hatte sich nie sonderlich gern angesehen. Auch nicht, als sie noch jung gewesen war. Vielleicht weil sie so anders war als die Leute aus der Verwandtschaft. Anders als Bruni und Mathilde. Sie hatte auch nichts von ihrem Vater, nicht dieses Pausbäckige der Leiners, worüber sie insgeheim froh war, auch wenn sie den Gedanken lange Zeit für unziemlich gehalten hatte. Doch nicht das Aussehen bestimmte einen Menschen, das hatte der Wald sie gelehrt. Leider hielten es die meisten Leute, die sie kannte, genau mit dem Gegenteil und konzentrierten sich allein auf das Äußere. Wie auch immer, jedenfalls gab es in der Bäckersfamilie sonst niemanden mit so hohen Wangenknochen und so dunklen Augen. Die musste sie von ihrer Mutter geerbt haben, genau wie das dichte, einst tiefschwarze Haar, das so schwer zu zähmen war. Schon vor etlichen Jahren war jede Farbe daraus gewichen, doch es reichte ihr immer noch weit den Rücken hinunter. Sie wusste, dass viele ältere Frauen es sich heutzutage kurz schneiden ließen. Vermutlich der Einfachheit halber. Sie selbst hatte nie darüber nachgedacht. Hatte nie in Erwägung gezogen, mit dem Bus nach Wegscheid zu fahren, um dort einen Friseursalon aufzusuchen. Natürlich brauchte man Geduld, um das lange Haar zu kämmen, aber es war die einzige Eitelkeit, die sie sich jemals gegönnt hatte – und gewissermaßen immer noch gönnte. Heute ließ sie sich sogar noch mehr Zeit. Immer wieder sah sie hinüber zum Tisch, auf dem der Brief lag. Ungeöffnet. Sie hatte überlegt, ihn in die Reste des Feuers zu werfen, das noch vom frühmorgendlichen Anheizen vor sich hin glomm. Ihn zu verbrennen, obwohl sie nicht wusste, was er enthielt. Nicht einmal wusste, wer ihn abgeschickt hat. Wann war zuletzt ein Brief bei ihr eingetroffen?

Nachdem der Zopf wieder straff gebunden und zu einem Dutt hochgesteckt war, erledigte sie im Haushalt ein paar Dinge, die es nicht nötig hatten, erledigt zu werden. Fortwährend redete sie sich dabei ein, nicht zu wissen, wer ihr geschrieben hat. Jedes Mal, wenn ihr Blick Richtung Tisch irrte, fühlte sie einen kalten Hauch über ihr Herz streichen. Niemand schickte ihr heutzutage Post. Abgesehen von dem Versender, bei dem sie ihre Wolle bestellte und der ihr noch immer einmal im Jahr einen Katalog zukommen ließ. Und das Amt natürlich, doch selbst die hatten schon lange nichts mehr von ihr gewollt. Niemand dachte mehr an sie. Auch nicht zu Weihnachten.

Plötzlich fragte sie sich, wann sie selbst zuletzt ein paar Zeilen für jemanden übrig gehabt hatte. Wie lange es her war, dass sie dem Briefträger etwas anderes als Bestellkarten für Wolle oder neue Stricknadeln in die Hand gedrückt hatte. Jedenfalls seit ihre Tante tot war. An Tante Bruni hatte sie gelegentlich geschrieben. Wenige kurze Sätze darüber, wie es ihr ging, wie weit die Kartoffeln waren oder dass eine der Ziegen weniger Milch gab als die andere, obwohl sie das Gleiche zu fressen bekamen. Maria hatte sich grundsätzlich kurzgefasst, weil die Worte schon immer recht zäh aus ihr herausgeflossen waren. Brunis Korrespondenz war im Vergleich zu ihrer ausführlich gewesen. Sie war die Schwester ihres Vaters und Mathildes Mutter. Und sie war vor vielen, vielen Jahren von Talberg nach Passau gezogen.

Hinausgeekelt wurde sie.

Die Streitigkeiten hatten schon vor dem Krieg angefangen und sich hingezogen, bis er vorüber war. Genau genommen hatte der Zwist nie wieder ein Ende gefunden, auch nach Georgs Tod nicht. Maria spürte einen leichten Druck auf der Brust, als ihr bewusst wurde, dass alle Menschen, die ihr nahestanden, mittlerweile verstorben waren. Dass nur noch sie übrig war.

Fast!

Zögernd setzte sie sich an den Tisch, nahm den Umschlag und roch dran. Tatsächlich, sie hatte sich nicht getäuscht. Ihre Nase war noch gut, weit besser als Augen und Ohren. Der Geruch war keine Einbildung, und sie hatte ihn bereits erahnt, als der Postbote ihr den Brief entgegenstreckte. Und natürlich war das der Grund, warum sie den Brief immer noch nicht geöffnet hatte.

Hatte sie nicht gestern noch an Mathilde gedacht? Mathilde, die nach dem Zerwürfnis mit ihrer Mutter eine Weile bei ihr gewohnt hatte. Und die dann gestorben war, weil sie die falschen Schwammerl gesammelt hatte. Maria war an diesem Tag als Erntehelferin drüben beim Brenner-Bauern gewesen, der schon damals viele Apfelbäume hatte. Drei Tage lang war sie im Morgengrauen hinübergewandert auf die andere Talseite, um Äpfel zu pflücken, während Mathilde alleine zu Hause war. Offensichtlich waren ihrer Cousine diese drei Tage lang geworden, weshalb sie schließlich alleine auf Schwammerlsuche gegangen war. Maria hatte ihr zwar genau eingebläut, welche sie unbesorgt mitnehmen konnte und welche sie lieber stehen lassen sollte, aber Mathilde war seit jeher zerstreut gewesen. Auch schon vor dem Streit mit ihrer Mutter. Bevor die Sache mit dem Kind passiert war.

Es war ein grausiger Anblick gewesen, wie sich Mathilde in Krämpfen wand. Kaum hatte Maria die Pilzabfälle hinten auf dem Misthaufen inspiziert, wusste sie, dass es zu spät für ihre Cousine war.

Sie wischte den Gedanken fort. Der Brief zwischen ihren Fingern zitterte. Wann war sie eigentlich zum Tisch gegangen und hatte danach gegriffen? Sie atmete tief ein, und die Hand wurde ruhiger. Es hatte lange gedauert, bis Hilfe für Mathilde eingetroffen war. Schon allein, weil sie zu Fuß eine Stunde brauchte, um zum Riedl in die Schreinerei zu gelangen, zum damals nächstgelegenen Telefon, von wo aus sie einen Notruf hatte absetzen können. Nach den Sanitätern war auch die Polizei eingetroffen. Aber man hatte ihr keine Schuld gegeben. Mathilde war eine erwachsene Frau gewesen, sie hatte essen können, was immer sie wollte.

Bedächtig holte Maria ein Messer aus der Schublade und schlitzte das Kuvert auf. Der Geruch nach Rosen wurde intensiver. Sie bekam eine Gänsehaut auf den Unterarmen und spürte ein leichtes Stechen in den Schläfen, als wäre ein Wetterumschwung zu erwarten. Tatsächlich fühlte sie sich sogar genötigt, sich umzudrehen. Aber außer ihr war niemand in der Stube.

Sie setzte sich an den Tisch, auf den Stuhl, auf dem gestern Abend der Pilger gesessen hatte. Mit angehaltenem Atem faltete sie den Brief auseinander. Die Handschrift war unverkennbar. Sie brauchte nicht extra in die Schlafkammer zu gehen und in der alten Truhe nach den letzten Schreiben zu suchen, um einen Vergleich zu haben. Nein, sie erinnerte sich genau an die Schwünge und Bögen und die leicht nach links fallenden Buchstaben. Maria musste das feine Papier mit beiden Händen festhalten, um überhaupt etwas lesen zu können. Früher hatte sie auch die Adresse mit Füller geschrieben. Das war der einzige Unterschied. Weshalb Maria bis zuletzt, bis zum Aufschlitzen des Kuverts und Auseinanderfalten des Briefs immer noch Hoffnung gehabt hatte, dass sie sich täuschte. Doch nun war die Sache klar.

Die zweite Überlegung erübrigte sich ebenfalls. Der Brief hatte keinen Irrweg hinter sich. Er war nicht lange Jahre verschollen gewesen, war nicht irgendwie beim Sortieren durch einen Beamten der Bundespost hinter dessen Schreibtisch gerutscht und nun nach all der Zeit zufällig wiedergefunden worden. Bei Aufräumarbeiten, weil besagter Postbeamte einen neuen Sortiertisch bekommen hatte. Das Datum oben rechts in der Ecke widerlegte auch diese letzte Möglichkeit. Nein, der Brief war vor fünf Tagen verfasst worden.

Es war eine Ewigkeit her, dass Maria zuletzt einen Brief von ihrer Tante erhalten hatte. Doch nun schrieb Bruni wieder. Aus ihrem Grab heraus, in dem sie seit zwei Jahrzehnten lag.

Liebste Maria!

Verzeih mir, dass ich so lange nichts von mir hören ließ. Ich war krank und mitunter nicht in der Lage, einen Füller zu führen. Genau genommen war ich zu kaum etwas in der Lage, befand mich in einem Zustand, den ich als menschenunwürdig bezeichnen möchte. Wenn Du so willst, hatte ich alle Hände voll damit zu tun, am Leben zu bleiben. Auch deinetwegen, liebste Maria. Denn was soll aus Dir werden, sagte ich mir jeden Tag in dieser schweren, schicksalhaft langen Zeit, wenn ich nicht mehr bin? Wer soll seine schützende Hand über Dich halten?

Ich hoffe, das Haus ist noch in passablem Zustand. Wenn ich zurückdenke, wann ich zuletzt einen Handwerker beauftragt habe, um nach dem Rechten zu sehen, wird mir ganz mulmig zumute. Es regnet hoffentlich nicht durchs Dach?

Nein, ich denke, ich kann mich nach wie vor darauf verlassen, dass Du alles ordentlich und sauber hältst, so wie Du es immer getan hast. Alles hat stets gut funktioniert, liebste Nichte. Abgesehen von der Sache mit Mathilde. Aber keine Angst, ich mache

Dir deswegen keine Vorwürfe. Das habe ich nie, und Du wirst auch künftig keinerlei Klagen von mir hören. Auch wenn es mir das Herz zerreißt, wenn ich an meine geliebte Tochter denke. Dass ich jetzt über sie schreibe, macht es doppelt schwer. Doch sei versichert, ich gebe Dir keine Schuld. Gott hat sie zu sich gerufen. Es steht mir nicht zu, diese für uns so schmerzliche Entscheidung infrage zu stellen.

Liebste Maria, das Schreiben strengt mich an, leider bin ich immer noch nicht völlig genesen und ermüde schnell. Nicht nur körperlich. Auch der Geist schreit schon nach Ruhe, weshalb ich es für heute bei diesen wenigen Zeilen belasse. Doch ich verspreche, dass Du bald wieder von mir lesen wirst. Wenn Du Hilfe mit dem Haus brauchst, scheu Dich nicht, mir einen Brief zu schicken. Ja, ich bitte Dich sogar darum. Lass mich wissen, was Du auf dem Herzen hast! Sende ihn an die unten stehende Adresse, damit er mich auch sicher erreicht. Pass auf Dich auf, enttäusche mich nicht und bis bald!

In Liebe
Bruni

Maria war mehr als verunsichert. War es möglich, dass Tante Bruni wirklich noch lebte? Aufgrund des weiten Wegs war Maria nicht auf der Beerdigung gewesen. Sie hatte überhaupt nicht gewusst, wie sie mit dem Bus nach Passau hätte fahren sollen. Wo sie hätte umsteigen müssen. Und selbst wenn sie es bis in die Stadt geschafft hätte, wäre sie wohl kaum in der Lage gewesen, den Friedhof zu finden. Vor allem, weil es dort mehrere gab, wie sie gehört hatte. Leider hatte ihr auch niemand angeboten, sie mitzunehmen, sofern die Verwandtschaft aus Talberg überhaupt den langen Weg auf sich genommen hatte.

Jetzt, da sie darüber nachdachte, fiel ihr wieder ein, dass sie vom Tod ihrer Tante ohnehin erst über einen Notar erfahren hatte. Und als dieses Schreiben eintraf, war es zu spät gewesen, der Sarg längst unter der Erde. Sie musste dieses amtliche Schreiben finden, um sich selbst zu beweisen, dass sie nicht verrückt war. Dass es diesen Brief nicht geben konnte, weil Tante Bruni doch tot war.

Die nach der Unterschrift aufgeführte Adresse sagte ihr nichts. Eine Postfachnummer in Passau. Auch das kam ihr seltsam vor. Sie dachte darüber nach, ob es sich bei der Ziffernfolge wohl um einen Friedhof handeln mochte. Oder besser, um ein Grab dort, weil die Friedhöfe in der Stadt ja so groß waren, dass die Leute den Gräbern Nummern gaben, damit die Angehörigen wussten, wo sie suchen mussten.

Sie schüttelte den Kopf. Das war doch Unsinn, was sie sich da gerade zusammenreimte. Oder?

Mit den Fingern zählte sie nach, wie alt Tante Bruni jetzt wäre, und kam auf beinahe neunzig. So alt konnte man durchaus werden.

Inzwischen erinnerte sie sich dunkel, dass sie den Brief des Notars verbrannt hatte. Aus Gram darüber, dass Gott ihr die Tante genommen hatte. Und jetzt sollte alles nicht wahr sein? Warum hatte Bruni so lange gewartet, um richtigzustellen, dass sie nicht unter der Erde lag? Nein, das war ihr im Moment alles zu viel.

Sie legte den Brief in die Schublade und stemmte sich hoch. Ihr war, als trüge sie eine Last auf den Schultern, so schwer wie die Bündel Brennholz, die sie in jüngeren Jahren aus dem Wald geschleppt hatte. Sie feuerte den Ofen an und verbrannte das Kuvert. Doch das half nicht dabei, den Brief aus ihren Gedanken zu vertreiben.

11

Eigentlich war es zu spät. Sie würde auf dem Rückweg in die Nacht hineingeraten. Aber sie hatte es einfach nicht länger in der Stube ausgehalten. Immer wieder war ihr Blick zum Tisch gewandert, zu der Schublade, in der dieser vermaledeite Brief lag. Deshalb hatte sie schließlich, als es nicht mehr zu ertragen war, beschlossen, ins Dorf zu gehen. Sie hatte ihren Rucksack übergeworfen, in dem sie sorgfältig die drei handtellergroßen Laibe Ziegenkäse verstaut hatte; die wollte sie dem Krämer anbieten. Dazu eine Flasche mit Quellwasser, falls sie Durst bekam. Außerdem steckte sie das Geld ein, das ihr die Metzgerstochter und der Pilger überlassen hatten. Die Sonne war immer noch stark, auch wenn sie bereits tief über den dunkeln Kiefernwipfeln im Westen stand, als sie losmarschierte. Sie nahm den Weg durch den Wald, der sie auf halber Höhe am Tal entlang führte, ohne dass sie jedoch wegen des noch dichten Laubdachs und der eng stehenden Sträucher je einen Blick in die grünen Auen rechts von ihr erhaschen konnte. Zumindest auf den ersten zwei Kilometern. Schwarzes Wasser stand bisweilen knöcheltief in den Furchen rechts und links des Grasstreifens. Sie trockneten selbst im Hochsommer nie aus. Moose und Flechten säumten den Rand des Weges. Das dichte Gras in seiner Mitte reichte ihr bis zu den Knien und war noch immer feucht vom nächtlichen Regen.

Sie fühlte, wie der Stoff ihres Rockes sich vollsog und immer schwerer wurde; Feuchtigkeit sickerte allmählich auch in ihre Schuhe. Doch es geisterten so viele wirre Gedanken durch ihren Kopf, dass sie all das nur beiläufig wahrnahm.

Der Wald war niemals still. Im Laub, das schon sein sattes Grün verloren hatte, raschelte der Wind. Die bis jetzt darauf verbliebenen Regentropfen sprangen plätschernd von Blatt zu Blatt dem Waldboden entgegen, auf den sie schließlich in stetem Trommeln trafen. Hinzu kamen die Gesänge der Vögel. Das Rauschen des Baches, das vom Tal heraufdrang. Das Knacken kleiner Zweige, die brachen, weil jemand oder etwas sie entzweitrat. Selbst das Wachsen der Bäume, Sträucher, Gräser und Pilze verursachte Geräusche. Geräusche, mit denen Maria vertraut war. Deshalb hörte sie auch ohne große Anstrengung das heraus, was nicht in die ihr bekannte Symphonie des Waldes passte.

Maria blieb stehen und horchte. Sie hatte sich nicht getäuscht. Irgendwo vor ihr, hinter der nächsten oder gar übernächsten Biegung, entfernte sich jemand von ihr. Aufgeschreckt richtete sie ihre Aufmerksamkeit auf den Weg. Ja, nun sah sie es deutlich. Das Gras war niedergetreten. Weil sie so in Gedanken versunken gewesen war, hatte sie die Spuren vorher nicht beachtet. Sie trat in einen der Abdrücke vor ihr, die von einem großen, schweren Schuh stammen mussten. Sie dachte an den Pilger, doch dem hatte sie einen anderen Weg gewiesen. Die Spuren lagen weit auseinander, was auf lange Beine oder einen eiligen Schritt hindeutete. Jemand, dem es pressierte. Der schnell aus dem Wald hinaus oder sich von ihr entfernen wollte, um nicht gesehen zu werden. Konnte das sein? Sie erinnerte sich an das Gefühl, das sie unlängst wieder verspürt hatte. Dass jemand sie aus dem Wald heraus beobachtete. Nicht etwa ein Troll oder Waldgeist, sondern … womöglich ein Mann mit großen Schuhen und langen Beinen. Erst als Maria keuchend die Luft einsog, wurde ihr bewusst, dass sie den Atem angehalten hatte. Wer sollte sich für sie interessieren? Sie drehte sich um, schaute in die Richtung, aus der sie gekommen war. Wie lange lief sie schon in der unbekannten Spur?

Vielleicht war es ja auch nur ein Holzarbeiter, ein Schwammerlsucher. Oder der Jäger, der zufällig ihren Weg gekreuzt hatte. Nein, der wusste sich leise und unauffällig zu bewegen. Sie steckte ihre Hand in die Jackentasche und befühlte das Pilzmesser, das sie immer griffbereit bei sich trug, wenn sie in den Wald ging. Die Klinge war kurz, aber scharf.

Mit gespitzten Ohren ging sie weiter.

Die Spur endete, als das Gras grobem Schotter wich. Gleich darauf öffnete sich der Wald. Dort, wo eine Kreuzung mehrere Möglichkeiten schuf, den Weg fortzusetzen. Sie spähte die Abzweigungen hoch und hinunter, ohne etwas zu entdecken, was dort nicht hingehörte. Links hatte der Dobl-Bauer, dem dieses Stück Wald gehörte, gefällte Bäume gestapelt, die er sicher vor dem Winter noch abtransportieren würde. Rechts ging es runter ins Tal, und eine neue, starke Brücke, die man auch mit Traktoren und schweren Anhängern befahren konnte, führte über den Bach. In einer Astgabel der großen, weit über dreihundert Jahre alten Buche, unter der auf einem Granitsockel ein geschmiedetes Kruzifix stand, hämmerte ein Buntspecht sein lautes Stakkato. Die Herbstsonne zeichnete eine scharfe Kante auf den Kiesweg, trennte die Welten des Lichts und die der Schatten voneinander.

Maria überquerte die Kreuzung, trat damit aus dem Schatten ins Licht und setzte ihren Weg fort. Nun war der Blick wieder frei, über das Tal hinüber auf den Gegenhang. Auf die

Wiesen, die sich dort erstreckten, auf die Höfe der Bauern und die blau schimmernden Wälder darüber, die den Berg hinaufwuchsen. Der Veichthiasl, wie die Leute aus der Gegend ihn nannten, thronte als kegelförmige Erhebung über allem und überragte sämtliche anderen Berge im weiteren Umkreis. Auf seinem Gipfel stand ein Turm, den sie von ihrer Position aus allerdings nicht sehen konnte, weil hohe Fichten ihn verdeckten. Einmal hatte sie sich die verwitterten Holztreppen hoch bis auf die Aussichtsplattform gewagt. An einem wolkenverhangenen Tag, an dem zu vermuten war, dass es sonst niemanden dort hinaufzog. Sie hatte recht behalten. Sie war allein geblieben in der kurzen Zeit, die sie dort oben verbracht hatte. Die Höhe war schwindelerregend, und die schroffen Felsen am Fuß des Turms schienen bereit zu sein. Mathildes Tod hatte damals noch nicht lange zurückgelegen. An diesem Tag hätte sie ihr folgen können.

Maria schüttelte heftig den Kopf, um die Erinnerung zu verscheuchen. Seither war sie nie wieder oben am Turm gewesen, mied es stets, bis hinauf zur Bergspitze zu steigen, sofern sie sich überhaupt in diesen Teil des Waldes wagte, der sich an die steilen Hänge des Veichthiasl schmiegte. Sie wusste, dass nicht alle, die dort hinaufgestiegen waren, den Turm auch wieder über die Treppe verlassen hatten. Manche hatten den schnellen Fall in die Tiefe gewählt, der sie nach dem Aufschlag auf den schroffen Granitfelsen unter der Holzkonstruktion direkt weiter in die Hölle stürzen ließ. Auch schon vor den zwei Kriegen waren auf dem Veichthiasl Leute zu Tode gekommen, lang bevor der Turm seine morbide Verlockung bot. Daher hielten nicht wenige Leute, die in seinem Schatten lebten, den Berg für verflucht. Weil er zu jeder Zeit und unter jeder Generation so viel Leid verursachte. Maria wusste allerdings auch, dass all jene, die solche Reden schwangen, den Berg schlichtweg nicht verstanden. Seine Macht über die Menschen nicht zu deuten wussten. Oder einfach ihre eigene Schuld dem Berg zuschoben. Die Leute aus dem Dorf brauchten einfach jemanden, auf den sie mit ihren schwieligen Fingern zeigen konnten, auch wenn es sich dabei nur um einen bewaldeten Brocken Granitfels handelte.

Derjenige, der den Turm einst hatte errichten lassen, war ein angeheirateter Verwandter von ihr gewesen. Auch er hatte kein erbauliches Ende gefunden, so wie die meisten vom Steiner-Hof. Allesamt Verfluchte, für die es kein Entkommen gab. Und auch zukünftig keines geben würde, weil das Gift auch in die Seelen der Nachkommen geträufelt wurde, ebenso wie sie große Nasen und abstehende Ohren vererbt bekamen.

Ihre Gedanken hatten sich so sehr in der Vergangenheit verfangen, dass sie überrascht war, als sie sich plötzlich oben auf der Kuppe wiederfand, die ihr bislang den Blick auf das Dorf verwehrt hatte. Sie hielt inne und verschnaufte, ohne zu wissen, ob es der lange Anstieg oder ihr Blick zurück in die schmerzhaften, dunklen Zeiten von einst war, der ihr die Luft geraubt hatte. Um wieder zu Atem zu kommen, schaute sie eine Weile hinab auf die Häuser und Gehöfte. Sonnenbeschienen, wie Talberg nun vor ihr lag, sah es friedvoll aus. Doch das trog.

Das Dorf hatte sich kaum verändert, seit sie sich in den Wald zurückgezogen hatte. Freilich, nach Nordosten hin waren ein paar Häuser dazugekommen. Zumeist erbaut von den Kindern der Bauern, von der nachgerückten Generation, die nun ihrerseits Kinder hatte und mehr Platz beanspruchte. Es war immer noch am einfachsten und kostengünstigsten, dieses neue Heim auf dem eigenen Grund und Boden zu errichten, sofern das Erbe es zuließ. Nur jene vermeintlich Unglücklichen, für die nichts mehr übrig war an Haus und Hof und die sich in der Regel als die Gelackmeierten fühlten, konnten all dem entrinnen. Und sich letztendlich retten.

Auch auf der anderen Seite der Durchfahrtsstraße standen nun drei Gebäude mehr, gerade so, als wollte man damit einem Ungleichgewicht entgegenwirken. So kam es, dass sich zwei Dutzend Gebäude sanft an den Hang schmiegten und dabei die aus Granitstein gemauerte Kirche in ihrer Mitte einschlossen, samt dem Friedhof, der den Sakralbau von zwei Seiten umgab. Das Gotteshaus war ein mit Schindeln gedeckter Klotz, den man an der bergzugewandten Seite mit einem quadratischen Glockenturm ergänzt hatte. Ein mahnender Finger, der aus der Mitte des Dorfes hinauf in den Himmel ragte. Geformt aus dem spröden, tief aus der Erde heraufgestiegenen Stein, der diesen Landstrich geformt hatte, genau wie die Menschen, die darauf lebten. Darauf und darin, weil sie ja auch ihre Häuser damit bauten. Selbst das Haus für ihren Gott hatten sie errichtet aus dem Stein, den ihnen der Teufel untergeschoben hatte.

Maria verengte die Augen zu Schlitzen. Das vergoldete Kreuz auf der Kirchturmspitze gleißte in der Sonne und blendete sie für einen kurzen Moment. War das sonnige Wetter nicht auch schon eine Verhöhnung? Auch nur eine weitere Lüge, welche die Leute dazu verleitete, sich in Sicherheit zu wiegen. Dabei kannten doch alle, die hier lebten, das wahre Gesicht dieses Ortes. In der Regel hingen bleigraue Wolken über dem Dorf, die ein ewiger, wütender Ostwind über den Kamm des Böhmerwalds und weit hinein ins Bayerische fegte. Die Sommer waren kurz in dieser rauen Gegend und üblicherweise weitaus nässer als dieses Jahr. Oft faulte die Ernte schon, bevor sie eingebracht werden konnte, und die Erträge waren Jahr für Jahr kläglich. Zum Leben zu wenig und zum Sterben zu viel, wie man gerne sagte, früher und zuweilen auch noch heute. Trotzdem hatte der Berg die meisten von ihnen über zahlreiche Generationen hier festgehalten, ohne dass einer einen vernünftigen Grund dafür nennen konnte.

Das Einzige, was sie mit der Pfarrkirche *Maria Unbefleckte Empfängnis* verband, war ihr Taufname. Natürlich hatte das Gotteshaus schon gestanden, als sie auf die Welt gekommen war. Seit zwölf Jahren, um genau zu sein. In jungen Jahren war der sonntägliche Besuch dort Pflicht gewesen. Seit sie im Wald wohnte, hatte sie allerdings nur noch ein einziges Mal auf einer der harten Holzbänke gesessen, und das war am Tag von Mathildes Beerdigung. Schon damals hatte sie es kaum dort drinnen ausgehalten, umhüllt von Weihrauchduft und scheinheiligen Gesängen. Nach dieser Zeremonie hatte ihr Entschluss endgültig festgestanden, die Kirche kein weiteres Mal zu betreten. Eine Entscheidung, an der sie bis heute hatte festhalten können, auch wenn die Dorfgemeinschaft ihr dies nicht verzieh, ebenso wenig wie all die anderen Dinge, für die man nur zu gerne mit dem Finger auf sie zeigte.

Nahe der Kirche stand das alte Schulgebäude, in dem schon seit ein paar Jahren kein Unterricht mehr stattfand, weshalb die Kinder aus dem Dorf jetzt mit dem Schulbus nach Wegscheid fahren mussten. Ein Stück oberhalb der Schule erhob sich das Pfarrhaus, aus demselben Stein erbaut wie die Kirche. Links davon, über dem Dorfplatz hinweg, sah sie das von Grünspan überzogene Kupferdach des Wirtshauses leuchten. Auf der anderen Seite der Durchgangsstraße reihten sich Bäcker, Krämer und eine Lagerhalle mit stets verschlossenem Tor, in der ein Geschäftsmann aus Passau ab und an Landmaschinen und andere, nicht zu benennende Gerätschaften abstellte, wie es hieß. Die Gebäude waren alt, und ihre Dächer verzogen von den schweren Schneelasten der langen, harten Winter. Selbst die zum Teil neuen Anstriche der Häuser konnten nicht davon ablenken, dass vieles im Dorf einem langsamen Verfall ausgeliefert war. Vor allem die jungen Leute verließen die zersiedelte Gegend, suchten ihr Glück in der Stadt und ließen die Alten zurück, denen Kraft und Geld fehlten, um Grund und Hof auf Dauer ansehnlich zu halten.

Maria scherte sich nicht darum. Genauso wenig wie die Leute dort unten sich um sie scherten. Mit schmerzenden Beinen ging sie weiter, blieb oberhalb der Äcker, die sich hangabwärts bis zur Straße zogen, und erreichte nach den Kuhweiden und Pferdekoppeln des Waldbauern die hintere Friedhofsmauer. Dort gab es einen schmalen Eingang, ein schmiedeeisernes Tor, durch das die Pflanzenabfälle nach draußen und die Grabsteine und die Toten in ihren Särgen nach drinnen verfrachtet werden konnten. Über dieses hintere Tor betrat Maria den Friedhof, denn so würde sie kaum in die Verlegenheit kommen, jemandem zu begegnen, der zufällig gerade die Dorfstraße entlangmarschierte.

Mathildes Grab war eines der letzten an der Ostmauer, am weitesten entfernt vom Haus des Herrn. Über Brunis Grab wusste Maria nichts, aber das von Mathilde war auf jeden Fall noch da.

12

Es war gerichtet. Wie war das möglich? War Maria etwa doch hier gewesen und konnte sich nur nicht daran erinnern? Das musste dann vor ein paar Tagen gewesen sein, denn älter waren die Blumen nicht, die hier gepflanzt waren. Verlegen bückte sie sich und zupfte ein wenig an den Blättern herum, doch keines davon war welk. Alles wirkte frisch, gegossen vom nächtlichen Regen.

Bruni wollte, das ihre Tochter in Talberg beerdigt wurde. Das Grab sollte nämlich ein Mahnmal für Maria sein. Das hatte ihre Tante zwar nie ausgesprochen, doch Maria wusste es. Sie hatte nicht auf ihre Cousine achtgegeben, und diese Nachlässigkeit sollte ihr für immer vor Augen gehalten werden.

Mathilde Engler
27. April 1913
bis
12. September 1955

So stand es in den Stein gemeißelt, der bereits Flechten angesetzt hatte. Mehr Worte hatte Bruni nicht in Auftrag gegeben. Keinen Satz wie *Meine geliebte Tochter* oder etwas in der Art, wie man es sonst auf vielen Grabsteinen las. Auch nicht:

Verstorben, weil ihre Cousine nicht aufgepasst hat. Elendig verreckt an den falschen Schwammerln.

Maria schaute hinauf in die Sonne, bis ihre Augen tränten. Dann schloss sie die Lider. Mit niemanden hatte sie sich je besser verstanden als mit Mathilde. Warum nur hatte die so neugierig sein müssen?

Mathilde war acht Jahre jünger gewesen als sie. Und sie war immer fröhlich, zumindest, solange sie bei Maria sein durfte. Natürlich hatten sie sich schon vorher gekannt, als sie beide noch in Talberg wohnten, auf dem Leiner-Hof, aber das war eine andere Zeit gewesen.

Als die Querelen und Streitereien innerhalb der Familie nicht mehr zu ertragen waren, hatte Tante Bruni Maria das Haus im Wald überlassen, das ihr von ihrem Vater vererbt worden war. Das war eine großzügige Geste gewesen, selbst wenn Maria die Vermutung hegte, dass sie nur deshalb dort hinaus hatte ziehen dürfen, weil Bruni damit ihren Bruder Georg – oder besser dessen Frau Traudl – zur Weißglut treiben konnte. Georg war Marias Vater, auch wenn sie ihn nicht so nennen durfte, und noch einigermaßen annehmbar gewesen. Seine Frau Traudl hingegen, die nicht ihre echte Mutter war, war ein echtes Scheusal. Traudl hatte den Unfrieden immer wieder angefacht, so wie jeden Morgen den Ofen in der Backstube ihrer Bäckerei.

Ihre Zeugung verdankte sie einem Ausrutscher, wie sie häufig zu hören bekommen hatte. Einem Missgeschick, das Georg widerfahren war und das zum Unglück aller zu einer Tochter geführt hatte. Als wäre das nicht schon schändlich genug gewesen, starb Marias leibliche Mutter bei ihrer Geburt. Wie auch immer es sich zugetragen hatte, Georg hatte es nicht übers Herz gebracht, sie in ein Waisenhaus zu geben, auch wenn Traudl das mit Gewissheit verlangt hatte. Aber Georg war ihr gegenüber milde gestimmt, das hatte sie immer wieder zu hören bekommen. Er hatte Gnade vor Recht ergehen lassen und sie bei sich behalten. Vielleicht hatte er auch echtes Mitleid verspürt, ein einziges Mal in seinem Leben.

Traudl hatte sich immer geweigert, sich um das uneheliche Kind ihres Mannes zu kümmern. Doch zu Marias Glück gab es Bruni, die sich ihrer annahm, sogar als sie selbst Mutter wurde. Wer Mathildes Vater war, blieb für Maria ebenso im Verborgenen wie der Name ihrer eigenen Mutter. Tante Bruni sprach nicht darüber und auch sonst niemand. Es war einfach ein weiteres Geheimnis, das die Leiners mit sich herumschleppten. Tatsächlich gab es davon so viele, dass es ganz normal schien. Und für eine Weile hatte es für Maria auch keine Rolle gespielt, wer ihre Mutter war oder wer Mathildes Vater. Die drei – Bruni, Mathilde und sie – waren zufrieden, auch wenn längst nicht alles gut war. Doch was man nicht besser kannte, fehlte einem auch nicht. Im Rückblick war das Leben damals einigermaßen erträglich gewesen, sofern man hart im Nehmen war und einiges erdulden konnte.

Richtig schlimm wurde es erst, als ihr Halbbruder Hubert nicht mehr aus dem Ersten Weltkrieg zurückkehrte. Und nach Georgs Tod war es dann endgültig aus und vorbei und überhaupt nicht mehr auszuhalten. Ihre Stiefmutter Traudl hatte alles an sich gerissen. Die Bäckerei, in der sie auf die eine oder andere Art allesamt beschäftigt waren, den Hof, alles, was Georg eben hinterlassen hatte. Auch dessen Sünden habe sein Eheweib übernommen, hieß es im Ort. Denn nach seinem Tod hatte sich ganz allmählich herausgestellt, dass Georg ein wahrhaft großer Sünder gewesen war. Was ihr Vater getan hatte, war jedoch nichts, worüber Maria je genauer Bescheid wissen wollte. Es reichte aus, sich ständig anhören zu müssen, was für ein böser Mensch ihr Vater hinter der Maske des redlichen Bäckers gewesen war. Zeit seines Lebens hatten ihn Dämonen geplagt, hieß es – oder vielleicht war ja auch irgendwann der Teufel höchstpersönlich in ihn gefahren. Ausgerechnet in diesen Mann, der für das ganze Dorf das Brot backte. Und den Leuten blieb nichts übrig, als eben jenes Brot täglich zu verzehren, um nicht zu verhungern. Brot, das gleichzusetzen war mit dem Leib Christi. *Nehmet und esset alle davon, denn das ist mein Leib, der für euch hingegeben wird. Jetzt und in aller Zeit und in Ewigkeit. Amen.* In Wahrheit hatte an diesem Brot, an den Händen, die den Sauerteig kneteten, Blut geklebt. *Heilige Maria, Mutter Gottes, bitte für uns Sünder, jetzt und in der Stunde unseres Todes. Amen.*

Allerdings waren nicht in erster Linie Georgs Missetaten der Grund, weshalb Bruni schließlich ihre Mathilde an der Hand nahm und wegging aus Talberg. Der wahre Grund war der Teufel, der noch am Leben war: Traudl. Und da ihre Tante wusste, dass Maria endgültig verloren wäre, wenn sie sie bei ihrer Stiefmutter zurückließ, stellte sie ihr das Haus im Wald zur Verfügung. Damit war sie ebenfalls weg aus dem Dorf, weit genug zumindest, um ihre Ruhe vor Traudl und ihrer allgegenwärtigen Giftigkeit zu haben, auch wenn ihr neues Heim von Amts wegen noch zur Markung des Orts gehörte. Aber Traudl war zu dick, um solch eine Strecke auf sich zu nehmen, und bald fand dieses wüste Weib auch keinen Anlass mehr, jemand anderen zu schicken.

Tante Bruni selbst war mit Mathilde nach Passau gezogen. Und war auch dort beerdigt worden. In einem Grab, das Maria nie hatte besuchen können und von dem sie nun nicht mehr sicher war, ob es überhaupt existierte.

Verzeih mir, dass ich so lange nichts von mir hören ließ.

Ihr fiel auf, dass sie schon seit einer halben Ewigkeit unbeweglich an Mathildes letzter Ruhestätte stand. Befangen blickte sie sich um, aber niemand sonst hatte den Friedhof betreten, seit sie hier war. Sie schaute hoch zur Kirchturmuhr, auch wenn das gar nicht nötig war. Die Sonne sagte ihr, dass es schon viel zu spät am Nachmittag war. Mit all ihren Gedanken und Erinnerungen an früher waren die Minuten unbemerkt verflogen. Sie entsann sich des Ziegenkäses in ihrem Rucksack, den sie dem Krämer bringen wollte, und hoffte, dass die Wärme dieses langen Tages ihm nicht zu arg zugesetzt hatte. Sie musste sich beeilen, und so blieb ihr keine Zeit mehr, nach dem anderen Grab auf diesem Totenacker zu schauen, um das sie sich hätte kümmern sollen. Insgeheim war ihr das gar nicht so unrecht, denn darin lag der erste ihrer beiden Ehemänner.

13

Fritz Steiner war ein Nichtsnutz. Trotz seiner vierzig Lenze, die er bereits auf dem Buckel trug, hatte er nichts Nennenswertes geleistet. War er auf welchen Wegen auch immer zu Geld gekommen, hatte er es ins Wirtshaus gebracht, und so war alles, was er vorweisen konnte, der Umstand, dass er der Bruder des geldigen Waldbauern Josef Steiner war.

Der Waldbauer wiederum hatte mit findiger Forstwirtschaft ein kleines Vermögen anhäufen können, auf das jeder im Ort nur mit Neid blicken konnte. So auch Fritz, der eine lieblose Ehe mit einer der Töchter vom Sägewerksbesitzer Eidenberger zu führen hatte, eben auf Wunsch seines Bruders. Denn wer sein Geld mit Bäumen und Holz verdiente, dem kam es zupass, wenn er eine Hand auf ein Sägewerk in der Nähe legen konnte. Fritz selber hatte nicht viel von der Verbindung, bis auf ein Weib, das nicht sonderlich schön anzusehen war und obendrein Haare auf den Zähnen hatte. Dennoch hatte sich noch im ersten Ehejahr Nachwuchs angekündigt, und es war ihm ein Sohn geboren worden, den er Jakob hatte taufen lassen. Es sollte Fritz' einziges Kind bleiben.

Wie auch immer er es angestellt hatte, ihm blieb erspart, in den Krieg ziehen zu müssen. Lange davor hatte er schon über ein Rückenleiden geklagt, das ihn sowohl von schweren Arbeiten im Wald als auch von Kämpfen in Schützengräben befreite. Während die meisten Männer seines Alters das Land verteidigten, sorgte er dafür, dass der Hischer weiterhin sein Auskommen als Gastwirt hatte. Nach dem Krieg fegte die Spanische Grippe durchs Land und nahm ihm seine Ehefrau, was ihm freilich nicht besonders zu schaffen machte. Jakob war inzwischen erwachsen und brauchte keine Bemutterung mehr, und was Fritz selbst betraf, so gab es drüben im Österreichischen die Möglichkeit, sich seines Verlangens gegen ein paar Reichsmark zu entledigen.

Erneut war es sein Bruder, der ihm eine weitere Ehe vorschlug, denn es empfahl sich nach wie vor und gerade in schwierigen Zeiten, seine Besitztümer durch familienübergreifende Verbindungen zu festigen. Da kam die ledige – und uneheliche – Tochter des Bäckers gerade recht. Ein junges Ding, das nicht schlecht anzuschauen und aufgrund ihrer Naivität gewiss leicht zu bändigen war. So geschah es, dass der bereits betagte Fritz Steiner die sechzehnjährige Maria zu seiner Ehefrau nahm. Sie hatte nichts dabei zu melden gehabt, und selbst Brunis Proteste waren in dieser Sache ohne Wirkung geblieben. Georg und Traudl hatten das letzte Wort gehabt.

Für Maria war es ein Glück im Unglück, dass Fritz keine brauchbare Saat mehr in sich trug, die in ihr hätte keimen können. Auch der Hirnschlag, der ihren Gatten im zweiten Jahr nach der Eheschließung ereilte und von dem er sich nicht mehr erholte, war ein Segen für sie. Zwar siechte er noch drei Monate dahin, doch dann legte ein sibirischer Winter eine meterhohe Schnee- und Eisschicht über das Dorf, auf der der Tod herangeglitten kam und die verdorbene Seele des Nichtsnutzes Fritz Steiner mit sich nahm. Kaum einer, der ihn kannte, rechnete damit, dass diese Seele ihren Weg in den Himmel finden würde.

Im Jahr darauf heiratete Maria ihren Stiefsohn Jakob, der mittlerweile vierundzwanzig war. Der war zwar jünger, aber ansonsten kaum weniger unfähig als sein Vater, wenn es darum ging, das Leben zu meistern. Sie hatte nie verstanden, warum er um ihre Hand angehalten hatte. Zugleich konnte sie auch nicht mehr nachvollziehen, weshalb sie eingewilligt hatte. Vermutlich hatte man ihr auch hier keine rechte Wahl gelassen – sie wusste es schlichtweg nicht mehr. Nur dass Bruni diesmal weniger laut gezetert hatte als noch bei der Eheschließung mit Fritz.

Jakob zog 1942 in den Krieg und kehrte nach seinem letzten Heimaturlaub nicht mehr aus Stalingrad zurück. Auch diese Ehe blieb kinderlos.

Wohl auch um zu verhindern, dass Maria erneut vor den Traualtar gezerrt wurde, brachte Bruni sie aus Talberg fort, wenn auch das Waldhaus nur eine Stunde Fußmarsch entfernt war.

Maria selbst hatte damals beschlossen, nie wieder einen Mann in ihr Leben zu lassen. Bloß trat das, was man sich wünschte und vornahm, eben nicht immer ein. Und manchmal wurde alles noch schlimmer, als man es sich jemals hätte vorstellen können.

14

Die Sonne war um den Veichthiasl herumgewandert und leuchtete ihr nun von tief im Westen her direkt in die Augen. Maria blickte blinzelnd die Straße hinunter, dorthin, wo sie wieder aus dem Ort führte und sich Richtung Breitenberg hinab ins Tal schlängelte. Jenseits der weiten Senke, die sich dort erstreckte, erhob sich von Nordosten nach Südwesten die Bergkette des Böhmerwalds. Bei klarem Wetter wie jetzt waren all die hohen Gipfel zu sehen. Arber, Dreisessel, Hochficht. Sie konnte nicht alle benennen, wusste jedoch, dass einzelne von ihnen bis über vierzehnhundert Meter in den Himmel ragten. Nun glühten sie im Abendrot. Für einige Sekunden ließ sie sich von diesem majestätischen Anblick überwältigen. Wie gerne wäre sie dort einmal hinaufgestiegen ...

Zwei, drei Herzschläge später schalt sie sich eine dämliche Alte, verbot sich die Träumerei und konzentrierte sich wieder auf ihre Umgebung. Niemand war zu sehen. Dennoch beeilte sie sich, die Straße, welche das Dorf durchschnitt, so rasch wie möglich zu überqueren.

Das erste Haus am Ortseingang war die Bäckerei ihrer Familie. Dorthin ging sie nie. Sie hatte gelernt, ihr Brot in dem schlichten Holzofen zu Hause selbst zu backen, und was dabei herauskam, genügte ihren Ansprüchen. Also musste sie nicht in die Backstube, auch wenn sie das mittlerweile gekonnt hätte. Nachdem ihre Stiefmutter zu alt geworden war, um täglich in der Backstube zu stehen, war die Bäckerei schon vor Jahren in fremde Hände übergegangen. Es waren Leute, die sie kannte und doch auch wieder nicht.

An die Bäckerei schloss der Krämerladen an, den ein Mann führte, der jeden Tag aus Wegscheid angefahren kam. Offenbar hatte sich keiner aus dem Ort gefunden, der dieses Geschäft betreiben wollte. Weil es praktisch war für den Wegscheider und seine Fahrerei, hatte er auf dem freien Platz neben seinem Laden vor vier Jahren eine Tankstelle bauen lassen. Texaco stand auf dem runden Schild über dem Blechdach. Die Preise für den Liter Diesel und den Liter Benzin waren auf eine Schiefertafel geschrieben, die neben einer der zwei Pumpen aufgestellt war. Auf dem betonierten Grund wiesen schwarze, in der schräg einfallenden Sonne ölig glänzende Flecken darauf hin, dass nicht alles, was aus den schweinedarmdicken Schläuchen kam, in die Tanks der Vehikel geflossen war, die hier ihren Treibstoff zapften. Wobei Maria noch nie ein Auto dort hatte stehen sehen – aber sie kam ja auch nicht allzu oft in den Ort. Jedenfalls atmete sie immer, wenn sie an der Tankstelle vorbeiging, möglichst flach, weil ihr die beißenden Dämpfe unheimlich waren, die ihr dort in die Nase drangen.

Maria betrat den Krämerladen. Die Glocke über der Tür läutete blechern. Unverzüglich hüllten ganz andere Gerüche sie ein. Eine klebrige Süße, die den in zwei Regalreihen lagernden Lebensmitteln entströmte. Dazu das Käsige der Milchprodukte aus der Kühlung, der herbe Duft von Tabak und ein stechendes Aroma, das die Seifen und Waschlaugen an die stickige Luft in dem kleinen Laden abgaben. Drinnen war es dunkel, da die drei Fenster zum größten Teil durch Waren verstellt wurden und der Krämer kein Licht machte, solange draußen noch die Sonne schien. Er war ein Geizhals, aber vermutlich musste man das sein, wenn man ein Geschäft betrieb.

Angelockt durch seine Türglocke tauchte der Mann mit dem rotblonden Haarschopf und der blassen Haut hinter seinem Tresen auf. Er war sicher nicht älter als Mitte dreißig, sah aber mitgenommen aus, so als wäre seine Arbeit mit schwerer, körperlicher Anstrengung verbunden. Eine Arbeit, die bereits seinen Rücken gekrümmt hatte und ihn kleiner machte, als er war. Er glotzte mürrisch durch seine verschmierte Brille. »Ich will gleich schließen«, brummte er ihr entgegen.

Maria ließ sich davon nicht aus der Ruhe bringen, nahm sich einen der Körbe beim Eingang, schritt die drei Regalreihen ab und stellte in den Korb, was sie benötigte. Mehl, Zucker, Hefe, Salz, eine Packung Reis und Öl zum Kochen. Dann ging sie damit zur Theke, auf der die Registrierkasse stand. Der Krämer schaute jetzt noch missmutiger drein.

»Ich hab Käse«, sagte sie und streifte ihren Rucksack ab. »Im Tausch.«

Er hob die Hand. »Ihr Ziegenkäse ist nicht sehr beliebt bei den Leuten, von den letzten Laiben habe ich nur einen halben verkauft.« Er deutete in den Einkaufskorb. »Wenn Sie das mitnehmen wollen, müssen Sie bezahlen.«

»Kein Tausch?«, fragte Maria verunsichert.

»Kein Tausch«, bestätigte der Rotschopf. Seine wässrig trüben Schweinsäuglein verengten sich noch mehr hinter den dicken Brillengläsern.

»Ich könnte was stricken – vielleicht Fäustlinge für den Winter.« Im Kopf überschlug sie, wie viele sie bis zum ersten Frost schaffen könnte. »Fünf, sechs Paar«, sagte sie.

Der Krämer schüttelte den Kopf, nahm den Bleistift, der hinter seinem rechten Ohr klemmte, und begann damit, auf einem Block zu summieren, was sie an Waren auf den Tresen gestellt hatte. Sie dachte an den Käse im Rucksack, den sie nun umsonst hergeschleppt hatte, sagte aber nichts. Es war nicht so, dass sie aufs Geld achten musste. Ihr ging eine schmale Kriegswitwenrente zu, von der sie nur selten etwas verbrauchte. Außerdem hatte sie ja das Geld des Mädchens einstecken. Ebenso das von dem Mann, der in ihrem Schuppen geschlafen hatte. Aber sie sparte grundsätzlich, wo es nur ging, weshalb sie nur widerwillig die Münzen abzählte, bis die Summe zwischen ihr und dem Krämer lag, die er ihr genannt hatte. Der Wegscheider wischte den Betrag in seine Handfläche, öffnete die Kasse und ließ die Geldstücke auf solch theatralische Art in die Schublade fallen, als hätte er eben einen besonderen Triumph errungen.

»Der Wirt vermisst einen Gast«, sagte er beiläufig, während Maria ihre Einkäufe in ihren schon arg verschlissenen Rucksack packte. Sie sah ihn fragend ein.

»So ein großer Kerl, der erzählt hat, er will hier herumwandern.«

Maria schüttelte nur kurz den Kopf und verstaute weiter die Lebensmittel.

»Könnte doch sein, dass er bei Ihnen vorbeigekommen ist. Ich meine, gestern Morgen habe ich beobachtet, wie er in Ihre Richtung davonmarschiert ist.«

»Hab keinen gesehen«, murmelte sie, schulterte den Rucksack und verließ den Krämerladen ohne Gruß. Draußen vor der Tür blieb sie stehen. Was der Rotschopf da gesagt hatte, ergab keinen Sinn. Der Pilger war nicht vom Dorf her auf ihre Lichtung gekommen. Und wenn er ein Zimmer beim Wirt hatte, warum wollte er dann unbedingt in ihrem Schuppen nächtigen? *Geben Sie Ihrem Herzen einen Stoß! Und einem müden Pilger eine Unterkunft!* Sie verstand die Welt nicht mehr. Das Gerede des Krämers hatte sie völlig durcheinandergebracht. Die Lederriemen des Rucksacks schnitten ihr in die Schultern. Sie schielte hinüber zum Metzger, der seinen Laden direkt neben dem Wirtshaus hatte. Sie hatte schon den ersten Schritt darauf zu gemacht, um nach Schlachtabfällen für den Hund zu fragen. Doch dann besann sie sich. Der Hund lebte nicht mehr. Wie peinlich, wäre ihr das erst wieder eingefallen, wenn sie schon vor der Auslage gestanden hätte. Jetzt brauchte sie jedenfalls dort nicht mehr hin. Auch nicht, um ein Auge auf die Metzgerstochter zu werfen. Die war ja hoffentlich nicht so dumm gewesen, den Trunk noch am gestrigen Abend zu sich zu nehmen, weil sie den Vollmond nicht hatte abwarten können.

Sie wedelte eine imaginäre Fliege aus der Luft, die vor ihrem Gesicht herumschwebte. Und selbst wenn! Was ging sie das an, wenn das Mädchen nicht zuhörte?

15

Das Gewicht des Rucksacks machte sie langsam. Als sie endlich ihre Lichtung erreichte, war der Tag auf ein purpurnes Leuchten zusammengeschrumpft, das im Westen über den Baumwipfeln schimmerte. An der Haustür angekommen, hielt sie inne. Sie streifte die Lederriemen von ihren malträtierten Schultern und setzte ihre Einkäufe auf der Hausbank ab. Dann ging sie hinters Haus. Die Grube unter dem Holunderbusch war zugeschüttet, die Erde darauf festgeklopft, soweit sie das im Halbdunkel erkennen konnte. Sie hatte es also doch nicht vergessen. Gleich fühlte sie sich etwas ruhiger.

Nachdem sie die Waren vom Krämer verstaut und die Käselaibe wieder in den Keller gebracht hatte, setzte sie sich mit einem Glas Wasser an den Tisch. Drei tote Stubenfliegen lagen dort auf dem Rücken, aber sie schaffte es nicht, sie fortzuwischen. Der Tag hatte sie erschöpft. Ebenso wie der Tag zuvor, der ihr den Hund genommen hatte. Sie ging die letzten Ereignisse noch einmal im Geiste durch. Der Jäger. Das Mädchen. Der Pilger. Dann heute, der Brief von Bruni. Oder war der gestern schon bei ihr angekommen? Wann war der Briefträger bei ihr vorgefahren? Sie trank das Wasser in einem Zug leer, nicht so sehr des Durstes wegen, sondern um die Verwirrung aus ihrem Kopf zu spülen. Was blieb, waren die Spekulationen über die Tochter des Metzgers. »Italien«, murmelte sie erneut.

Sie kannte niemanden, der seinen Urlaub dazu nutzte, um so weit in die Ferne zu reisen. Eigentlich kannte sie niemanden, der überhaupt Urlaub hatte. Die Bauern um sie herum mussten das ganze Jahr arbeiten, um über die Runden zu kommen. Wer sollte da Zeit finden, um auf Reisen zu gehen? Eine Weile dachte sie darüber nach, ob sie den Mut dazu hätte, so eine Fahrt zu unternehmen. Oder auf die Berge zu steigen, welche die Grenze zum Tschechischen zogen. Nach einer Weile wandte sie sich kopfschüttelnd zum Buffet um, auf dem das Radio stand. *Die einen fahren im Sommer nach Italien, die andern haben ein altes Röhrenradio, mit dem sie in die Welt hinaus horchen.* Früher war ihr nie danach gewesen, zu verreisen. Wo hätte sie auch hinsollen? In eine Fremde, in der sie sich nicht zurechtgefunden hätte? Inzwischen war sie ohnehin zu alt. Wie alles andere in ihrem Häuschen, stammte auch das Radio von Bruni. Sie schaltete es nur noch selten ein. Irgendwann war sie es leid geworden, die Nachrichten zu hören, wie sie es früher regelmäßig getan hatte. Stets wurde nur über schreckliche, Furcht einflößende Geschehnisse berichtet. Offenbar hatte die Grausamkeit zweier Weltkriege in den letzten fünfzig Jahren nicht ausgereicht, um die Leute zur Vernunft zu bringen. Im Gegenteil, die Menschheit schien zunehmend verrückt zu werden, weshalb sie nur mehr selten hören wollte, was jenseits des Waldes alles vor sich ging. Noch während ihr das durch den Kopf ging, bewegte sich ihre Hand zu dem Drehknopf, der das Radio mit einem sanften Brummen zum Leben erweckte. Es dauerte lange Sekunden, bis das Gerät aufgewärmt und bereit war, etwas von sich zu geben. Sie hatte mitten hinein in eine Sendung geschaltet, in der ein Mann mit sonorer Stimme daran erinnerte, dass vor zwei Wochen Elvis Presley gestorben war. Der Sprecher berichtete von dem immensen Vermögen, das der Amerikaner mit seiner Musik verdient hatte, und nannte eine Summe, die für sie jenseits jedweder Vorstellung lag.

»Und was hat es ihm genutzt?«, schrie sie das Radio an. »Der ist so tot wie die Fliegen auf meinem Tisch. Genauso tot wie mein Hund.«

Die Trauer über diesen Verlust überkam sie heftig und unerwartet. Tränen füllten ihre Augen, und sie ärgerte sich. Hätte sie das Radio nicht angemacht, wäre ihr das Geheule erspart geblieben. Sie beugte sich erneut hinüber und schaltete den Kasten wieder aus. Das Rauschen verklang abrupt. Nur ihr gelegentliches Schluchzen unterbrach noch die Stille. »Elvis Presley, tot wie die Fliegen«, murmelte sie heiser. Dann saß sie eine Weile lang da und wartete, bis sie sich beruhigt hatte. Dachte darüber nach, ob sie heute schon im Keller gewesen war, bis es ihr wieder einfiel.

Als sie sich schließlich stark genug fühlte, zog sie die Tischschublade auf und holte Brunis Brief hervor. Es war an der Zeit für eine Antwort. Und vor allem für die Wahrheit. Nach all den Jahren war nun die Zeit gekommen, Bruni von *ihm* zu berichten.

16
1945

Der Winter wollte nicht weichen, obwohl der Mai schon beinahe vor der Tür stand. Weiter im Osten stand auch noch jemand anders vor der Tür, wie sie vom Briefträger gehört hatte, als dieser sich nach unendlich langen Wochen mal wieder hatte blicken lassen. Vieles von dem, was draußen in der Welt gerade passierte, konnte sie dann in dem Brief nachlesen, den Bruni ihr geschickt hatte. Zwischen den Zeilen, die ihre Tante ihr geschrieben hatte, war die Furcht zu erahnen, die nun auch Bruni umtrieb. Doch abgesehen von einer leichten Sorge um ihre Tante und Mathilde blieb sie selbst davon unberührt, empfand keine Angst vor dem, der da kommen mochte. Im Dorf, hatte Bruni geschrieben, ging die Angst um, in erster Linie bei denen, die noch bis vor Kurzem in ihren sandfarbenen Uniformen herumstolziert waren. Immer öfter hieß es, dass Hitler den Krieg verlieren würde. Maria war es egal, zudem konnte sie es nicht richtig einordnen. Der Krieg war in all den Jahren nie bis nach Talberg gekommen. Was sie persönlich betraf, so hatte er eher Frieden gebracht. Solange die Welt brannte, wollte niemand etwas von ihr wissen.

Jakob war dem Ruf des Führers an die Ostfront gefolgt. Nun war es schon über ein Jahr her, seit sie ihn zuletzt gesehen hatte. Weihnachten 1943, um genau zu sein. Seit Monaten hatte sie kein Lebenszeichen mehr von ihm erhalten. Stalingrad, diesen Namen hörte sie gelegentlich von den Leuten, und jedes Mal sprachen sie ihn aus, als wäre er gleichzusetzen mit der Hölle. Dabei hinkte der Vergleich, wie sie herausgefunden hatte, weil man in der Hölle verbrannte, während man in Stalingrad erfror. Obgleich ihr niemand eine echte Auskunft geben konnte, ahnte sie mit großer Gewissheit, dass Jakob für immer dort bleiben würde.

Nachdem ihr Gatte die Einberufung erhalten hatte, war es mit Traudl unter einem Dach immer schlimmer geworden. Ihre Stiefmutter war von der Angst besessen, dass sie Maria von nun an endgültig am Hals haben würde. Zu viele Ehemänner aus dem Dorf waren in den ersten Kriegsjahren schon gefallen und hatten hysterische Witwen zurückgelassen, die dem Rest der Familie zur Last fielen. Den Gedanken, dass es auch Maria treffen könnte, hatte Traudl einfach nicht ertragen. Die Aussicht, dass der Bastard ihres verstorbenen Mannes ihr nun auf ewig ein leidiger, lästiger Klotz am Bein sein würde, brachte sie zum Schäumen. Deshalb hatte sie mit aller Bosheit, die ein Mensch nur aufzubringen vermochte, darauf hingearbeitet, dass Marias Leben auf dem Leiner-Hof ein einziger Spießrutenlauf wurde. So lange, bis Bruni sie eines Tages im vergangenen Herbst packte – ganz ähnlich wie zuvor Mathilde – und sie von Talberg fortbrachte. Allerdings nicht in die Stadt, sondern auf die Lichtung, umgeben von dichtem Wald, der fortan ein Wall für sie sein sollte. Das waren die Worte ihrer Tante. *Hier bist du sicher, und der Wald ist dein Wall gegen das Böse.*

Wie recht sie damit hatte ... und wie falsch sie gleichzeitig damit lag.

Maria hatte das Häuschen bereits vorher gekannt, war schon zwei-, dreimal hier gewesen, um ihrer Tante beim Saubermachen zu helfen. Einst hatte es ihrem Großvater gehört, dem Vater von Georg und Bruni, der aus welchen Gründen auch immer hier draußen im Forst einen Rückzugsort für sich errichtet hatte. Keine Jagdhütte aus Holz, wie man es vielleicht erwartet hätte, sondern etwas solide Gemauertes, samt einem Keller, der einem Verlies gleichkam. Friedl Leiner hatte allerdings nicht mehr viel Freude an seinem Refugium im Wald gehabt, denn er starb früh. Danach blieb das Haus, das nun Bruni gehörte, lange ungenutzt. Daher war es angebracht, ab und an nach dem Rechten zu sehen, durchzulüften und die Spinnweben zu entfernen. An jenem Spätsommertag im Jahre 1944 waren sie jedoch nicht den langen Weg durch den Wald gegangen, um alle Fenster und Türen aufzureißen und den modrigen Geruch des Leerstands zu verscheuchen.

»Du kannst hier wohnen«, sagte Bruni, nachdem sie zum Lüften durchs Haus gegangen waren. »Hier lässt Traudl dich in Ruhe. Hier draußen lassen dich alle in Ruhe. Und der Wald ist dein Wall.«

So kam es, dass sie noch vor dem Herbst in den Wald hinauszog, und niemand im Ort bedauerte es, am allerwenigstens sie selbst. Brunis einzige Auflage an sie lautete, das Häuschen in Schuss zu halten. Dafür zu sorgen, dass sich nicht wieder Moder und Spinnweben einnisteten. Eine Aufgabe, die ihr leichtfiel, gemessen an der Ruhe und dem Frieden, den sie mit einem Mal hatte. Und diesmal war es wirklicher Frieden.

Jedenfalls bis zu dem Tag im Frühjahr 1945, als die Russen auf ihre Lichtung kamen. Jakob in Stalingrad zu behalten hatte ihnen offenbar nicht gereicht.

Sie waren zu dritt. Ihre grünbraunen Uniformen hingen an ausgezehrten Leibern. Die Gesichter mit den hohen Wangenknochen waren eingefallen, unter den tief in den Höhlen liegenden, leeren dunklen Augen zeichneten sich bläuliche Halbmonde ab. Sie klammerten sich an ihren Gewehren fest, als würden die Waffen ihre ausgemergelten Bestandteile zusammenhalten. Maria sah sie durch die Fenster der Stube durch den verharschten Schnee auf das Haus zustapfen. Niemand hatte sie gewarnt. Nicht einmal die blecherne Stimme aus dem Radio.

Ab und an hatte sie Wehrmachtssoldaten gesehen, ihre Uniformen kannte sie. Hingegen hatte sie keine Ahnung, was das da draußen für Soldaten waren, welcher Armee sie angehörten. Auch nicht, was die Abzeichen auf den verdreckten Kampfanzügen zu sagen hatten. Dafür sprachen ihre kalten Blicke Bände; diese Männer konnten nur dem Feind des deutschen Volkes angehören. Also war klar, dass diese drei Soldaten kamen, um ihr das wieder zu nehmen, was sie hier draußen im Wald am meisten zu schätzen gelernt hatte: den Frieden.

Gleichzeitig erkannte sie, wie sinnlos es wäre, hinaus in den Flur zu eilen und die Haustür abzuschließen. Oder hinten hinaus zu flüchten, vorbei am Plumpsklo und dann runter in die Au. Ihre Spuren im Schnee würden sie verraten. Und wie weit würde sie schon kommen, bis sie ihr in den Rücken schossen? Sie hatte gehört, dass einem genau das passierte, wenn man vor Soldaten davonlief. Also blieb sie einfach in der Mitte ihrer Wohnstube stehen und wartete darauf, dass sie ins Haus kamen.

Als sie mit erhobenen Gewehren einer nach dem anderen durch die Tür stürmten und dabei mit ihren klobigen, von

Gamaschen umwickelten Stiefeln Schnee und Dreck hereinschleppten, zeigte sich für einen kurzen Moment Überraschung in ihren Mienen, ob dieser Frau, die sie so still und bewegungslos erwartete. Vielleicht schossen sie Maria deswegen nicht unverzüglich nieder.

Alle drei waren sie jung. Junge Männer mit alten Gesichtern; alt, weil der Krieg gegen Hitler ihnen die Jugend geraubt hatte. Doch sie besannen sich rasch ihrer Macht, die sie in Form von bleigrauen Gewehren in ihren blau gefrorenen Händen hielten. Womöglich glaubten sie sich auch in einem Hinterhalt, bei dem Maria als Köder fungierte. Jedenfalls verspannten sich ihre Schultern, und die Gewehrläufe zuckten aufgeregt hin und her. Sie redeten in einer Sprache mit ihr, die sie noch nie gehört hatte. Und da sie auf nichts reagierte, weder auf ihre fremden Worte noch auf ihre hektischen Gesten, wurden sie wütend. Einer sprang auf sie zu und donnerte ihr den Gewehrkolben gegen die Schläfe. Marias Beine knickten ein, und sie sackte auf die Holzdielen. Doch sie war zu benommen, um den Schmerz des Aufpralls zu spüren. Alles, was sie noch registrierte, war die Schwärze, die auf sie zurollte und sie mitnahm, hinein in das Vergessen.

Sie kam wieder zu sich, während sie sich noch an ihr vergingen. Mit dem Erwachen aus der Ohnmacht stellte sich auch der Schmerz ein, und er war wie geschmolzenes Eisen, das man ihr in den Unterleib goss. Aber auch der Rest ihres Körpers, von dem sie ihr wie Raubtiere die Kleider gefetzt hatten, war über und über mit Schnitten, Kratzern und Wunden bedeckt. Doch all diese Blessuren verblassten neben der Pein zwischen ihren nackten Beinen. Die jungen Männer mit ihren hoffnungslosen Mienen waren verschwunden. Statt ihrer tobten tollwütige

Trugbilder über ihr, die feixend und mit entblößten Geschlechtsteilen um sie herumtanzten, während immer einer der drei seine glutheiße, pulsierende Lanze wie besessen in sie hineinstach. Blut und Samen und Schweiß mischten sich in ihr zu Salzsäure und brannten sie von innen her aus, einmal der Länge nach durch ihren Körper, bis unter die Schädeldecke. Und dann, als diese flüssige, wahnsinnige Glut in ihren Kopf hineingebrandet war, verlor sie erneut das Bewusstsein.

Später fragte sie sich oft, warum die Männer sie nicht getötet hatten. Aber vielleicht hatten die Russen sie ja in der Annahme zurückgelassen, dass sie genau das war. Mausetot.

Maria fand sich immer noch auf den Bohlen in ihrer Stube und ziemlich genau an der Stelle wieder, wo sie durch den Hieb mit dem Gewehrkolben zu Boden gegangen war. Draußen war es Nacht. Die Kälte war durch die offene Tür ins Haus und unter ihre nackte Haut gekrochen. Ihre Zähne klapperten wie verrückt, und das verstärkte den Schmerz, der in ihr wütete. Sie schleppte sich rüber in die Schlafkammer. Die Bettstatt war zu hoch, um es hineinzuschaffen, also zog sie mühsam die Zudecke vom Bett und über sich. Zu mehr war ihr geschundener Körper nicht in der Lage. Vermutlich glitt sie erneut in eine Ohnmacht, denn als sie erstmals wieder bemerkte, dass die Welt um sie herum noch immer vorhanden war, schien die Sonne durch das winzige Fenster der Schlafkammer. Ein unbändiger Durst zwang sie dazu, sich aufzuraffen. Sie brauchte unendlich lange, bis sie auf den Beinen war, und kämpfte dabei mit heißen Schüben bitterer Übelkeit, die der Schmerz durch ihre Eingeweide trieb.

Ihre Peiniger hatten die Essensvorräte geplündert. Davon abgesehen war alles an seinem Platz, wie sie nach und nach feststellte. Was sie verwüstet und geplündert hatten, waren ihr Körper und ihre Seele, das hatte ihnen offenbar gereicht. Sie erholte sich von dem, was ihr angetan worden war, ohne fremde Hilfe. Und als am 8. Mai das Kriegsende verkündet wurde, konnte sie schon wieder einigermaßen schmerzfrei gehen. Hitler war bereits eine gute Woche davor gestorben, aber auch das war nur eine bedeutungslose Botschaft aus dem rauschenden Funkempfänger gewesen. Für ein paar Wochen gab es nichts von außerhalb des Waldes, was sie in ihrem Zustand erreicht hätte. Sie wusste nicht einmal mehr, ob Bruni in der Zwischenzeit nach ihr gesehen hatte. Jedenfalls sprach Bruni sie bei ihren nachfolgenden Besuchen nie darauf an. Einen Monat später, nachdem die letzten Schmerzen abgeklungen waren, war es beinahe so, als wären niemals drei russische Soldaten über die Lichtung zu ihr ins Haus gekommen, um sich in tanzende Teufel zu verwandeln. Doch dann blieb das Blut aus, das sonst in aller Regelmäßigkeit dem Zyklus des Mondes folgend aus ihr herauslief, und sie wusste, dass der Besuch aus der Hölle keine Einbildung gewesen war.

17

1977

»Das Kalb liegt falsch. Der Tierarzt ist nicht zu erreichen. Die Kuh, sie schreit.« Der Dobl-Bauer war ganz aufgeregt, wie er da vor ihrem Haus von einem Bein auf das andere trat. Seine Wangen leuchteten dunkelrot, und Maria befiel die Ahnung, dass er eher das Zeitliche segnen mochte als seine trächtige Kuh.

»Mir ist diesen Sommer schon eine verreckt. Das ist wie verhext mit meinen Viechern. Meinst, du kannst einmal nachschauen? Die Frieda ist so eine gute Milchkuh.«

Der Hof vom Dobl lag wie der vom Brenner auf der anderen Talseite. Auf der sonnenbeschienenen Seite, wo der Schnee immer vier Wochen früher zu schmelzen begann, wuchs das Korn höher, und die Erdäpfel wurden faust- statt nur hühnereigroß wie auf ihrer Talseite. Dennoch war dort, wo sich die Hänge an den südlichen Ausläufer des Veichthiasl schmiegten und wohin der Berg niemals seinen Schatten warf, nur scheinbar ein guter Ort. Vieh und Menschen starben dort drüben leichter, ohne dass jemand eine Ursache benennen konnte. Maria hatte keine Ahnung, ob sich außer ihr überhaupt schon einmal jemand darüber Gedanken gemacht hatte. Immer, wenn sie vom Friedhof her an der Kirche vorbeikam und die

Anschlagtafel studierte, die rechts vom Eingang im Windfang des Kirchenportals angebracht war, zählte sie die Verstorbenen. Es waren stets ein Dutzend Tote, die entweder direkt aus dem Ort oder von den umliegenden Gehöften stammten. Der am längsten Dahingeschiedene wurde immer vom jeweils jüngsten Todesfall ersetzt. Aber egal wie häufig die Toten ausgetauscht wurden, immer waren zwei, drei aus den Familien dabei, die jene sonnige Südflanke besiedelten. Und es waren nicht immer nur die Alten, bei denen man ohnehin damit rechnete. Auf der anderen Talseite passierten auch viele Unfälle. Oder die Leute bekamen Krankheiten. Böse Krankheiten. Krebs, Schlaganfälle, Herzinfarkte. Dazu Sachen, von denen sie vorher noch nie etwas gehört hatte und die nur in den seltensten Fällen wieder zu heilen waren. Schwarze Früchte des Todes. Freilich, manche soffen sich auch das Leben aus dem Leib. Schoben ihren Hang zu Bier und Schnaps auf das, was ihnen im Krieg widerfahren war. Ein Krieg, in dem nicht alle gekämpft hatten, die nun an diesem Schicksal zerbrachen. Für einige reichte auch schon der Umstand, hier in dieser rauen Ödnis leben zu müssen.

Jedenfalls ging Maria nicht gerne über den Bach auf die andere Seite. Aber weil ihr der Dobl, wie er da keuchend vor ihr stand, leidtat, willigte sie ein. Immerhin hatte sie schon einigen Kälbern auf die Welt geholfen, wenn der Tierarzt nicht rechtzeitig hatte verständigt werden können. Das war einer der seltenen Anlässe für einen der Bauern aus der Gegend, an ihre Tür zu klopfen, auch wenn es gegen die Moral ging oder gegen den Glauben war. Doch das Vieh war eben die Lebensgrundlage, und um diese zu bewahren, konnte man in manchen Situationen nicht wählerisch sein. Und so war sie es, die Kälber aus aufgeblähten Kuhleibern zog.

Die Leute kamen zu ihr, wenn sie keinen anderen Ausweg mehr sahen. Das war Marias Los, und in den meisten Fällen konnte sie nicht ablehnen, obwohl sie wusste, was ihr Beistand bedeuten konnte. Denn der Tod gesellte sich stets dazu und blickte ihr bei dem, was sie tat, über die Schulter. Nur wollten das die Leute, aufgelöst und verzweifelt wie sie in diesem Moment waren, nicht hören. Erst danach und wenn es nicht so ausging, wie sie es sich erhofft hatten, kamen die Anschuldigungen. Die Reue darüber, sie gerufen und auf sie anstatt auf Gott vertraut zu haben. Dann plötzlich gab es keine Einsicht mehr unter den Leuten. Kein Eingeständnis, vielleicht selber etwas falsch gemacht zu haben. Das war auch nicht nötig, denn da war ja Maria, die Missgeschick und Unglück zu verantworten hatte.

Der Wald hatte sie alles gelehrt, was sie konnte. Der Wald und die Wegebauer-Hexe.

Bruni hatte sie einst hinüber zur Wegebäuerin geschickt, damals, als die Ehe mit Fritz Steiner nicht mehr abzuwenden war. Maria hatte natürlich die Geschichten gekannt, die über das Weib des Wegebauern erzählt wurden. Dass sie eine Zaunreiterin war. Eine, die mit Mächten hantierte, wofür keinerlei kirchlicher Segen galt. Bis zu jenem Tag, da sie sich in das enge Seitental aufmachte, in dem der Hof der Familie Wegebauer lag, hatte sie die umstrittene Bäuerin nur aus der Ferne gesehen. Dementsprechend angespannt und aufgeregt war sie gewesen, als sie bei jenem berüchtigten Weibsbild an die Tür klopfte. So zaghaft, als wollte sie gar nicht eingelassen werden.

Die Frau, die ihr schließlich öffnete, entsprach in keiner Weise dem, was sie erwartet hatte. Maria mochte Hilde Wegebauer auf Anhieb, noch bevor ein Wort zwischen ihnen gefallen war. Heute wusste sie natürlich, dass sie sich mit Hilde bereits lange vorher verbunden gefühlt hatte, ganz instinktiv. Alle ihres Schlags waren auf wundersame Weise miteinander verbunden, ähnlich wie die Pilze im Waldboden. Wie der Wald überhaupt. Der Wald und sie – und alle, die waren wie sie.

Die Unterredung, für die sie von ihrer Tante hinaus zur Wegebäuerin gesandt worden war, erfolgte in deren Heustadel. In einer düsteren Ecke, die über keine sichtbare räumliche Abtrennung vom Rest des Stadels verfügte und dennoch durch eine Barriere geschützt war, die nicht jeder überschreiten konnte. Vor allem nicht, wenn man männlichen Geschlechts war. Maria hatte über die Jahre mehrfach mit Hilde in dieser Nische zusammengesessen, und immer, wenn zufällig ein Knecht oder der Bauer durch den Heustadel gegangen war, war es ihr vorgekommen, als würden die Mannsbilder nicht einmal bemerken, dass sich hier zwei Frauen auf Melkschemeln gegenübersaßen und sich über eine Welt jenseits der rationalen Vorstellung unterhielten. Eine Welt, die auch fern des katholischen Glaubens war, in dem sie alle mit unbeugsamer Härte erzogen worden waren. Weshalb es gerade gut war, dass sie auf rätselhafte Art unsichtbar blieben, solange sie hier vor dem Schrank saßen, in dem die Wegebauer-Hexe ihr wahres Wissen vor denen versteckte, die nicht dafür empfänglich waren.

So kam es, dass sich auch ihr erstes Gespräch kurz vor ihrer Vermählung letztlich nicht um Dinge gedreht hatte, die einer frisch getrauten Braut darüber hinweghalfen, die Hochzeitsnacht und alle Nächte, die darauf folgten, durchzustehen. Es ging nicht darum, wie man sich dem Angetrauten gegenüber zu verhalten hatte. Welche Pflichten einer Frau mit der Ehe auferlegt wurden. Was es hieß, sich dem Mann hinzugeben, das zu tun, was er verlangte und was schließlich und endlich einem einzigen Zweck diente, nämlich dem, Nachkommen zu zeugen. Hilde hatte sie nur kurz angesehen und gleich gewusst, dass es eben nicht diese intimen Angelegenheiten waren, über die sie mit ihr reden musste. Die Hexe hatte an jenem Tag entschieden, dass es für Maria wichtiger war, Geheimnisse zu erfahren, die um ein Vielfaches vertraulicher waren als das, was für die Vereinigung von Mann und Frau von Nutzen war. Darunter waren denn auch weitaus bedeutsamere Instruktionen und Lebensweisheiten als jene, die einem halfen, ein Kalb auf die Welt zu holen, das verkehrt herum im Muttertier feststeckte.

Der Dobl-Bauer hatte sieben Kinder. Doch die waren alle weg. In die Stadt gezogen, weil es dort auch Arbeit für Ungebildete und damit ein würdiges Auskommen gab. Sechs Kinder, korrigierte sie sich. Sechs von ihnen hatten es bis in die Stadt geschafft. Der älteste Sohn nur bis ins nächste Wirtshaus und danach nicht wieder heim. Er hatte nur den halben Weg bewältigt, bevor er auf einer Eisscholle ausrutschte und sturzbetrunken liegen blieb, sodass der Tod ihn bloß mit seinen langen Knochenfingern aufzulesen brauchte, die noch kälter waren als der Frost. Seither waren der Dobl und seine Frau alleine und wurschtelten mehr schlecht als recht auf ihrem heruntergekommenen Hof herum, ohne zu wissen, für wen sie sich überhaupt noch den Buckel krumm schufteten. Heutzutage wollte keiner mehr Bauer werden, weil die Fabriken in den Städten mit besserer Bezahlung lockten. Mit mehr, als so mancher aus der Gegend sich je hatte vorstellen können. Und so schraubten die Kinder der Bauersleute in den Fabriken nun Zeug zusammen, das kein Mensch wirklich brauchte.

Die gequälten Schreie der Kuh waren schon zu hören, da waren sie erst halb den Weg hinauf, der zum Dobl-Hof führte. Ein Anstieg, der ihr heute besonders schwerfiel. Ihre Beine fühlten sich dick und geschwollen an. Jeder Tritt war mühevoll. Hinzu kam, dass der Bauer ein ordentliches Tempo vorlegte, obwohl er damit seinem über fünfzig Jahre alten Herzen keinen Gefallen tat. Doch die Angst um seine Kuh trieb ihn an und ließ ihn nicht darüber nachdenken, wie schnell der Tod nach einem griff, wenn man unachtsam war. Maria schwante Arges. Eine Ahnung, die ihr riet, besser umzukehren. Nicht, weil sie sich nicht dazu imstande fühlte, Kuh und Kalb zu retten. Das Vieh war zäh, in den meisten Fällen zäher als seine Herren. Nein, es war das Wohl des Bauern, um das sie fürchtete. Und das, was daraus werden mochte, wenn der Tod heute nicht nur Zuschauer blieb.

Hermann Dobl hastete voraus, angespornt vom Brüllen der Kuh, und verschwand im Stall. Maria folgte ihm, wider besseres Wissen. Auch wenn sie das Unheil nun sehr deutlich fühlte, hieß das nicht zwingend, dass es sie tatsächlich heimsuchte. Andererseits hatten sie in den letzten Tagen zu viele seltsame Ereignisse ereilt, und das war stets ein schlechtes Vorzeichen. Wenn sich das Böse so offensichtlich ankündigte, empfahl es sich, daheim zu bleiben, die Stube auszuräuchern und dafür mit Bedacht die richtigen Kräuter und Hölzer zu verwenden. Nur so konnte man denen entkommen, die aus der Dunkelheit krochen, im Dienste eines Herrn, der vor einer Ewigkeit aus dem Himmel verstoßen worden war.

Vielleicht hegte sie aber auch zu düstere Gedanken. Vielleicht war es ratsam, sich darauf zu besinnen, die Kuh zu retten, mahnte sie sich. Als sie endlich den Stall betrat, waren der Dobl und seine Frau darum bemüht, das trächtige Fleckvieh wieder auf die Beine zu stellen, das sich zwischenzeitlich hingelegt hatte, um sich seinem schmerzvollen Schicksal zu ergeben. Ihre Artgenossinnen waren ebenfalls hörbar von Aufregung ergriffen. Sie muhten laut und vielstimmig und zerrten an ihren Ketten, und die rasselten scheppernd durch die Ösen der Gestänge, welche das Fleckvieh an Ort und Stelle hielten.

»Lasst sie in Ruhe!«, fauchte Maria und scheuchte die Bauersleute zur Seite. Dann blendete sie alles aus, was ihre Gedanken durcheinanderwirbelte, ging vor der am Boden kauernden Kuh in die Knie, legte eine Hand auf die weiche, nasse Schnauze und begann dem Tier ins Ohr zu flüstern. Flüsterte Worte des Waldes, unverständlich für all jene, die nicht bereit waren, sich auf diesen Zauber einzulassen. Doch bei der Kuh musste sie sich deshalb keine Sorgen machen. Sie wusste, dass das Tier ihr zuhörte und verstand. Einst hatte sie diese den Geist und die Seele öffnenden Worte auch bei ihrem Hund angewandt, in der Hoffnung, sein verstörtes Inneres von all dem Schlechten zu befreien, das ihn so verändert hatte. Immer wieder hatte sie es versucht, doch er wollte ihrer Beschwörung nicht mehr lauschen, war zu wütend darüber, was einer von ihresgleichen ihm angetan hatte. Er konnte nicht verzeihen und wollte nicht gerettet werden – im Gegensatz zu der Kuh des Dobl-Bauern, die sich nach einer Weile mit infernalischem Gebrüll wieder auf ihre vier stämmigen Beine stellte.

Die Bauersleute standen herum wie die Ölgötzen, während Maria immer noch vor sich hin flüsternd um das Fleckvieh herumging und dabei mit den Fingern am aufgeblähten Kuhleib entlangstrich. Hinten angekommen, packte sie mit der einen Hand den Schwanz und stieß ihren anderen Arm bis zur Schulter in das Tier hinein, um nach dem Kalb zu tasten. Sie drückte und zerrte und wühlte im Inneren der Kuh herum.

Bündelte all ihre Sinne und vergaß darüber ihre Zipperlein und Gebrechen, die sie in den letzten Jahren mehr und mehr plagten. Jetzt wurde sie von Kräften beherrscht, die eigentlich gar nicht im Körper einer alten Frau stecken konnten. Blut, Fruchtwasser und Fäkalien tränkten ihre Schürze und bedeckten auch bald alles andere. Vermischten sich mit dem Schweiß, der ihr aus den Poren trat und ihr in Bächen übers Gesicht ran. Ihre Augen brannten, ihre Muskeln und Gelenke schmerzten von der Anstrengung, die sie aufwenden musste, um das Kalb in eine Position zu bringen, in der es unbeschadet aus dem Mutterleib gleiten konnte. Doch ihr war, als läge dieser Schmerz unter einer kalten, dichten Schneedecke, die er nicht zu durchdringen vermochte. Dennoch, es war eine Tortur für sie, genauso wie für die Kuh. Doch gestärkt durch die Worte des Waldes, ließ das Tier es geschehen und warf ihr Kalb schließlich in Marias Arme. Zusammen mit dem Neugeborenen und einem Schwall Fruchtwasser stürzte sie in das von dampfenden Körperflüssigkeiten getränkte Streu und blieb dort schwer keuchend liegen. Am liebsten hätte sie trotz des Drecks und Gestanks um sich herum die Augen geschlossen, um auf der Stelle einzuschlafen, so ausgelaugt fühlte sie sich urplötzlich. Doch dann regte sich das Kalb, das immer noch halb auf ihr kauerte. Es war schwer. Ein junger Stier, der bald nicht mehr zu bändigen sein würde. Sie schob ihn von sich herunter und befreite seine Schnauze vom blutigen Schleim. Dann endlich begann er zu atmen.

Der Dobl-Bauer half ihr hoch. Er sah nicht gesund aus. *Ich muss fort*, dachte sie. Keine Zeit mehr, erneut nach der Kuh zu sehen, die zitternd und orientierungslos nach einem sicheren Stand suchte – und nach ihrem Kälbchen, das noch nicht auf seine wackligen Stelzen gekommen war.

»Danke«, sagte der Bauer, dann geriet auch er ins Wanken. Seine Finger, die immer noch ihre schmierigen Hände umfasst hielten, waren eiskalt. Ohne Vorwarnung fiel er um und klatschte der Länge nach in die Brühe, die nun zäh und stinkend die Ablaufrinne füllte.

»Hermann!«, entfuhr es dem Mund der Bäuerin, und sie stürzte heran und beugte sich über ihn. Der Dobl-Bauer japste, weil er keine Luft mehr bekam, und presste sich die Hände auf den Brustkorb. Sein Gesicht färbte sich purpurrot, und die Augen quollen ihm aus den Höhlen.

»Tu doch was!«, schrie die Bäuerin hysterisch und suchte Marias Blick. Zorn und Verzweiflung meißelten tiefe Falten in ihr Gesicht.

Maria wusste, dass es zu spät war, aber das konnte sie nicht sagen. Also schüttelte sie nur den Kopf.

»Dann verschwind!«, brüllte die Bäuerin. »Verschwind vom Hof, du verfluchte Hex'!«

18

Liebe Bruni!

Das Dach ist noch dicht, und die Stube fege ich zweimal die Woche, so wie Du es mir aufgetragen

Nein, das wollte sie nicht schreiben. Nicht diesmal. Sie riss das Blatt von dem linierten Schreibblock, den sie zuunterst in der Buffet-Schublade gefunden hatte, und zerknüllte es. Die Blattränder waren bereits vergilbt, das Papier fühlte sich brüchig an. Wie lange hatte sie es nicht mehr hervorgeholt? Eine Weile lang betrachtete sie den Bleistift zwischen ihren Fingern. Noch war er spitz genug. Sie konnte noch einmal anfangen.

Liebe Bruni!

Ich habe heute einem Kalb auf die Welt geholfen. Wäre ich nicht dort gewesen, wäre die Kuh qualvoll dahingegangen. Samt dem Kalb. Leider musste statt dem Vieh der Bauer sterben. Der Tod holt sich halt, was er braucht. Das ist der Kreislauf. Bald kommt er auch zu mir. Wir haben noch Spätsommer, aber schon spüre ich den kommenden Winter in den Gelenken. Der Hund ist auch schon tot.

Erneut hielt sie inne. Bruni hatte den Hund nie gekannt. Und genau genommen wollte sie doch darüber schreiben, was ihr auf dem Herzen lag. Über die Gewichte, die auf ihre Seele drückten. Darüber, was Mathilde passiert war. Und über *ihn*. Stattdessen schob sie das Unvermeidliche hinaus und formulierte nur Banalitäten. Wobei man nicht von Banalitäten sprechen konnte, wenn man über den Tod schrieb. Wieder trennte sie das Blatt vom Block und formte es mit der Linken zu einer Papierkugel. Später würde sie damit den Ofen anheizen.

Unter ihren Fingernägeln klebte immer noch Blut von der Kuh. Die Kleider, die sie getragen hatte, als sie das Kalb holte, weichten in der Blechwanne ein. Zum Wasser hatte sie Lauge gegeben. Doch sie konnte sich nicht vorstellen, dass das Zeug je wieder sauber wurde. Wieso war sie überhaupt mitgegangen? Sie dachte an den Dobl-Bauern. Sie war bereits wieder auf ihrer Seite das Tals gewesen, als sie die Sirenen eines Sanka hörte. Nachdem Maria aus dem Stall geflüchtet war, musste die Dobl-Bäuerin direkt rüber zum Brenner gerannt sein und von dessen Telefon aus die Rettung gerufen haben. Sonst wären sie kaum so schnell von Wegscheid herübergefahren gekommen.

Womöglich hätte sie ja doch helfen können ... Maria schüttelte den Kopf. Nein, es war zu spät gewesen, schon in dem Moment, als der Bauer zusammenbrach. Diese Endgültigkeit war bereits davor in seinen Augen zu lesen gewesen. Sehr wahrscheinlich war es um ihn schon geschehen, als er noch aufrecht neben seiner Frau gestanden und ihr dabei zugesehen hatte, wie sie im Leib der Kuh nach dem Kalb gegriffen hatte. Da hatte der Tod seine kalten Finger um sein Herz gelegt – er hatte nur noch nicht zugedrückt. Dem Gevatter musste klar geworden sein, dass Maria es schaffen würde, das Kalb ins Leben zu holen. Und weil er nicht mit leeren Händen gehen wollte, hat er sich stattdessen den Dobl genommen.

Maria setzte die Bleistiftspitze auf das leere Blatt, aber ihre Hand wollte sich nicht bewegen. So verstrich die Zeit, während sie auf das Ticken der Kuckucksuhr in ihrem Rücken horchte. Wie sollte sie ihrer Tante nur davon berichten, was vor so langer Zeit passiert war? *Damals* hätte sie es ihr sagen sollen, gleich bei ihrem ersten Besuch, der auf den Tanz der Dämonen folgte. Doch je länger sie damit gewartet hatte, desto unmöglicher war es geworden. Einem kurzen Frühjahr schloss sich ein nasser Sommer an, der sich bereits im August herbstlich anfühlte. Dann war der Winter gekommen, in jenem Jahr, in dem der Krieg zu Ende gegangen war. Bereits Mitte Oktober war der erste Schnee gefallen, im November lag er einen halben Meter hoch vorm Haus, und es hörte nicht auf zu schneien bis in den Januar hinein. Noch vor der Jahreswende hatte sie zweimal das Dach freischaufeln müssen, damit es unter dem Gewicht des Schnees nicht über ihr einstürzte. Auch das hatte sie geschafft, trotz ihres Zustands. Aber sie war ja auch noch jung gewesen. Und der Lichtbringer hatte die Hand über sie gehalten, denn anders hätte man dieses kraftraubende Wühlen durch den hüfthohen Schnee auf der Dachschräge sicher nicht bewerkstelligen können.

So konnte sie das natürlich nicht schreiben. Bruni hatte immer dem Herrn gehuldigt. Nicht obsessiv, wie es viele der Weiber im Ort taten, aber dennoch in tiefem Glauben. Vermutlich hatte Maria deshalb nichts gesagt. Damit ihre Tante nicht in einen Konflikt geriet und sich zwischen dem Herrn im Himmel und ihr hätte entscheiden müssen.

Maria ließ den Stift auf die leere Seite fallen und nahm sich vor, den Brief später zu schreiben. So war es auch gestern schon gewesen. Da war sie ebenfalls nicht über die ersten drei Sätze hinausgekommen.

Den Kopf immer noch voller Unordnung, ging sie in den Keller und sah nach dem Rechten. Wieder waren es die Kartoffeln, die sie letztlich am meisten beschäftigten. Die im Holzverschlag, die nach und nach vergingen, ebenso wie jene, die auf dem Feld noch unter der Erde auf sie warteten. Sie sollte heute mit dem Ausgraben anfangen. Aber ihr Rücken schmerzte. Ebenso die Arme, die das Kalb aus dem Muttertier gezogen hatten. Das hatte viel Energie gekostet.

Ob der Dobl wohl noch gelebt hatte, als die Sanitäter eintrafen? Wie lange hatte der Tod noch mit ihm gespielt, bis er ihm zuletzt die Seele aus dem gedrungenen Körper gesogen hatte? Sie hätte es nicht sagen können, denn das Sterben lief niemals gleich ab. Der Tod war launisch und in seinem Tun eigenwillig. Sie hoffte nur, wenn es irgendwann für sie so weit war, dass er keine Sperenzchen trieb, sondern es entschlossen und schnell erledigte. Ihr Leben war zu oft eine Qual gewesen, da sollte es nicht auch noch das Dahinscheiden sein.

Es war nicht so, dass sie es bedauerte, bald gehen zu müssen. Nicht für sich. Sie wusste, es gab Erlösung, auch ohne auf einen Herrgott im Himmel zu vertrauen. Maria war bereit zu gehen, jederzeit – wenn sie nur gewusst hätte, was sie davor mit *ihm* machen sollte.

19

1920

Das, was Fritz als sein Haus bezeichnete, war nichts als ein besserer Schuppen; der verfügte zwar über ein gemauertes Fundament, doch es umfasste nur Wohnstube und Kuchel. Der Rest der Zimmer und Anbauten war aus Brettern notdürftig zusammengenagelt, und in diesen verwinkelten, fensterlosen Räumen zog es durch alle Ritzen. Einst hatte das Gebäude auf dem Steiner-Hof als Unterkunft für Mägde und Knechte gedient, doch selbst die hausten mittlerweile besser als der Bruder des Großbauern Josef Steiner. Fritz hatte hier bereits mit seiner ersten Frau gelebt und dort seinen Sohn Jakob heranwachsen sehen. Und nun hatte er Maria zu sich in diese schäbige Behausung geholt.

Fritz tat mit ihr, was er im Ehegelübde vor dem Traualtar, Gott und den Zeugen versprochen hatte. Er erfüllte seine Pflichten, die ihm diese Heirat auferlegte. Natürlich verlangte er diese Aufopferung auch von Maria, obzwar ihrer beider Vorstellungen hinsichtlich der körperlichen Vereinigung von Mann und Frau nicht unterschiedlicher hätten sein können. Bereits in der Hochzeitsnacht und freilich auch danach verknüpfte Fritz den Zeugungsakt mit Gewalt. Dabei schien er stets von unerklärlicher Wut getrieben zu sein, die seine blutjunge Braut mit aller Härte zu spüren bekam. Noch schlimmer wurde es, wenn er getrunken hatte. Dann schäumte sein Blut noch heftiger. Maria verstand nicht, was mit ihr geschah, doch sie wusste bereits nach ihrer ersten gemeinsamen Nacht, dass das, was Fritz ihr antat, nicht richtig sein konnte. Da brauchte sie nicht einmal Bruni oder sonst jemanden zu fragen – was sie aus Scham ohnehin niemals getan hätte. Mit dieser Erkenntnis übermannte sie die Verzweiflung. Eine Verzweiflung, die wuchs und wuchs und wuchs, so unermesslich, dass sehr bald die Flucht in sich selbst ihr einziger Ausweg blieb. Sie floh an einen Ort in ihrem Körper, der so unergründlich vergraben war, dass selbst Fritz nicht an ihn herankam, egal wie tief er in sie eindrang. Immer wenn er über sie herfiel, zog sie sich dorthin zurück, jedes Mal ein Stück weiter und anhaltender, bis sie eines Tages, etwa sechs Wochen nach der Hochzeit, nicht mehr von dort herausfand. Oder besser gesagt, gar nicht mehr herausfinden wollte.

Was mit ihrer Hülle passierte, nachdem sie in diesen katatonischen Zustand verfallen war, bekam sie nicht mehr mit. Alles, was während dieses Rückzugs mit ihr geschah, sollte sie erst später aus Brunis Berichten erfahren.

Fritz weigerte sich, einen Arzt kommen zu lassen, denn ihr Geist war zwar eingekapselt, aber ihr Körper tat weiterhin, was man ihr auftrug. Das genügte ihrem Mann, und er hielt ein Einschreiten nicht für nötig.

Es war ihre Tante, die schließlich den Doktor aus Wegscheid herbeirief und auch die Behandlungskosten übernahm. Leider führte das, was der Arzt an therapeutischen Maßnahmen anregte, zu keinerlei Verbesserung von Marias Zustand. Daher wusste sich Bruni nicht mehr anders zu helfen und fragte erneut Hilde Wegebauer um Rat. Diese Eigenwilligkeit erzürnte Fritz Steiner noch mehr als der Ruf nach dem Arzt. Doch als das unchristliche Weibsbild leibhaftig vor seiner Tür auftauchte, wagte er nicht aufzubegehren, weil selbst unter den versoffensten Kerlen im Ort bekannt war, dass sie im Bund mit dem Teufel stand. Und es sich mit dem Beelzebub zu verscherzen, dazu fehlte es Fritz sogar in betrunkenem Zustand an Schneid. Deshalb leistete er keinen Widerstand, als Hilde entschied, Maria mit zu sich zu nehmen. Bruni ging davon aus, dass Hilde ihre Maria auf den Wegebauer-Hof brachte. Doch in Wahrheit begaben sich die beiden Frauen in den Wald, denn nirgendwo anders war Maria mehr zu helfen.

Und der Wald sprach zu ihr.

Es waren nicht nur die Bäume, deren Worte sie in ihrem Kopf empfing, vereint zu einer einzigen Stimme. Es waren auch die Sträucher, Gräser, Pilze, das Moos, das die haushohen Granitfindlinge bedeckte. Alles um sie herum nahm Kontakt zu ihr auf, und es war wunderschön. Sie hatte später keine rechte Erinnerung mehr daran, was zu ihr gesprochen wurde, aber es schenkte ihr den Mut, von dort zurückzukehren, wohin sie geflüchtet war. Als sie zu sich kam, fand sie Hilde an ihrer Seite und war nicht überrascht darüber. Auch nicht darüber, dass sie auf Moos gebettet unter einem überhängenden Felsen lag und die Sonne warme, tröstende Strahlen durch das Blätterdach hoch über ihr sandte. Maria fühlte sich so stark wie noch nie in ihrem Leben – und sie wusste, was zu tun war.

Später, als sie in ihr Heim zurückkehrte, hätte Maria nicht bestimmen können, wie lange sie fort gewesen war. Es konnte eine Stunde gewesen sein, ein Tag oder gar eine ganze Woche. Zeit war für die Menschen gemacht, für den Wald spielte sie keine Rolle.

Fritz hockte am Küchentisch, den Kopf auf den Armen und vor sich eine fast leer getrunkene Flasche Schnaps. Gerade noch nüchtern genug, um ihr Kommen zu bemerken, blickte er auf, und kaum hatte er sie erkannt formte der Zorn aus seiner versoffenen Visage eine hasserfüllte Fratze. Offensichtlich hatte er nicht mehr damit gerechnet, sie wiederzusehen. Er stemmte sich hoch, begriff aber sogleich, dass er zu besoffen war, um sich auf seine Beine verlassen zu können, weshalb er sich unwillig wieder auf den knarzenden Stuhl fallen ließ. »Mach mir Essen, du undankbares Weibsbild!«, presste er hervor, dann fiel sein Kopf zurück auf die Tischplatte.

Und sie gehorchte. Wortlos feuerte sie den Holzofen an und bereitete ihm eine Mahlzeit zu, aus dem wenigen, was sie im Vorratsschrank noch finden konnte. Doch es war nicht wichtig, was in der verbeulten Gusspfanne zusammenbriet. Es zählten einzig und allein die Zutaten, die sie aus dem Wald mitgebracht hatte und die für die angemessene Würzung sorgten.

Fritz aß, was sie ihm wenig später vor die rot gesoffene Nase stellte, rührte sie ab diesem Tag nicht mehr an und starb im Jahr darauf an einem Hirnschlag, wie Dr. Weishäupl in seiner emotionslosen Art feststellte. »Kein ungewöhnlicher Tod für jemanden, der zum Cholerischen neigt«, ließ er verlauten. »Und da hat er noch Glück gehabt, Ihr Gatte. Denn wäre es nicht der Schlag gewesen, dann hätte ihn wohl bald seine aufgequollene Leber umgebracht. Was wiederum ein weitaus schmerzhafteres Dahinscheiden bedeutet hätte. Daher Glück im Unglück, denn so ist es wenigstens schnell gegangen.«

Nicht schnell genug nach Marias Empfinden, aber sie wollte sich nicht beklagen.

20
1977

Man hatte ihr berichtet, dass es der Frau, die sie zur Welt gebracht hatte, nicht vergönnt gewesen war, sie in den Armen zu halten. So blieb sie mit der Gewissheit zurück, dass Maria den Herzschlag ihrer Mutter nie außerhalb ihres Körpers gehört hatte. Dafür hörte sie nach ihrer ersten echten Begegnung mit dem Wald für alle Zeit dessen Herzschlag, was in vielerlei Hinsicht ein Trost war. Nichtsdestotrotz dachte sie häufig darüber nach, wo sie herkam. Allerdings waren all ihre Fragen danach schon während ihrer Kindheit auf taube Ohren gestoßen. Sobald sie Georg auf ihre Mutter ansprach, schüttelte der lediglich den Kopf und ließ sie stehen. Selbst Bruni konnte ihr nicht weiterhelfen. Oder sie wollte nicht – und das machte das Geheimnis um ihre Mutter nur noch größer. *Keine aus dem Ort*, das war alles, was sie ab und an zu hören bekam. Nicht von ihrem Vater oder ihrer Tante, sondern von Leuten, die für ihr Geschwätz und zuweilen auch die üble Nachrede hinter dem Rücken der Betroffenen bekannt waren. Selbst der Pfarrer gab ihr keine Auskunft, als sie einmal allen Mut zusammennahm und ihn nach der Beichte danach fragte. *Eine verlorene Seele*, sagte er. *Und leider auch niemand, dem ein Grab auf unserem Friedhof zugestanden hätte.* Maria erfuhr nicht einmal, wo ihre Mutter begraben lag. *Nicht auf unserem Friedhof …*

Als sie aufblickte, stellte sie fest, dass sie sich genau dort befand. Auf dem Friedhof. Nicht am Grab von Fritz, auch nicht an dem von Jakob, sondern erneut an dem von Mathilde. Wieder sahen die Blumen frisch aus. Warum war sie bloß hergekommen, so kurz nach dem letzten Mal? Sie tastete nach den Schulterriemen ihres Rucksacks, doch nicht einmal den hatte sie umgeschlungen. Was wollte sie schon wieder im Dorf? Wie hatte sie den ganzen Weg durchs Tal gehen können, ohne es zu bemerken?

Sie fand keine Erklärung, aber freilich: Manchmal lockte sie der Wald. Dann musste sie hinaus und zwischen die Bäume, musste barfuß über das Moos gehen, über das Nadelbett und durch das Laub und ihre Hand an die stets kühlen Granitfelsen legen. Bei einigen dieser Ausflüge erhielt sie Antworten. Früher war das häufiger der Fall gewesen, meist, wenn sie nicht mehr weiterwusste. Wenn die Verzweiflung sie fest gepackt hielt, sich scheinbar keine Auswege mehr auftaten, dann erwachte sie ab und zu im Schatten des Waldes, ohne eine Erinnerung an den Weg, den sie zurückgelegt hatte. Das eine oder andere Mal sogar nur mit einem Nachthemd bekleidet, weil sie der Ruf des Waldes offensichtlich direkt aus dem Bett geholt hatte. Der letzte dieser unbewussten Ausflüge lag nun allerdings schon etliche Jahre zurück. So lange, dass sie gar nicht mehr damit gerechnet hatte, ohne Vorwarnung zwischen Bäumen und Sträuchern zu sich zu kommen. Das machte ihren Marsch bis in den Ort hinein noch unerklärlicher.

Bang und verwirrt verließ sie den Friedhof. Vom Pfarrhaus her marschierte die Riedl Erna den Weg herunter. Maria erkannte sofort, dass es zu spät war, sich hinter die Mauer zu ducken oder gar vorzugeben, sie hätte sie nicht gesehen, und schnell davonzueilen. Wo sollte sie auch hin? Etwa über die Straße und in die Bäckerei? Das wäre eine deutlich schlechtere Wahl gewesen.

»Da schau her, die Steiner Maria«, rief Erna, die sich seit geraumer Zeit um das Wohlbefinden von Hochwürden Hochstetter kümmerte. »Traust dich auch mal wieder aus deinem Wald raus?« Leider schien ein ungeschriebenes Gesetz zu diktieren, dass die Pfarrersköchin auch das geschwätzigste Weib im Ort zu sein hatte. Einerseits war das ein Graus, weil Maria nichts von all dem hören wollte, was Erna meinte, ihr auf die Schnelle berichten zu müssen. Andererseits bedeutete ein Aufeinandertreffen mit der Dorfratsche, dass sie selber nicht groß etwas zu sagen brauchte, da die Unterhaltung ganz ohne ihr Mitwirken bestritten wurde. Es reichte ein gelegentliches Nicken oder Stirnrunzeln, um zu signalisieren, dass man der Schwatzbase zuhörte. Doch mitten zwischen all den Worten, die aus dieser Frau heraussprudelten, fiel ein Satz, der sie aufhorchen ließ.

»Weißt du's schon, die Zigeuner sind wieder da.«

»Was?«

»Ja, hast schon richtig gehört. Sie haben sich wieder hergetraut, dieses Gesindel. Mei, wenn ich was zu sagen hätte, auf der Gemeinde, dann dürften die ihr Lager nicht bei uns aufschlagen. Nachsichtiger soll ich sein, meint der Herr Pfarrer immer, selbst mit solchen. Aber er sagt auch, dass ich immer alles sauber absperren soll, wenn die in der Gegend sind. Wo ist denn in dem Fall seine karitative Nachsicht, frag ich dich? Und man sieht's ja wieder. Man sieht's wieder! Kaum tauchen die Zigeuner auf, kommt auch das Unglück über uns. Die ziehen das an, sage ich dir. Die ziehen's an oder haben es dabei, wie du willst. Brauchst doch nur schauen, was dem Dobl passiert ist. Gestern. Ich hab noch den Sanka gehört, also die Sirene, meine ich. Aber da war es schon zu spät, hat es geheißen. Ich weiß ja noch nichts Genaues, weil der Pfarrer mir nichts hat sagen wollen, aber ich komm schon noch dahinter, warum es ihn so unverhofft dahingerafft hat. Wobei er eh nicht mehr gesund gewesen sein soll. Hat jedenfalls der Hirscher behauptet. Wegen der Schulden, die er gehabt hat und weil keines von den Kindern den Hof will. Solche Sorgen können einen schon krank machen. Aber gleich so, dass es dann von jetzt auf nachher vorbei ist? Und kaum, dass diese verlausten Strauchdiebe die Josefi-Platte wieder für sich beanspruchen ...« Sie schnappte nach Luft, dann schlug sie das Kreuz über ihren üppigen Brüsten. Maria wollte sich bereits abwenden, da fasste die Pfarrersköchin nach ihrem Oberarm.

»Und dem Metzger-Dirndl, dem soll es auch gar nicht gut gehen«, flüsterte Erna ihr zu.

21

Der Mann saß breitbeinig auf der Bank vor ihrem Haus und rauchte. Er hatte schütteres, aschblondes Haar, gerötete Wangen und ein Doppelkinn. Sein massiger Körper steckte in einem verknitterten braunen Anzug. Die Krawatte war schlecht gebunden, das konnte sie selbst aus der Entfernung erkennen. Ebenso wie die in der Sonne glänzenden Schweißperlen auf seiner Stirn. Sein wacher Blick hatte sie erfasst, kaum dass sie aus dem Wald getreten war, und ließ sie nun keine Sekunde aus den Augen, während sie über die Lichtung ging. Sie ließ sich Zeit, als könnte sie durch ihr Trödeln ungeschehen machen, dass dort einer auf ihrer Bank hockte. Vermutlich war er mit einem Auto gekommen, hatte es am Geigerkreuz abgestellt und war von dort bis zu ihr zu Fuß gegangen. Wer sie besuchte, brauchte gute Beine oder musste auf eine Mitfahrgelegenheit auf dem Traktor eines der umliegenden Bauern hoffen. Das Schuhwerk des Besuchers zeugte davon, dass er nicht mit einem so schlechten Weg durch den Wald gerechnet hatte. Die Nässe, mit der die Gräser zwischen den Spurrinnen überzogen waren, hatte sich in den Hosensaum gesogen.

Der Mann stand auf, als sie bis auf drei Schritte heran war. Sie hielt inne, also fühlte er sich genötigt, von sich aus näher zu kommen, bis sie nur noch eine gute Armlänge trennte.

»Inspektor Göhring«, stellte er sich vor, stieß den Rauch des letzten Zugs aus und schnippte den Stummel der filterlosen Zigarette ins Gras. Dort, wo sie zwischen seinen Fingern gesteckt hatte, waren Haut und Nägel nikotingelb verfärbt. Er schwitzte wirklich stark. Unter seinem Hemd wölbte sich ein ordentlicher Schmerbauch.

»Inspektor«, wiederholte sie leise. Dadurch fühlte er sich offenbar aufgefordert, ihr seinen Ausweis zu zeigen. Sie beugte sich vor, bis ihr Blick die Schrift erfasste. *Franz Göhring*, las sie. Er stammte aus Passau.

»Es wird jemand vermisst«, sagte er, nachdem er seinen Ausweis wieder in der Innentasche seines Sakkos verstaut hatte. »Ein Mann. Harald Lang. Er soll hier in der Gegend Urlaub gemacht haben.«

»Urlaub«, murmelte Maria.

»Er hat eine auffällig große Statur. Ist an die eins neunzig groß.« Er hob die Hand ein Stück über seinen Kopf, um die Größe zu demonstrieren. »Ende dreißig«, fügte er hinzu. »Haben Sie in den letzten Tagen jemanden gesehen, auf den diese Beschreibung passt?«

Maria schielte flüchtig über die bullige Schulter des Inspektors hinweg rüber zum Schuppen. Dann schüttelte sie den Kopf.

Er schaute sich um. »Ich nehme an, hier kommt selten jemand vorbei«, sagte er, und seine graublauen Augen betrachteten sie aufmerksam.

»Warum Sie?«, wollte Maria wissen.

»Warum ich zu Ihnen gekommen bin?«, hakte er nach, und sie bestätigte mit einem knappen Nicken. »Im Ort hat jemand gemeint, er hätte Herrn Lang in die Richtung gehen sehen, die zu Ihnen ins Tal führt.«

Der Krämer, dachte sie. Oder jemand anders. Im Dorf blieb eben nichts verborgen.

»Aber dem war wohl nicht so«, folgerte er. »Dann hab ich den Weg bis hierher offenbar umsonst gemacht.« Wieder musterte er sie eine Weile. »Ist es nicht sehr einsam hier draußen? So allein?«

Ich bin nicht allein. Erneut schüttelte Maria den Kopf. »Ich mag die Stille«, erwiderte sie, weil sie meinte, etwas sagen zu müssen.

»Sie leben hier schon recht lang, stimmt's?«

»Dreißig Jahre«, antwortete sie, obwohl sie wusste, dass es ein paar mehr waren, doch darauf kam es nicht an. Für einen kurzen Moment meinte sie Anerkennung aus seinen Augen funkeln zu sehen. Vielleicht war auch Inspektor Göhring auf die eine oder andere Art einsam und konnte nachempfinden, wie es war, dergleichen auszuhalten.

»Kann sein, dass ich noch mal vorbeikomme«, ließ er sie schließlich wissen.

Sie sah ihm hinterher, wie er über die Lichtung ging. Auf halber Strecke, an dem Punkt, wo der Weg durch die erste Baumreihe führte, zündete er sich eine weitere Zigarette an. *Er sollte im Wald nicht rauchen*, dachte sie. Der Wald mochte kein Feuer, egal wie klein die Glut war. Zwar lag der letzte Regen erst zwei Tage zurück und ein Großteil des Waldbodens unter den dicht stehenden Bäumen war noch feucht, aber es gab auch viele Löcher im Blätterdach, durch die die Sonne nach unten gelangte. Stellen, an denen keine Pilze wuchsen und Reisig, Laub und Nadeln schnell dürr wurden. Dort reichte schon ein Funke.

Mit einem Mal fiel ihr ein, dass sie in letzter Zeit häufiger Zigarettenstummel hatte herumliegen sehen. Besonders rund um ihre Lichtung. Manchmal ganze Nester, die nur nachlässig unter die Erde gebracht worden waren. Als hätte dort lange jemand gestanden und auf ihr Haus geblickt ...

Inspektor Göhring wurde von den Schatten zwischen den Baumstämmen verschluckt, und bald darauf waren auch seine schwerfälligen Schritte nicht mehr zu vernehmen. *Ich sollte ins Haus gehen*, mahnte sie sich. Doch sie blieb stehen, wo sie war, und versuchte sich zu erinnern, ob sie schon jemals während ihrer zweiundsiebzig Jahre mit einem Polizeiinspektor gesprochen hatte. Aber das war es eigentlich nicht, was sie wirklich beschäftigte. Es war auch nicht die Frage, nach wem der untersetzte Beamte suchte, denn das zu beantworten war leicht. Der große Mann, der passenderweise Lang hieß, hatte vor ein paar Tagen in ihrem Schuppen geschlafen, obwohl doch angeblich ein Gästezimmer beim Hirscher-Wirt für ihn bereitstand. Und jetzt suchte die Polizei nach ihm. Nach dem Pilger, der die Ziegenmilch hatte stehen lassen. Sie hätte dem Inspektor sagen können, dass sie wusste, wen er meinte. Vermutlich wäre sie sogar dazu verpflichtet gewesen.

Du hast einen Beamten angelogen.

Sie stellte fest, dass ihr das weniger Angst einflößte, als sie vermutet hätte. Sofern sie überhaupt jemals darüber nachgedacht hatte, wie es wäre, jemandem von der Polizei ins Gesicht zu lügen. Gleichzeitig befiel sie der Verdacht, dass dieser Göhring niemand war, der sich einfach so anlügen ließ. Jetzt, während sie in das lichtlose Loch starrte, in das sich der Weg nach nur wenigen Metern im Wald verlor, kam sie mit sich überein, dass der Inspektor ihr nicht geglaubt haben konnte. Vielmehr war sie sich mit einem Mal sogar sicher, dass der Kriminaler aus Passau schlichtweg *wusste*, dass ihr der Pilger begegnet war.

Er ist dir nicht nur begegnet.

Ja, vermutlich konnte der Inspektor Menschen lesen. Womöglich war er – wissentlich oder auch unwissentlich – genau wegen dieser Gabe zur Polizei gegangen. Doch selbst diese Einsicht reichte nicht, um sie in Aufruhr zu versetzen, denn da war die eine Frage, die sie noch weitaus mehr beschäftigte als die Konsequenzen, die das Anlügen einer Amtsperson mit sich bringen mochte.

Wer vermisst den Pilger?

Wer vermisste ihn sogar so sehr, dass er die Polizei nach ihm suchen ließ? Der große Mann hatte vorgegeben, hier durch die Wälder wandern zu wollen, und vielleicht war er einfach noch nicht fertig damit. Hatte er ihr gegenüber nicht behauptet, er suche die Ruhe? Konnte es nicht einfach sein, dass er gar nicht gefunden werden wollte, solange er sich nicht selbst gefunden hatte? *Das* hätte sie den Inspektor fragen sollen. Allerdings hätte sie damit zugegeben, dass der Pilger auf ihre Lichtung gekommen war. Nein, es war schon besser gewesen, die Ahnungslose zu mimen. Besser für alle hier auf der Lichtung.

Zufrieden mit ihrer Entscheidung, fühlte sie sich endlich in der Lage, ins Haus zu gehen. Obwohl sie vom langen Weg zurück aus dem Dorf durstig war, stieg sie zuallererst hinunter in den Keller. Im matten, honiggelben Schein der Glühbirne, die nackt von der Decke hing, betrachtete sie die Tür am Ende des Gangs, der sich durch das Untergeschoss des kleinen Häuschens zog und es in drei Zellen teilte. Der hintere Bereich des Kellers war noch tiefer in die Erde eingelassen und verfügte über ein mit klobigen Granitsteinen gemauertes Gewölbe mit einer stabilen, eisenbeschlagenen Eichenholztür davor, die zusätzlich mit einem schweren Riegel gesichert war. Vielleicht war sie in der Nacht, als der Pilger nebenan im Schuppen geschlafen hatte, hier unten gewesen, ohne sich daran erinnern zu können. Und was, wenn dem so war? Was, wenn sie aus Angst vor den Eindringlingen, die sie nächtens im Haus gehört hatte, das Schloss geöffnet und den Riegel zurückgeschoben hatte?

Das Gewölbe hinter der Tür, dessen Boden aus gestampfter Erde bestand, hatte einst als Vorratskeller gedient, hauptsächlich für Kartoffeln, Obst und Wintergemüse. Lang stand sie im kühlen Halbdunkel davor und suchte in ihrem Gedächtnis, ohne eine Bestätigung für ihre finstere Vermutung zu finden. Schließlich rüttelte sie an dem Vorhängeschloss, das den Riegel an Ort und Stelle hielt, und überprüfte, ob alles fest versperrt war, so wie sie es täglich mehrfach tat. Sie durfte in ihrem Alter vieles vergessen, doch nicht, dass sie diesen Keller stets gut verschlossen zu halten hatte. Denn darin lagerten schon lang keine Kartoffeln mehr.

22

Die Sonne stand bereits tief im Westen, als sie erneut aufbrach. Diesmal war völlig klar, dass sie nicht vor Einbruch der Dunkelheit heimkehren würde. Sie musste also den Wald durchqueren, wenn er in tiefste Finsternis getaucht war. Aber diesen Gang konnte sie einfach nicht aufschieben. Deshalb hatte sie Vorbereitungen getroffen und trug einen Schutz mit sich, der alles Böse abwenden konnte. Einen Kraftstein, ein Leinensäckchen mit ausgewählten Kräutern sowie zerriebene Räucherkohle, getrocknete Weidenrinde und zerstoßenes Fichtenharz.

Ich bleibe heute unbeschadet.

Unbeschadet zumindest vonseiten der Halbwesen, die im Schatten wohnten. Von den Waldgeistern, Wechselbälgern, den Gnomen und allem Wilden, was unter den Wurzeln, dem Laub und in den Felsspalten hauste und das Tageslicht scheute. Sie konnte sie hören, wie sie durchs Unterholz raschelten, kaum dass der Wald sie umschlossen hatte. Obwohl die Sonne noch ihre letzten Strahlen durch das Laub sandte, waren diese Geschöpfe schon bereit, ihre langen Spinnenfinger nach den Unvorsichtigen auszustrecken, die vom Weg abkamen.

Auf dem Weg zu bleiben war überhaupt das Wichtigste, wenn man so spät oder gar nachts durch den Wald ging. Nicht abzuweichen von den Pfaden, die dem Menschen vorbehalten waren, denn genau auf den einen verhängnisvollen, falschen

Tritt lauerten die Wesen aus der Schattenwelt. Darauf, dass die unsichtbare Barriere gekreuzt oder gar durchschritten wurde. Die Dunkelheit verführte leicht dazu. Oder der Nebel, der im Herbst durch den Wald zog. Das dichte Schneetreiben im Winter. Alles Phänomene, die mithalfen, einem die Orientierung zu nehmen. Doch Maria kannte ihre Wege, fand sie selbst, wenn ihre Augen getrübt waren.

Wenigstens heute brauchte sie sich deswegen aber keine Sorgen zu machen. Die Nacht war klar, der Mond fast voll. Sein bleiches Licht schien hell herab, und wenn es erst richtig spät wurde, würden die Sterne es ergänzen. Das Böse, das sich unter dem Moos und den Farngewächsen versteckte, das zwischen dem Wurzelwerk und in geheimen Gängen in der schwarzen Erde lauerte, hatte unter dieser Voraussetzung wenig Aussichten, sie in die Irre zu locken. Ihre Furcht vor den Halbwesen des Waldes passte heute in einen Fingerhut. Dennoch blieb eine Unruhe, die sie sich nicht erklären konnte. Sie strich ihr um den Nacken, seit sie das Haus verlassen hatte. Wie schon in den Tagen zuvor spürte sie die Anwesenheit von etwas, das sie nicht erfassen konnte. Von etwas Neuem, Fremdem. Etwas, das wie sie durch den Wald streifte, dessen Absichten jedoch ganz anders geartet waren. Dieses flüchtige Gefühl konnte natürlich ebenso nur trügerische Einbildung sein. Doch ihre Erfahrung sprach dagegen. Während sie von Südosten her den Anstieg hinauf zum Veichthiasl in Angriff nahm, fragte sie sich, ob es vielleicht *er* sein mochte. Sie meinte zwar, ihn zu kennen, wusste aber auch, dass er über vielerlei Gestalten verfügte, selbst wenn diese nie körperlicher Natur waren.

Aber warum schleicht er so um mich herum?

Welchen Grund hätte er für so ein Versteckspiel haben sollen, wo sie doch eigentlich beinahe so etwas wie Vertraute waren? Wollte er sich versichern, dass sie ihm nicht mehr entrinnen konnte? Hatte er beschlossen, sie noch vor dem Winter zu holen?

Seit Jahrzehnten hatte sie ihrer Intuition, ihrem Gespür für die Welt um sie herum vertraut. Nur selten ließ ihre Gabe sie im Stich. Das letzte Mal, da sie überhaupt nicht vorhergesehen hatte, dass sich ihr ein Unglück näherte, war der Überfall durch die Russen gewesen. Aber das lag sehr lange zurück, und sie war damals vielleicht noch zu jung gewesen, zu unerfahren, um die Vorzeichen richtig zu deuten. Außerdem hatte der Teufel ihre Wahrnehmung verschleiert, und gegen dessen Macht war man noch niemals angekommen.

Seither war sie nicht mehr unvorbereitet gewesen. Doch gerade weil es so war und ihre Weitsicht sonst wie die Schnurrbarthaare einer Katze jede Bedrohung frühzeitig erspürten, konnte sie mit dieser unerklärlichen Blindheit, die seit geraumer Zeit ihre Sinne trübte, umso schlechter umgehen. Deshalb glaubte sie auch nicht wirklich, dass es der Tod war, der ihrer Fährte folgte. Denn was den Sensenmann anging, so wusste sie doch, wie dessen Anwesenheit sich anfühlte, egal in welcher Gestalt er die Welt der Sterblichen heimsuchte, um mitzunehmen, worum man ihn schickte. Sie wusste, wie er roch, wie er schmeckte und sich anhörte. Kannte das Rauschen seines Gewands, dieses charakteristische Knistern seines Faltenschlags, wenn der Stoff, der gar keiner war, sich aneinanderrieb. Das raue Röcheln seines fauligen Atems, weit entfernt vom Hauch des Lebens.

Beinahe Vertraute.

Ja, sie wusste, wie es sich anfühlte, wenn der Tod an einem vorüberschritt, und deshalb konnte das dort draußen jenseits der Schatten einfach nicht der Seelensammler sein.

Bloß wer war es dann? Der Teufel? Doch der hatte kein Interesse an runzligen, alten Weibern, deren spröde, trockene Knochen viel zu schnell in seiner Höllenglut verbrannten, als dass sie jene lang anhaltende Pein erlitten, von der er ausgiebig zehren konnte.

Nun, vielleicht steckte auch der dahinter, der schon einmal zurückgekehrt war. Bei dieser Überlegung wurde ihr noch enger ums Herz. Denn das wäre nicht weniger schrecklich als Tod und Teufel. Tatsächlich empfand sie diese Möglichkeit sogar als wesentlich beängstigender. Maria hoffte inständig, dass sie sich irrte. Aber was es auch war, fest stand, es suchte ihre Nähe, um ihr Leid zuzufügen. Und für diese Furcht, die ihre Brust füllte und das Schnaufen zur Qual machte, reichte ein Fingerhut bei Weitem nicht aus.

Sie war so sehr damit beschäftigt, die neue Gefahr einzuordnen, dass sie den langen Marsch um den halben Berg herum kaum wahrgenommen hatte. Daher erreichte sie auch unverhofft schnell den Rand des nach Osten hin abfallenden Plateaus, das im Dorf als Josefi-Platte bekannt war. Nicht einmal das Leuchten des Lagerfeuers war ihr bis jetzt aufgefallen, das bereits gut sichtbar durch die letzten Baumreihen flackerte. Sie hielt den Atem an und betete, dass sie, so tief in Gedanken versunken, auf den letzten Metern bis hierher trotzdem leise genug gewesen war. Zumindest nicht lauter als das Rascheln der Blätter im Wind.

Da waren sie also. An derselben Stelle wie immer. Obwohl der Wald um sie herum seine spätabendliche Symphonie sang, konnte Maria sie jetzt auch hören. Entfernte Stimmen. Leise Musik, die auf den Saiten einer Gitarre angeschlagen wurde, begleitet von Trommeln und den Schellen eines Tamburins. Das, worüber sie sich die ganze Strecke bis hier herauf den Kopf zerbrochen hatte, wurde mit einem Mal unwichtig. Sie duckte sich hinter einen Haselnussstrauch, auch wenn das sinnlos war. Auf Dauer konnte sich niemand vor ihnen verbergen. Das war schließlich mit ein Grund, warum sie hier heraufgeschlichen war. Warum sie jedes Mal hier heraufschlich, wann immer sie davon erfuhr, dass sie Talberg wieder einmal einen Besuch abstatteten. Ihre Anwesenheit zog sie an. Es war wie mit dem Ruf des Waldes, dem sie nicht widerstehen konnte.

Wie immer haderte sie zuerst mit sich, ob sie sich wirklich noch näher heranwagen sollte. Bis sie es dann schließlich nicht mehr aushielt und ihre Beine sie wie von selbst zu den drei Tannen trugen, die deutlich näher am Lager wuchsen. Und obwohl diese Tannen jedes Jahr höher wuchsen, boten die tief hängenden Äste nach wie vor einen guten Schutz. Es bedurfte nur einer kleinen Bewegung, um die unteren Zweige so weit auseinanderzuschieben, um einen guten Blick zu haben.

Vor noch nicht allzu langer Zeit waren sie noch in bunt bemalten Holzwagen durchs Land gezogen, vor die sie ihre Pferde gespannt hatten. Doch das war Geschichte. Heute lebten sie in Wohnwagen, die sie hinter ihren Autos herzogen. Was hingegen geblieben war, war die Anordnung der Gefährte in einem Kreis. In diesem Jahr zählte sie fünf dieser motorisierten Gespanne, in deren Mitte das Lagerfeuer brannte. Das gehörte ebenfalls nach wie vor dazu, auch wenn sie ihre Speisen nicht mehr ausschließlich darüber brieten, wie sie es einst getan hatten. Genau wie bei den Gauklerwagen von damals, die von modernen Wohnwagen ersetzt worden waren, war auch hier die Zeit für das fahrende Volk vorangeschritten. Was geblieben war, waren die Lieder. Und mit ihnen der ewige Geist der Ahnen, der ihre Lebensweise und Riten bestimmte. Der Grund dafür, warum sie diesen Ort überhaupt aufsuchten, gehörte ebenso zu den verborgenen Geheimnissen wie die Antwort auf die Frage, weshalb man ihnen immer wieder gestattete, so nahe am Dorf zu verweilen. Vielleicht folgte auch dies einer unausgesprochenen Tradition, die Jahrhunderte zurückreichte. Da niemand in Talberg je darüber redete, zumindest nicht mit ihr, konnte Maria über diese mysteriöse Vereinbarung nur spekulieren. Alles, was sie wusste, war, dass diese Fremden schon sehr lange Zeit in ihre Gegend kamen, jeweils ein paar Tage blieben und dann wieder weiterzogen. Früher hatten sie während ihres Aufenthalts die Leute aus dem Dorf mit ihren Gaukeleien und Kuriositäten unterhalten. Doch das war nur Beiwerk, um den Leichtgläubigen ein paar Pfennige aus der Tasche zu ziehen. In Wirklichkeit kamen sie nicht der Leute wegen, die unten im Ort wohnten. Die Hiesigen waren ihnen von jeher egal gewesen. Selbst jene, die bereit waren, Geld dafür zu geben, um etwas über ihre Zukunft zu erfahren oder sich gar dazu verstiegen, handgemachten Schmuck oder kunstvoll bestickten Stoff von ihnen zu kaufen. Diese Geschäfte nahmen sie nebenbei mit, so wie Maria Pilze oder Heidelbeeren aus dem Wald mitnahm, die am Wegesrand wuchsen und die man nicht stehen lassen wollte, da man nur die Hand danach auszustrecken brauchte.

Wer wollte es ihnen auch verübeln, dass sie ihre Hände nach dem Geld der Talberger ausstreckten, wenn sich die Gelegenheit bot? Andererseits verlangten doch auch die im Dorf Geld, weil sie den Fahrenden das Plateau zum Lagern überließen. Falls man sie mit dieser Platzmiete abschrecken wollte, hatte das bislang nicht zum Erfolg geführt. Maria wusste darüber nichts Genaues. Für sie sah es so aus, als wollten die einen die anderen nicht und umgekehrt, aber dennoch konnten beide Parteien offenbar nicht voneinander lassen.

Es sollte sogar schon vorgekommen sein, dass die Zigeuner hier überwintert hatten. Das hatte Bruni einmal erzählt, ohne dass Maria sich erinnerte, wie sie auf dieses Thema gekommen waren. Denn auch Bruni hatte es für gewöhnlich vermieden, über die Zigeuner und ihre Besuche in Talberg zu reden. Für Maria fühlte es sich immer an, als ob bei ihrer Tante auch etwas Persönliches dahintersteckte. Vielleicht eine unangenehme Begegnung mit jemandem aus dem fahrenden Volk, irgendetwas, das direkt mit ihrer Familie zu tun hatte. Wobei Brunis Widerwille noch harmlos war gegen das Donnerwetter, das Georg losließ, sobald bekannt wurde, dass die Zigeuner sich näherten. Er war der Einzige im Ort, der die Anwesenheit der Fremden lauthals verteufelte. Während dieser Zeit wurde er noch unerträglicher als sonst und besann sich erst, wenn sie wieder fort waren.

Doch trotz aller Widerstände und Vorbehalte gewährte der Ortsrat ihnen immer ein paar Tage, egal wie die Zeiten waren. Selbst damals, als das Jahrhundert noch jung war und das Misstrauen gegenüber den Fremden ins Unermessliche wuchs, angefacht durch die Ideologie der Nationalsozialisten. Wobei sich Maria nicht vorstellen konnte, dass die Leute aus Talberg in all den Jahrhunderten jemals auch nur einen Funken Aufgeschlossenheit gezeigt hatten. Deshalb war es auch schwer zu glauben, dass man das fahrende Volk jemals mehr als nur ein paar Tage geduldet hatte. Und schon gar nicht einen ganzen Winter lang. Nun, womöglich hatte damals ein sehr früher Kälteeinbruch die Zigeuner überrascht, und sie waren nicht mehr rechtzeitig auf den Weg gekommen. Das erschien ihr die plausibelste Erklärung; aber sie wollte sich lieber nicht ausmalen, wie es für die Leute gewesen war, die Anwesenheit der jeweils anderen über Monate aushalten zu müssen. Die beinharten Winter in diesem Landstrich waren selbst für jene, die eine feste Behausung ihr Eigen nennen konnten, eine kaum zu ertragende Herausforderung. Dabei litt man nicht nur unter der Kälte, sondern auch stets unter der Angst, dass die kargen Vorräte nicht bis ins Frühjahr hinein reichten. Maria konnte sich nicht vorstellen, dass auch nur ein Bauer im Ort zu jener Zeit bereit gewesen war, das wenige, das er besaß, mit den Fremden oben auf der Josefi-Platte zu teilen.

Später dann, unter dem Naziregime, hatten diese Besuche ein jähes Ende gefunden. Es war eine Episode des Schweigens und Wegsehens gefolgt. Sie wusste natürlich, dass davon nicht nur die Zigeuner betroffen waren. Allen voran hatte man es auf die Juden abgesehen, von denen sie aber keine im Dorf hatten. Zumindest war ihr nichts dergleichen bekannt. Aber es waren auch jene aus den Familien verschwunden, denen Gott nach Hitlers Vorstellung zu wenig Verstand mitgegeben hatte. Diejenigen, die im Kopf Kinder geblieben waren, weil sie vielleicht weder richtig sprechen noch für die einfachsten Tätigkeiten angelernt werden konnten. Es gab zu jener Zeit kaum einen Hof, auf dem nicht mindestens einer oder eine dieser als Schwachsinnige Bezeichneten gelebt hatte.

Nach 1945 war von diesen von der Norm abweichenden Geschöpfen keines mehr übrig. Weder diejenigen von schwachem Geist noch diejenigen, die an einem so schweren körperlichen Gebrechen litten, dass sie dem deutschen Volke nur Last statt Nutzen waren.

Dass einige dieser Menschen von schlichtem Gemüt über Talente ganz anderer Art verfügten, war außer ihr allenfalls noch Hilde Wegebauer bekannt, denn es handelte sich um jene Gaben, welche die vermeintlich gesunden Leute nicht wahrnehmen konnten. Aber während des sogenannten Dritten Reichs war es besser, auch dieses Wissen für sich zu behalten. Und so wurden sie allesamt weggeschafft, weil niemand den Mut fand, für die Andersartigen einzutreten. Zuerst geschah dies noch heimlich, und man konnte sich damit herausreden, nichts davon mitbekommen zu haben. Doch dann irgendwann, als man sich um gar nichts mehr scherte als um das eigene Überleben, passierten diese Transporte am helllichten Tage und vor aller Augen. Und diejenigen, die weggekarrt wurden, kamen nie wieder.

Was die Zigeuner betraf, so verstrichen nach dem Krieg ein paar weitere Jahre, bis sich ihr Tross zum ersten Mal wieder über die Kuppe schob, die der letzte Ausläufer des Veichthiasl im Südwesten war, und aufs Dorf zurollte. Und erneut durften sie bleiben, auch wenn sie seither keine Zelte mehr aufstellten, um die Einheimischen darin mit ihrer Gaukelei zum Lachen und Staunen zu bringen. Oder sie an Wunder und Vorhersagen glauben zu lassen.

Sie zuckte zusammen. Da war etwas hinter ihr, das sie aus ihren Gedanken gerissen hatte. Unmittelbar und ganz nahe. Sie wusste es, ohne auch nur ein Rascheln oder ein sonstiges Geräusch gehört zu haben. Etwas hatte sich an sie herangepirscht und starrte ihr nun in den Rücken, ohne dass der Wald sie gewarnt hatte. Mit dieser Erkenntnis wurde ihr überdies klar, dass die spätsommerliche Nacht um sie herum kalt geworden war. Nicht einmal das hatte sie wahrgenommen, so sehr war sie in ihren Erinnerungen gefangen gewesen. Die

Kälte erfüllte nun ihr Herz, und sie verspürte den größten Widerwillen dagegen, sich nach dem umzudrehen, was da hinter ihr stand.

23

Die Gefangenschaft in der dunklen, kalten Enge raubte ihr die Luft zum Atmen. Sie schreckte hoch und wusste sofort, dass sie einem bösen Traum entronnen war. Vermutlich war es ein Glück, dass ihr im selben Moment jede Erinnerung daran verloren ging, wie sie in der Traumwelt in die prekäre Lage geraten war, sich eingesperrt wie in einem Grab zu fühlen. Alles, was an fetzenhaften Gedanken übrig blieb, war die bodenlose Furcht vor diesem finsteren Verlies, in das man sie gesteckt hatte. Das war wahrlich keine gute Nacht gewesen. Sämtliche Knochen taten ihr weh von dem langen Marsch gestern durch den Wald, hinauf auf den Berg und zurück. Wobei ihr im Moment noch nicht einmal einfallen wollte, wie sie überhaupt heimgekommen war.

Sie richtete sich so weit auf, dass sie aus dem Fenster neben ihrem Bett sehen konnte. Draußen dämmerte es, aber es war noch zu früh, als dass man von einem neuen Tag sprechen konnte. Irgendwo im Osten schimmerten erste, zaghafte Schattierungen von Violett und Samtrot gegen die Nacht an. Sie konnte noch eine ganze Weile liegen bleiben und darauf warten, dass sich ihre geschundenen Gelenke beruhigten. Noch einmal die Augen zumachen. Doch sie hatte Angst davor, dann wieder in den schrecklichen Traum zurückzufallen. Zudem fühlte sie sich jetzt, da die Erinnerung an den gestrigen Abend zurückkehrte, zu aufgewühlt. Selbst wenn es ihr Körper verlangte, würde sie keine Ruhe mehr finden. Es grenzte ohnehin an ein Wunder, dass sie überhaupt hatte schlafen können, nach all dem, was ihr zuvor oben auf der Josefi-Platte widerfahren war. Genau genommen war sie sich in ihrem jetzigen Zustand nicht einmal sicher, ob es sich dabei nicht auch nur um einen Traum gehandelt hatte.

Mühevoll wälzte sie sich aus dem Bett. Auf dem Weg zur Toilette musste sie sich mehrmals an der Wand abstützen, um nicht hinzufallen. Sie war froh, nicht mehr hinaus in die Kälte zu müssen, um sich zu erleichtern. Das war vor allem im Winter eine Zumutung gewesen, schon als sie noch jünger war. Doch nachdem ihr der Elektriker damals so unerwartet den Strom ins Haus gebracht hatte, war bald darauf auch ein Installateur aufgetaucht, der ihr ein richtiges Wasserklosett eingebaut hatte. Am Ende des Flurs, über den man früher ins Freie gekommen war, dorthin, wo das Plumpsklo stand, mittlerweile windschief und von Unkraut überwuchert. Für die neue Toilette wurde die Tür zugemauert und eine Zwischenwand eingezogen. Dafür und für das Verlegen von Zu- und Ablauf und das Setzen der Schüssel brauchte der Handwerker zwei Tage. Auf ihre misstrauische Frage, von wem er kam, sagte er nur, dass sein Chef ihn zu ihr in den Wald geschickt habe, mehr wüsste er nicht. Wie schon bei der Elektrik, erhielt sie auch für die Bequemlichkeit eines Toilettensitzes aus Emaille keinerlei Rechnung und machte sich darüber auch bald keine Gedanken mehr.

Im Flur lagen ihre Stiefel, die sie gestern getragen und dort offenbar mit letzter Kraft abgestreift hatte. Sie waren lehmbeschmiert, mit Fichtennadeln verklebt und durchnässt, als wäre sie unten in der Au durch tiefsten Morast gewatet. Doch nichts davon fand sich in ihrem Gedächtnis wieder. Auch nicht, als sie endlich den Ofen angeschürt und Wasser aufgesetzt hatte. Auch nicht, als sie die Ziegen molk und danach in den Keller ging, um am Vorhängeschloss zu rütteln. Es wollte ihr einfach nicht einfallen, welche Geister sie durch die Nacht getrieben hatten, nachdem sie das Plateau wieder verlassen hatte.

Erst als die Sonne die Schatten aus ihrer Lichtung scheuchte und die Schmerzen in ihren Beinen erträglicher wurden, erinnerte sie sich plötzlich daran, dass sie tatsächlich gejagt worden sein musste. Sie entsann sich, dass sich während ihres Heimwegs wieder das Gefühl eingeschlichen hatte, verfolgt zu werden. Und dass diese Angst in ihr gewachsen war, als hinter ihr das Rascheln und Knacken immer lauter wurde. So laut, als wäre ihr eine ganze Rotte Wildschweine auf den Fersen, die unaufhaltsam näher kam. Das war dann wohl auch der Moment gewesen, an dem sie zu rennen angefangen hatte. Eine alte Frau von zweiundsiebzig Jahren, die in die Dunkelheit hineinstürmte, so schnell ihre von Krampfadern durchwobenen Beine sie noch trugen. Auf der Flucht vor etwas, das sie sehr wohl hören, aber nicht hatte sehen können. Das, was da hinter ihr her war, blieb so das Echo eines schwarzen Nebels, der keine Form annehmen wollte. Ein körperloses Wesen, das weder den sauren Geruch eines Waldgeists ausdünstete noch den bitteren Gestank eines Gnoms oder Balgs. Das auch nicht fortwährend kicherte wie eine Trud oder polterte wie ein Troll, dessen riesenhafte Füße alles zerstampften, wenn er es eilig hatte. Und eilig hatte es der nicht zu erfassende Schatten ohne Frage. Eilig, sie einzuholen und zu verschlingen.

Jetzt, da ihr dies alles in den Sinn kam, hämmerte ihr das Herz in der schmalen Brust wieder so heftig wie während ihrer

Flucht durch den lichtlosen Wald. Dass sie nicht über eine Wurzel oder einen flechtenbewachsenen Stein gestolpert war, erschien ihr rückblickend wie ein echtes Wunder. Allerdings lag das wahre Wunder darin, dass sie es unbehelligt und unversehrt bis in ihr Häuschen geschafft hatte. Das wurde ihr nun, da sie mit zitternden Händen neben dem Ofen vor der Anrichte stand und wartete, bis ihr Kaffee durch den Filter gelaufen war, immer stärker bewusst. Es hatte sie nicht erwischt. Nicht erwischt, weil sie trotz ihres Alters noch so flink war. Oder aber, weil das Schattenwesen es gar nicht darauf angelegt hatte, sie einzuholen und zu verschlingen. Es konnte doch durchaus sein, dass es diesem körperlosen Nebelgeist gereicht hatte, sie zu verfolgen und dabei ihre Todesangst zu inhalieren. Wenn es allerdings wirklich nur darum gegangen war, bereitete ihr das noch mehr Furcht als die Vorstellung, von messerscharfen Dolchzähnen in Stücke gebissen zu werden.

Als es laut an die Haustüre klopfte, setzte ihr Herz zwei Schläge aus, und in diesen Stillstand ihres Herzmuskels hinein ließ sie den eben gefüllten Kaffeebecher fallen. Plötzlich war sie sich völlig sicher, dass ihr Herz nicht wieder anfangen würde, Blut durch ihren Leib zu pumpen. Dass es nun doch vorbei war mit ihr und der Tod vor der Haustür stand.

Dann zersplitterte der Kaffeebecher mit einem lauten Klirren, und das Pochen in ihrer Brust setzte wieder ein. Und von draußen hämmerte es erneut gegen die Tür. Benommen wankte sie aus der Stube und musste sich dabei am Türrahmen festhalten. *Der Keller*, dachte sie. Doch sie hatte mehr als ihren Hexenzauber, um sich zu schützen. Zwar keinen Hund mehr, den sie von der Kette lassen konnte, aber wehrlos war sie dennoch nicht. Wenn alles nicht mehr half, konnte auch sie etwas loslassen, das der Hölle entstammte ...

»Mach auf!«, tönte es nun von draußen. Durch das geriffelte Glas in der Haustüre erahnte sie den schemenhaften Umriss der Faust, die schon wieder dagegen hämmerte. Jetzt erkannte sie auch die wütende Stimme. Es war weder der Tod, der für gewöhnlich jegliche Art von Lärm vermied und auch nie seine Stimme über ein klickendes Flüstern hinaus erhob, noch war es das Schattenwesen von letzter Nacht. Allerdings konnte diese Erkenntnis sie nur wenig beruhigen, denn vor ihrem Haus hatte sich einer eingefunden, dem sie genauso wenig begegnen wollte.

Es war der Metzger.

24

1955

Unter dem Vorwand, Pilze zu sammeln, war Mathilde in den Wald gegangen. Sie hatte den Weidenkorb gepackt und war aus dem Haus gestürmt, als hätte sie eine fette, haarige Kellerspinne aufgeschreckt. Sie war regelrecht geflüchtet.

Mathilde hatte keine Ahnung von Pilzen. Erkannte nur die in hellem Orange leuchtenden Röhrlinge und allenfalls den Steinpilz, wobei sie sich da auch schon nicht mehr richtig sicher war. Dabei war es so einfach, wenn man wusste, worauf man zu achten hatte. Aber Mathilde war eben der Meinung, dass jemand, der in der Stadt lebte, nichts über Pilze wissen musste. Darüber, welche sich zum Verzehr eigneten und von welchen man wohlweislich die Finger ließ. Auf dem Markt in der Stadt gab es schließlich nur die essbaren, wieso also die schmackhaften von denen zu unterscheiden lernen, die einem nicht bekamen. Oder gar von jenen, die einen umbrachten.

Röhrlinge und Steinpilze. Beides würde sie nicht finden, denn es war überhaupt kein Wetter dafür. Der Sommer war zu trocken gewesen, und jetzt im Herbst war es noch immer nicht feucht genug, damit die Schwammerl anständig wachsen konnten. Das wollte Mathilde aber nicht wahrhaben, weil das mit den Schwammerln natürlich nur eine Ausrede war, um nicht mit Maria darüber reden zu müssen, was sie wirklich hinaus in den Wald trieb. Darüber, was Mathilde im Keller gesehen hatte.

Maria stand eine Weile vor dem Haus und ließ ihren Blick den Waldsaum entlangwandern. Sie war gerade vom Brenner-Bauern zurückgekehrt, dem sie die letzten Tage bei der Ernte geholfen hatte. Für ein paar Pfennige die Stunde und eine Kiste Äpfel, mit der sie bis ins nächste Frühjahr auskommen musste. Füße und Rücken taten ihr weh, und sie hätte sich lieber auf die Bank vor dem Haus gesetzt und die spätnachmittägliche Sonne genossen. Doch sie wusste, dass sie Mathilde hinterher musste. So wenig, wie ihre Cousine die Pilze kannte, kannte sie den Wald. Die Stadt hatte ihr das Gefühl dafür genommen, sich zwischen Bäumen, Sträuchern und Felsen zu orientieren. *So würde es mir umgekehrt in der Stadt ergehen.* Maria zweifelte an ihrer Fähigkeit, sich in den Kopfsteinpflastergassen Passaus oder irgendeiner anderen Ortschaft zurechtzufinden, der es wegen ihrer Größe an Überschaubarkeit mangelte. Sie gehörte in den Wald, genau wie Mathilde in die Stadt gehörte, auch wenn sie beide im Dorf aufgewachsen waren. Offenbar vergaß man schnell, sobald man von hohen Häusern und Mauer an Mauer stehenden Gebäuden eingeschlossen war.

Mathilde hatte vieles vergessen, weshalb es ihr schwerfiel, jetzt im Wald leben zu müssen. Aber seit dieser Geschichte hatte sie es einfach nicht mehr ausgehalten mit ihrer Mutter. Zuerst dazu verdammt zu sein, als ewige Jungfer zu enden, nur um dann doch noch ein Kind zu gebären. Mit vierzig und ohne einen zugehörigen Vater. Kaum hatte der nämlich gehört, was er angerichtet hatte, war er so schnell wieder verschwunden, wie er aufgetaucht war. Das eigentliche Problem war freilich, dass der Verantwortliche verheiratet war und nur ein Abenteuer gesucht hatte, wie Bruni es ausdrückte. Und ihre dumme Tochter war darauf hereingefallen, hatte sich diesem Hallodri hingegeben und war zu allem Unglück dann auch noch schwanger geworden.

Und das Kind – ein Junge – war zur Welt gekommen. Leider war Mathilde nach der Geburt in eine Art vollständige Erstarrung gefallen, ähnlich der Marias während ihrer ersten Ehe. Die frischgebackene Mutter war nicht mehr ansprechbar und unfähig, auch nur das Geringste für ihr Kind zu tun, obschon die Milch aus ihren Brüsten floss, sobald man ihr den Säugling anlegte. Was zu Anfang probiert worden war, so lange, bis Mathilde das Kind ein drittes Mal einfach hatte fallen lassen, statt es an ihren Busen zu drücken. Danach hatte man der Mutter das Kind nicht mehr anvertrauen wollen. Weshalb Bruni, die nun doch noch Großmutter geworden war, beschlossen hatte, den Buben wegzugeben, ohne Mathilde in ihren Plan einzuweihen. *Jemand musste doch etwas unternehmen, vor allem zum Wohle des Kindes.* Und Bruni war die Einzige gewesen, die trotz der verfahrenen Situation einen klaren Kopf behalten hatte. Keine Adoption, aber eine Pflegschaft wurde ausgehandelt; denn zu diesem Zeitpunkt nahm man immer noch an, dass Mathilde irgendwann wieder aus ihrer Starre erwachen würde. Was ein paar Wochen später tatsächlich der Fall war. Doch Bruni hielt ihre Tochter auch dann nicht für fähig, ihre Mutterpflichten zu erfüllen, und ließ den Buben dort, wo sie ihn hingegeben hatte.

Darüber war es zu Streit gekommen. Einem Streit zwischen Mutter und Tochter, der sich hinzog und dabei mehr und mehr verhärtete. Dabei ging es Mathilde gar nicht so sehr darum, ihr Kind wieder zurück-, sondern vielmehr darum, ihren

Willen zu bekommen. Jedenfalls war der Zwist zwischen den beiden bald nicht mehr auszuhalten, und Bruni entschied, auch Mathilde wegzuschicken, wie zuvor den Säugling.

Und so war Mathilde zu Maria in den Wald gekommen. Es sollte nach Brunis Wünschen eine Art Kur werden. Frische Luft, Tannenduft. Stille, und in Maria eine Vertraute an ihrer Seite, die sie zurück auf den rechten Weg führen konnte. Das traute Bruni ihr offenbar zu. Und den ganzen Sommer über hatte sie damit auch richtig gelegen. Bis jetzt hatten sie eine schöne Zeit gehabt. Auch wenn Maria schon seit zehn Jahren alleine lebte und es gewohnt war, für sich zu sein, so war Mathildes Anwesenheit doch keine Belastung für sie gewesen. Sie hatten sich gut ergänzt, sich die Haus- und Gartenarbeit geteilt, gemeinsam die Ziegen versorgt, Salat und Gemüse gezogen. Die Holunderblüten geerntet und zu Wein verarbeitet, die Kirschen eingemacht, danach die Johannis- und die Heidelbeeren. In den wenigen Sommernächten, die warm genug waren, hatten sie lange draußen gesessen, hoch zu den Sternen geblickt und sich Geschichten von früher erzählt. Auch solche, die traurig waren, ohne dass sie deswegen melancholisch wurden. Sie hatten im selben Bett geschlafen und darüber gelacht. Zwei Weiber mittleren Alters, die herumalberten wie kleine Kinder. Es war schön gewesen, bis jetzt, obwohl Mathildes Neugier Maria immer wieder einmal besorgte. Ihre Cousine verspürte gelegentlich den Drang, ihre leicht nach oben ragende Nase in Dinge zu stecken, die sie nichts angingen.

Maria wusste beispielsweise, dass sie die Schubladen des Buffets nicht nur einmal durchsucht hatte. Ebenso wie die am Tisch, in der eigentlich nur das Besteck war und alles, was man sonst noch schnell bei der Hand haben wollte. Die Schere, der

Flaschenöffner. Nichts, wonach man heimlich hätte suchen müssen. Aber Maria war selber schuld, weil sie nichts gesagt hatte, als ihr erstmals aufgefallen war, dass ihre Cousine die Finger nicht bei sich lassen konnte, wenn sie allein im Haus war. Natürlich wusste Maria, was Mathilde zu finden hoffte. Vielleicht hätte sie selbst ja sogar eine ähnliche Neugier befallen. Womöglich wäre auch sie in Versuchung geraten, herausfinden zu wollen, was sich hinter der massiven Eichenholztüre verbarg. Und sehr wahrscheinlich hätte auch sie selbst nicht zu fragen gewagt und wäre stattdessen so vermessen gewesen, es auf eigene Faust zu ergründen. Hätte selbst jede Gelegenheit genutzt, um den Schlüssel für das schwere Vorhängeschloss zu suchen, das den Riegel sicherte. Ja, auch sie hätte vermutlich wissen wollen, was die Frau, die wie eine Schwester war und mit der man lachen konnte, wenn man mit ihr unter einer Bettdecke lag, in diesem Keller versteckte.

Mathildes Neugier. Maria spähte rüber zum Waldrand und versuchte zu erahnen, wohin sie mit dem Weidekorb über dem Arm gerannt war. Barfuß. Denn das hatte sie wieder gelernt in diesem Sommer. Barfuß über die Wiesen zu rennen und selbst in den Wald. Die Kiefern- und Tannennadeln nicht zu scheuen, die anfangs so schmerzhaft in die verwöhnten Stadtfüßchen stachen.

Ich muss ihr hinterher.

Mathilde war im Keller gewesen. Und nun war sie Pilze sammeln.

Ich muss ihr hinterher.

Langsam folgte Maria der Spur ihrer Cousine über die Lichtung. Alles, was sie mitgenommen hatte, war der Korb. Nicht einmal eine Jacke hatte Mathilde sich offenbar über das dünne Kleid geworfen, denn die hing immer noch am Haken an der Stubentür. Sobald die Sonne nicht mehr zwischen die Bäume leuchtete, würde sie anfangen zu frieren. Noch war das Wetter schön, aber der Herbst war schon in der Luft zu spüren. Und nachts war es bereits zu kalt für die nackten Füße einer Städterin.

Mathilde war im Keller gewesen, aber es war ihr nicht gelungen, das Vorhängeschloss zu öffnen. Den Schlüssel dafür trug Maria an einer selbst geknüpften Kordel um den Hals. Dennoch war anzunehmen, dass Mathilde gelauscht und sehr wahrscheinlich auch unter der Tür zum Gewölbe hindurchgelinst hatte. Womöglich sogar die Taschenlampe benutzt hatte, um durch den Spalt zu leuchten. Und vielleicht hatte sie dabei gesehen, was sie hatte sehen wollen.

Im Wald war Mathildes Fährte noch deutlicher auszumachen. Zwischen den Heidelbeersträuchern hatte sie Haken geschlagen wie ein Feldhase, der vor einem Hund flüchtete. Wenigstens war sie nicht Richtung Dorf gelaufen. Oder sie hatte es gewollt, doch der Wald hatte ihr die Orientierung geraubt. Das konnte er besonders gut bei denen, die ihn nicht kannten.

Die Vögel sangen. Sonst war nichts zu hören. In den Wochen, seit Mathilde bei ihr wohnte, hatte sie zumindest schon gelernt, leise zu sein, wenn es darauf ankam.

Als der Untergrund immer felsiger wurde, wurde es schwerer für Maria, ihrer Cousine zu folgen. Vermutlich hatte sie doch etwas dazugelernt, seit sie nicht mehr in der Stadt wohnte. Aber Maria brauchte nicht unbedingt ihre Augen, um Mathildes Pfad durchs Gehölz zu erkennen. Ihre Cousine vermied es zweifellos, runter zum Bach zu gehen, wo Brennnesseln und Brombeerhecken für blutige Füße sorgen würden. Vermutlich blieb sie deswegen auf der Höhe, wo Moose große Flächen des Waldbodens bedeckten, und suchte hier nach dem Steig über die Anhöhe bis zur Straße, die von Talberg nach Wegscheid führte. Dort fuhr sogar ein Bus, zweimal am Tag. Aber wie wollte sie eine Fahrkarte bezahlen, mit nichts in den Taschen? Abgesehen von den Pilzen, die sie auf dem Weg dorthin aufgelesen hatte.

Sehr bald wurde klar, dass Mathilde ihr Vorhaben aufgegeben hatte. Was auch immer ihre Absicht gewesen war, so musste sie doch, kurz bevor die letzten Strahlen der Sonne hinter den Baumwipfeln verschwunden waren, wieder zum Häuschen zurückgekehrt sein. Maria kam unmittelbar nach ihr an. Mathilde stand am Spülstein und wusch ihre Hände im kalten Wasser aus jener Leitung, die Bruni erst im letzten Jahr hatte legen lassen. Ein direkter Anschluss an die Quelle, die etwas oberhalb der Lichtung im Wald entsprang. Eine deutliche Erleichterung gegenüber früher, als sie das Wasser noch mit Eimern hatte heranschaffen müssen.

Mathilde stierte in den Spülstein, als sie eintrat. Sie sagte nichts. Ihre nackten Füße waren bis über die Knöchel mit schwarzer Erde beschmiert. Ihr aschblondes Haar war zerzaust, der Zopf, zu dem sie es gebunden hatte, hatte sich fast gänzlich aufgelöst. Ihr schmales Gesicht war gerötet und schweißnass, so wild war sie gerannt. Der Weidenkorb stand auf dem Tisch. Maria ging hinüber und spähte hinein. Fünf große Schwammerl lagen darin. Dazu eine Schnecke, Tannennadeln und Laubreste.

»Ich geh morgen wieder früh aus dem Haus«, erklärte Maria.

»Apfelernte beim Brenner, ich weiß«, murmelte Mathilde, die immer noch Wasser über die langen Finger laufen ließ. Mittlerweile musste diese schon eiskalt sein.

Ja, das weißt du sehr wohl. Und ich dachte, ich könnte dir trauen, wenn ich dich alleine im Haus zurücklasse. Aber das war ein Fehler. Ein Fehler!

Sie hätte Mathilde gerne angeschrien, aber sie war keine Frau, die ihre Stimme erhob. Nicht einmal, wenn jemand in ihren Keller ging, wo keine Seele etwas zu suchen hatte. Eigentlich hätte sie mit Mathilde darüber reden müssen, aber die Wut in ihrer Brust brannte immer noch lichterloh wegen des Vertrauensbruchs, den sie von ihrer Cousine erfahren hatte. *Verfluchtes neugieriges Weibsstück, undankbares!* Erneut betrachtete sie den Inhalt des Weidenkorbs. Die Hüte der Pilze schimmerten in einem zarten, kaum wahrnehmbaren Grün.

»Ich seh zu, dass es morgen nicht wieder so spät wird«, sagte sie. »Wenn du mittags Hunger bekommst, kannst du sie dir mit Ei anrösten.«

25
1977

»Was hast du ihr angetan?«, schrie der Metzger. Bei seiner Statur traute man ihm zu, dass er einen Ochsen mit der bloßen Faust erschlug. Und mit all dieser Kraft und Masse stand er nun in bedrohlicher Haltung vor ihr und verdunkelte den Eingang. Es war also tatsächlich so, dass das Mädchen nicht bis Vollmond gewartet hatte. Und wieder einmal gab man ihr die Schuld für die Ungeduld von jemand anderem.

Sie dachte an einen Jüngling mit schwarzem Haar, dunklen Augen und bronzefarbener Haut, der bei Sonnenuntergang am Strand eines endlosen Meers saß und auf seiner Gitarre spielte. Dazu sang er ein Lied in einer fremden Sprache. Ein junger Mann, der mehr getan hatte, als nur für das Metzgermädchen zu singen. Auch dafür würde man ihr die Schuld geben. »Ich weiß nicht, was du willst«, sagte sie und war froh, dass sich die Angst vor dem Metzger nicht in ihrer Stimme widerspiegelte.

»Sie war bei dir, hat sie gesagt, also lüg mich nicht an!« Die Wut färbte seine Wangen purpurn. Speichel hing an seiner fleischigen Unterlippe. Seine Augen, die nahe beieinander lagen, waren blutunterlaufen, was seinen Blick noch stechender machte. Er war einer, der seit Jahren Kühen und Schweinen das

Leben nahm. Wie niedrig mochte seine Hemmschwelle mittlerweile sein, dies auch bei seinesgleichen zu tun? Diese Frage stellte sich ihr zwangsläufig. Trotzdem blieb sie unberührt stehen, wich nicht zurück und senkte auch nicht den Blick.

»Hat sie dir auch erzählt, warum sie gekommen ist? Was sie von mir verlangt hat?«

Er atmete durch den halb geöffneten Mund, was noch mehr Speichel zum Vorschein brachte. Ballte seine Fäuste, die an baumdicken Armen neben seinem voluminösen Leib hingen. »Sie windet sich unter Krämpfen und schreit das ganze Dorf zusammen«, klagte er und klang plötzlich beinahe weinerlich. »Und sie sagt, es ist von dir«, fügte er einen Atemzug später hinzu, womit der Zorn zurück war.

Maria schüttelte den Kopf. »Nicht von mir ... aus Italien«, ließ sie ihn wissen, auch wenn er damit vermutlich nichts anfangen konnte. Es passte nicht in sein Weltbild, dass sein kleines Mädchen nicht mehr so klein und unschuldig war, wie er es sich bewahren wollte. Jedenfalls schaute er dermaßen verwirrt drein, dass sie sich zusammennehmen musste, um ihn nicht auszulachen. Er brauchte ein paar Sekunden, dann hob er den Zeigefinger.

»Ich bring sie zum Arzt ... und wehe, der findet raus, dass sie wegen deiner Giftmischerei so leiden muss ... Dann bist du genauso hin, wie es dein Hund ist.«

26

Nachdem er abgedampft war, stellte sie fest, dass ihr seine Drohung keine Angst machte. Nicht so sehr jedenfalls wie der Schatten, der ihr gestern Nacht durch den Wald gefolgt war. Sie brauchte keinen Propheten, um zu wissen, dass er immer noch dort draußen war und lauerte. *Was bist du?*

Vielleicht wusste ja die Alte einen Rat. Gedankenversunken trat sie vors Haus. Es war kalt. Nebelschwaden hingen zwischen den Ästen der Bäume. Noch konnte sie nicht hinüber auf die andere Talseite blicken, aber auch heute würde die Sonne noch einmal genug Kraft haben, um den Dunst zu vertreiben.

Der Metzger war vergessen. Sie zog sich die Strickjacke eng um die Schultern, setzte sich auf die Bank und versuchte, sich daran zu erinnern, was gestern unterhalb des Gipfels vorgefallen war. Sie hatte sie eigentlich nur aus der Ferne ausspähen wollen. Doch sie hätte es besser wissen müssen. Immerhin war Maria bekannt, dass sie ihrer Aufmerksamkeit nicht entgehen konnte. Daher lautete die eigentliche Frage vielmehr, warum Maria sie nicht schon viel früher aufgesucht hatte. Über viele Jahre hatte sie immer wieder hinter den Tannen gestanden und sie beobachtet. Und sie hatten Maria in dem Glauben gelassen, sie nicht zu bemerken. Bis zum gestrigen Abend.

Maria wusste nicht, was den Unterschied zu all der Zeit davor ausgemacht hatte. Nun, sie ahnte es vielleicht, auch wenn ihr diese Vermutung nicht behagte. Es konnte nämlich sein, dass das gestern ihr letzter Besuch auf der Josefi-Platte gewesen war. Die letzte Gelegenheit für eine Zusammenkunft, für ein Gespräch, das nicht mit Worten geführt wurde, sondern mit Bildern, die im Kopf entstanden.

Zuerst war sie zu Tode erschrocken, als die alte Zigeunerin plötzlich hinter ihr stand. Aber schon beim nächsten Atemzug hatte sich die Gewissheit eingestellt, dass keine böse Absicht dahintersteckte. Sie war willkommen. War es immer gewesen, die ganzen Jahre lang. Die Einladung, sich ans Lagerfeuer zu diesen Menschen zu setzen, hatte von jeher bestanden. Jetzt, als sie so darüber nachdachte, konnte sie sich nicht erklären, warum sie dieser Erkenntnis, die schon so lange in ihr geschlummert hatte, nicht bereits vor Jahren gefolgt war. Konnte nicht nachvollziehen, was sie all die Zeit zurückgehalten hatte. Sie kam sich vor wie ein Baum, der vor über siebzig Jahren Wurzeln geschlagen hatte und seither unfähig gewesen war, sich zu bewegen. Ja, genau so hatte sie sich verhalten. Nie den Mut gefunden, aus den Schatten der Tannen zu treten und rüber zu den bunt bemalten Holzkarren zu gehen. Oder später zu den Wohnwagen. Sie war festgewurzelt, nicht nur körperlich, sondern vor allem im Geist. War dumm gewesen. Einfach dumm. Wäre sie nur ein wenig couragierter gewesen, wäre sehr wahrscheinlich einiges in andere Bahnen geraten. Doch nun war es schlichtweg zu spät, auch wenn sie endlich die Wahrheit kannte. Was sie von der Alten erfahren hatte, entsprach genau dem, was sie eigentlich schon immer gewusst und nie hatte wahrhaben wollen.

27

Sie hatten nach einem Kriegsgefangenenlager gesucht, mit dem Auftrag, ihre Kameraden zu befreien. Das war der Grund, warum sie vor zweiunddreißig Jahren wie ausgehungerte Wölfe durch die Wälder um Talberg gestreift waren. Ja, das waren sie gewesen: Wölfe. Und ausgehungert. Ausgehungert an Leib und Seele, die das verzweifelte Verlangen nach Menschlichkeit zu einem harten, kaum erbsengroßen Tonklumpen hatte verkümmern lassen. Und in diesem Zustand, gezeichnet von den erbarmungslosen Entbehrungen eines sinnlosen Krieges, der auch sie ihrer Barmherzigkeit beraubt hatte, waren sie ausgerechnet auf ihre Lichtung gestoßen. Tatsächlich verfügten sie offenbar über keine genaue Angabe, wo in dieser Gegend die Deutschen ihre Kriegsgefangenen interniert hatten.

Diese Zutaten an jenem Apriltag 1945 waren es gewesen, aus denen ihr bitteres Schicksal zusammengemischt worden war.

Immer wieder, wenn die Erinnerung an dieses traumatische Ereignis sie einholte, hatte sie sich gefragt, ob der Teufel zu diesem Zeitpunkt schon längst in die drei Soldaten gefahren war oder dies erst in dem Moment beschloss, da sie ihr Häuschen auf der Lichtung ausgespäht hatten. Wie auch immer es zugegangen war, dass diese ausgezehrten Russen meinten, ihr Gewalt antun zu müssen, es hatte alles verändert. Sie wurde damit endgültig zu der, die sie seither war. Eine Braut des Teufels ...

Maria tauchte aus ihrer Erinnerung auf, nur um festzustellen, dass sich ihre Finger um den Bleistift krampften, dessen Spitze nur wenige Zentimeter über dem unbeschriebenen Blatt Papier zitterte. Wieder lag Brunis Brief neben dem Block.

Eigentlich sollte sie sich um die Tochter des Metzgers kümmern, statt sich erneut an einer Antwort an ihre Tante zu versuchen. Aber bisher war ihr nicht eingefallen, wie sie es anstellen sollte, das Mädchen aufzusuchen, ohne dass ihr Vater es mitbekam. Also hatte sie offensichtlich wieder zum Bleistift gegriffen und ein paar Sätze verfasst, ohne dass es ihr bewusst war.

Liebe Bruni!

Ich weiß, dass Du mir wegen Mathilde nie wirklich verziehen hast. Und Du hast recht, ich habe nicht gut genug auf sie aufgepasst. Aber bin ich wirklich alleine schuld? Vielleicht hättest Du nicht so hart zu ihr sein dürfen. Vielleicht hättest Du sie nicht zu mir in den Wald verbannen dürfen.

Verbannen. Durfte sie das so schreiben? Und überhaupt, konnte sie es wagen, ihrer Tante die Schuld zuzuschieben? Sie legte den Stift aus der Hand. Las noch einmal die paar Zeilen, die sie hingekrakelt hatte. Ihre Schrift war früher klarer gewesen. Sie musterte ihre Finger, die immer noch leicht zitterten, und entschied, später weiterzuschreiben. Oder noch einmal von vorne zu beginnen. Einen versöhnlicheren Ton anzuschlagen. Nicht gleich mit Vorwürfen anzufangen. Mit Mathilde. Dennoch ließ sie das Papier diesmal am Block.

Sie hätte nicht über die Russen nachdenken dürfen – aber je grausamer Erinnerungen waren, desto schwerer waren sie zu kontrollieren und unter Verschluss zu halten. Manchmal schlichen sie sich hinterrücks an und waren schon im Kopf, bevor sie etwas dagegen unternehmen konnte. Das hatte auch mit dem Alter zu tun. Damit, dass man mit den Jahren immer wunderlicher wurde.

Immer weniger über die Kraft verfügte, sich gegen den Einfluss des Teufels zu wehren.

Und besonders anfällig wurde sie, wenn sie von gegenwärtigen Ereignissen aufgewühlt war. Die Metzgerstochter, die sich in Krämpfen wandte. Der Dobl-Bauer, dem das Herz versagt hatte. Der Hund, dem die Kugel die Brust zerschmettert hatte. So viele Geschehnisse, die ihren Tagesablauf aus den Fugen gebracht hatten. Und dazu noch die Unterhaltung mit der Zigeunerin.

Zigeunerin! Was für ein Wort. Eine Bezeichnung, die der Alten natürlich nicht fremd war, aber die ihr missfiel. Ebenso wie allen aus ihrer Sippe. Das war das Erste, was sie Maria hatten wissen lassen, kaum dass sie bei ihnen am Feuer saß. *Wir sind Mardik*, hatte die Alte gesagt, *so nennen wir uns. Mardik. Oder Zhoghovurd. Das Armenische, dort sind unsere Wurzeln.*

Sie verstanden nicht, warum man ihnen hier in Deutschland und auch in all den anderen Ländern, die sie durchreisten, fortwährend Namen gab, die nicht dem ihren entsprachen. Niemand nannte einen Österreicher anders, nur weil er über die Grenze nach Deutschland kam. Oder einen Franzosen. Ein Franzose blieb ein Franzose, egal wo auf der Welt. Nur das fahrende Volk benannte man ganz nach Gutdünken der Unwissenden. Maria hatte in ihrem Kopf gesehen, was die

Mardik waren. Sie waren nicht anders als sie selbst oder die Leute aus dem Dorf. Dennoch waren sie auch nicht gleich und würden es niemals sein.

Während sie noch über ihre Begegnung mit diesen Menschen nachdachte, schlich sich einer in ihre Gedanken, der ihr Leben in den letzten Tagen mit aus dem Lot gebracht hatte. Der Pilger, der zu viele Fragen gestellt hatte. Und wiederum den Inspektor angelockt hatte wie ein verrottender Kadaver die Schmeißfliegen.

Wie sollte man mit all diesen Dingen im Kopf einen vernünftigen Brief schreiben können? Zu viele durcheinanderwirbelnde Erinnerungen, sowohl aus den letzten Tagen als auch von einst.

28
1947

Was die Eiseskälte anging, war der Februar nicht vom Januar zu unterscheiden. Zwar lag der Schnee nicht höher als die Jahre zuvor, doch der Frost hielt sich lange und unerbittlich. Die Quecksilbersäule des Thermometers, das ihr Bruni im Herbst überlassen hatte, war in den letzten Wochen nicht auch nur in die Nähe von null Grad gekrochen, selbst wenn die Sonne direkt darauf geleuchtet hatte. Einmal hatte sie versucht, es in der Nacht abzulesen, aber die Kerzenflamme hatte in der Zugluft zu sehr geflattert, als dass sie genau hatte erkennen können, bis wohin die Anzeige gesunken war. Und was die Sonne anging, so war sie zwar jeden Tag zu sehen, aber blieb so fahl, dass man meinen konnte, sie würde demnächst verglimmen wie die letzte Glut im Ofen.

Auch der machte ihr Sorgen. Besser gesagt, weniger der Ofen als das Holz, das sie noch zum Verfeuern übrig hatte. Von den trockenen Buchenscheiten, die am ergiebigsten brannten und am längsten für Wärme sorgten, waren kaum noch zwei Dutzend da. Alles, was noch hinten im Anbau herumlag, war Klaubholz, das sie im Herbst bei jeder sich bietenden Gelegenheit aus dem Wald geschleppt hatte. Zum einen war es zu morsch, zum anderen noch zu feucht und mit

Flechten überzogen, als dass daraus ein brauchbares Feuer hätte erwachsen können. Dürre Äste, die nichts als ein schwaches, bläuliches Flimmern im Ofen erzeugten. Sie wusste, sie musste endlich anfangen, sparsamer zu heizen, denn wenn es so übel kam, wie die Vorzeichen es andeuteten, würde ihr der Winter noch zwei Monate erhalten bleiben. Sie musste lernen, die Kälte besser zu ertragen, doch das fiel ihr schwer, seit das Feuer, das der Teufel in ihr hinterlassen hatte, nicht mehr in ihrem Leib brannte.

Es war noch hell, als sie eine plötzliche Unruhe dazu veranlasste, gegen die angelaufene Scheibe des Fensters zu hauchen, das vorne hinaus auf die Lichtung zeigte. Das winzige Guckloch reichte aus, um die Gestalt zu entdecken, die in diesem Moment aus dem Wald trat. Leicht wankend und unsicher. Bemüht, sich von den Schneewehen, die sich wie gefrorene Wellen über die Lichtung erstreckten, nicht zu Fall bringen zu lassen. Maria hatte es schon vor Wochen aufgegeben, sich mit der Schaufel einen Weg durch die Schneemassen zu bahnen, die ihr bis zum Bauchnabel und stellenweise sogar bis unters Kinn reichten. Jeder Weg wehte ohnehin innerhalb weniger Stunden wieder zu, weil der Böhmwind in diesem Winter noch weniger Einsehen hatte als in all den Jahren zuvor. Genauso wenig wie die schiefergrauen Wolken, die weiterhin in stoischer Regelmäßigkeit ihre weißen, gefrorenen Tränen weinten. Wieso also hätte sie sich immer wieder die Mühe machen sollen? Für sich selbst brauchte sie keinen freigeräumten Pfad, und Besucher hatte sie seit Neujahr keine mehr erwartet.

Noch einmal wischte sie mit der Faust das schnell wieder zufrierende Sichtfeld auf der Fensterscheibe frei. Starrte hinaus in die erstarrte Welt dort draußen, in der sich nichts bewegte außer dem Mann, der mit dem Schnee kämpfte. Dass es ein Mann war, der sich da näherte, war trotz der schlechten Sicht rasch klar. Und mit einem Mal glaubte sie auch an der Eigenwilligkeit seiner Bewegungen zu erahnen, um wen es sich bei dem völlig verhüllten Besucher handelte. Mit jedem Meter, den er sich näher ans Haus quälte, wurde sie sich dessen sicherer. Auch wenn es ganz unmöglich wahr sein konnte, schlug ihr Puls schneller und schneller. Plötzlich war sie sich gewiss, dass der Teufel erneut einen Abgesandten zu ihr schickte. Wie vom Blitz getroffen schreckte sie vom Fenster zurück und riss gleichzeitig beide Hände vor den Mund, damit ihr ja kein Laut entwich. Das Herz drohte ihr aus der Brust zu springen.

So starr, als hätte sie die Nacht draußen in der klirrenden Kälte verbracht und wäre zu Eis gefroren, stand sie da. Sie sollte ihm die Haustür aufmachen, aber sie konnte nicht. Wenn es der Teufel war, würde er auch ohne ihr Zutun ins Haus gelangen, um sich an ihrer Furcht zu laben.

Und wenn nicht?

Für einen kurzen Moment schien ihr ein hämisch feixender Teufel sogar die erträglichere Möglichkeit zu sein. Doch dann klopfte es, und sie wusste, der Mann, der über die Lichtung gestapft war, stammte nicht unmittelbar aus der Hölle. Zumindest nicht aus jener, mit der die katholische Kirche Ehrfurcht vor dem Herrn erzwang.

Das Klopfen war schwach. Kraftlos. So verhalten, wie man an der Tür einer Amtsstube um Einlass bat, weil man eigentlich gar nicht hineinwollte. Maria hatte Mühe, ihre Beine hinaus in den Flur zu lenken. Der Schlüssel steckte, sie brauchte ihn nur umzudrehen. Ein einfacher Handgriff, der dennoch nicht anstrengender hätte sein können. Zu guter Letzt war es mehr die sich vor dem Eingang türmende Schneewehe, welche die Tür aufdrückte. Eiskristalle fegten in den Hausflur, denen er mit schweren Schritten folgte. Sie wich so weit zurück, wie es der Vorraum nur zuließ. Was er am Leib trug, war steif gefroren, und dieser Eispanzer schien ihn zu krümmen. Jedenfalls war er ihr früher größer vorgekommen. Unter den Lumpen, die ihm als Mantel dienten und von anderen Lumpen zusammengehalten wurden, steckte eine verkümmerte Gestalt. Seine Hände, ebenfalls nur mit schmutzigem, von Eis verklumptem Leinen umwickelt, zitterten noch mehr als die ihren. Er drückte die Haustür hinter sich zu und zog dann mühsam das steif gefrorene Tuch herunter, das sein Gesicht bis auf einen schmalen Schlitz für die Augen bedeckt hatte. Es waren die Augen eines gebrochenen, aber gleichwohl zornigen Mannes.

»Sie haben mir geschrieben, du bist tot.«

»Ich weiß nicht, was ich bin«, antwortete er mit rauer, vorwurfsvoller Stimme.

Jakob war zurück.

29
1977

Er kam den Waldweg herunter. Sie erkannte ihn an seinem Gang, noch bevor er in die Vormittagssonne trat, die schräg durch die Bäume fiel. Am liebsten wäre sie von der Bank aufgesprungen und ins Haus geeilt. Oder nach hinten zu den Ziegen. Aber es hatte keinen Sinn, sich zu verstecken; er würde trotzdem wissen, dass sie da war. Also blieb sie reglos sitzen und beobachtete ihn beim Näherkommen. Er rauchte. Sie hätte ihm sagen können, dass ihn die Zigaretten umbrachten. Langsam, aber sicher. Doch sie ging davon aus, dass er davon nichts wissen wollte. Außerdem war das nicht ihre Angelegenheit.

Er war zweifellos früh losgefahren, um so zeitig bei ihr zu sein. Vielleicht schlief er schlecht, und etwas trieb ihn schon im Morgengrauen aus dem Bett. Gleich bei ihrer ersten Begegnung war ihr der Trauring aufgefallen, der ihm tief ins Fleisch seines Fingers schnitt. Vermutlich brachte er ihn schlichtweg nicht mehr herunter. Irgendetwas sagte ihr, dass der Ring alles war, was ihm von seiner Ehe geblieben war. Womöglich würden später nur ein paar wenige Trauernde an seinem Grab stehen. Dennoch wohl mehr als an ihrem, sagte sie sich. Tatsächlich fiel ihr überhaupt niemand ein, der sich für ihre

Beisetzung interessieren mochte. Nicht einmal der Pfarrer würde sich ihres toten Leibes annehmen und Weihwasser auf den Sarg regnen lassen. Doch das war auch nicht wichtig – sie wusste ihre Seele aufgehoben.

Sie stand von der Bank auf.

Er nickte ihr grüßend entgegen. »Wir haben Glück mit dem Wetter«, sagte er, als er bis auf wenige Schritte heran war. Die Zigarette hing in seinem Mundwinkel.

Maria folgte dem aufsteigenden Qualm mit dem Blick und sah hinauf in den Himmel. Weit von Osten trieben Wolken heran, die aber nicht vor dem Abend über dem Böhmerwald sein würden. »Heute noch«, erwiderte sie.

»Wie geht es Ihnen?«

Maria wusste nicht, was er hören wollte. Sicher nichts über das Schattenwesen, das im Wald auf sie lauerte. Von so etwas wollte heutzutage niemand mehr was hören.

»Mir ist das mit dem Herrn Dobl zu Ohren gekommen. Dass Sie mit angesehen haben, wie er zusammengebrochen ist.«

»War nicht meine Schuld«, entgegnete sie. Es war nicht schwer, sich auszumalen, was die Dobl-Bäuerin überall herumerzählte.

Er gab sich teilnahmslos, während er seine Zigarette aufrauchte, doch ihr entging nicht, wie genau er sie betrachtete.

»Traurige Sache, so ein Herzinfarkt, vor allem, wenn man erst knapp über fünfzig ist. Seine Frau ist etwas aufgebracht Ihnen gegenüber. Sie schien mir der Meinung zu sein, Sie hätten helfen können. Allerdings hat mir der Arzt bestätigt, dass es zu spät war. Herr Dobl hätte schon viel früher untersucht werden müssen.«

»Dafür hatte er keine Zeit«, erwiderte Maria und wusste danach gar nicht, wieso sie das gesagt hatte.

Inspektor Göhring lächelte schmal, als wüsste er ganz genau, was sie meinte. »Sehen Sie ab und an Ihre Tante?«, wechselte er unverhofft das Thema.

Maria bekam weiche Knie und musste sich beherrschen, um nicht auf die Bank vorm Haus niederzusinken. Wie konnte der Inspektor nicht wissen, dass Bruni vor zwanzig Jahren gestorben war? Immerhin war er bei der Polizei, dort musste so etwas doch bekannt sein! Sie versuchte so teilnahmslos zu bleiben, wie es ihr nur möglich war, und wünschte sich gleichzeitig nichts sehnlicher, als dass der dicke Mann sich einfach in Luft auflöste.

»Sie muss doch schon weit über neunzig sein«, redete er weiter, als fiele ihm nicht auf, wie er sie soeben aus dem Konzept gebracht hatte. »Sie wohnt jetzt bei ihrem Neffen, nicht wahr?«

Neffen?

»Oder besser, dem Großneffen«, korrigierte er sich.

Für Sekunden verstand sie überhaupt nichts mehr, dann ging ihr ein Licht auf. Er sprach nicht von Bruni, er meinte Traudl, diese elende Bissgurn. Da hatte er freilich recht. Traudl lebte immer noch. Nachdem sie die Bäckerei und den Leiner-Hof verkauft hatte, war sie beim Hirscher untergekommen. Beim Enkel ihres Bruders Franz, der ebenso hieß wie sein Großvater und jetzt das Wirtshaus führte. Die Hirschers hatten das zänkische Weib aber nicht etwa aus Nächstenliebe aufgenommen. Die Pflege der Alten war reines Mittel zum Zweck, um bei der Erbschaft bedacht zu werden. Was auch immer Traudl für den Familienbesitz verlangt hatte, wenig war es bestimmt nicht gewesen. Und nun hockte sie auf dem ganzen Geld, und alle, die sich etwas davon erhofften, warteten darauf, dass sie endlich das Zeitliche segnete.

Maria behielt für sich, dass Traudl nicht ihre Tante, sondern ihre Stiefmutter war. Sie schüttelte nur so vehement den Kopf, dass der Inspektor nicht weiter nachfragen musste, wieso sie Traudl nicht besuchte.

»Kann ich mich ein bisschen umsehen?«, wollte er plötzlich wissen und brachte sie damit noch mehr durcheinander. Er wartete ihre Antwort nicht ab, sondern ging an der Hundehütte vorbei am Haus entlang. Wäre der Hund noch da gewesen, er hätte das nicht so ohne Weiteres zugelassen, dass ein Wildfremder über seine Wiese stiefelte. Aber der Regen hatte mittlerweile auch das Hundeblut von den Gänseblümchen gewaschen; nichts mehr zeugte noch von seinem einstigen Dasein. Abgesehen von der Hütte und der Kette, die jetzt darin lag. Und von dem einen oder anderen vertrockneten Haufen, den er dort zwischen Sauerampfer, Löwenzahn und Bärentatzen gesetzt hatte.

Ehe sie sich in Bewegung setzen konnte, war Inspektor Göhring schon um die Ecke verschwunden. Mit einem mulmigen Gefühl im Magen ging sie hinterher, nicht zu schnell, wie sie hoffte. Sie holte ihn ein, weil er vor dem Ziegenstall stehen geblieben war. Er kraulte die Braune zwischen den Hörnern.

»Mit Ziegenmilch kann ich mich leider nicht anfreunden«, ließ er sie wissen, dann drehte er sich zu ihr um. »Ich habe ein wenig Sorge um Sie.«

Sie zog die Brauen kraus. Die Braune meckerte im Rücken des Inspektors, und die Weiße stimmte mit ein. Maria warf einen kurzen Blick hinüber zum Lichtschacht, der runter zum Gewölbekeller führte. Er war dicht mit Brennnesseln zugewachsen. Wenn man nicht wusste, dass es ihn gab, war nichts zu erkennen.

»Für die Leute im Dorf sind Sie offenbar nicht bloß ein schrulliges Kräuterweib, das Arnika ansetzt, um damit Mittelchen zum Einreiben zu haben, falls jemanden das Kreuz plagt. Mir scheint, es gibt einige in Talberg, die Sie ernsthaft fürchten, Frau Steiner. Und das sollten Sie nicht auf die leichte Schulter nehmen!«

»Mir will keiner was«, erklärte sie. Ihre Stimme klang kraftvoll. Sie hatte sich wieder gefangen.

»Ich wollte Sie nur informieren, dass ich ein paar recht böswillige Äußerungen zu hören bekommen habe.«

»Die Leute reden, das war schon immer so. Das macht es für den einen oder anderen einfacher. Man braucht die Schuld dann nicht bei sich selber suchen.«

Er schüttelte den Kopf, und sie wusste nicht, warum. »Erstaunlich«, sagte er.

Sie sah ihn fragend an.

»Dass das Haus einen Keller hat.«

Was sollte sie dazu sagen? Dass die Kartoffeln, alles andere Gemüse und das Obst dort unten Sommer wie Winter überdauerten? »Mein Großvater hat es gebaut«, bemerkte sie stattdessen, als ob diese Aussage erklärte, warum der alte Leiner-Friedl seine Zuflucht im Wald auf einem Kellergewölbe errichtet hatte.

Der Blick des Inspektors war indessen zu dem Erdhügel unterm Holunder gewandert. »Liegt dort Ihr Hund?«, fragte er, aber auf eine Art, die keine Antwort benötigte.

30
1947

»Hier wohnst du jetzt also«, stellte er fest. Er hatte sich aus seinem zerlumpten Mantel geschält, den löchrigen Stofffetzen von seinem Hals gewickelt, alles zu Boden fallen lassen und sich an den Küchentisch gesetzt. Der Mann, den sie vor rund dreiundzwanzig Jahren geheiratet hatte, sah furchtbar aus. Kaum jemand, der ihm so auf der Straße begegnete, hätte ihn wiedererkannt. Sein Gesicht wies auf Wangen und Nasenrücken hässliche schwarze Flecken auf, die an Verbrennungen erinnerten. Doch sie ahnte, dass es im Gegenteil Erfrierungen waren. Auch die Fingerspitzen, die unter den wollenen Fetzen herauslugten, die ihm als Handschuhe dienten, schimmerten bläulich schwarz. Wie mochte es mit dem Rest seines geschundenen Körpers stehen? Sie wollte es sich nicht vorstellen, geschweige denn zu Gesicht bekommen, und hoffte daher, dass er anbehielt, was er jetzt noch am Leib trug und was seinen verkümmerten Körper noch zusammenhielt. Vielleicht würde er zerfallen wie ein morscher Baumstumpf, bei dem man die Borke abbrach? Sie verscheuchte diesen Gedanken, konnte ihrem Ehemann aber dennoch nicht in die stumpfen Augen schauen.

Woher wusste er nur, dass sie hier draußen lebte?

Nachdem Jakob einberufen worden war, hatten sie gemeinsam mit Georg entschieden, dass sie wieder zu ihrem Vater auf den Hof ziehen sollte. Aus dem einfachen Grund, weil die Familie ihres Mannes sie nicht länger dulden wollte. Auch wenn die fadenscheinige Ausrede darin bestand, dass man die Bruchbude, in der sie schon mit ihrem ersten Gatten hatte wohnen müssen, endlich abreißen und durch einen neuen Bau ersetzen wollte. Jetzt, da Jakob im Krieg war, böte sich dafür die Gelegenheit, hatte die Steiner-Witwe gemeint, die seit dem Tod ihres Mannes den Hof und die Waldwirtschaft zusammenhielt. Freilich erfolgte der Rauswurf in Wahrheit aus reiner Gehässigkeit. Die Steiner-Sippschaft tat Maria damit eher einen Gefallen, denn endlich kam sie von dort fort, wo sie nie hatte sein wollen. Weg von diesem eingebildeten Pack, dem sie seit ihrer Verheiratung aufgeliefert war.

Allerdings, und da hatte sie sich von Anfang an nichts vorgemacht, war es ein Umzug vom Regen in die Traufe. Ihre Stiefmutter war natürlich alles andere als erfreut, sie wieder unter ihrem Dach aufnehmen zu müssen. Weshalb sich Maria auch mit der schäbigsten Kammer im ganzen Haus begnügen musste, in die nicht einmal eine Magd oder ein Knecht gezogen wäre. Dagegen konnte auch Bruni nichts mehr ausrichten, die schließlich darauf gedrängt hatte, dass sie wieder heimkehren konnte, wenn auch zu besseren Bedingungen. Vermutlich hatte Traudl nach Georgs Tod ohnehin nur deshalb nachgegeben, weil sie dringend Hilfe in der Backstube brauchte – Hitlers Krieg hatte kurz zuvor noch nach ihrem allerletzten Gesellen verlangt. So mussten es die Weibsbilder richten und dafür sorgen, dass es im Dorf weiterhin Brot zu essen gab, für all jene, die noch übrig waren.

»Ich konnte nicht mehr bleiben«, erklärte sie Jakob.

»Wegen Traudl. Die hat dich noch nie ausstehen können.«

»Genau wie deine Verwandtschaft.«

Damit schien alles gesagt. Für eine Weile sackte Jakobs Kopf Richtung Tischplatte. Die Erschöpfung übermannte ihn, und sie glaubte schon, er wäre im Sitzen eingeschlafen. Er stank. Sauer und nach Tod. Die Stube füllte sich mit diesem Gestank, der ihr den Magen umdrehte. Maria versuchte, so viel Abstand wie möglich zu ihm zu halten, und stellte sich zwischen Ofen und Spülstein. Am liebsten wäre sie in dieses Stück Wand hineinversunken.

»Mach mir was zu essen!«, verlangte er schließlich, ohne aufzublicken. »Und hast du Bier? Oder Schnaps?«

Sie schüttelte den Kopf, obwohl sie nicht wissen konnte, ob er es bemerkte. Er schlug mit der Faust auf den Tisch. Dabei war zu sehen, dass ihm zwei Finger fehlten. *Er verfault vor meinen Augen,* schoss es ihr durch den Kopf. Der Krieg hatte ihr eine lebende Leiche zurückgegeben.

»Beweg dich endlich!«, verlangte er. »Und leg Holz nach, ich hab lang genug gefroren.«

Für sie beide würde das Feuerholz nicht bis zum Ende des Winters reichen. Und die Essensvorräte, die im Keller lagerten, erst recht nicht. Viel war ohnehin nicht mehr übrig. Ein paar verschrumpelte Kartoffeln, die wenigen Rüben im Sand, der Kohl, dessen äußere Blätter schon schimmelten. Augenblicklich bekam sie Angst um die Ziegen im Stall, die Bruni ihr erst im Sommer besorgt hatte. Sie wusste, er würde Fleisch verlangen. Und, sobald er sich einigermaßen erholt hatte, sehr wahrscheinlich nicht allein das der Ziegen.

Immer noch trug er seine Mütze, die so speckig war, dass sie selbst im fahlen Licht der durchs Fenster fallenden Wintersonne glänzte. Einst hatte er dunkles, volles Haar gehabt, doch das, was dort in Fransen unter der verlausten Kopfbedeckung hervorlugte, war stumpf und schmutzig grau. Ebenso wie der Bart, der auf seinen eingefallenen Wangen wucherte und der mit etwas verkrustet war, von dem sie gar nicht wissen wollte, worum es sich handelte.

»Wie hast du mich gefunden?«

Jakobs Kopf zuckte hoch. Der kalte Blick aus seinen tief in die Höhlen gesunkenen Augen traf den ihren. Jetzt war sie erleichtert darüber, dass er sich durch den hohen Schnee hatte kämpfen müssen und davon immer noch zu erschöpft war, um aufzuspringen. Auch wenn es schändlich war, war sie froh, dass er einen langen Marsch voller Leid und Entbehrungen hinter sich hatte. Und vermutlich auch eine Kriegsgefangenschaft, während der ihm Dinge widerfahren waren, die man sich niemals vorstellen konnte, wenn man diese Torturen nicht selbst hatte erleiden müssen. Ja, gewiss, er hatte viel durchgemacht, aber auch sie hatte gelitten, und das nicht nur während des Krieges. Auch schon davor. Doch vor allem in dem Jahr, das danach gekommen war. Daher empfand sie kein Mitleid mit ihm. Im Gegenteil, sie fühlte eher so etwas wie Genugtuung über sein Schicksal, das momentan ein Segen für sie war, denn es hielt ihn dort auf seinem Stuhl gefangen.

Gib ihm, was er verlangt. Essen. Trinken. Fleisch …

»Ich war schon im Dorf«, antwortete er nun doch noch auf ihre Frage. »Wollt gerade in die Bäckerei, da ist mir der Hangerleiderer Hias entgegengekommen. Vom Wirtshaus her. Sturzbetrunken. Und das schon um die Mittagszeit. Ich glaub nicht, dass er mich erkannt hat, aber Auskunft über dich hat er mir trotzdem geben können. Hat mir lallend erklärt, wo ich dich finde. Da habe ich sofort kehrtgemacht und bin hier herausgestapft. Wollte als Erstes meine Frau sehen, kann mir ja auch niemand verdenken, nach all der Zeit.« Die letzten Worte waren erfüllt von einer Gehässigkeit, die Maria geflissentlich überhörte. Ja, ohne Zweifel würde sie dafür büßen müssen, was der Krieg ihm angetan hatte, wenn es Jakob erst einmal besser ging.

»Und sonst bist du noch niemandem im Dorf begegnet?«

Er schüttelte den Kopf. »Wollt ich auch gar nicht. Wollte in meinem Zustand niemandem unter die Augen treten.«

Sie fixierten einander. Was erwartete er von ihr? Dass sie ihn wieder herrichtete, sodass er sich seines Zustands nicht mehr zu schämen brauchte? Es wäre ihr lieber gewesen, er hätte es wie der Hangerleiderer gehalten und wäre ins Wirtshaus gegangen. So hatte er es vor dem Krieg täglich getan und mehr Zeit beim Hirscher in der Gaststube zugebracht als anderswo. Aber sie nahm an, dass er kein Geld bei sich hatte. Womit auf der Hand lag, dass er auch das von ihr verlangen würde, sobald er sich den Ranzen vollgeschlagen hatte. Also würde es gerade so weitergehen wie damals, bevor sie ihn an die Ostfront holten. Sie hatte von so vielen gehört, die der russische Winter nicht mehr losgelassen hatte.

Von unten war ein Geräusch zu hören. Jakob horchte auf. Der Krieg hatte ihm viel genommen, ihn auf die Hälfte dessen reduziert, was er einst dargestellt hatte. Aber offenbar war sein Gehör dabei verschont geblieben.

»Was war das? Hast du eine Katze im Keller?«

31

1977

WALTER

Kriminalinspektor Walter Göhring schmerzten die Beine. Besonders aber die Füße. Ihm war nie aufgefallen, dass ihm seine Schuhe zu eng waren. Dabei waren sie schon alt und ausgetreten. *Alt und ausgetreten, wie ich selbst.* Nun, er war es einfach nicht mehr gewohnt, lange Strecken zu Fuß zu gehen. Freilich, früher, als er bei der Polizei mit Streifendienst angefangen hatte, war er viel auf Schusters Rappen unterwegs gewesen. Aber da war er nicht nur dreißig Jahre jünger, sondern auch dreißig Kilo leichter gewesen. Und er hatte besser Luft bekommen, weil er noch nicht so viel rauchte. Die Schachtel Zigaretten, die ihm heute nicht mal für einen Tag reichte, hatte ihm in jungen Jahren eine Woche lang genügt.

Den Berg hoch, quer durch den Wald bis zur Landstraße, wo er den Wagen abgestellt hatte – das hatte ihm heute deutlich mehr zu schaffen gemacht, als ihm lieb war. Nun war er nahezu erschrocken über seine körperlichen Defizite. Jedenfalls war ihm die Strecke wesentlich schwerer gefallen als bei seinem ersten Besuch bei der Alten. Während des endlosen Fußmarschs und auch auf der Fahrt zurück ins Dorf hatte er hin und her überlegt, ob ihn die beiden Unterhaltungen mit Maria Steiner und die für ihn damit verbundene Anstrengung wirklich weiterbrachten. Er war sich darüber nach wie vor nicht sicher. Er musste noch mehr in Erfahrung bringen, die Zusammenhänge besser verstehen lernen. Die paar Gespräche, die er im Dorf geführt hatte, zeichneten alles andere als ein klares Bild. Der Krämer wusste durchaus etwas zu sagen. Auch der Metzger. Beide nahmen kein Blatt vor den Mund und erzählten, wie sie über die Frau im Wald dachten. Ebenso wie die Dobl-Bäuerin, die allerdings emotional zu instabil war, als dass man was auf ihr Gerede hätte geben können. Er hatte auch mit dem Pfarrer gesprochen, der jedoch gar nichts über das eigenwillige Kräuterweib zu wissen schien oder einfach nur mehr Pietät an den Tag legte als die Mitglieder seiner Kirchengemeinde. Der Geistliche hatte eigentlich nur bemängelt, dass sie nie in seine Kirche kam.

Und die anderen Leute, die dem Inspektor bislang aufs Geratewohl über den Weg gelaufen waren, konnten oder wollten ihm noch weniger weiterhelfen. Auch nicht die aus der Bäckerei, die sich selbst als Ortsfremde bezeichneten, obwohl sie die Bäckerei schon vor einem Jahrzehnt erstanden hatten, wie er herausgefunden hatte. Er sollte doch die Vorbesitzerin fragen, hieß es dort, denn die sei ja schließlich verwandt mit der seltsamen Alten, die ohnehin nie einen Fuß zu ihnen in den Laden setzte. Gerade so, als würde sie niemals Brot essen, wo das doch in der heutigen Zeit unmöglich war.

Traudl Leiner also, eine Frau jenseits der neunzig. Sofern sie noch einigermaßen klar im Kopf war, konnte es nicht schaden, sich anzuhören, was sie zu berichten hatte. Die Frage war nur, wozu? Es gab keinerlei Indizien, die dafürsprachen, sich noch weiter mit Maria Steiner zu befassen. Es gab keinen konkreten Anlass, und es lag auch weiterhin kein Verbrechen vor. Ein Mann war verschwunden. Harald Lang. Aber es stand ihm zu, das zu tun, und soweit Walter wusste, brauchte der Verschwundene bei niemandem eine Rechtfertigung für sein Handeln abzuliefern. Nicht einmal bei seinem Arbeitgeber, denn dort hatte Harald Lang ja Urlaub eingereicht.

Da ist was faul, Herr Inspektor. Das hatte Langs Bekannter am Telefon mehrfach betont. *Es war fest ausgemacht mit dem Harald. Dass wir uns treffen. Beim Hirscher im Wirtshaus. Und der Harald tut so was nicht, wenn was fest ausgemacht ist. Dann steht der Harald parat. Hundertprozentig.*

Hundertprozentig wohl nicht.

Jedenfalls hatte er Heinz, seinen Chef, nicht davon abbringen können, ihn nach Talberg zu schicken. »Schau dich einfach mal um, Walter, das schadet ja nicht!«, hatte Heinz angeordnet. Und dann stellte sich heraus, dass Heinz ein einziger Tag des *Umschauens* nicht ausreichte. Selbst auf Walters Mitteilung hin, es fehle weiterhin jeder Anfangsverdacht, hatte Heinz verlangt, er solle noch einen weiteren Tag in Talberg verbringen. Sich anhören, was die Leute dort zu sagen hatten, denn in so kleinen Orten sei es ja gang und gäbe, dass man was mitbekam. Was beobachtete. Na, Walter wisse schon, was er meinte. Schließlich lag die Sache in ihrer Verantwortung. Und nicht allein deshalb, weil dieser Bekannte, ein Horst Schneider aus Waldkirchen, den Herrn Lang vermisste, sondern weil mittlerweile auch dessen Lebensgefährtin bei der Dienststelle in Hauzenberg vorstellig geworden war.

Das waren jedenfalls die Fakten, die Heinz für ihn gesammelt hatte. Zwei unabhängig voneinander eingegangene Aussagen, die Harald Lang als abgängig meldeten. Immer noch kein Argument, um Ressourcen zu verschwenden, hatte Heinz gemeint, aber dennoch sehe er Walter an, dass er *ein Gespür* habe, Anfangsverdacht hin oder her.

Das hatte Walter leider nicht leugnen können. Da war etwas, egal ob der vermisste Harald Lang nun ein Recht darauf hatte, als vermisst zu gelten, oder nicht. Jedenfalls hatte sich Walter geschlagen gegeben und gehorchte ohne weitere Widerrede. Sich umsehen und umhören, lautete die Anweisung. Abwägen, ob was dran war. Ob Harald Lang vielleicht nicht freiwillig verschwunden blieb, sondern womöglich aktiv daran gehindert wurde, wieder aufzutauchen.

Er hatte mit Heinz auch darüber diskutiert, ob es nicht sein konnte, dass Harald Lang bei seinem Wanderausflug ein Unglück geschehen war. Dass der Mann in irgendeiner feuchten Klamm auf einem bemoosten Stein ausgerutscht und gestürzt war. Und nun irgendwo dort draußen im Wald lag, vielleicht mit einem verstauchten Knöchel oder gar einem Knochenbruch, und auf Rettung wartete. Sofern er nicht noch schlimmer verletzt war und daher von sich aus nicht mehr auf sich aufmerksam machen konnte. Woraufhin Heinz genickt und ihm zugestimmt hatte, dass diese Möglichkeit natürlich auch bestand. In dem Fall müsste man allerdings einen Suchtrupp aussenden, was wiederum eine Menge Trubel und Aufwand bedeutete. Den Einsatz nicht nur von Kräften der Polizei, auch von anderen Diensten und Organisationen; viel an Menschen und Material müsste da bewegt werden. Und das alles wegen einer geplatzten Verabredung im Gasthaus Hirscher und einer leicht hysterischen Lebensgefährtin, die ihren Zukünftigen vermisste. Oder besser dessen Anrufe, die er ihr versprochen hatte. Jeden Abend, wenn er von seinen Wanderungen zurück im Gasthaus war. Jeden Abend. Das klang nach strenger Überwachung. Oder danach, als wäre die Frau schwer verliebt.

Aber wann war man so schwer verliebt, dass man ohne einen täglichen Anruf nicht auskam? Doch nur, wenn man sich erst frisch kennengelernt hatte, dachte Walter. Dann machte man sich vermutlich auch größere Sorgen um seine neue Liebe. Womöglich gab es in so einer frühen Phase ja vielleicht auch einen Nebenbuhler. Oder einen, der wegen des neuen Liebhabers vor den Kopf gestoßen worden war. Himmel noch mal, wenn man so darüber nachdachte, konnte man sich doch eine ganze Menge Möglichkeiten zusammendenken, warum jemand verschwinden sollte.

Jedenfalls war für Walter klar, dass auch Heinz hin- und hergerissen war. Und darauf bedacht, nicht unnötig die Pferde scheu zu machen, denn Heinz war zum einen Pragmatiker und hatte zum anderen schon seine Pensionierung im Visier. Also hatte sein Chef zunächst vorgeschlagen, mit dem ortsansässigen Jäger zu sprechen und ihn zu bitten, Augen und Ohren offen zu halten, wenn er seine Rundgänge durch den Forst machte. Das war zumindest ein Anfang und ein Vorgehen, mit dem Heinz in der Gesamtheit unverkennbar zufrieden war. *Und denk dran! Sollte sich wie auch immer rausstellen, der Herr Lang hat sich versehentlich rüber nach Österreich verirrt, dann brichst du diesen Einsatz ab!*

Jawohl, Herr Dienststellenleiter! Zu Befehl!

Jetzt schaute Walter rüber zum Wirtshaus, und die Sache gefiel ihm gleich noch weniger. Ja, er wünschte sich geradezu, dass Harald Lang über die nahe Grenze geraten war und damit nicht nur das Land, sondern vor allem die zuständige Behörde gewechselt hatte. Denn er wusste sehr wohl: Wenn er eins nicht tun sollte, dann war es, in ein Wirtshaus zu gehen. Immerhin hatte ihn das obsessive Aufsuchen von Kneipen und Gaststätten nicht nur seine Ehe gekostet. Dieses

Laster war auch der Hauptgrund dafür, warum er mit vierundfünfzig Jahren noch nicht einmal Oberinspektor war. Dass er nach der besonders schwierigen Phase, als seine Frau Gerlinde ihn verlassen hatte, überhaupt noch bei der Polizei tätig war, verdankte er einzig und allein seinem Vorgesetzten und Dezernatsleiter Heinz Däuschler. Während einiger vernebelter Wochen, als es ihm richtig dreckig ging, hatte Heinz ihm sogar sein Sofa angeboten. Ein Angebot, von dem Walter dann auch ab und an Gebrauch gemacht hatte – sofern er noch nüchtern genug gewesen war, die Wohnung seines Vorgesetzten und Freundes überhaupt zu finden. Nun, diese Zeiten waren vorbei. Irgendwie hatte er sich wieder gefangen, auch wenn er selbst nicht mehr nachvollziehen konnte, wie ihm das gelungen war. Gerlinde hatte ihre Koffer gepackt, und lange Zeit wäre er lieber tot gewesen, als ohne sie weiterleben zu müssen.

Du bist ein alter Spürhund, Walter. Das ist dein Talent, und es ist gut, dass wir auf dieses Talent weiterhin zugreifen können. Auch so ein Spruch von Heinz. Der sich allerdings nicht scheute, dieses ach so gerühmte Talent an einen Fall zu verschwenden, der vermutlich gar keiner war. Der verschwundene Wandergesell. Es war nicht das erste Mal, dass Walter den Eindruck hatte, Heinz wolle ihn loswerden. Ihn nicht ständig in der Dienststelle sitzen sehen, wo er alte Fälle neu durchleuchtete. Denn das war gewissermaßen der Hauptaufgabenbereich des *alten Spürhunds* geworden, nachdem er wieder einigermaßen rehabilitiert war. Ausnahmen bildeten die Fälle, die irgendwie fragwürdig waren. Bei denen man augenscheinlich erst mal nicht viel verkehrt machen konnte. Dann nützte Heinz die Gunst der Stunde und ließ seinen Spürhund von der Leine. Ja, er setzte ihn regelrecht vor die Tür.

Letztlich war Walter natürlich selber schuld. Er hatte Heinz nicht klar signalisiert, dass nichts dran war an den Verdächtigungen und dass Harald Lang sehr wohl einer sein konnte, der nicht immer ein Hundertprozentiger war, wenn es um Verabredungen ging. Oder um abendliche Anrufe, die seine Freundin besänftigten. Und leider hatte er auch nicht betont, dass für ihn ein Fehltritt bei einer Wanderung die naheliegendste Erklärung dafür war, warum Harald Lang noch nicht wieder aufgetaucht war. Dieses Fehlen einer festen Überzeugung hatte Heinz ihm einfach angesehen, weshalb er angeordnet hatte, es nicht dabei zu belassen. *Komm, ein zweiter Besuch in Talberg wird dich nicht umbringen. Und es ist gut, wenn wir dort draußen auch mal ein bisschen Präsenz zeigen. Die Leute in dieser Ödnis sollen nicht das Gefühl haben, dass wir uns nicht für ihre Belange interessieren. Sie sollen merken, dass wir da sind, wenn sie uns brauchen.*

Aus Talberg hatte allerdings keiner nach Harald Lang gekräht. Nicht einmal der Wirt Franz Hirscher, der diesem Lang ein Zimmer vermietet hatte. Für fünf Nächte, bezahlt im Voraus, von denen nur eine genutzt wurde. Und mittlerweile war auch nur noch eine übrig. Bezahlt für fünf Nächte, geblieben eine. Nicht mehr aufgetaucht. Und nichts im Zimmer zurückgelassen. So viel hatte Walter bereits ermittelt. Aber es war klar, er würde ein weiteres Mal mit dem Wirt sprechen müssen. Und zwar aus zwei Gründen, denn es ging nicht allein darum, noch mehr Informationen über den nicht mehr anwesenden Gast Harald Lang zu erfahren, sondern er wollte auch um ein Gespräch mit Traudl Leiner bitten. Ein Gespräch mit der Frau, die ihm, so hoffte er, etwas ausführlicher über Maria Steiner berichten konnte.

Dieses Kräuterweib … das ist eine verzwickte Sache.

Befehl vom Vorgesetzten hin oder her, wenn er ehrlich mit sich selbst war, lag es nahezu ausschließlich an der Alten im Wald, dass er die Strecke hier heraus erneut auf sich genommen hatte. Und vor allem den Fußmarsch zu ihr auf die Lichtung, denn das war ja die eigentliche Herausforderung. Nicht die knapp einstündige Fahrstrecke von Passau heraus, sondern dieser Marsch durch den Wald, der ihm ähnlich lang vorkam.

Da war nämlich etwas gewesen. In ihren Augen. Eine Lüge, äußerst schwer zu erkennen. Vielleicht nur ein Trugschluss. Eine Einbildung. Oder aber eben nicht. Jedenfalls blieb es dabei. Wollte er sichergehen und seine Ahnung untermauern, musste er hier und jetzt in dieses Wirtshaus. Es war zwar Samstag, aber immer noch früh. Früher Nachmittag. Daher würde nichts weiter passieren, wenn er die Wirtsstube betrat, jedenfalls versprach er sich das.

Als er am Donnerstag schon einmal hier gewesen war, hatte er zum Glück nicht hineinmüssen. Denn gerade, als er sich mehr oder weniger dazu bereit gefühlt hatte, war ein Mann aus dem Wirtshaus getreten, bei dem es sich, wie sich sogleich herausstellte, um den Besitzer Franz Hirscher handelte.

So einfach würde er heute wohl nicht davonkommen. Er konnte durch die Fenster erahnen, dass dort drinnen schon Leute saßen. Dass bereits getrunken wurde. Vorzugsweise Bier, wie es in derlei Etablissements üblich war. Das hieß, er musste äußerst achtsam sein und durfte sich zu nichts verleiten lassen. Aber das würde er schaffen. Er hatte es im Griff. Er war Heinz' bester Spürhund, und wenn irgendetwas dran war an der Vermutung, dass Harald Lang nicht freiwillig verschwunden blieb, dann war er es, der diesen Verdacht erhärten konnte.

32
MARIA

Der Metzgerladen war zu. Pünktlich um zwölf wurde hier samstags zugesperrt, darauf war Verlass. Dann gab es in Talberg nichts mehr, bis Montagfrüh, sieben Uhr. Gut, der Bäcker öffnete schon um sechs, aber das war die Ausnahme. Egal, Maria brauchte weder den einen noch den anderen. Ihr Brot backte sie selber, und wenn sie wusste, dass der Brenner-Bauer vorhatte, ein Schwein zu schlachten, stand sie bei ihm in der Wurstkuchl, um ihm Würste, Fleisch und Speck abzukaufen. Oder einzutauschen gegen Gestricktes. Jacken, Socken, Fäustlinge. Dafür hatte sie bekommen, was er entbehren konnte und was sich durch Räuchern haltbar machen ließ. Der Vorfall mit dem Hund mochte dies nun ändern. Selbst wenn die Brenners wussten, dass der Hund tot war, hieß das noch lange nicht, dass die Bäuerin ihr den zerbissenen Arm verzieh. Es konnte durchaus sein, dass man ihr deshalb drüben beim Brenner kein Fleisch mehr verkaufen würde. Und auch nicht beim Dobl, nachdem sie zwar das jüngste Kalb, aber nicht den Bauern hatte vorm Tod bewahren können. Letztlich spielte es keine Rolle, stellte sie fest. Sie konnte auf Fleisch oder Würste im Sud verzichten. Erst recht, falls im Winter der Seelensammler kam, um sie zu holen.

Ohnehin war sie heute nicht in den Ort gekommen, um Einkäufe zu tätigen. Schon gar nicht beim Metzger, dessen Laden sie vom Gerätehaus der Feuerwehr her in Augenschein nahm, verborgen hinter der Ecke. Rechts von ihr plätscherte der Dorfbrunnen. In ihrem Rücken stand das Denkmal für die Kriegsgefallenen aus dem Ersten Weltkrieg sowie für jene, die im letzten Krieg für Führer, Volk und Vaterland ihr Leben gelassen hatten. Ein großer Granitblock für jeden Krieg, wobei der jüngere der Steine beinahe die doppelte Anzahl an Namen trug. Auch Jakob war dort in ewigem Gedenken aufgeführt, und es hatte nie einen Anlass für sie gegeben, das richtigzustellen. Der Krieg hatte ihn ihr genommen, und was die genauen Umstände seines Dahinscheidens anging – wer sollte das nach über dreißig Jahren noch hinterfragen wollen?

Der Wind pfiff in Böen um die Ecke des Feuerwehrhauses und holte sie zurück aus jener Vergangenheit, in die sie sich eigentlich gar nicht hatte erneut vertiefen wollen. Sie war hier, weil sie sich nicht auf das Urteil eines Arztes verlassen wollte. Vermutlich hatte der Metzger den Doktor aus Wegscheid kommen lassen. Ausnahmsweise wusste sie sogar, wie er hieß, auch wenn sie sich sonst in der Regel schwertat, was das Behalten von Namen anging. Aber der Name des Arztes aus Wegscheid war ein besonders einprägsamer, der gar nicht zum Berufsstand des Mediziners passte, wie sie immer wieder für sich feststellte, wenn sie ihn hörte. »Doktor Sorgenfrei«, murmelte sie leise vor sich hin, als handelte es sich um eine Beschwörungsformel. »Doktor Sorgenfrei.«

Egal wie der Mann hieß, auf sein Urteil, was das Befinden des Mädchens anging, gab sie nichts. Dass der Arzt bereits nach der Metzgerstochter gesehen hatte, wusste Maria von der Pfarrersköchin. Die Riedl Erna war im Garten vorm Pfarrhaus zugange gewesen, um dort die Rabatten zurückzuschneiden, wie es zum Herbst hin notwendig war. Sie hatte Erna schon von Weitem erspäht, und normalerweise hätte sie, um dem Geschwätz dieses Weibs auszukommen, einen anderen Weg entlang der Friedhofsmauer gewählt. Doch diesmal hatte sie entschieden, dass es wichtig sein konnte, sich anzuhören, was die Pfarrersköchin zum Besten gab. Eine Entscheidung, mit der sie nicht falsch lag. Erna wusste nämlich zu berichten, dass schon in aller Frühe der Dr. Sorgenfrei bei den Metzgersleuten eingetroffen war. Und dass er diesen, nach gründlicher Untersuchung der leidenden Tochter, ihre Einweisung ins Krankenhaus nahegelegt hatte. In erster Linie, weil er den ohne Frage bedenklichen Zustand der jungen Patientin nicht mit Gewissheit einer konkreten Diagnose zuordnen konnte. So geschwollen und gestelzt hatte Erna wiedergegeben, was sie sich von allen, die vormittags beim Metzger einkauften und dann an ihr vorbeikamen, in aller Ausführlichkeit hatte berichten lassen. Der Arzt war demnach nicht in der Lage gewesen, eine gezielte Behandlung anzuwenden – nicht ohne weiterführende Untersuchungen, die auch eine Röntgenaufnahme des Unterleibs umfassten. Blut sei dem Mädchen abgenommen worden, wusste Erna überdies zu berichten, gerade so, als hätte sie danebengestanden, als Dr. Sorgenfrei die Spritze in die Vene der Metzgerstochter gestochen hatte.

Nachdem Maria genug von der Riedl Erna gehört hatte, hatte sie ihren Posten hinterm Gerätehaus der Feuerwehr bezogen. In der sicheren Gewissheit, nach dem Mädchen sehen zu müssen. Selbst auf die Gefahr hin, dass ihr Vater sie dabei in seine riesigen Metzgerpranken bekam. Lange Zeit stand sie nun schon hier und schaute zur Metzgerei hinüber. Im Verkaufsladen brannte kein Licht mehr, die Jalousien vorm

Schaufenster waren heruntergelassen. Ob noch jemand hinten im Schlachthaus werkelte, konnte sie von ihrer Position aus nicht erkennen. Aber sie hielt es für unwahrscheinlich, dass dort schon alle Arbeiten getan waren. Selbst an einem Samstag.

In der Hofeinfahrt parkte das Auto des Metzgers. Ein Mercedes. Ein Wagen, wie ihn sich sonst nur noch der Schreiner im Ort leisten konnte. Jedenfalls war der Metzger in diesem Mercedes mit seiner Frau und seiner Tochter im Juli nach Italien gefahren. Zu dritt über die Alpen und hinunter bis ans Meer. Und zu viert wieder zurück, dachte Maria. Sie schämte sich sogleich, weil dieser Gedanke gehässig war. Genau genommen sollte sie kein Mitleid haben mit der Metzgerstochter, doch sie fühlte es dennoch. Sonst hätte sie jetzt nicht hier im zugigen Wind gestanden, der schon nach der Kälte aus dem Sibirischen schmeckte. Nach jener Kälte, die Jakobs Nase und Finger hatte schwarz werden lassen, als er in Stalingrad eingekesselt war. Oder auch später, als er sich zurückgekämpft hatte. Erst durch Russland, dann durch Polen. Mit erfrorenen Zehen und Fingern.

Erneut schüttelte sie sich, und die Erinnerung an ihren ausgezehrten Ehemann fiel von ihr ab, wie bald auch das Herbstlaub in den umliegenden Wäldern fallen würde. Maria hatte den Dobl-Bauern nicht retten können, daher war es besser, jetzt wenigstens nach dem Mädchen zu schauen. Sie wusste nicht, hinter welchem Fenster das Zimmer der Kleinen lag. Ob vorne hinaus auf den Dorfplatz oder auf der Rückseite, dort, wo das Schlachthaus angebaut war. Konnte sie wirklich einfach in das Haus gehen? Immerhin war anzunehmen, dass die Tür nicht verschlossen war. Niemand in Talberg sperrte tagsüber seine Haustüre zu. Hineinzukommen, auch ungesehen, war also nicht die Herausforderung. Aber was, wenn der Metzger sie drinnen erwischte?

Im Hof des Metzgers erwachte mit einem Mal der Dieselmotor des Mercedes zum Leben. Keine fünf Sekunden später stieß der lindgrüne Wagen rückwärts aus der Einfahrt und hinaus auf die Straße. Der Metzger saß darin. Mit gerötetem Kopf, als triebe ihn nach wie vor die Wut. Er fuhr davon, ohne nach rechts oder links zu schauen. Und vor allem, ohne sie hinter der Ecke des Feuerwehrhauses zu bemerken.

33

Der Flur war kalt und weiß gefliest wie der Laden. Sie roch rohes Fleisch, Blut und die Todesangst der Kühe und Schweine, die hier ein-, zweimal die Woche ihr Leben ließen. Der Gang teilte das Gebäude. Links von ihr waren der Laden, die Wurstküche und das Schlachthaus, rechts der Wohntrakt. Es war still, doch wenn sie genau hinhörte, vernahm sie ein sirrendes Geräusch, das im Wechsel einer langsamen Atmung immer wieder in ein blechernes Dröhnen überging. Diese Kühle, die durch den Flur strich, kam von Gerätschaften, die dafür sorgten, dass das Fleisch nicht so schnell verdarb, so viel konnte sie sich zusammenreimen. Das moderne Leben verlangte Eisschränke. Oder vielmehr der Hunger der Leute, die mehr und mehr dazu übergingen, immer alles und jedes zu erwarten, auch wenn gar nicht die Zeit dafür war. Der Mensch lebte im Übermaß. Was sie so mitbekommen hatte, aßen viele mittlerweile nahezu täglich Fleisch. Sie sah Fernsehantennen auf allen Dächern und immer mehr Autos vor den Häusern. Und einige fuhren damit sogar bis runter nach Italien. Oder zum Pilgern nach Spanien ...

Sie merkte, dass sie stehen geblieben war. Wieder hatten die Gedanken sie überwältigt und sorgten dafür, dass sie für einen Moment ihr Vorhaben aus den Augen verlor. Durch eine offen stehende Verbindungstür zweigte rechts ein kurzer Flur in ein

Treppenhaus ab. Sie trat ohne Zögern hinein und stieg sogleich die Stufen hinauf. Im Obergeschoss roch es nicht mehr nach Schlachtvieh, sondern nach den Leuten, die hier wohnten. Die Möbel, die im Flur herumstanden, sahen allesamt neu aus. Abgesehen davon, dass ihr nichts davon gefiel, wunderte sie sich, wie viel Geld einem das Töten von Schweinen und Kühen einbrachte. Ihr eigenes Inventar war zum größten Teil so alt wie selbst und aus dem zusammengezimmert, was anderswo übrig gewesen war. Und sie lebte gut damit, ohne etwas zu vermissen und gewiss auch bis an ihr Ende.

Von draußen war der Wind zu hören, der in heftigen Böen unter die Dachvorsprünge fuhr, als wollte er den gesamten Dachstuhl anheben. Im Haus selber war es still. Die Flickenteppiche, die auf den Holzböden lagen, dämpften jeden ihrer Schritte, weshalb sie nicht besonders darauf achten musste, leise aufzutreten. Wo hielt sich wohl die Frau des Metzgers auf? Es war anzunehmen, dass sie noch unten im Laden herumwirtschaftete, Würste und Fleisch wegräumte, alles, was nicht verkauft worden war. Die Glasscheiben der Auslage putzte. All das verrichtete, was eine Metzgersfrau an einem Samstagnachmittag eben zu tun hatte. Wenn sie sich in der Wohnung aufgehalten hätte, wäre sie doch zu hören gewesen. Außer natürlich, sie hielt irgendwo ein Mittagsschläfchen. Vielleicht konnte sich die Frau des Metzgers so etwas gönnen und ließ stattdessen jemand anderen das Blut aus dem Laden wischen.

Maria machte vor einer der vom Gang abzweigenden Türen halt. Mit einer Reiszwecke hatte dort jemand eine bunte, aus Papier ausgeschnittene Blume an das weiß lackierte Holz geheftet. Sie wartete nicht, sondern drückte die geschwungene Messingklinke nach unten. Lautlos schwang die Tür nach innen auf.

Das Mädchen lag im Bett und starrte ihr aus weit aufgerissenen Augen entgegen. Maria legte den Finger an die Lippen. Das Mädchen nickte knapp, also trat Maria ein und schloss die Tür hinter sich.

Das Mädchen sah schlecht aus. Ihre Haut war durchscheinend wie Butterbrotpapier. Unter den Augen lagen bläuliche Halbmonde. Ihr blondes Haar war zerzaust und strähnig. Sie mühte sich damit ab, sich aufzurichten, doch der Versuch scheiterte, und sie sank zurück in ihr nass geschwitztes Kissen.

»Ich hätt's noch nicht nehmen sollen, ich weiß«, keuchte sie.

»Wo sind deine Eltern?«, fragte Maria.

»Der Papa musste gerade noch mal weg, zu einer Notschlachtung ... Und die Mama ... mei, die hat Sie doch reingelassen ... oder nicht?«

Maria schüttelte den Kopf, und die Augen des Mädchens wurden wieder groß.

»Sie haben sich einfach ins Haus geschlichen?«, fragte sie ungläubig, und in ihrer ohnehin schwachen Stimme vibrierte nun auch noch Furcht. »Ich wollte Sie wirklich nicht verraten, Frau Steiner, das müssen Sie mir glauben, aber als es immer schlimmer wurde mit den Krämpfen ... ich meine, da musste ich doch sagen, woher es kommt.«

Maria, die bis jetzt an der Tür gestanden hatte, trat nun direkt bis ans Bett. Woraufhin das Mädchen sich die Zudecke bis unters Kinn zog und so weit nach oben rutschte, wie es das Bettgestell zuließ.

»Woher's kommt, hast du gewiss nicht gebeichtet«, zischte Maria. »Oder warum du überhaupt hast was nehmen wollen.«

Wie schon bei ihrem Besuch auf der Lichtung füllten Tränen die wasserblauen Augen des Mädchens. »Ich konnt's doch nicht einfach sagen. Nicht das. Da hab ich halt was erfunden. Dass ich zufällig bei Ihnen vorbeigeradelt bin und Sie mir was zu trinken angeboten haben, weil es doch so warm war, an dem Tag. Irgend so eine Kräuterlimo ...« Die Tochter des Metzgers begann Rotz und Wasser zu heulen.

»Sobald sie dich ins Krankenhaus bringen, kommt ohnehin alles raus«, prophezeite Maria. »Dann haben die Lügen ein Ende!«

Das Mädchen erstarrte mitten im Schluchzen. So weit hatte sie offenbar noch gar nicht gedacht. Oder vielleicht doch? Womöglich hatte sie sich ja bis jetzt dagegen gesperrt, ins Spital eingeliefert zu werden, weil sie genau wusste, was das für sie bedeuten würde. Dabei hatte ihr der Dr. Sorgenfrei schon Blut abgezapft, jedenfalls wenn es nach der Riedl Erna ging. Und das Blut würde dem Arzt schon verraten, was vor rund zwei Monaten in Italien vorgefallen war, nachdem der Junge vom Strand seine Gitarre zur Seite gelegt hatte.

»Jetzt sind Sie ja hier«, sagte sie weinerlich. »Ich mein, darum sind Sie doch gekommen, oder? Um es wieder in Ordnung zu bringen. Für mich und auch für Sie. Sie machen's wieder gut, und ich brauch nicht ins Krankenhaus ...« Die letzten Worte gingen im Weinen fast unter.

»Sei endlich leise!«, herrschte Maria die Tochter des Metzgers an.

Diese schnappte noch einmal laut nach Luft, um dann jeden weiteren Laut zu unterdrücken. Indessen packte Maria die Zudecke und warf sie nach unten. Das Mädchen zog die dürren Beine an und schlang schützend die Arme um den schmächtigen Oberkörper.

»Leg dich gerade hin!«, befahl Maria und setzte sich auf die Bettkante.

Nur widerwillig löste das Mädchen die Verknotung aus Armen und Beinen. Steif wie ein Brett machte sie sich, während Maria das Unterhemd nach oben schob und den blassen Bauch des Mädchens betrachtete. Kaum streckte sie die Hand danach aus, zuckte die Metzgerstochter schon zusammen. »Nicht anfassen, das tut so weh«, jammerte sie, und neue Tränen kullerten über ihre käsigen Wangen. Maria ignorierte den Einwand und drückte ihre Finger in den Bauchraum des Mädchens. Bevor der Kleinen ein Schrei entwich, presste sie ihr die andere Hand fest auf den Mund.

Die Untersuchung dauerte keine halbe Minute, und in all der Zeit wand sich das Mädchen unter ihren Händen, zappelte mit Beinen und Armen und warf den Kopf hin und her. Doch Marias Hände waren stark genug, um ein feststeckendes Kalb aus einer Mutterkuh zu ziehen. Sie ließen sich nicht abschütteln. Die Tochter des Metzgers gebärdete sich, als müsste sie ersticken, und nachdem Maria endlich von ihr abgelassen hatte, schrie sie zunächst laut auf, dann krümmte sie sich zusammen und wimmerte leise.

»Es wird nicht rauskommen«, sagte Maria und stemmte sich hoch.

Gleichzeitig flog die Tür auf, und die mächtige Gestalt des Metzgers füllte den Türrahmen.

34
WALTER

In dem gekachelten, recht düsteren Flur roch es nach kaltem Rauch und verschüttetem Bier. An der ersten Tür rechts klebte ein Schild, das auf die Gaststube hinwies. Von dort drinnen waren Unterhaltungen zu vernehmen. Noch einigermaßen gesittet und in angemessener Lautstärke, aber er hatte sich nicht getäuscht. Erste Gäste hockten schon an diesem frühen Samstagnachmittag beisammen. Walters Hand zitterte leicht, als er sie auf die Klinke legte.

Sämtliche Stimmen erstarben, als er eintrat. Die Gerüche wurden sofort wesentlich schärfer. Das Licht hingegen, das durch die dreckigen, verschmierten Fenster fiel, war nicht nennenswert besser als draußen im Flur. Die laubgrünen Vorhänge, welche die Fenster einrahmten, waren unansehnlich vergilbt. Die einfachen Holzdielen, mit denen der Schankraum ausgelegt war, waren klebrig und von Flecken in jeder Farbnuance übersät. Er fragte sich, wann wohl der Boden zuletzt gewischt oder mit einem feuchten Lappen über die Tische gegangen worden war. Walter hatte es geahnt. Dieses Dorfwirtshaus entsprach exakt der Art von Kaschemmen, in denen er vor noch nicht allzu langer Zeit seine Abstürze gehabt hatte. Und die Männer, die zwei der fünf Tische belegten, waren von der gleichen Sorte, zu der auch er jüngst noch gehört hatte. Fahle, wächserne Mienen wandten sich ihm zu. Rot geränderte Augen starrten ihn an. Über den Köpfen der Zecher waberte dichter Zigarettenrauch.

»Herr Inspektor, habe die Ehre!«, tönte es vom Ausschank her. Dort stand Franz Hirscher und grinste. Er war groß gewachsen und seltsam dürr, als hätte eine Krankheit ihn erst vor Kurzem ausgezehrt. Alles in seinem Gesicht wirkte spitz: die Nase, das Kinn, selbst die Knochen über den hohlen Wangen. Sein Alter war schwer zu schätzen, aber er war gewiss noch keine fünfzig, auch wenn sein Haar bereits vollständig ergraut war.

»Haben Sie meinen Übernachtungsgast gefunden?«, wollte er wissen.

Walter schüttelte den Kopf.

»Zu schad' aber auch«, kommentierte einer der Männer, die zusammen am Stammtisch hockten. »Da war mal einer so wagemutig, sich bei dir einzuquartieren, und dann lässt er sich nach nur einer Nacht nicht mehr blicken. Das spricht für den Komfort deiner Gästezimmer, Franz.«

Alle in der Runde lachten.

»Halt's Maul, Fritz!«, verlangte der Wirt, aber es klang nicht allzu ernst.

»Herr Lang hat sich demnach nicht mehr wieder sehen lassen«, hakte Walter sicherheitshalber nach.

»Nicht seit er am Montagmorgen von hier weg ist, mit Sack und Pack. Aber das habe ich Ihnen doch schon bei Ihrem ersten Besuch erzählt.« Franz Hirscher tätschelte seinen Zapfhahn. »Wie schaut's aus, Herr Inspektor, auch eine Halbe?«

Walter schüttelte den Kopf.

»Dienst ist Dienst«, meinte Fritz von der Stammtischrunde und erntete erneutes Gelächter.

»Und gab es vielleicht zwischenzeitlich jemanden, der Herrn Lang gesehen hat?«, fragte Walter, nun an alle gewandt.

»Woher sollen wir das wissen?«, tönte ein anderer aus der Runde.

»Solange dieser Lang sich nicht zu uns ins Wirtshaus verläuft, wissen wir gar nix«, ergänzte ein weiterer, was die Stimmung noch mehr hob.

Walter wollte noch nicht aufgeben. »Vielleicht hat ja einer von Ihnen sonst eine Beobachtung gemacht. Irgendwas Ungewöhnliches, das Sie eventuell gar nicht mit dem Verschwinden des Herrn Lang in Verbindung bringen.«

»Höchstens dass die elendigen Zigeuner wieder im Dorf sind«, meldete sich Fritz wieder. »Vielleicht haben die ihn ja gefressen, diesen Lang.«

»Zigeuner?«, murmelte Walter und wusste für den Moment nicht, was er mit dieser Information anfangen sollte. Bei seiner Fahrt durch den Ort waren ihm keine Wohnwagengespanne oder dergleichen aufgefallen.

»Oben auf der Josefi-Platte, da campieren sie, wie beinahe jedes Jahr«, klärte der Wirt ihn auf. »Ins Dorf runter trauen sie sich nicht.«

»Nicht mehr!«, korrigierte ihn Fritz. »Wenigstens dem haben wir einen Riegel vorgeschoben. Die auf der Gemeinde sollten endlich kapieren, dass wir dieses Gesindel nicht immer wieder in der Gegend haben wollen. Aber jetzt ohne Spaß, Herr Inspektor, denen sollten Sie mal einen Besuch abstatten. Das wär fei nicht verkehrt.«

Der Vorschlag vom Fritz wurde in der Runde einstimmig befürwortet. Walter fühlte sich nicht wohl bei dieser Sache. Zigeuner. Soweit er das bei den Kollegen von der Schutzpolizei mitbekommen hatte, waren es immer problematische

Einsätze gewesen, wenn diese herumziehenden Fremden auf irgendeine Weise involviert waren. Freilich ging es dabei zumeist um Beschwerden von Anwohnern oder unmittelbar Betroffenen, die sich auf welche Art auch immer von den Zigeunern gestört fühlten. Aber er hatte auch von Diebstählen und Einbruchsdelikten gehört, die mit dem Auftauchen dieser Leute in Verbindung gebracht wurden. Wenn er Heinz jetzt auch noch damit kam, würde der ihn weiterhin in Talberg ermitteln lassen. Und verlangte womöglich sogar, dass er unter den Zigeunern Verhöre durchführte.

»Sie schauen ganz blass aus, Herr Inspektor. Wollen Sie nicht vielleicht doch eine Halbe?«

Ein Bier hätte er jetzt wirklich gebrauchen können. Gerne auch zwei. Der Durst, den er danach verspürte, war ein wachsender Schmerz, der seinen Brustkorb zu füllen begann. Ein Feuer, das ein kaltes Bier auf wundersame Art löschen konnte ... Tapfer schüttelte er den Kopf.

»Kennen Sie einen Horst Schneider?«, erkundigte er sich.

»Wer soll das sein?«, fragte Franz Hirscher zurück.

»Vielleicht einer, der ab und an hier einkehrt?«

Kopfschütteln. Auch drüben am Stammtisch.

»Herr Schneider hatte angegeben, dass er sich mit Herrn Lang hier im Gasthaus treffen wollte. Daher die Frage.«

Die Gesichter, sowohl des Wirts als auch seiner Gäste, blieben ratlos.

»Und Herr Lang, war der eigentlich auch früher schon mal bei Ihnen in Pension?«

»Hab ich Ihnen doch beim letzten Mal schon gesagt, dass das nicht der Fall war«, erinnerte ihn Franz Hirscher.

Walter hatte das nicht vergessen, aber gelegentlich war es nicht verkehrt, Fragen zwei- oder gar dreimal zu stellen. Am

Stammtisch wurde nun darüber diskutiert, woher man einen Horst Schneider eventuell kennen mochte. Die rechte Hand des Wirts lag noch immer auf dem Zapfhahn.

»Ich hätte gern Traudl Leiner gesprochen!«, verlangte Walter, um sich von seinem Verlangen auf eine frisch gezapfte Halbe abzulenken.

»Lebt die Alte immer noch?«, tönte es belustigt aus der Runde. »Da habt Ihr euch ja was aufgehalst«, fügte ein weiterer Stammtischler spöttisch hinzu. Walter ignorierte den Zwischenruf und musterte Franz Hirscher, dessen Lachen mit einem Mal eingefroren wirkte.

»Was wollen Sie von der Traudl? Die wird Ihnen bestimmt nicht sagen können, wo sie nach diesem Lang suchen sollen.«

»Ich habe trotzdem ein paar Fragen«, beharrte Walter und merkte, dass es ihm bereits nach mehr als nur Bier verlangte. Kurz schweifte sein Blick über die Batterie von Schnapsflaschen, die hinter dem Hirscher ein Regal an der Wand füllten. Runde Flaschen, eckige, klare, in denen man den Füllstand sehen konnte, auch ein paar undurchsichtige dabei. Teufelszeug. Walter merkte, dass er mehr schwitzte als sonst. Sein Rücken fühlte sich nass an.

»Tante Traudl ist über neunzig, die weiß gar nix mehr«, wandte Franz Hirscher ein – dann war von draußen plötzlich Geschrei zu hören.

Einer der Männer aus der Stammtischrunde stand auf und trat zum Fenster. »Leck mich«, sagte er, während er seine rot geäderte Nase gegen die verschmierte Scheibe drückte.

»Was ist?«, wollte der Fritz wissen, der wie alle anderen noch abzuwägen schien, ob es überhaupt lohnte, sich zu erheben.

»Dort draußen schleift der Metzger gerade die alte Hexe über den Dorfplatz.«

35

MARIA

Sein Griff war eisern, unmöglich, sich dem zu entwinden. Eine seiner Pranken lag um ihr Genick, und vermutlich hätte er ihr damit den Hals brechen können, wenn er es darauf anlegte. Die andere hatte einen ihrer Oberarme gepackt, und so schob er sie neben sich her. Es war nicht schwer zu erraten, wohin er mit ihr wollte. Rüber zum Dorfbrunnen. Hexen brach man nicht ihr Genick, man ersäufte sie wie einen Katzenwurf, sofern man ihn rechtzeitig fand.

Ihr war keine Zeit geblieben, irgendetwas zu erklären, als er ins Zimmer seiner Tochter gestürmt war. Das Gesicht dunkelrot, mit Augen, die weit aus den Höhlen quollen.

Vermutlich hatte er etwas vergessen und war daher noch einmal zurückgekehrt. Und dann hatte er wohl seine Tochter aus dem Obergeschoss schreien hören. Wie sie jetzt wusste, ging das Zimmer des Mädchens zum Hof hinaus, wo er seinen Wagen abstellte.

Er war schnell gewesen. Und hemmungslos. Nicht einmal die Furcht vor einer Verwünschung hatte ihn diesmal bremsen können. Lauthals fluchend hatte er sie die Treppe hinabgezerrt, durch den Flur und dann hinaus auf die Straße. Seine Schimpftiraden wurden nur unterbrochen von keuchenden Atemzügen. Und auch sie schrie, konnte die Schmach und den

Schmerz, die er ihr zufügte, nicht bei sich behalten. Schon hatten sie den Dorfbrunnen erreicht, und er tunkte ihren Kopf ohne Umschweife in das eisige Wasser des Granittrogs, in dem schon erstes Herbstlaub schwamm. Die Kälte biss mit spitzen Hauern in ihr Gesicht und ließ sie augenblicklich alles andere vergessen. Und dann war da auch schon die Enge in ihrer Lunge, die schnell zu einem Brennen anwuchs. Der Metzger würde sie tatsächlich ertränken! Jegliche Gegenwehr ihres alten Körpers musste ihm wie das Aufbäumen eines schwachen Ferkels vorkommen, das sich auf der Schlachtbank vergebens zur Wehr setzte. Wieso in Gottes Namen ging es nicht in seinen Metzgerschädel, dass sie seiner Tochter nur hatte helfen wollen? Verstand er denn nicht, dass sie die einzige Rettung für das Mädchen war?

Nun war es tatsächlich so weit. Sie spürte, wie sich die ewige Schwärze näherte. Häufig hatte sie in den vergangenen Tagen an *ihn* denken müssen, und wirklich kam *er* sie also noch vor dem Winter holen. Auf diese würdelose Weise hatte sie ihn nicht empfangen wollen. Was tat ihr der Metzger nur an?

Im klaren kalten Wasser des Talberger Dorfbrunnens öffnete sie die Augen. Sah Reflexe von oben im Wasser tanzen, das Spiel des Lichts zwischen den letzten Luftblasen, die ihrem aufgerissenen Mund entwichen. Mit einem Mal gesellte sich ein weiterer Schatten im aufgewirbelten Nass zu dem des Metzgers. Da war *er* also. Sie konnte es förmlich vor sich sehen, wie er neben den Metzger trat, der über sie gebeugt sein Werk vollendete. *Da bist du, mein finsterer Freund.*

Doch plötzlich wurde ihr Kopf nach oben gerissen, raus aus dem Wasser. Die Luft, die sie gierig in sich hineinsog, war so süß und lieblich wie kaum etwas, das sie zuvor gekostet hatte. Zudem hatte sich auch die Schraubzwinge gelöst, die um ihren Nacken gelegen hatte. Jeglicher Stütze beraubt, sackte sie in die Knie und gegen den Steintrog. Sie verstand nicht, was passiert war. Warum die Tortur des Ersaufens unterbrochen worden war. Wollte er sie damit etwa noch mehr quälen? Sie kurz zu Atem kommen lassen, um sie dann erneut in den Brunnen zu tauchen?

Maria blinzelte sich das Wasser aus den Augen, wischte sich fahrig übers Gesicht und versuchte zu erkennen, was vorging. Nur langsam wurde ihr Blick wieder scharf. Obwohl der Mann im zerknitterten Anzug einen Kopf kleiner war als ihr Peiniger, hatte er sich zwischen sie und den Metzger gestellt. Der wirkte irritiert. Ob darüber, dass ihn jemand davon abhielt, sie zu ersäufen, oder darüber, warum seine Wut so plötzlich gewichen war. Diese Wut, die ihn eben noch dazu getrieben hatte, einer alten Frau das Leben zu nehmen.

Noch war kein einziges Wort zwischen den beiden Männern gefallen. Sie standen nur da und starrten einander an. In den Augen das Metzgers sah sie, dass er denjenigen kannte, der ihn daran gehindert hatte, ihr ein Ende zu setzen.

»Meine Tochter«, sagte der Metzger endlich, dem das Brunnenwasser von den Hemdsärmeln tropfte. »Sie hat ... sie hat Heike vergiftet, als sie neulich bei ihr draußen im Wald war ...«

Der Mann im knittrigen Anzug hob die Hand, und der Metzger verstummte sofort. Auch sie wollte wissen, wer der rundliche Herr war, der sie gerettet hatte. Sie waren sich doch bereits begegnet. Er war bei ihrem Haus gewesen, hatte auf ihrer Bank gesessen. Aufgerauchte Zigaretten ins Gras geworfen ... Doch durch ihren Kopf brausten immer noch die Aufregung und die Furcht, noch einmal die Qualen des Ertrinkens erleiden zu müssen, und sie kam einfach nicht auf seinen Namen.

»Ich gehe dem nach«, sagte der Mann bestimmt, der ihr den Rücken zukehrte. »Dafür bin ich hier. Und dafür, Sie davon abzuhalten, dass Sie sich unglücklich machen. Was genau ist mit Ihrer Tochter? Ist ihr was zugestoßen?«

»Vergiftet hat diese Hexe sie«, erwiderte der Metzger, und nun war die Wut in seiner Stimme zurück.

»Wie kommen Sie zu dieser Anschuldigung?«

»Sie hat's mir ja selbst gesagt, meine Tochter! Dass ihr die Hexe was in die Limonade gemischt hat.«

Ihr Retter drehte sich zu ihr um und suchte ihren Blick. Sie musste ein elendes Bild abgeben, wie sie da völlig durchnässt am Brunnen kauerte. Zu aller Schande hatten sich vor dem Wirtshaus schon ein paar Leute zusammengefunden, die ungeniert zu ihnen herübergafften.

»Stimmt das?«, wollte der Dicke wissen.

Sie schüttelte den Kopf.

»Sie haben der Tochter von Herrn Wasner nichts gegeben?«

»Keine Limonade«, antwortete sie, und ihre Stimme war so dünn und brüchig wie trockenes Herbstlaub.

»Glauben Sie der nichts!«, fuhr der Metzger dazwischen. »Meine Tochter liegt oben in ihrem Zimmer und windet sich in Krämpfen. So schlimm, dass nicht mal der Doktor hat helfen können. Wenn es nicht bald besser wird, muss ich sie ins Krankenhaus fahren. Und jetzt hat sich diese Hexe die Dreistigkeit herausgenommen und schleicht sich ins Zimmer meiner Tochter, kaum dass ich das Haus verlassen habe. Vermutlich um zu Ende zu bringen, was ihr beim ersten Mal nicht gelungen ist.«

Der Mann im Anzug wahrte äußerlich die Ruhe, auch wenn sie seine innere Zerrissenheit fühlen konnte. »Das hört sich in der Tat bedenklich an«, erwiderte er und warf ihr einen prüfenden Blick zu. »Aber was sollte Frau Steiner für einen Grund haben, Ihrer Tochter ... nun ja ...«

»Die wollte einfach verhindern, dass rauskommt, was sie ihr eingeflößt hat«, knurrte der Metzger.

Der Dicke strich sich übers Doppelkinn und wandte sich dann wieder an sie. »Also, wenn es keine Limonade war, hat das Fräulein Wasner dann irgendwas anderes von Ihnen erhalten, was zu ihrer Unpässlichkeit führen könnte?«

»Sie hätte den Vollmond abwarten sollen«, krächzte Maria.

»Vollmond? Warum? Ich verstehe den Zusammenhang nicht.« Der Mann im Anzug runzelte die Stirn.

»Hokuspokus, ich sag's Ihnen doch, Herr Inspektor! Die Alte ist komplett irre!«, brüllte der Metzger.

Inspektor, dachte Maria, und nun fiel ihr auch wieder ein, dass der Mann, der schon bei ihr auf der Lichtung gewesen war, eine Lüge erkannte, wenn er eine zu hören bekam.

»Wann war das?«, fragte der Inspektor den Metzger. »Wann war Ihre Tochter bei Frau Steiner?«

Am Tag, als mein Hund erschossen wurde, wollte Maria sagen, aber sie brachte kein Wort heraus.

»Am Montag«, antwortete der Metzger gereizt. »Aber was geht Sie das überhaupt an?«

»Ich weiß noch nicht, ob mich das was angeht; das will ich ja gerade rausfinden«, sagte der Inspektor und richtete seine forschenden Augen wieder auf sie. »Also, Frau Steiner, was hat das Fräulein Wasner an Vollmond von Ihnen zum Einnehmen bekommen?«

Maria räusperte sich schmerzhaft. »Sie wollte einen Engel, nur hat sie es damit nicht erwarten können.«

36

Der Metzger stürmte los wie ein Stier, dem man einen satten Hieb mit der Geißel übergebraten hatte. Es hatte zwei, drei Herzschläge gebraucht, bis ihre Worte zu ihm durchgedrungen waren. Jedenfalls war er endlich weg. Sie wusste nicht, ob er einen Enkel oder doch eher einen Engel vorzog, denn beides lag momentan noch im Bereich des Möglichen.

Eine Hand streckte sich ihr entgegen. *Göhring, Inspektor Göhring*, schoss es ihr durch den Kopf, während sie sich hochhelfen ließ. Auch wenn ihr diese Hilfe eigentlich widerstrebte, nahm sie sie heute dennoch an. Der Kampf mit dem Metzger und gegen das Ertrinken hatte sie immense Kraft gekostet. Als sie sicher war, dass ihre wackligen Beine sie trugen, nickte sie, und er ließ sie los. Unbeholfen stand er vor ihr. Sie wusste, er hatte Fragen. Wollte wissen, was hier eben passiert war. Vielleicht dachte er auch darüber nach, sie unverzüglich zu verhaften für das, was sie getan hat. Engelmacherinnen blieben nicht ungeschoren, wenn man ihnen auf die Schliche kam. *Sie hätte den Vollmond abwarten sollen.*

Doch er führte sie nicht ab. »Soll ich Sie nach Hause fahren?«, bot er stattdessen an. Offenbar war es ihm peinlich, bei einem derart intimen Thema hier auf dem Dorfplatz weiter ins Detail zu gehen. Die Mannsbilder waren zwar wild darauf und schnell damit, ihre Saat in die Körper der Frauen zu pflanzen. Doch alles, was danach kam, all die Folgen, wenn diese Saat aufging, schuf den Herren ein Unbehagen, dem sie nur mit Ignoranz begegnen konnten. Und wie es aussah, traf dies selbst auf Polizeibeamten zu.

Sie schüttelte energisch den Kopf.

»Sind Sie sicher?«, fragte er und musterte dabei besorgt ihre durchnässte Kleidung, die schwer an ihr hing und ihren dürren Körper sichtbar machte.

Das Brunnenwasser rann ihr noch immer die Beine hinab und in die Schuhe. Maria wandte sich wortlos ab und ging die Friedhofsmauer entlang. Sie musste sich beeilen. Die Sonne stand schon tief im Westen. Sobald sie dort in die Wälder versank, würde die Kälte, die sie umfing, unerträglich werden.

»Aber ich muss dringend mit Ihnen reden!«, hörte sie den Inspektor rufen, doch sie drehte sich nicht um. Sie ging so schnell es ihre Füße erlaubten, doch kaum war sie zwischen die Bäume getreten, begann sie, tropfnass wie sie war, am ganzen Leib zu schlottern. Ihr Körper rebellierte. Knochen, Gelenke, Muskeln, alles schmerzte von dem, was der Metzger ihr angetan hatte. Zu allem Übel lag keine Spur von Wärme mehr in der Luft. Ihre Zähne klapperten so laut, dass sie den Wald um sich herum nicht mehr hören konnte. Sie würde sich eine Lungenentzündung holen und daran zugrunde gehen. Dann bekam der Metzger doch noch, was er wollte.

Obwohl sie bisweilen das Gefühl hatte, vor lauter Zittern nicht mehr geradeaus laufen zu können, kam sie noch bei Tageslicht zu Hause an. So sehr außer Atem wie zuletzt, als das Schattenwesen sie vor sich hergetrieben hatte. Und es wurde ihr noch enger ums Herz, als sie entdeckte, dass etwas zwischen Tür und Zarge klemmte.

Ein Brief.

Das gleiche Kuvert wie beim letzten Mal, stellte sie fest. Völlig erschöpft lehnte sie sich mit der Schulter gegen die Hauswand und musste mehrfach heftig Luft schöpfen. Sosehr sie sich nach der warmen Stube sehnte, danach, die Glut im Ofen neu zu entfachen, wagte sie es dennoch nicht, einzutreten. Der Brief, der dort über dem Türblatt steckte, war wie ein Bannsiegel.

Keine Marke.

Aber das war irgendwie klar gewesen. Der Postbote kam frühestens am Dienstag wieder, aber keinesfalls an einem Sonnabend. Jemand war hier gewesen und hatte das Kuvert persönlich dort platziert.

Bruni.

Es war das eine, einen Brief von einer Toten zu erhalten, den der Postbote lieferte. Ein Brief hingegen, der direkt von der Verstorbenen vorbeigebracht worden war, war noch einmal etwas ganz anderes. Sie schielte auf das Kuvert und konnte sehen, dass diesmal keine Adresse draufstand. Lediglich ihr Name.

Maria

Für den Moment fühlte sie nicht einmal mehr die eisige Nässe, denn eine dunkle Ahnung in ihrem Herzen strahlte noch viel kälter. Ihre Finger fassten nach dem Brief, als pflückte sie eine Brennnessel. In ihrer Hand war er so leicht wie ein Lufthauch und gleichwohl so schwer wie ein Grabstein. Während sie ins Haus wankte, trug sie ihn weit von sich gestreckt vor sich her und ließ ihn in der Stube auf den Esstisch fallen, als wäre er mit Dornen übersät. Danach tappte sie hinüber zum Ofen und presste ihren durchfrorenen Körper an die Reling. Es dauerte schier unendlich lange, bis die Wärme, die er immer noch abstrahlte, bis zu ihrer Haut vordrang. Sobald sie sich wieder bewegen konnte, würde sie das Feuer neu anheizen müssen. Jetzt war sie froh darüber, morgens noch einen vollen Korb Holz ins Haus getragen zu haben. Damit blieb ihr erspart, noch einmal hinauszumüssen.

Als das Feuer brannte und der Ofen zu bollern anfing, streifte sie endlich die durchnässten Kleider ab, die zäh an ihr klebten. Nackt, wie sie war, hüllte sie sich in die Wolldecke, die sie vor ein paar Jahren gestrickt hatte und die kaum weniger kratzig war als ein alter Kartoffelsack. Aber das machte ihr nichts aus, denn die Wärme entschädigte für alles andere. Dick eingewickelt ging sie zum Tisch. Der Brief lag dort, wo sie ihn hatte fallen lassen. Langsam zog sie sich den Stuhl zurecht und setzte sich. Lange Minuten starrte sie auf das Kuvert.

Maria

Sie würde ihn aufmachen müssen, wie schwer es ihr auch fallen mochte. Dabei hatte sie es noch nicht einmal geschafft, auf das erste Schreiben zu antworten. Aber wie auch? In den letzten Tagen hatte sie einiges ertragen müssen. Sie schob ihre Hand über die Tischdecke zu dem Brief. Fuhr mit dem Zeigefinger die Ränder entlang. Drehte ihn dann so, dass die Seite, auf der er zugeklebt war, obenauf lag. Wieso konnten nicht einmal die Toten sie in Ruhe lassen?

Zu guter Letzt griff sie in die Schublade unter der Tischplatte, holte das scharfe Messer heraus und schlitzte das Kuvert auf. Genau wie beim ersten Mal enthielt der Umschlag nur ein einziges, zweifach gefaltetes Blatt. Sie legte das Messer neben sich, fischte das Stück Papier heraus und faltete es auf. Das Licht der Lampe über ihr war schwach. Oben in der rechten Ecke war das gestrige Datum notiert. Ihre Augen benötigten ein paar Sekunden, bis sie das Handgeschriebene entziffert hatte.

37

Liebe Maria,

ich will mich kurzfassen. Du hast es nicht geschafft, mir auf meinen letzten Brief zu antworten. So kann das nicht weitergehen. Du bist undankbar, und das schon etliche Jahre lang. Hast Du jemals mein Grab besucht? Nein, hast Du nicht. Und das von Mathilde kommt einer Zumutung gleich. Die Blumen und Gestecke vertrocknet, die Grabkerze zu einem unbrauchbaren Stummel heruntergebrannt. Ich will mir gar nicht vorstellen, wie Du das Haus hast verkommen lassen, nur weil ich nicht mehr nach dem Rechten sehen konnte.

Du bist eine Enttäuschung, Maria. Das warst Du eigentlich schon immer, nur habe ich mir das früher nicht eingestehen wollen. Weil ich Hoffnung für Dich hatte. Eine Hoffnung, die sich nicht bewahrheitet hatte. Das muss ich mir nun eingestehen. Und auch, dass ich all die Jahre nachlässig und viel zu gutherzig zu Dir war.

Ja, einerseits tut es mir leid, aber es geht einfach nicht mehr. Die Erkenntnis tut weh, nicht nur Dir, auch mir, aber es ist, wie es ist. Du kannst nicht länger hier wohnen …

Maria war es unmöglich weiterzulesen. Die Zeilen verschwammen vor ihren Augen, die sich mehr und mehr mit Tränen füllten. Sie fasste sich an die Herzgegend, wie um zu prüfen, ob es nicht etwa stehen geblieben war. Wie konnte das nur sein? Bruni wollte sie aus dem Haus haben. Nach all den Jahren. Das war schlichtweg unmöglich. Sie war immer davon ausgegangen, dass nichts und niemand sie hier noch wegscheuchen konnte, bis zu dem Tag, an dem der Tod sie holen kam. Und der ließ ihr bestimmt genug Zeit, um zu regeln, was geregelt werden musste.

Aber das jetzt ... Bruni, die verlangte, dass sie sich noch vor dem Winter eine neue Bleibe suchte. Es ging ja gar nicht so sehr um Maria selbst. Sie konnte gehen. Wenn sie nur das Nötigste zusammenpackte, das, was sie wirklich noch brauchte für diese letzte Phase ihres Lebens, dann würde vermutlich der kleine Koffer ausreichen, der auf dem Schrank in der Schlafkammer lag. Nur ein paar wenige Habseligkeiten, die sie mitnehmen wollte. Ja, sie wäre durchaus in der Lage, Brunis Aufforderung Folge zu leisten und das Haus auf der Lichtung umgehend zu verlassen, selbst wenn sie noch keine Vorstellung davon hatte, wohin sie sich wenden sollte.

Plötzlich kam ihr die Begegnung mit der alten Mardik wieder in den Sinn. Und was sie darüber erzählt hatte, warum sie sich immer wieder aus freien Stücken an diesem Ort einfanden. Dass sie ihr ganzen Leben über einem Pfad folgten, der sie leitete. Einem Pfad, den nur sie sehen konnten. Den ihnen ihr Glaube an die Kräfte der Erde wies und sonst nichts anderes auf der Welt. Für sie gab es nichts Mächtigeres in ihrem Leben, und deshalb ließen sie sich auch durch nichts davon abbringen, diesen Weg zu nehmen. Diese weise Frau wusste auch, dass all die anderen Menschen, mit denen sie die Welt teilten, der festen Überzeugung waren, dass die Spur, der sie folgten, von demjenigen ausgelegt worden war, den sie hierzulande den Teufel nannten. Doch das war ein Irrglaube, einer von vielen, denen man nur allzu leicht verfiel. Maria war unschlüssig, warum ihr diese Worte ausgerechnet jetzt in den Sinn kamen. Sie wusste nur, es lag eine Botschaft für sie darin. Und die Erkenntnis, dass auch sie diesen Pfad sehen konnte, wenn sie sich seinen Kräften hingab ...

Allerdings konnte sie die Existenz des Teufels nicht leugnen, denn schließlich war er einst in sie gefahren. Und nicht nur das. Er hatte ihr auch etwas hinterlassen.

Dieses Erbe war es ja gerade, weswegen Brunis Brief ihr so zu schaffen machte. Was sie momentan körperlich wie geistig an ihre Grenzen brachte, war das, was sich hinter der stets fest verschlossenen Tür unten im Keller befand. Das, was niemals ans Licht kommen, niemals befreit werden durfte. Was ferngehalten werden musste, um jeden Preis. Von Gott und der Welt und allen Menschen, die darauf lebten, von denen, die dem wahren Pfad folgten, ebenso wie von denen, die sich in das Korsett einer Religion zwängen ließen und deshalb auf falschen Wegen wandelten. Vor dem im Keller mussten alle behütet werden. Denn egal wie er sich nannte und welche Larve er trug – was er von den Menschen verlangte, war immer dasselbe.

Und doch konnte sie dieses Haus unmöglich verlassen, ohne genau das zu tun. Wenn sie ging, blieb ihr keine andere Wahl, sie musste die Tür öffnen und ihn hinaus in die Freiheit entlassen.

BUCH JOSEF

1
JOSEF

Vermutlich hatte dieser Idiot mit seinem dämlichen Geschwätz alles zunichtegemacht. Er spürte, wie der Zorn in ihm aufschäumte, doch natürlich wusste er, dass er damit nur seine Sorge überdeckte. Die Wut, die er jetzt seit Tagen mit sich herumschleppte, konnte er genauso gut gegen sich selber richten. Er hätte diese Aufgabe einfach nicht aus der Hand geben dürfen. Andererseits war das Vorhaben zu heikel, um es ganz alleine zu stemmen. Er *brauchte* Hilfe und zwar von jemanden, dem er vertraute. Und er vertraute keinem mehr als Harald. Zumindest hatte er das bis letzte Woche gedacht.

Der Plan, den sein Freund ihm vorgeschlagen hatte, hatte bis dahin auch nicht schlecht geklungen.

Dämlicher Schwätzer!

Er hätte mehr auf sein Bauchgefühl hören sollen. Und vor allem hätte er mehr Geduld aufbringen müssen. Was freilich schwer war, so nahe vor dem ersehnten Ziel. Und mit dem Geldeintreiber im Nacken. Mit diesem Lothar war nicht zu spaßen, und er wollte nicht noch einmal den Schmerz spüren, wenn einem der kleine Finger gebrochen wurde. Außerdem brauchte er sich nichts vorzumachen. Beim nächsten Mal würde es nicht bei einem Finger bleiben. Es war also schlicht die Angst gewesen, die ihn dazu verleitet hatte, sich auf Haralds Idee einzulassen. Und jetzt war dieser Idiot nicht mehr aufzufinden, und die Sorge um seinen Freund hatte sich in Wut verwandelt.

Eigentlich war ja auch alles nach Plan gelaufen, Himmelherrgott! Die Sache war am Rollen, und hätte Lothar ihm nur noch ein paar Tage länger Aufschub gewährt, hätte er die Sache durchziehen können wie angedacht. Doch diese Tage hatte er nicht. *Dir bleibt keine Wahl, du musst das jetzt beschleunigen,* hatte Harald gemeint.

Und was hatte er jetzt von dieser Beschleunigung? Harald war weg, und irgendwer hatte die Polizei auf sein Verschwinden angesetzt. Als gäbe es auch nur einen Menschen auf der Welt, der Harald vermisste. Hatte er nicht neulich mal angedeutet, er hätte eine Frau kennengelernt? Klar, Harald und eine Frau. Nein, also wirklich nicht. Hätte der tatsächlich mal einen Stich gelandet, dann hätte er Josef das doch keinesfalls verschwiegen. Zum Teufel, wenn er nur wüsste, wer ihm diese Scheiße eingebrockt hatte ...

Seit Tagen zerbrach er sich nun schon den Kopf darüber, als hätte er nicht mit der anderen Geschichte genug am Hals. Womöglich hatte Harald einfach sein Maul nicht halten können. Dabei hatte er es Josef hoch und heilig versprochen: kein Wort zu niemanden. Aber was war das wert bei einem wie Harald, der sein loses Mundwerk nie wirklich zum Schweigen bringen konnte, egal wie sehr er es sich vornahm. Die Frage war jetzt, was das für den Plan bedeutete. Und, falls es tatsächlich einen weiteren Mitwisser gab, wer das sein konnte.

Andererseits, wenn dieser ominöse Mitwisser über ihr Vorhaben im Bild war, dann wäre er doch kaum so dämlich, die Polizei einzuschalten! Nein, nichts ergab einen Sinn, verflucht noch mal. Und Harald, der ihn hätte aufklären können, war verschwunden.

Josef parkte seinen verbeulten Simca oberhalb der Kirche hinter einem Stadel; die Stelle hatte er schon mehrfach als Abstellplatz genutzt. Hier war der Wagen von der Hauptstraße aus nicht zu sehen, und man konnte darin sitzen bleiben, ohne groß Aufmerksamkeit zu erregen. Bislang war ihm noch keiner der Bauern, die ab und zu mit ihren Traktoren an ihm vorbeifuhren, blöd gekommen, weil er hier herumstand.

Es war ruhig im Dorf. Die Arbeit auf den Feldern und in den Ställen war für heute vermutlich getan. Die Bauern und ihre Familien hockten in ihren Stuben und warteten darauf, dass sie morgen Früh zum Kirchgang aufbrechen konnten. Sonst gab es in dieser Ödnis schließlich nichts zu tun. Allenfalls im Wirtshaus mochte noch Betrieb sein. Aber er hatte nicht vor, sich dort blicken zu lassen. Es war angebracht, möglichst nirgendwo im Ort aufzufallen, was es nun, da Harald nicht mehr da war, kompliziert genug machte. Seine Aufgabe war nicht allzu schwer gewesen. *Du bist meine Augen und Ohren.* Und was war dieser Idiot letztlich gewesen? Nur ein loses Mundwerk.

In den letzten drei Wochen hatte Josef viel Zeit darauf verwendet, die Alte zu studieren. War ihr, wann immer es seine Zeit zuließ, auf den Fersen geblieben. Er hatte sie aus der Ferne beobachtet. Aus dem Wald heraus über die Lichtung. Wenn sie auf ihrer Bank vorm Haus hockte, hatte sie gelegentlich in seine Richtung geblickt. Einige Male war er drauf und dran gewesen, einfach zu ihr zu gehen und zu verlangen, was ihm zustand. Vor allem, als Lothars Leute immer regelmäßiger bei ihm auftauchten. Aber sich zu früh zu zeigen wäre gegen den Plan gewesen. Sie durfte nicht von ihm wissen. Für sie durfte es ihn nicht geben, solange er noch unentschlossen war, wie genau er es anstellen wollte.

Nachdem sie heute Nachmittag losmarschiert war, war er ins Dorf gefahren, und wie er erwartet hatte, kam sie eineinhalb Stunden später ebenfalls dort an. Mittlerweile kannte er alle ihre Wege, wusste, wie lange sie zu Fuß hierher brauchte. Nur war sie diesmal nicht zuerst auf den Friedhof gegangen, um vor dem Grab zu stehen. Oft verharrte sie dort bis zu einer Stunde, so reglos, als wäre sie selber schon tot. Diese Phasen auszuhalten war für ihn immer am unerträglichsten gewesen, seit er die Alte ins Visier genommen hatte.

Daher war er geradezu froh, als diese Routine diesmal durchbrochen wurde. Allerdings musste er gleich darauf feststellen, dass sie statt auf den Grabstein heute auf den Metzgerladen starrte. Was mochte dabei im Kopf der Alten vorgehen? Wohin verirrten sich ihre Gedanken? Um festzustellen, dass sie nicht mehr alle Sinne beieinanderhatte, brauchte man kein Diplom. Eher stellte sich die Frage, ob sie *jemals* in ihrem Leben zurechnungsfähig gewesen war. Und noch entscheidender war, ob sie wirklich Sachen gemacht hatte, für die man sie überführen konnte. Auf gewisse Weise war es gar nicht verkehrt, dass dieser Inspektor sich für die Alte interessierte. Nur dass der Polizist dann sehr wahrscheinlich auch auf ihn aufmerksam wurde. Und das war schlecht. Schlecht, schlecht, schlecht! Schlecht, weil dann nicht mehr er den Zeitpunkt wählen konnte, wann es so weit war, die Behörden einzuschalten. Fest stand, er musste Harald finden, bevor es der dicke Schnüffler tat, der seit Mitte der Woche die Leute im Ort ausfragte. Und die Alte. Womit er wieder bei der Frage angelangt war, wie der Bulle überhaupt darauf kam, sich für die Hexe zu interessieren. Und zwar offenbar mehr als für alle anderen im Dorf.

Was ihn in diesem Zusammenhang zudem beschäftigte, war die Frage, ob die Alte erzählt hatte, dass Harald in ihrem Schuppen geschlafen hatte. Danach sah es eigentlich nicht aus, wenn er nach dem Verhalten des Inspektors ging. Er hatte die beiden bei ihrer ersten Unterredung beobachtet. Ein ordentlicher Polizist hätte doch gewiss einen Blick in die windschiefe Holzhütte geworfen, wenn ein Hinweis in dieser Richtung gefallen wäre. Das konnte nur bedeuten, die Hexe hatte ihren Überraschungsgast verschwiegen.

Josef war hin- und hergerissen. Vielleicht lag es am Verstand der Alten, der nicht mehr einwandfrei funktionierte. Hatte sie einfach vergessen, dass Harald mit seinem dämlichen Rucksack bei ihr aufgetaucht war, als der Inspektor sich nach ihm erkundigte?

Einerseits war es nicht schlecht, dass sie nichts gesagt hatte. Das deutete darauf hin, dass sie sehr wahrscheinlich auch nicht mitbekommen hatte, wie Harald sich nachts in ihrem Häuschen umgesehen hatte. Denn zumindest das hätte sie sich ja wohl gemerkt. Ein nächtlicher Eindringling und der Schrecken darüber, so was blieb einem doch definitiv im Kopf, egal wie verkalkt der schon war. Folglich war ihr das entgangen, und das war gut so. Wenigstens hier hatte Harald nicht geschlampt. Oder er war trotz aller Beteuerungen zu feige gewesen, den Plan wie ausgemacht durchzuziehen. Diese Möglichkeit bestand nämlich auch. Dass Harald nicht den Schneid aufgebracht hatte, die Habseligkeiten der Alten zu durchsuchen. Und da der Trottel danach verschwunden war, konnte er ihn nicht mehr zur Rede stellen.

Er verspürte gute Lust, auszusteigen und runter zum Wirtshaus zu gehen. Ein Bier zu trinken, vielleicht auch zwei. Aber das war und blieb zu riskant. Die Dörfler würden sich fragen, wer er war. Was ihn hierher verschlagen hatte. Sich daran erinnern, dass man ihn in letzter Zeit schon mehrfach im Ort gesehen hatte. Ihn und seine rostige Karre.

Die Alte und Harald, was war da bloß gelaufen? Je länger er hier herumhockte und darüber nachdachte, desto ungereimter wurde die ganze Geschichte.

2

Eine halbe Stunde später war er auf dem Rückweg nach Waldkirchen, wo er zurzeit wohnte. Eigentlich hatte er vorgehabt, noch einmal dem Weg durch den Wald zu folgen und seinen Beobachtungsposten am Rande der Lichtung einzunehmen. Sich aus der Ferne durch den Feldstecher darüber zu informieren, wie die Alte die Brunnentaufe seitens des Metzgers weggesteckt hatte. Verdammt, dieser Mann hätte ihm einen großen Gefallen getan, wenn er die Hexe ersäuft hätte. Was ihm vermutlich auch gelungen wäre, hätte der Bulle nicht dazwischengefunkt. Er musste unbedingt rausfinden, was den Metzger so gegen sie aufgebracht hatte. Er vermutete, dass es irgendwas mit dessen Tochter zu tun hatte, die ein paar Tage davor bei der Alten gewesen war. Als sie mit ihrem Fahrrad angeradelt kam, hätte sie ihn beinahe erwischt, weil er sie zu spät gehört hatte. Es war ihm nichts anderes übrig geblieben, als sich flach auf den Boden zu werfen, hinein in den Morast unter ein paar dornigen Stauden. Danach war er über und über eingesaut und musste heimfahren und sich umziehen. Egal wie trocken dieser Sommer war, es schien ein ungeschriebenes Gesetz zu sein, dass er in diesem verfluchten Wald immerzu in die einzigen verbliebenen Sumpflöcher trat, welche die Hitze nicht ausgetrocknet hatte. Aber eigentlich spiegelte sich darin auch bloß wider, wie es in seinem Leben gerade lief.

Josef kam vor dem Wohnblock an, in dem er vor rund einem Jahr eine kleine Zwei-Zimmer-Dachgeschosswohnung gemietet hatte, nachdem man ihn aus seinem schicken Appartement in der Passauer Altstadt geworfen hatte. Einfach aus dem Grund, weil er seine Miete nicht mehr hatte zahlen können. Überhaupt war es zu diesem Zeitpunkt ganz ratsam, ein wenig Abstand von der Stadt zu nehmen. Der Schuldenberg, den er angehäuft hatte, war damals schon nicht mehr zu überblicken gewesen. Kurz darauf war auch der 5er BMW weg gewesen. Und alles, was sonst noch irgendwie nach Luxus aussah.

Er blieb in der Schrottkiste sitzen, die er sich noch gerade so hatte besorgen können. Dieser zusammengerostete Simca, das Wunder tschechischer Ingenieurskunst. Dreckskarre, elendige. Er fühlte sich zu niedergeschlagen, um auszusteigen und sich hoch in den vierten Stock zu schleppen. Er hasste es, hier wohnen zu müssen, in diesem schäbigen Kasten, mit all diesen spießigen Nachbarn.

Ich hasse es!

Aber er hatte keine andere Wahl gehabt. Leider war es für Lothars Leute keine Kunst gewesen, ihn in Waldkirchen ausfindig zu machen. Er war am Ende, und das mit achtundzwanzig Jahren. Sicher, er hätte sich eine Arbeit suchen können. Im Steinbruch. Oder in der Holzfabrik, in der sie Sperrholzplatten produzierten. Dreckige, schwere Arbeit. Nichts, was seine feingliedrigen Hände gut wegstecken würden.

Dabei hatte er alle Möglichkeiten gehabt. Zumindest waren das die Worte, die ihm sein Vater immer wieder vorgebetet hatte, so lange, bis er es nicht mehr ertragen und endgültig das Weite gesucht hatte. Richard Krautter war eigentlich nicht sein richtiger Vater. Josef war ein Pflegekind, wenn man so wollte. Die Krautters, Elvira und Richard, Mama und Papa, hatten lange damit hinterm Berg gehalten, woher er wirklich kam. Selbst dann noch, als er eigentlich alt genug dafür war, alles zu verstehen.

Grundsätzlich konnte er sich über seine Ziehfamilie nicht beklagen, genauso wenig wie über den Simca, der seinen Zweck stets ohne große Zicken erfüllte. Trotzdem ... Josef passte einfach nicht in diesen Wagen. Er war nicht angemessen. Und die Krautters? Auch dort hatte er nie hineingepasst.

Elvira war wohl unfähig, eigene Kinder zu bekommen, weshalb man sich ihn ins Haus holte. Da war er noch kein Jahr alt. Freilich fehlte ihm jegliche Erinnerung, was sein Leben vor den Krautters anging. Und ja, als er von der Pflegschaft erfuhr, aus der mittlerweile eine Adoption geworden war, war er nicht undankbarer als zuvor. Aber auch nicht anschmiegsamer. Er war und blieb ein schwieriges Kind.

Richard war Bauleiter. Einer, der anpacken konnte, sich nach oben gearbeitet hatte und nun die Geschäfte einer der größten Passauer Baufirmen lenkte. Und eben wegen dieses Anspruchs an sich selbst erwartete er von seinem Adoptivsohn, dass dieser ebenfalls die Ärmel hochkrempelte. Nur war *Hinlangen* nicht Josefs Ding. Zwar hatte er das Zeug dazu, aufs Gymnasium zu gehen und schaffte auch das Abitur – wenn schon nicht gerade bravourös –, aber von all den Aufgaben, die ihm seitens der Krautters übertragen wurden, fühlte er sich stets überfordert. Daher blieben die Streitereien nie aus. Wobei es immer Richard war, der den Konflikt suchte. Elvira war von jeher zu schwach und sensibel, sich mit Josef anzulegen. Schon als er noch ein Kleinkind war, vermied sie jede Auseinandersetzung mit ihm. Weshalb sie sich von ihrem Mann oft anhören musste, dass sie ihn verhätschelte. Ein Vorwurf, den Josef nicht als richtig empfand. Aber er empfand auch sonst nicht viel gegenüber seinen Erziehungsberechtigten. Jedenfalls konnte er die Gefühle nicht nachvollziehen, die andere Kinder, wie zum Beispiel seine Mitschüler, gegenüber ihren Eltern zum Ausdruck brachten. Natürlich, auf gewisse Art war er froh, sie zu haben, einfach aus dem pragmatischen Umstand heraus, dass sie ihn versorgten und dass er sogar meistens bekam, was er sich wünschte. Aber er verspürte keine große Zuneigung. Nicht zu Elvira, und schon gar nicht zu Richard. Einen Teil der Gründe dafür bekam er dann mit zehn Jahren mitgeteilt. Wenigstens war das für ihn die logischste Erklärung, was seine Gefühlswelt anging. Bei einem Abendessen, das sich in keiner Weise von den Abendessen davor oder danach unterschied, ließen Elvira und Richard ihn wissen, dass er nicht ihr leibliches Kind war. Aber das war vorerst auch die ganze Information, die er zu dieser Sache erhielt. *Du bist adoptiert, weil wir keine eigenen Kinder kriegen konnten. Punkt.*

Wer seine richtigen Eltern waren, wurde ihm selbst auf mehrfaches Drängen hin verschwiegen. *Das wissen wir nicht,* sagte sein Vater. Was Josef bald nicht mehr glaubte. Und er glaubte auch Elvira nicht, die stets in Tränen ausbrach, wenn er mit diesem Thema ankam. Aber manchmal erhaschte er, inzwischen hellhörig geworden, gewisse Hinweise. Unbeabsichtigte, nachlässig ausgesprochene Bemerkungen, einzelne Puzzleteile, die leider nie zu einem Gesamtbild führten, das ihm seine wahre Herkunft zeigte. Später, als er volljährig war, fiel der Name eines Ortes, aus dem seine wahre Mutter stammte. *Talberg.*

Es war nicht schwer rauszufinden, dass es sich dabei um ein abgelegenes Kaff im Grenzgebiet handelte. Ein Ort, wo niemand freiwillig hinfuhr. Das wusste er jetzt besser als damals.

Josef stellte fest, dass es dunkel geworden war. Nur aus dem Treppenhaus leuchtete es bisweilen bis rüber zu den Parkplätzen vorm Haus. Die Nachbarn redeten über ihn, tuschelten, wenn er an ihnen vorbeiging oder wenn man sich im Hausflur vor seiner Tür begegnete. Es war ihm nicht eingefallen, sich bei allen vorzustellen, als er hier eingezogen war. Er hatte auch nicht vor, lange zu bleiben. Für die Nachbarn war er einer aus der Stadt, den keiner kannte und der, schlimmer noch, offenbar keiner geregelten Arbeit nachging. Ein Eigenbrötler, dem man nicht übern Weg trauen konnte. Womöglich sogar ein Krimineller. Eine Einschätzung, die nicht ganz danebenlag.

Wer Josef wirklich war, erfuhr er von Willy. Das war noch kein Jahr her. Er war sechsundzwanzig und steckte tief in der Bredouille. Willy war so etwas wie sein Cousin. Josef hatte diesen Verwandtschaftskram nie so genau durchschaut, war aber geneigt, Willys Erklärung dazu zu akzeptieren.

Mittwochs traf man sich zu dieser Zeit gerne im Goldenen Anker, drüben in der Innenstadt. Leute, die was anzubieten hatten, mit Leuten, die was suchten. Hehlerware, Drogen, Frauen, Darlehen. Josef gehörte zu denjenigen, die suchten. Und zwar Geldgeber, von denen er nahm, was zu bekommen war. Willy gehörte derselben Kategorie an. Er war ebenfalls kein Geber, sondern ein Nehmer. Gut möglich, dass sie sich deshalb so schnell so gut verstanden. Oder eben, weil sie irgendwie verwandt waren.

Bei Bier und Schnaps hatte Willy schließlich versucht, ihm zu erklären, wie und wo sich ihre Stammbäume kreuzten. Josef hatte danach oft überlegt, wie Willy überhaupt darauf hatte kommen können, obwohl er ja selber kaum darüber Bescheid wusste, woher er ursprünglich kam. Später brachte er auch nicht mehr zusammen, was er Willy an diesem feuchtfröhlichen Abend für ein Stichwort geliefert hatte, aus dem dieser plötzlich eine familiäre Verbindung zauberte. Feuchtfröhlich hatte der Abend keineswegs begonnen. Vielmehr war er frustriert gewesen, denn niemand war mehr bereit, ihm Geld zu leihen. Daher sollte das bisschen an Moneten, das er noch hatte zusammenkratzen können, wenigstens an diesem Abend für gnädiges Vergessen sorgen. Wie sich herausstellte, war Willy auf ähnliche Weise unterwegs, als sie sich zufällig am Tresen vom Goldenen Anker begegneten. Schnell beschlossen sie, sich gemeinsam zu betrinken.

Während die Biere und Schnäpse in sie hineinflossen, wagte Willy dann plötzlich die Prognose, dass sein eigener Ziehvater und Josefs leibliche Mutter Cousin und Cousine waren. Bis heute war es ihm schleierhaft, wie seine Zufallsbekanntschaft diese losen Enden ihrer Herkunft hatte zusammenknüpfen können. Jedenfalls freuten sie sich darüber und nahmen dies natürlich sofort zum Anlass, noch mehr zu bechern. So etwas musste schließlich gefeiert werden. Auch wenn es vermutlich nicht im Detail stimmte, dass er und Willy Vettern waren. Jedenfalls nicht, was die Blutlinie anging, da Willy ein Kind aus erster Ehe war. Aber man brauchte da ja nicht päpstlicher zu sein als der Papst, meinte Willy.

Darauf trinken wir, Prost!

Willy, der eigentlich Wilhelm hieß, war ein ordentliches Stück älter als er. Dreizehn Jahre trennten ihn und Josef. Doch das sollte ihn nicht daran hindern, seinen neuen Vetter noch öfter zu treffen. Und es hatte ihn auch nicht davon abgehalten, sich von Willy diesen Floh ins Ohr setzen zu lassen. Diesen Floh, dass dort, wo unerwartete Verwandte hockten, meistens auch Geld zu holen war.

3

1906

TRAUDL

Sie kam gerade mit einem Korb frischer Semmeln aus der Backstube. Das letzte Blech, das sie heute aus dem Ofen gezogen hatte. Wie immer hoffte sie, dass sie alle noch verkaufen konnte und nichts davon bei den Schweinen landete, weil das wie immer hinausgeschmissenes Geld war. Georg war in dieser Hinsicht zu nachlässig. Kalkulierte oftmals zu großzügig, sowohl mit den Zutaten als auch mit dem, was er backte. Dabei war der Bedarf in Talberg über die Jahre immer gleich geblieben, und nur selten kaufte jemand mehr Brot oder Semmeln als üblich. Laufkundschaft gab es ohnehin nicht. Kaum jemand verirrte sich in die Bäckerei, wenn er nicht auch hier lebte oder zu arbeiten hatte. Jedenfalls war sie dabei, die Ladung noch ofenwarmer *Loibl* ins Regal hinter der Theke zu schieben, als sie bemerkte, dass jemand im Laden stand. Sie erschrak, denn in der Regel kündigten sich die Leute beim Hereinkommen mit einem *Grüß Gott* an, so wie es sich gehörte.

Traudl fuhr zum Tresen herum und war froh, den Korb mit Semmeln schon abgestellt zu haben, denn sonst wäre er ihr vermutlich aus den mehligen Händen geglitten. Vor ihr stand eine Zigeunerin.

Sie waren dieses Jahr früher als sonst gekommen. Schon Anfang Juni, wo sie doch sonst eher nach der Heuernte aufgetaucht waren. Die Frau war klein und in bunte Tücher gehüllt, so wie diese Bagage sich eben zu kleiden pflegte. Man wusste nie so genau, wo das Oberkleid aufhörte und der Rock anfing und umgekehrt. Auch das Tuch, das das Haar und zum Teil das Gesicht der Frau verhüllte, sah aus, als hätte sie es mehrfach um den Kopf geschlungen. Dazu kam der Schmuck, der um ihren Hals hing. Talmi, ebenso wie die Ringe, die an nahezu jedem ihrer dürren, dunkelhäutigen Finger steckten, und natürlich die Armreife, die bei jeder Bewegung klimperten. Außerdem meinte sie, Knoblauch zu riechen und noch irgendetwas anderes. Insgesamt ein Gestank, der ihr den Magen umdrehte. Eine Unverschämtheit, dass man anderen Leuten so unter die Augen und unter die Nase trat. Traudl verzog angewidert den Mund.

Ungerührt stand die Zigeunerin da und stierte ihr aus schwarzen Augen entgegen.

»Verschwinde, hier gibt's nix umsonst!«, fauchte Traudl, nachdem sie sich wieder einigermaßen gefangen hatte. Doch statt auf dem Absatz kehrtzumachen, trat das impertinente Weibsbild einen Schritt vor. Erst jetzt fiel Traudl das Bündel auf, das ihr ungebetener Gast im Arm hielt. Etwas, das in eine raue Wolldecke gewickelt war. Man brauchte nicht über Hellsicht zu verfügen, um zu erraten, was sie in dem Knäuel Stofffetzen mit sich herumtrug.

»Und ich hab auch nichts für das Kind«, ergänzte Traudl kalt. »Dieses bedauernswerte Geschöpf hilft dir nicht weiter, wenn du meinst, dass du damit Mitleid bei mir erregst.«

»Es braucht kein Mitleid!«, erwiderte die Zigeunerin erstaunlich verständlich, wenn auch mit einer unüberhörbaren Färbung ins Fremdländische.

Bislang hatte Traudl dieses Gesindel immer nur in ihrer eigenwilligen fremden Sprache reden hören und war daher davon ausgegangen, dass die Zigeuner des Deutschen überhaupt nicht mächtig waren. Allerdings war sie ihnen natürlich stets aus dem Weg gegangen, so gut es sich eben bewerkstelligen ließ. Und noch nie war einer von diesem Pack so unverfroren gewesen, einfach in die Bäckerei zu spazieren.

»Was willst du dann mit dem Kind in meinem Laden?«, zischte Traudl. Längst musste sie alle Beherrschung aufbringen, um nicht laut loszubrüllen oder gar um den Tresen herum auf die Zigeunerin loszustürmen und sie durch die Ladentür zurück auf die Straße zu stoßen, Säugling hin oder her.

»Ich bringe es seinem Vater«, erklärte die Fremde mit fester Stimme. Anscheinend ließ sie sich nicht so leicht einschüchtern.

»Was soll das denn heißen?« Traudl spürte immer mehr Hitze in ihre Wangen steigen.

»Ab jetzt muss er sich um seine Tochter kümmern!«, verlangte die Zigeunerin.

Das wurde ja immer schöner. »Und wer soll dieser Vater bitte schön sein?«

»Georg«, sagte die Zigeunerin schlicht.

4

JOSEF

Er wachte mit einem Kopf auf, als hätte er sich das Hirn rausgesoffen. Leider war ihm das Hämmern in seinem Schädel nur allzu vertraut. Es kam und ging, egal ob er am Vorabend zu viel geschluckt hatte oder nicht. Die Migräne quälte ihn seit Jahren, schon seit seiner Jugend, und es war ihm nach wie vor nicht gelungen, eine Gesetzmäßigkeit hinter den Attacken zu erkennen. Es gab auch keine Vorzeichen, welche die Schmerzen angekündigt hätten. Lange Zeit hatte er eine Untersuchung beim Arzt hinausgezögert, weil er sich davor gefürchtet hatte, man würde einen Gehirntumor bei ihm finden. Denn dass ein Gehirntumor das Ende bedeutete, wusste jeder. Ein Ende, das zudem mit Qualen verbunden war, weil man ihm den Schädel öffnen und ohne Erfolg darin herumstochern würde. Bloß um ihm danach mitzuteilen, dass die Operation bestätigt hatte, dass er nicht mehr zu retten war.

Aber als die Schmerzen einmal besonders schlimm waren und einfach nicht weggehen wollten, war er doch bei einem Doktor gewesen. Dessen Empfehlung lag allerdings lediglich in einer Packung starker Schmerzmittel. Das mit der Migräne müsse er hinnehmen, dagegen könnte man nicht wirklich etwas tun.

Was war das denn bitte für eine medizinische Erklärung für die Güterzüge, die in Minutenabständen durch seinen Schädel rasten? *Nun, so was bekommt man für gewöhnlich vererbt*, hatte ihm der Arzt noch mitgeteilt. *Stellen Sie sich darauf ein und nehmen Sie Ihre Tabletten, wenn die Schmerzen nicht mehr anders zu ertragen sind.*

Nicht einmal eine Röntgenaufnahme seines Kopfes hatte der Arzt angeordnet, gerade so, als wäre er unfehlbar in seiner Beurteilung und zwar aufgrund einer bloßen äußeren Betrachtung des Patienten.

Vererbt.

Von wem, zur Hölle?

Seine Zieheltern brauchte er deswegen natürlich nicht zu fragen. Die hatten seine Kopfschmerzen sowieso nie sonderlich beunruhigt. Josef wälzte sich aus dem Bett und torkelte mit verzerrtem Gesicht ins Bad, ohne Licht zu machen. Im Spiegelschrank tastete er nach den Tabletten, und als er den Blisterstreifen endlich aus der Packung gefummelt hatte, musste er feststellen, dass nur noch eine Pille darin war. Was war heute für ein Tag? Sonntag? Das hieß, er musste mit dieser einen Schmerztablette bis morgen auskommen. Und so wie sich das Dröhnen in seinem Schädel gerade anfühlte, würde diese Dosis keinesfalls ausreichen.

Kreuzkruzifix!

Deprimiert schluckte er, was er hatte, und trank aus dem Wasserhahn, bevor er den ganzen Kopf unter den kalten Strahl hielt. Nach einigen Sekunden fühlte er sich tatsächlich eine Spur besser. Er rubbelte sein nasses Haar trocken und betrachtete sich dann aus verquollenen Augen im Spiegel. Was hatten ihm seine wahren Eltern wohl noch so alles vererbt?

Es war ihm nie wirklich darum gegangen, nach wem er kam. Ob nach seiner Mutter oder seinem Vater. Woher er sein Aussehen hatte. Die störrischen Haare, die ihm mittlerweile bis fast an die Schultern reichten, waren nicht richtig schwarz, aber doch irgendwie zu dunkel, um sie als braun zu bezeichnen. Im Vergleich zu seinen Haaren waren seine Augen zu hell, aber auch hier lag er mit Graublau wieder unentschieden dazwischen. Nun, heute waren die Augen vor allem gerötet, als hätte er zu lange ohne Schutzbrille geschweißt. Aber das rührte natürlich von der Migräne her, denn das Schweißen hatte er schnell wieder sein lassen. Weil es wegen seines mäßigen Abiturs nicht für ein Studium reichte oder besser gesagt, weil er überhaupt keinen Plan hatte, für welchen Studiengang er sich überhaupt interessierte, hatte er eine Lehre in einer Autowerkstatt angefangen. Dort durfte er eine Menge löchriger Auspufftöpfe schweißen, auch wenn er kein Talent dafür hatte. Aber das war zu diesem Zeitpunkt seine einzige Chance zu verhindern, dass ihn Richard mit auf den Bau schleppte. Wo er vermutlich als Maurer geendet hätte, wenn es nach seinem Ziehvater gegangen wäre. Überhaupt lag ihm das Handwerkliche nicht. So wie alles, was ihn in irgendeiner Weise anstrengte.

Mit beiden Händen aufs Waschbecken gestützt, wartete er darauf, dass die Wirkung der Tablette einsetzte. Das konnte freilich noch eine Weile dauern. Aber sich in diesem Zustand möglichst wenig zu bewegen war ein probates Mittel, um dem Schmerz keine zusätzliche Angriffsfläche zu bieten. Also starrte er einfach weiter sein Spiegelbild an. Er mochte nicht, wie er aussah, selbst wenn ihn kein Schädelweh plagte. Weder sein schmales Gesicht noch das fliehende Kinn empfand er als sonderlich männlich. Das konnten auch die Koteletten, die er sich neuerdings noch breiter hattte wachsen lassen, nicht kaschieren. Doch am allerwenigsten konnte er seinen leicht gekrümmten Rücken leiden, der ihn immer aussehen ließ, als würde er sich unter einer schweren Last beugen. Andererseits – tat er das nicht auch irgendwie?

Zudem war er unglücklicherweise auch noch der fleckige Typ. Hautrötungen bekam er schnell und nicht nur im Gesicht, weshalb er sich ungern vor anderen auszog. An einen See oder ins Freibad ging er daher eigentlich nie. Und wenn er eine Frau mit zu sich nahm, dann dämpfte er so schnell wie möglich das Licht in der Wohnung.

Wann war das eigentlich zuletzt der Fall gewesen? Wie lange hatte er schon keine mehr abgeschleppt? Ja, damals, als er das Geld bündelweise aus der Tasche hatte ziehen können, da war das einfacher gewesen. Aber ohne Moos nichts los.

Josef spuckte ins Waschbecken. Nachdem er gleich nach seinem achtzehnten Geburtstag die Lehre zum Automechaniker geschmissen hatte, kam es auch zum Bruch mit den Krautters. Zu jener Zeit steckte er bereits in diversen kriminellen Machenschaften. Autoschiebereien. Zigaretten- und Alkoholschmuggel, von und nach Österreich, je nach Bedarf und Nachfrage. Gutes Geld, wenn man es schlau anstellte und nicht zu gierig wurde. Wenn man ein kleiner Fisch blieb, sodass die großen Haie im Becken einen nicht bemerkten. Und falls doch, dass sie gnädigerweise darüber hinwegsahen, weil man keine echte Konkurrenz war.

Allerdings fühlte Josef sich nicht dazu berufen, ein kleiner Fisch zu bleiben.

5

Auch wenn die Kopfschmerzen kaum weniger geworden waren, lag er zwei Stunden später wieder auf der Lauer. Er konnte es sich schlichtweg nicht leisten, die Sache jetzt zu vernachlässigen. Es war wichtig dranzubleiben. Die Kontrolle zu behalten. Längst kannte er den Wald rund um die Lichtung wie seine Westentasche. Seit fast einem Monat strich er nun schon hier herum, peilte die Lage, schmiedete Pläne für sein weiteres Vorgehen. Anfangs nur ein-, zweimal die Woche, doch mittlerweile jeden verfluchten Tag, wobei er froh über das Wetter war, das sich zuletzt deutlich freundlicher zeigte als zu Beginn seiner Mission.

Er blieb immer auf Abstand, immer im Schatten der Bäume und Sträucher. Wartete auf den entscheidenden Moment. *Du musst es schlau anstellen, um nicht selbst im Knast zu landen*, hatte Willy ihm eingebläut. Und in den Knast wollte er auf keinen Fall. Schon allein die Vorstellung verursachte ihm Gänsehaut.

Während er jetzt hinter einer doppelstämmigen Fichte kauerte – ein praktisches Plätzchen, das er oft für seine Observierungen nutzte –, ärgerte er sich wieder über Harald. Und über sich selbst, dass er ihn an diesem Abend alleine gelassen hatte. Darauf vertraut hatte, dass sein Spezi alles im Griff hatte.

Wo war dieser Trottel nur abgeblieben?

Leise hörte er aus der Ferne den Hall der Kirchenglocken, der durchs Tal flog. Die Alte ging nie in die Kirche, das hatte er schnell verstanden. Zwar marschierte sie mindestens zweimal die Woche die rund fünf Kilometer durch den Wald und um den Berg herum ins Dorf, aber nie, wenn die Glocken zum Gottesdienst riefen. Er hatte so seine Meinung darüber, wie sie zu Glauben und Kirche stand. Und natürlich auch zu den Leuten im Ort, von denen keiner sie so recht haben wollte. Sie lebte fast völlig isoliert und bekam selten Besuch. Ab und an knatterte der Postbote auf seinem Moped zu ihr hoch. Hie und da schaute der Jäger vorbei, der stets so leise aus dem Wald trat, dass er jedes Mal erschrak. Aber er hatte bisher jedes Mal Dusel gehabt und war auf seinem Beobachtungsposten unentdeckt geblieben. Zweimal waren Frauen aus dem Dorf da gewesen. Beide schlichen geduckt dahin, das Kopftuch jeweils tief ins Gesicht gezogen, als gingen sie davon aus, dass zahllose Augen auf sie gerichtet waren. Die Unterredung mit der Alten dauerte dabei nie lang, und die Weiber trollten sich ebenso schnell und verschämt, wie sie gekommen waren.

Ja, und dann war da noch die Sache mit dem Hund, der die Bäuerin angefallen hatte.

Dass der Hund weg war, war überhaupt das Beste, was ihm hatte passieren können. Er war schon drauf und dran, das Vieh nachts zu vergiften, denn Josef wusste genau, dass der Hund ihn witterte, auch wenn er nie angeschlagen hatte. Doch oft hatte er mit aufgerichteten Ohren in seine Richtung gestarrt und mit Sicherheit dabei auch leise geknurrt. Zwar war Josef zu weit weg, um es zu hören, aber so wie der Hund dabei aussah ... Sprungbereit und angriffslustig. Jedes Mal hatte Josef Gott für die Kette gedankt. Allerdings war sein

Vertrauen dahin, nachdem er beobachtet hatte, wie leicht der Köter sich losriss, als die Bäuerin vorüberging.

Danach war klar, dass der Hund wegmusste. Und nach der Attacke auf die Bäuerin sahen das offenbar auch andere im Dorf so, und sein Problem löste sich, ohne dass er ein Risiko einzugehen brauchte. Der Jäger erledigte das Vieh. Er selbst hätte es nicht besser einfädeln können. Als Josef erfahren hatte, dass der Hund erschossen werden sollte, beschloss er, Haralds Vorschlag anzunehmen.

Josefs Kopfschmerzen wurden wieder heftiger. Da nutzte die ganz frische Luft um ihn herum nichts. Und auch nicht der Tannenduft. Besser, er blieb weiter reglos hier hocken, das machte das Hämmern in den Schläfen noch einigermaßen erträglich.

Das Schwierigste war nach wie vor die Unregelmäßigkeit, mit der die Alte ihren Alltag gestaltete. Es war keinerlei Verlass darauf, wann sie was tat. Nie hatte er in all den Wochen sicher sein können, dass ihm ausreichend Zeit bleiben würde, das Haus ungestört zu durchsuchen, sobald sie es verließ. Selbst wenn sie ihren Rucksack überstreifte, war nicht gewiss, dass sie sich auf den Weg nach Talberg machte. Das hatte er schnell kapiert, vor allem, weil er in weiser Voraussicht stets geduldig genug gewesen war, um erst mal abzuwarten – sofern er ihr nicht ohnehin nachgeschlichen war, um rauszufinden, was sie trieb. Zu allem Überfluss hatte sich der Hund immer direkt vor die Haustüre gelegt, sobald die Alte im Wald verschwand. Gerade so, als erahnte die Töle sein Vorhaben.

Nachdem der Hund unter der Erde war, hatte sich dieses Ärgernis in Luft aufgelöst. Hatte er zumindest gedacht. So wie er gedacht hatte, dass Harald seinen Teil der Vereinbarung verlässlich erledigte. Doch von dem fehlte ja jede Spur.

6

Er hatte von Beginn an Angst vor der Alten gehabt, auch wenn er nicht erklären konnte, warum. Sie war immerhin über siebzig und wog vermutlich kaum mehr als fünfzig Kilo. Aber was ihn verstörte, war auch nicht ihre Körperlichkeit, sondern vielmehr die Art, wie sie lebte. So ganz alleine hier draußen, mit nichts um sich herum als Wald. Die einzige Richtung, in die man schauen konnte, war runter in die Au und über den Bach. Dort standen die Bäume weniger dicht, und man konnte auf der anderen Talseite durch das sich nach und nach verfärbende Laub die roten Dächer der Gehöfte erkennen. Das einzige Anzeichen, dass noch andere Menschen in dieser verlorenen Gegend existierten. Und an so einem Ort hielt es die Alte aus, schon länger, als er überhaupt auf der Welt war. Das war es, was ihm Respekt einflößte. So auf sich alleine gestellt zu sein, mit niemanden in der Nähe, der einem im Notfall beisprang. Wo man sich doch ausmalen konnte, wie schnell einem hier draußen etwas zustoßen konnte. Vor allem, wenn man nicht mehr die Jüngste war. Schnell mal unvorsichtig in ein Erdloch getreten, und schon lag man auf der Schnauze. Man hörte doch immer, wie spröde die Knochen im Alter wurden und wie leicht sich diese Greise die Hüfte brachen. Und dazu die Winter! Lang und erbärmlich kalt. Voller Dunkelheit. Über Wochen abgeschnitten von allem und jedem.

Wie vorausschauend musste man da planen, um das schadlos zu überstehen? Verdammt noch mal, das alles bewältigte die alte Hexe seit zig Jahren! Da war es doch nicht abwegig, wenn man sich so seine Gedanken machte, ob es dabei immer mit rechten Dingen zuging. Oder war sie schlicht so abgebrüht, dass sie nie über die möglichen Folgen ihrer Isolation nachdachte?

Ihr eremitisches Dasein war freilich nur das eine, was ihm unterschwellig Furcht einflößte. Das andere war die Art und Weise, wie die Leute über sie sprachen. Hinter vorgehaltener Hand, als lauschte sie aus dem Wald heraus. Ja, auch die aus dem Dorf hatten vor ihr Schiss, ohne dass er je einen triftigen Grund aus den Unterhaltungen herausgehört hatte, die er so aufschnappte. Es war, als würde den Talbergern schon ihre bloße *Existenz* Angst machen. Und das setzte ihm noch mehr zu als ihr Ausharren in der Isolation.

Seine Kopfschmerzen wurden wieder heftiger. Das überraschte ihn nicht. Genauso hatte er es ja vorausgesehen, als er morgens seine letzte Tablette schluckte. Da machte er sich nichts vor. Dabei konnte er sich sonst eigentlich recht gut in die Tasche lügen – obwohl er wusste, dass die Dinge damit letztlich nur schlimmer wurden. Lange Zeit verdrängte er einfach alles, was ihm unangenehm war, ihm Schwierigkeiten bereitete. Allem voran die Forderungen seiner Gläubiger. Doch am Schluss war ihm das Ganze wieder auf die Füße gefallen. Und wenn er nicht bald alles zurückzahlte, war es aus mit ihm, das war klar. Nein, Verdrängung war auf Dauer keine Lösung. Darum brauchte er ja auch das Geld. Und musste seine Angst vor der Hexe in den Griff bekommen. Lothars Schläger waren garantiert weitaus schlimmer als dieses verschrumpelte Kräuterweib und ihr Teufelszauber.

Urplötzlich schreckte er auf. Bei seinem Sinnieren war sein Blick abgeschweift und schon eine ganze Weile über die Baumwipfel auf der Südseite gewandert; so hatte er nicht bemerkt, dass sie aus dem Haus gekommen war. Und nicht nur das. Gerade hielt sie direkt auf ihn zu.

Josef warf sich hinter dem Baum auf den Bauch und presste den Oberkörper in die feuchte Erde, während er wortlos vor sich hin fluchte. Wie immer, wenn er sie von hier aus im Auge behielt, trug er seine olivfarbene Bundeswehrjacke, die er nach seiner Entlassung behalten hatte. In der Hoffnung, damit auch jetzt ausreichend getarnt zu sein, hielt er den Atem an. Nach den ersten Schrecksekunden, die immer noch schmerzhafte Echos durch seinen Kopf sandten, wagte er es, durch die tief hängenden Zweige zu spähen. Sie war weg, in Luft aufgelöst.

Er blinzelte, konnte nicht glauben, dass er dermaßen halluziniert hatte, Migräne hin oder her. Doch bevor er an seinem Verstand zweifeln konnte, entdeckte er sie wieder. Sie hatte einen Haken geschlagen und verschwand gerade etwa zehn, zwölf Meter entfernt von seinem Standort zwischen zwei Kiefernstämmen. Er konnte noch erkennen, dass sie ihren Weidekorb bei sich trug. Vermutlich sammelte sie wieder Pilze oder Kräuter, wie so häufig. Er hatte noch nicht in Erfahrung bringen können, was sie in dem Korb alles anschleppte. Genauso wenig wusste er, wie es in ihrem Haus aussah und was es dort womöglich zu finden gab.

Kurz entschlossen entschied er, dass sich das heute endlich ändern musste. Es war ein für alle Mal an der Zeit, die Angst zu überwinden und das Unvermeidliche hinter sich zu bringen. Schließlich hatte er keinen Harald mehr, den er vorschicken konnte.

Josef wartete noch eine Weile, redete sich ein, dass sie vermutlich gleich wieder zurückkam. Die Migräne pochte von innen gegen seine Schläfen. Wirklich, er sollte heimfahren und sich ins Bett legen. Doch irgendwie rüttelte ihn gerade dieser Gedanke auf. Harald hätte nur ein wenig herumschnüffeln sollen. Der konnte das aus dem Effeff. Das Hexenhaus war nicht das erste Heim, das er ausgekundschaftet hatte. Das war gewissermaßen seine besondere Dienstleistung. Er fand für andere heraus, ob ein Bruch sich lohnte und wie man am besten schnell rein- und wieder rauskam. Harald die Katze.

Und du hast ihn ins Messer laufen lassen.

Entschlossen rappelte Josef sich auf. Bevor er es sich noch einmal anders überlegen konnte, trat er aus dem Wald auf die Lichtung. Sofort fing ihn die Sonne ein, und eine Sekunde lang tat ihre Wärme einfach nur gut. Dann fraß sich das helle Licht in seine Sehnerven und schoss wie Spiritus durch seinen Schädel, der sofort wieder lichterloh in Brand stand.

Scheißdreck!

So schnell es die Migräne zuließ, stapfte er auf das Haus zu. Alles, was er hörte, waren seine Schritte. Sonst nur Stille. Als wäre die Lichtung schallisoliert, so wie der spezielle Raum in Lothars Keller. Dort, wo die besonders intensiven Schuldnerbefragungen stattfanden.

Josef versuchte es nicht an der Haustür, obwohl er wusste, dass sie nicht abgeschlossen war. Das hatte er einmal getestet. Sich angeschlichen, die Hand auf die kühle Klinke gelegt, die Tür geöffnet. Dann war auch schon der Schäfer um die Ecke geschossen, und er schaffte es gerade so aus dessen Reichweite, bevor die Kette ihn jäh bremste. Dabei hatte der Hund weder gebellt noch gewinselt, als ihn das Gliederband um seinen Hals in die Schranken wies. Er hatte nur die Lefzen hochgezogen und ihn aus schwefelgelben Augen angestarrt, ganz als blickte ihn der Teufel höchstpersönlich daraus an.

Josef schüttelte unwillkürlich den Kopf, um diese Erinnerung zu vertreiben. Eine Bewegung, die er sofort bereute, denn prompt bohrte sich der Schmerz noch tiefer in seine Schläfen. Für den Moment befiel ihn ein Schwindel.

Verfluchter Hund. Gut, dass er hinüber ist.

Josef wankte hinters Haus und lehnte sich an den groben, unverputzten Stein. Hier im Schatten flauten die Qualen unter der Schädeldecke etwas ab. Nach ein paar tiefen Atemzügen sah er wieder klarer. Auch wenn die Luft nicht sonderlich erbaulich roch, weil er nahe bei der offenen Ablaufrinne stand, die in die Klärgrube mündete. Oder liefen die Ausscheidungen der Alten bis runter in die Au und versickerten dort im Moor? Nein, das war nichts, worüber er weiter nachdenken wollte.

Er entdeckte die Stelle unter dem Holunderstrauch. Die frisch aufgeworfene Erde, nicht sonderlich gut über dem Loch fest gestampft. Josef betrachtete das Hundegrab für einige lange Sekunden. So lange, bis nur ein Gedanke in seinem schmerzenden Hirn übrig blieb. Ein Gedanke, der sich echogleich immer und immer wiederholte. *Sie hat aber ein wirklich großes Loch gegraben für diesen Köter. Ein wirklich großes Loch.*

7
WALTER

Er hatte das Gespräch auf Sonntag verlegen müssen. Nach der Kirche, so hatte es geheißen, sei sie bereit, ihn zu empfangen. Natürlich abhängig davon, wie es ihr ging. Damit müsse man einfach rechnen in diesem Alter, dass sich der Zustand von einen Tag auf den anderen, ja womöglich stündlich zum Schlechteren wenden konnte. Und *falls* sie sich danach fühlte, mit ihm zu reden, dann höchstens eine Viertelstunde, hatte der Hirscher noch hinzugefügt, keine Minute länger. Denn nach dem Gottesdienst, da legte sie sich für gewöhnlich noch einmal hin, um fürs Mittagessen ausgeruht zu sein.

Daher also Sonntag und nicht schon gestern, wie er es ursprünglich vorgehabt hatte. Gleich nachdem er Maria Steiner gerettet hatte, hatte er mit der Tante reden wollen. Doch auf dem Weg über den Dorfplatz kam er an seinem Wagen vorbei und hatte das Funkgerät knacken gehört. Und gleich darauf bemerkt, dass der Ruf ihm galt. Ein Funkspruch aus der Dienststelle.

Er hatte sich alles angehört und war unverzüglich losgefahren. Das hatte ihn zwei Stunden gekostet – und danach hatte der Hirscher Franz sich breit in den Eingang vom Wirtshaus gestellt und ihn wissen lassen, dass es heute zu spät war für irgendwelche Fragen, die Walter, aus Sicht des Wirts immer noch unverständlich, an dessen Tante richten wollte.

Die Meldung über Funk hatte ihn runter an den Osterbach geführt. Zum Sägewerk vom Eidenberger. Einmal war er falsch abgebogen, weil die Beschilderung auf den schmalen, ländlichen Straßen um den Friedrichsberg herum quasi nicht vorhanden war. Als er dann endlich ankam, erwartete ihn bereits eine Streife des Wegscheider Präsidiums. Der uniformierte Kollege hatte ihn auf einem matschigen Pfad an dem in einem schmalen, schattigen Tal gelegenen Sägewerk vorbei begleitet, zu dem Wehr, in dem das Wasser des Osterbachs gestaut wurde, bevor man es auf die Mühlräder losließ, welche die Sägen antrieben. Zumindest eine letzte. Die alte Gittersäge, die immer noch in Betrieb war, selbst nach über hundert Jahren noch. Eine unverwüstliche Mechanik, welche die Zeit überdauerte, wie der Kollege meinte, als wäre er dazu abgestellt worden, eine Werksführung zu machen, statt ihm zu zeigen, was sich in den Stahlgittern des Wehrs verfangen hatte.

Arbeiter des Sägewerks hatten dort am Vormittag etwas aus dem Wasser gezogen. Karl Eidenberger junior, der Chef selber, war danach so geistesgegenwertig gewesen, den Fund der Polizei zu melden. Er hatte, wie er später aussagte, in der Passauer Neuen Presse von dem vermissten Wanderer gelesen und seine Schlüsse gezogen. Heinz hatte ihn doch tatsächlich nicht darüber informiert, dass er eine entsprechende Meldung an die Zeitungsredaktion weitergegeben hatte. Die Fundsache hatte ihn jedoch davon abgelenkt, sich weiter darüber zu ärgern, dass man ihn nicht auf dem Laufenden hielt, obwohl es doch mehr oder weniger seine Ermittlung war.

Jedenfalls hatte der triefnasse Rucksack an der Brüstung gestanden, dort, wo ihn die Sägewerksmitarbeiter herausgefischt hatten. Der Osterbach hatte das Reisegepäck bis hierher zum Sägewerk gespült, aber es blieb natürlich unklar, an welcher Stelle es ins Wasser gelangt war.

Nach einer ersten, äußeren Begutachtung hatte Walter festgestellt, dass die wilden Wasser des Osterbachs und dessen steiniger, von bisweilen gewaltigen Findlingen durchsetzter Grund den Rucksack nicht so weit beschädigt hatten, dass der Inhalt verloren gegangen wäre. Seine Reise in dem tosenden Bach konnte also nicht allzu lang gedauert haben.

Während ihn die wenigen verbliebenen Sägewerksmitarbeiter mit Abstand, aber dennoch neugierig umringten, öffnete Walter vorsichtig den Rucksack und breitete alles darin auf den Planken aus, die entlang des Wehrs verliefen und so gewissermaßen eine Brücke über den Bach bildeten. Was er schließlich vor sich hatte, waren tropfnasse Kleidungsstücke, ein durchtränkter Kulturbeutel und unbrauchbar gewordener Proviant, der offensichtlich aus Beständen der Bundeswehr stammte. Was fehlte, waren Papiere oder sonst irgendetwas, das auf die Identität des Besitzers hindeutete. Dennoch hegte Walter kaum einen Zweifel daran, dass dieses aufgeweichte Marschgepäck einmal am Rücken von Harald Lang gehangen hatte.

Nachdem er den Rucksack geleert und sich mit knackenden Knien aufgerichtet hatte, trug er den beiden Streifenpolizisten auf, die Sachen wieder einzupacken und dafür Sorge zu tragen, dass der Fund zur Kripo nach Passau verfrachtet wurde. Alles davon – bis auf das seiner Meinung nach interessanteste Stück, das er unter all den nassen Kleidern entdeckt hatte. Und das jetzt neben ihm auf dem Beifahrersitz lag, während er seinen Wagen nach Talberg hineinsteuerte und ihn wie auch bisher vor der Friedhofsmauer parkte, zwischen Feuerwehrhaus und Kriegerdenkmal.

Dass heute Sonntag war, machte Walter nichts aus. Zu Hause war niemand, der diesen leicht windigen, aber ansonsten sonnigen Tag mit ihm verbracht hätte. Also konnte er genauso gut seiner Arbeit nachgehen, diesem Fall, der ihn nach anfänglicher Skepsis nun doch in seinen Bann gezogen hatte. Nicht unbedingt der verschwundene Harald Lang, der ein Verschwundener unter Tausenden in Deutschland war. Vielmehr nagte die Frage an ihm, ob Maria Steiner etwas über das Verschwinden von Harald Lang wusste. Oder gar selbst dazu beigetragen hatte ...

Nein, das war absurd. Lang war ein Hüne, noch keine vierzig. Wie hätte diese ausgemergelte, alte Frau ... Doch dann dachte Walter an die Tochter des Metzgers. Und an die Vorwürfe, die der Metzger gegenüber Maria Steiner geäußert hatte. *Sie hat Heike vergiftet.*

Montag war die Metzgerstochter bei dem Kräuterweib gewesen. Und Montag war auch der Tag, seit dem Harald Lang vermisst wurde, überlegte Walter. Zufall oder nicht, er musste unbedingt mit dem Mädchen sprechen. Und er musste das natürlich melden. Falls Maria Steiner sich tatsächlich als Engelmacherin betätigte, dann war das ohne Frage ein Straftatbestand, der untersucht werden musste. Doch er wollte hier nicht vorschnell handeln. Er musste zuerst mit Heinz sprechen. Die Sache war zu heikel. Zu diffizil. Zuallererst musste er sich darüber klar werden, wen er hier eigentlich jagte ... Walter mühte sich aus dem Wagen. Kaum dass er stand, befiel ihn ein Schwindel. Der Kreislauf, dachte er. Er lehnte sich gegen den Wagen und wartete, bis das ungute Gefühl verflog. Vom

Kirchenfirst her krächzte eine Krähe und zog seinen Blick auf sich. Ein ganzer Schwarm hockte dort oben. Sie starrten auf ihn herab, aber das war sicher nur Einbildung. Trotzdem verspürte er plötzlich Furcht. Irgendwann vor ein paar Jahren hatte er *Die Vögel* von Hitchcock gesehen. Damals, als Gerlinde und er noch ins Kino gingen. Der Film hatte ihn schwer beeindruckt. Seither betrachtete er Vögel mit anderen Augen ...

Walter merkte, dass seine Gedanken durcheinandergeraten waren, und versuchte sich wieder zu sammeln. *Was habe ich?* Die Alte im Wald wusste etwas; sehr wahrscheinlich hatte sie Harald Lang gesehen, vermutlich sogar gesprochen – und Walter darüber belogen. Aber was hieß das schon? Bis zum Fund des Rucksacks gestern Nachmittag war sein Engagement nicht über seine Order, sich ein wenig umzusehen, hinausgegangen. Der Rucksack hatte eine Änderung der Sachlage gebracht. Dem hatte auch Heinz zugestimmt. Und dabei hatte Walter Maria Steiner noch mit keinem Wort erwähnt. Schon gar nichts von der Anschuldigung des Metzgers gegen die Frau erzählt. Auch weil es keinen offensichtlichen Zusammenhang zwischen der vermeintlichen Vergiftung des Mädchens und dem Verschwinden des Wanderers gab. Außer dem Umstand, dass beide am selben Tag bei Maria Steiner auf der Lichtung gewesen waren. Das Mädchen auf jeden Fall. Der Wanderer ... nun, dafür hatte er keinen Beweis. Nur so ein Gefühl.

Maria Steiner. Warum er Heinz nicht von dieser Frau berichtet hatte, konnte er nicht sagen. Irgendwas in ihm sperrte sich dagegen. *Das ist mein Fall.* Während ein schneidender Wind vom Osten her über den Dorfplatz fegte und ihm das spärlich gewordene Haar zerzauste, entschied sich Walter, dass er vorerst für sich behalten wollte, was er bislang ermittelt hatte. *Mein Fall.* So lange, bis er Gewissheit hatte, würde er nicht einmal Heinz in seine Überlegungen einweihen. *Für mein Seelenwohl*, dachte er. *Ja, es ist für mein Seelenwohl.* Zuerst musste er für sich herausfinden, was sich hier in Talberg in den letzten Tagen zugetragen hatte, fast als könnte ihn das vor allem retten, was ihn in den Abgrund zu ziehen drohte. Entschlossen strich er sich die Haare zurück über seine Glatze und marschierte aufs Wirtshaus zu. In seinem Rücken krächzten die Krähen vom Kirchdach.

8
JOSEF

Wieder hatte er es nicht ins Haus geschafft. Wegen dieser einen Sache, die ihn vom Grundstück der Alten vertrieben hatte.

Ein verdammt großes Loch.

Wie gerne wäre er diesen Gedanken wieder losgeworden, denn alles, was sich an möglichen Szenen in seinem schmerzenden Schädel zusammenwob, projizierte einfach ein zu entsetzliches Bild vor sein inneres Auge.

Josef fühlte sich benommen, was natürlich auch der Migräne zuzuschreiben war, die nun in einer Heftigkeit hinter den Augen tobte, dass er nicht wagte, den Motor anzulassen und nach Hause zu fahren. Also hockte er in seinem Simca, den er wie üblich, wenn er die Alte auskundschaftete, verborgen in einem Waldweg am Geigerkreuz geparkt hatte. Dort wartete er, dass der Feuersturm in seinem Kopf aufhörte oder zumindest ein wenig abflaute. Der Weg hierher zurück durch den Wald war die Hölle gewesen. Dass er ihn überhaupt gefunden hatte, bei dem eingetrübten Blick, erschien ihm wie reiner Zufall. Sich in so einem Zustand ins Haus der Hexe zu schleichen hätte ohnehin zu nichts geführt, sagte er sich. Er hätte heute im Bett bleiben sollen.

Wie oft bei Migräne fröstelte er nun auch noch, und das war nicht gerade besser geworden, seit er im Auto saß. Allerdings scheute er sich davor, den Motor zu starten und die Heizung aufzudrehen. Sein Tank war fast leer, und er wollte nicht riskieren, mitten im Nirgendwo liegen zu bleiben. In dem Moment ging ihm auf, dass er erst am Montag würde Sprit auffüllen können. Selbst die Tankstelle in Waldkirchen machte Samstagmittag zu. Und dass die in Talberg noch offen hatte, war mehr als unwahrscheinlich. Jetzt den Motor laufen zu lassen war also in keiner Hinsicht eine gute Idee.

Um sich von Schmerz und Kälte abzulenken, rekapitulierte er noch einmal, was ihn eigentlich hierhergeführt hatte. Willy in erster Linie, der war schuld. Und freilich der Umstand, dass er knapp bei Kasse war. Trotzdem, ohne Willy wäre er nie hier in dieser Einöde gelandet.

Willy, verflucht noch mal!

Der Mann hatte etwas Weibisches, das war das Erste, was ihm in den Sinn gekommen war, als sie sich damals über den Weg gelaufen waren. Allem voran seine viel zu helle Stimme, die unangenehm blechern nachhallte. Man wollte ihm nicht gerne zuhören wegen dieser Stimme, aber Josef hatte es trotzdem getan. Willy hatte auch sonst etwas Weiches an sich. So eine Unförmigkeit, als hätte er nur Knorpel statt Knochen. Das hatte Josef ihm gegenüber natürlich nie laut ausgesprochen, denn Willy war auch jemand, der schnell eingeschnappt war. Josef hatte einmal erlebt, was passierte, wenn sich die Sympathien seines Cousins ins Gegenteil verkehrten. Da hatte Willy plötzlich überhaupt nicht mehr weich und weibisch gewirkt. Und derjenige, der es sich mit ihm verscherzt hatte, war erst wieder im Krankenhaus zu sich gekommen, hieß es später.

Willy redete ständig von seinen Verwandten in Talberg. Was er an ihrem ersten Abend angefangen hatte, führte er bei späteren Treffen munter fort. Und stets ging es darum, dass irgendwer von denen Geld haben musste. Geld in der Matratze – und Land. Wald, Wiesen, Äcker. Unter anderem Willys Großtante, die bereits jenseits der neunzig war und die in den späten Sechzigern, als sie aus gesundheitlichen Gründen nicht mehr konnte, den Familienbetrieb verkauft hatte. Eine Bäckerei, die seit Generationen von Willys Verwandten geführt worden war. So lange, bis niemand mehr übrig war von dieser Familie Leiner, außer eben jene hochbetagte Tante Traudl, die jetzt auf dem ganzen Geld hockte, das sie für die Bäckerei und den dazugehörigen Hof eingesackt hatte.

Willys Ausführungen hatten Josef schließlich dazu gebracht, auf einer zerfledderten Straßenkarte die Umgebung von Talberg zu studieren. Die Anspielungen seines Cousins, dass auch Josef mit diesen Leiners verbunden war, genauer gesagt, dass seine leibliche Mutter von dessen Hof in diesem abgelegenen Ort stammte, klangen dann doch zu interessant. Vielleicht gab es dann ja auch für ihn etwas zu holen, wenn auch nicht den Sparstrumpf der Neunzigjährigen, auf den es Willy bereits abgesehen hatte. Und Willy war definitiv niemand, der etwas vom Teilen hielt. Selbst unter Verwandten nicht.

So ganz hatte er es bis heute nicht zusammenbekommen, aber genau wie er war auch Willy adoptiert worden. Von einem gewissen Karl, der Polizist war und den Zweiten Weltkrieg nicht überlebt hatte. Eben dieser Karl war wiederum ein Cousin von der Frau, die ihn geboren hatte. Es war ziemlich kompliziert, doch Willy saß natürlich an der Quelle, weshalb es für ihn letztlich keine Zweifel mehr gab.

Während Josefs Cousin sich also darum kümmerte, wie er an das Geld von Tante Traudl herankam, war er selbst seither damit beschäftigt, sich das Erbe jener Frau zu sichern, die ihn vor achtundzwanzig Jahren zur Welt gebracht hatte. Die, wie er heute wusste, nicht mehr lebte und deren rechtmäßiger Besitz daher ihm gehören sollte. Das Haus, die Lichtung, der Wald drum herum, also einfach alles, was die alte Hexe für sich beanspruchte. Die alte Hexe, die, genau betrachtet, die Cousine seiner leiblichen Mutter war.

9
WALTER

»Ich red nicht mit der Polizei. Ihr habt's meinen Mann erschossen. Über vierzig Jahre ist das jetzt her, aber ich red immer noch nicht mit euch.«

Walter wusste für den Moment nicht, was er sagen sollte. Er hatte keine Ahnung, was damals vorgefallen war. Warum der Mann von Traudl Leiner ... er überschlug im Kopf, wann das gewesen war. Irgendwann in den Dreißigern jedenfalls. *Erschossen von der Polizei?* Er musste Heinz danach fragen, der mochte etwas darüber wissen, auch wenn er damals natürlich auch noch nicht bei der Truppe gewesen war. Doch in der Regel hielten sich solche Geschichten über Jahrzehnte in den Revieren, vor allem in denen auf dem Land. Andererseits war die alte Dame vielleicht einfach schon zu verkalkt und erzählte wirres Zeug, gerade so, wie es ihr in den Sinn kam?

Diesen Gedanken verwarf er gleich wieder. Nein. Traudl Leiner mochte uralt sein, aber ein Blick in ihre von Runzeln umwobenen Augen machte deutlich, dass sie nach wie vor bei klarem Verstand war. Und noch etwas anderes las er darin. Groll. Ein tiefer Groll auf die Menschheit. Offenbar hatte diese erbitterte Wut sie irgendwie haltbar gemacht, so wie der

Rauch in der Räucherkammer es mit Speck und Würsten tat. Es war lächerlich, doch diese alte Frau flößte ihm aus irgendeinem Grund Angst ein.

Franz Hirscher, der Großneffe von Traudl, hatte ihn nur widerwillig hoch zu ihr in die Wohnung gebracht. Fast so, als befürchtete er, seine Tante könnte ihn bei der Polizei anschwärzen. Sich womöglich darüber beklagen, dass die Pflege, die sie vom Ehepaar Hirscher erfuhr, schlichtweg miserabel war. Und jetzt stand Walter in diesem Zimmer, das vielleicht vier auf vier Meter maß, zwischen einer Sitzgruppe mit zwei Stühlen an einem schmalen Esstisch und dem Bett der Greisin, das ordentlich gemacht aussah. Traudl Leiner saß aufrecht auf einem der Stühle, die Hände im Schoß. Krumme, knotige Finger, die sie ineinander verschränkt hatte. Neben ihr auf dem Tisch stand ein Teegedeck. Kanne, Tasse, eine Zuckerdose. Der Tee in der mit Rosen verzierten Porzellantasse glänzte ölig und schien bereits kalt zu sein.

Was das Mobiliar anging, kam er sich vor, als hätte er eine Puppenstube im Biedermeierstil betreten. Einschließlich des Kronleuchters, der viel zu tief von der gelblich verfärbten Decke hing, sodass er darauf achten musste, sich nicht den Kopf zu stoßen. Zwei der Wände waren mit Regalen verstellt, die neben ein paar verstaubten Büchern vor allem Porzellannippes enthielten. Überall sonst, wo sich eine Fläche dafür anbot, lagen Spitzendeckchen verteilt. An der einzigen freien Wand hingen gerahmte Schwarz-Weiß-Fotos und ein Ölgemälde, das die Jahrzehnte so dunkel gefärbt hatte, dass von dem Landschaftsmotiv mit röhrendem Hirsch im Zentrum kaum mehr etwas zu erkennen war. Zudem verfügte der Raum über einen eigenen kleinen Kaminofen, der die abgestandene Luft unangenehm aufheizte und damit noch unerträglicher machte. Durch das kleine Fenster drang zudem viel zu wenig Licht, was auch der Phalanx an Kakteen geschuldet war, die sich dort auf dem schmalen Fensterbrett drängten und das Zimmer zusätzlich verfinsterten. Die Scheibe war zu angelaufen, um zu erkennen, worauf Traudl Leiner blickte, wenn sie aus dem Fenster sah. Walter tippte auf den Innenhof des Bauernhauses, das ans Wirtshaus angebaut war. Vielleicht auch der Misthaufen, denn die Stallung musste ja genau gegenüber liegen.

»Erschossen habt's ihn, obwohl er in der Partei war«, redete Traudl Leiner weiter; es war, als führte sie ein Selbstgespräch, denn sie blickte ihn dabei nicht direkt an. Stattdessen starrte sie auf die Tür, durch die er eingetreten war. »Erschossen habt's ihn, aber schuld war freilich die Hex'.«

Walter zuckte förmlich zurück, so abfällig spie sie ihm die Worte entgegen.

»Ihre Nichte?«, hakte er nach.

»Nichte? Welche Nichte?«

»Maria. Maria Steiner.«

»Die ist keine Nichte, jedenfalls nicht von mir«, herrschte sie ihn.

Walter runzelte irritiert die Stirn. Hatte er falsche Informationen bekommen? Etwas verwechselt? Schnell rekapitulierte er, was er in den letzten Tagen aus den Erzählungen der Talberger zusammengetragen hatte. Mit einem Mal erkannte er sein Missverständnis. »Ich meinte die Tochter Ihres Mannes«, berichtigte er sich. »Bezeichnen Sie die als Hexe?«

»Nein, die andere.«

»Die andere also«, wiederholte er, nun noch verwirrter. »Hat die auch einen Namen, die andere?«

»Steiner«, zischte die Witwe.

»Steiner, aber nicht Maria Steiner«, fasste er zusammen, während er seine Diagnose vom klaren Verstand der Hochbetagten wieder zu revidieren begann.

»Nein, Herrschaftszeiten! Beide angeheiratet. Sind Sie schwer von Begriff!«

In der Tat begriff er noch nicht wirklich, was die Alte ihm zu erklären versuchte. »Maria hat einen Steiner geheiratet ... und ebenso die andere?«

»Genau. Die andere hat sich dann später meinen Neffen geangelt, nachdem ihr erster Mann von ...« Sie bekam plötzlich einen abwesenden Blick, als zerrte die Vergangenheit an ihr. Oder sie erlitt gerade einen Schlaganfall.

Walter bewegte unruhig die Finger in der Sakkotasche. Gern hätte er sich auf den freien Stuhl zu ihr an den Tisch gesetzt, aber da sie nicht mit ihm reden wollte, bot sie ihm diesen Platz auch nicht an.

Jetzt dachte er an Inzucht und daran, dass in diesem Dorf wie anderswo die Bauernkinder früher untereinander verheiratet worden waren, wie es den Alten in den Kram passte. Während er darauf wartete, dass sie noch etwas Brauchbares aus ihrer Erinnerung zutage förderte, in die sie soeben verfallen war, schob er sich etwas nach links, um die Fotografien an der Wand näher betrachten zu können. Ein Bild, auf dem ein paar Leute vor der Bäckerei standen, weckte sein Interesse. Der in der NS-Uniform musste Traudls Mann Georg Leiner sein. Daneben drei junge Männer in weißen Kitteln, sehr wahrscheinlich Angestellte der Bäckerei. Dazu zwei Frauen, etwas abgerückt und im Hintergrund, eine jünger, eine älter, die noch ernster dreinschauten als alle anderen. Und vorne in der Mitte Traudl selbst, die Hände in die ausladenden Hüften gestemmt. Walter erkannte sie eigentlich nur an ihrem abschätzigen Blick, den sie sich über all die Jahrzehnte erhalten hatte.

»Ich bin nicht blöd, ich weiß recht gut, warum der Franz und seine Frau mich aufgenommen haben«, sagte sie unverhofft.

Offenbar war die Vergangenheit für sie wieder abgehakt. Walter fühlte sich ein wenig aus dem Konzept gebracht. Wie es aussah, musste er seine übliche lineare Verhörtaktik in diesem Fall aufgeben und darauf reagieren, was die Greisin ihm anbot.

»Sie sind die Großtante, richtig?«

Traudl Leiner nickte. »Dem Franz sein Opa war mein Bruder. Ein Nichtsnutz wie alle Mannsbilder aus unserer Familie. Ach, was sag ich, wie überall.« Sie musterte ihn lauernd, als erwartete sie, dass er ihr zustimmte.

Walter schürzte die Lippen und behielt für sich, was er dachte.

Daraufhin senkte die Alte ihre Stimme. »Der Franz und seine Frau, die Monika, die hoffen auf mein Geld, sobald ich unter der Erde bin. Dafür würden sie mir sogar den Arsch abwischen, wenn ich es drauf anlege.« Sie wackelte zufrieden mit dem Kopf. »Ja, es mag Ihnen unverschämt vorkommen, aber ich nutz das aus und trieze sie manchmal bis aufs Blut. Sie hassen mich, aber ihre Gier auf mein Vermögen ist halt größer als ihr Abscheu. Nachts, wenn sie glauben, ich schlafe schon, höre ich sie deswegen oft streiten.« Traudl Leiner grinste zufrieden. Dafür, dass sie nicht vorgehabt hatte, sich der Polizei mitzuteilen, wirkte sie recht redselig. »Sie wünschen sich nichts sehnlicher, als dass ich endlich weg bin«, fügte sie an und zeigte erneut ihr Gebiss, das nicht mehr ganz optimal am Gaumen zu haften schien. »Nichts brauchen sie nämlich dringender als mein Geld, die zwei, weil sie alles runtergewirtschaftet haben mit ihrem Unvermögen. Das Wirtshaus und den Hof. Und dabei steht's ihnen gar nicht zu. Es gehört alles dem Alfred.«

»Alfred?«, fragte Walter verdutzt. »Wer ist das?«

»Na, der rechtmäßige Erbe. Ist leider verschwunden, der Bub. Lang ist's her.«

»Verschwunden«, wiederholte Walter. »Das passiert hier wohl öfter.«

Die Alte stieß ein kurzes, trockenes Meckern aus. Sie lachte, wie er kurz darauf begriff. »Wenn ich vom Alfred red, scheißt der Franz sich regelrecht in die Hose, so viel Angst hat er davor, dass der Bub doch wieder auftauchen könnte. Ein Bub ist er freilich jetzt nicht mehr, der Alfred. Mei, das war immer so ein Lieber. Der war der Einzige, der hin und wieder eine Semmel von mir geschenkt bekommen hat, wenn er in die Bäckerei gekommen ist.« Für einen Moment wurden ihre Augen glasig.

»War Alfred der Sohn Ihres Bruders?« Vielleicht würde sich ja auch hier ein sorgfältiger Blick in die Akten lohnen.

Sie nickte. Stand da etwa tatsächlich eine Träne in ihrem Augenwinkel?

»Wann war das, wann ist der Alfred verschwunden?«

»Noch vorm Krieg. Der Hitler war gerade Kanzler geworden.«

Walter strich sich über die Wangen. Er hatte sich heute Morgen nicht rasiert, womöglich schon seit Freitag nicht mehr. Eine Nachlässigkeit, die sich bei ihm einschlich, wenn eine Sache seine ganze Aufmerksamkeit verlangte. Und das war hier definitiv der Fall, spätestens seit seinem zweiten Besuch in Talberg. »Wie alt war Alfred, als er verschwand?«

Traudl Leiner verdrehte sinnend die Augen nach oben. »Um die zehn Jahre.«

Walter rechnete nach und kam zu dem Schluss, dass der Neffe der Alten inzwischen Mitte vierzig sein musste. Trotzdem redete sie von jemandem, der seit über drei Jahrzehnten verschollen war, als könnte er jeden Moment durch die Tür spazieren. Plötzlich interessierte es ihn sehr, was damals mit dem Kind passiert war, doch er mahnte sich im Stillen, sich nicht zu verzetteln. Gewiss hatte jeder Ort seine Geheimnisse und Eigenheiten, und in manchen gab es eben mehr davon als anderswo. Talberg schien so ein Ort zu sein, und wenn er herumfragte, hätte er vermutlich bald ein ganzes Dutzend solch ungeklärter Geschichten beisammen. Daher war es besser, vorerst in der Spur zu bleiben und sich auf das zu konzentrieren, weswegen Heinz ihn hergeschickt hatte. Das nahm er sich zumindest vor, obwohl er es eigentlich schon besser wusste … »Gibt es noch andere, leibliche Verwandten? Ich meine, abgesehen von Alfred. Und natürlich von Maria Steiner, Ihrer Stieftochter.«

Bei diesem Begriff verzog sie angewidert das Gesicht. Dann schnappte sie nach Luft. »Mei, irgendwo werden schon noch ein paar Verwandte herumkrebsen, mit Sicherheit. Aber von denen hat keiner mein Wohlwollen verdient. Und schon gar nicht diese Hex'.« Sie wurde wieder laut. Ihren Stimmbändern hörte man die über neunzig Jahre jedenfalls nicht an. »Diese Hex'!« Sie zog eine angewiderte Miene. »Aus dem Schoß des Teufels ist sie zu uns gekommen.«

Walter wusste, seine nächste Frage war delikat, doch er musste sie stellen, sonst würde er hier nie durchblicken. »Wie ist Maria eigentlich in Ihre Familie gekommen, wenn ich fragen darf?«

Traudl Leiner bekam wieder ihren abwesenden Blick, als hätte sich binnen Sekunden ein milchiger Nebel über ihre Augen gelegt. »Wir haben schon immer Hexen im Ort gehabt. Oder warum, glauben Sie, passieren in Talberg ständig diese unheilvollen Dinge?«

Walter bemühte sich um eine verständnisvolle Miene. »Maria«, wiederholte er, »wie kam es dazu?«

»Teufelsweib!«, fauchte sie und rappelte sich gleichzeitig von ihrem Stuhl hoch. In einer ausholenden Geste fegte sie die Teetasse vom Tisch. Walter musste alle Beherrschung aufbringen, um nicht zurückzuweichen, als sie auf ihn zutrat. Porzellanscherben knirschten unter ihren Sohlen. Er war über einen Kopf größer und mindestens dreimal so schwer wie Traudl Leiner, und dennoch dachte er darüber nach, das Weite zu suchen. Erst recht, als sie ihre von Gichtknoten entstellten Finger in sein Revers krallte.

»Verflucht«, spie sie ihm entgegen. »Wir alle hier sind verflucht. Verflucht dazu, Leid zu ertragen. Immerzu Leid, damit *er* sich an unseren Qualen laben kann. Wer will hier freiwillig leben? Wer? Und dennoch tun wir es, und dafür büßen wir, jeden einzelnen Tag. Wie oft, Herr Inspektor? Wie oft?«, kreischte sie.

Er umfasste ihre dürren Arme, um sie von sich zu stoßen, doch als er die spröden Knochen spürte, ließ er es bleiben. »Wie oft was?«, fragte er widerwillig, während sie weiter an ihm hing wie eine langgliedrige Kellerspinne, die an ihm hochzukrabbeln versuchte.

Mit verdrehten Augen sah sie ihn von unten her an. »Wie oft waren Sie schon hier?«

»Zum d-dritten Mal, heute«, erwiderte er und ärgerte sich, weil er so unsicher klang.

Auch wenn es unmöglich schien, rückte sie noch ein Stück näher an ihn heran. »Und, spüren Sie schon seinen Schatten auf Ihrer Seele? Spüren Sie ihn?«

Beinahe hätte er bejaht. Hätte zugegeben, etwas zu spüren, auch wenn er das Gefühl nicht näher beschreiben konnte. Kälte, vielleicht, selbst in diesem überheizten Zimmer. Kälte und eine nicht zu deutende Ungewissheit. Das war es, was er spürte. Und Furcht. Aber das hätte er am allerwenigsten zugegeben.

»Dreimal. Und dennoch lastet es schon auf Ihnen, ich hab's Ihnen angemerkt, auch wenn Sie es nicht zugeben wollen. Auch Sie sind bereits vergiftet, nach nur drei Besuchen in unserem vermaledeiten Dorf. Und jetzt schauen Sie mich an, Inspektor. Schauen Sie mich an und bedenken Sie dabei, wie lange ich hier schon ausharre. Vierundneunzig Jahre. Vierundneunzig Jahre fließt das Gift dieses Ortes bereits durch meine Adern. Vierundneunzig quälende Jahre, Herr Inspektor.«

10

1906

TRAUDL

Georg winselte förmlich. Beinahe so wie der Hund, den sie früher auf dem Hof hatten und dem sie nur zu gerne eine mit dem Stock übergebraten hatte. Einfach so, wenn ihr danach war oder sie ihren Zorn loswerden musste, den ihr eine Auseinandersetzung mit Eltern oder Geschwistern eingebracht hatte.

Georg, diese elende Wildsau, winselte und rang zugleich um eine Erklärung, lächerlich mit Mehl bepudert, wie er war. Sie hatte ihn unverzüglich in der Backstube zur Rede gestellt, während von draußen im Gang das Heulen des Kindes zu hören war, das die Zigeunerin ihr schließlich einfach so in Hände gedrückt hatte. So überraschend, dass sie nicht anders konnte, als das Bündel an sich zu nehmen. Dieses kleine, stinkende Bündel von einem Zigeunerkind. Doch da lag es schon in ihren Armen, und die Mutter – jedenfalls nahm sie an, dass es die Mutter des Säuglings gewesen war – hatte den Laden bereits verlassen. In dem Moment kochte die Wut so hoch in ihr auf, dass sie das Kind am liebsten durch die Ladentür hinaus auf die Straße geworfen hätte. Dieser Zigeunerschlampe hinterher. Aber das brachte sie dann doch nicht übers Herz. Und nicht etwa, weil der Säugling dadurch Schaden genommen hätte, sondern weil sie die Konsequenzen für sich scheute. Was mochten die Leute von ihr denken, wenn man sie dabei beobachtete, wie sie kleine Kinder durch die Gegend warf. Also hatte sie den Zigeunerbastard in einen der Brotkörbe gelegt, die im Gang herumstanden, und war dann zu Georg in die Backstube gestürmt.

Um ihn winseln zu sehen.

Trotz ihrer Wut besaß sie genug Geistesgegenwart, den Gesellen und den Lehrbub hinauszuscheuchen, damit sie mit ihrem Gatten alleine war. Die beiden hatte sofort begriffen, ließen Brotschaufel und Sauerteig einfach stehen und verdrückten sich. Es war in der Tat besser, die Angestellten sahen nicht, wie ihr Chef da so erbärmlich vor ihr stand und mit weinerlicher Stimme eine Rechtfertigung herausstotterte.

Ein Kind.

Mit einer Zigeunerin.

Er leugnete es keine Sekunde lang, was irgendwie das Schlimmste für sie war. Als hätte er das Recht dazu besessen, sich irgendwann im vergangenen Herbst zu dieser Frau zu legen. Sicher nicht in der Absicht, dass daraus eine Leibesfrucht erwuchs, das konnte sie sich selbst in all der Wut, die sie umnebelte, nicht vorstellen. Obwohl ... Nach der schweren Geburt ihres einzigen Kindes, ihrem wunderbaren Sohn Hubert, hatte ihr der Arzt keine Hoffnung gemacht, noch weiteren Nachwuchs empfangen zu können. Und vielleicht war dem Georg dieser eine Sohn eben nicht genug. Aber dann mit einer dahergelaufenen Zigeunerin ... Nein, das war einfach zu viel.

Tränen zogen klebrig feuchte Bahnen über die mehlbestäubten Wangen ihres Mannes. Bisher war sie zu sehr in ihren eigenen, brodelnden Gedanken gefangen gewesen, um zu hören, was er ihr zu sagen hatte. Sie sah zwar, wie sich seine fleischigen Lippen bewegten, doch die Worte kamen einfach nicht bei ihr an.

Eine Zigeunerin! Wie konnte er nur?

Traudl erinnerte sich an das vergangene Jahr. Wie es gewesen war, als die Zigeuner, vom frühen Schnee überrascht, dazu gezwungen waren, den ganzen Winter oben auf dem Plateau zu lagern. Und sie erinnerte sich nun auch wieder, dass Georg zur selben Zeit nicht nur auffällig oft ins Wirtshaus verschwunden war, sondern auch häufig behauptete, hinauf in den Wald zu wollen, um die Wildraufen zu füllen. Er hatte ihr erklärt, das überzählige Brot lieber an die Rehe verfüttern zu wollen als an die Schweine. Mit einem Mal hatte sie ein sehr genaues Bild, wie eins dieser Rehe ausgesehen hatte, und das ließ ihren Zorn gleich noch heißer brennen.

»I-ich weiß nicht, wie das hat passieren können«, hörte sie ihn jetzt stammeln. »Ich war wie von Sinnen, ja, von Sinnen.« Seine Augen weiteten sich. »Vermutlich hat sie mich durch irgendein Gift willenlos gemacht, dieses Weib!«

Draußen schrie das Kind in seinem Brotkorb.

11
1977
JOSEF

Er wachte auf und schrak zusammen, als er merkte, dass er immer noch im Auto saß. Er musste eingeschlafen sein, was ungewöhnlich war, weil er sonst nie im Sitzen schlafen konnte. Außerdem hielten ihn die Kopfschmerzen, solange sie in der Heftigkeit wie zuletzt tobten, üblicherweise davon ab. Doch zu seiner großen Überraschung stellte er fest, dass die Migräne zu einem leisen Pochen zusammengeschrumpft war. Ein Segen. Im Westen färbte sich der Himmel über den Baumwipfeln bereits in Goldtönen. Er sah auf die Uhr. Schon halb sechs vorbei. Eigentlich war es dämlich, den halben Nachmittag verschlafen zu haben, aber er fühlte sich deutlich besser. Und ausgeruht, auch wenn die sitzende Position hinter dem Lenkrad seinem Rücken nicht eben bekommen war.

Josef stieg aus und streckte sich. Die Luft, in der er vorhin noch gefroren hatte, kam ihm jetzt geradezu lau vor. Noch war es hell, er konnte also aus dem Tag noch etwas machen, wo er schon mal hier war. Woher kam dieser plötzliche Tatendrang? Und die Zuversicht, endlich erledigen zu können, wozu er vorhin nicht in der Lage gewesen war? Ihm fiel ein, dass die Alte von ihrem Ausflug mittlerweile zurück sein musste. Doch selbst das konnte ihn momentan nicht schrecken, also beschloss er, noch einmal durch den Wald zur Lichtung zu gehen. Es konnte nicht schaden, und vielleicht hatte er sogar Glück. Ja, das musste er einfach probieren, jetzt, da sich alles so gut anfühlte. Beinahe so, als hätte er etwas geraucht.

Er marschierte los und gelangte unbehelligt bis an den Rand der Lichtung. Noch stieg kein Rauch aus dem Kamin. Sie hatte also noch nicht wieder angefeuert, um es für den Abend und die Nacht warm zu haben. Er wusste, er konnte sich dem Haus auch von hinten her nähern, sodass er keinesfalls gesehen wurde. Hinten raus hatte sie kein Fenster, durch das sie hinausglotzen konnte. Zudem standen da ein Baum und die Holunderstauden. Und natürlich, seitlich versetzt, der Schuppen. Also die beste Deckung überhaupt. Das Problem, wenn man sich von dieser Richtung näherte, war lediglich das Sumpfloch, das sich dort zwischen Wald und Holzhütte erstreckte. Die zwei, drei Male, die er diesen Weg gewählt hatte, war er plötzlich bis zu den Schienbeinen im Morast gestanden. Doch auch das hielt ihn heute nicht zurück. Natürlich mochten die Ziegen anfangen zu meckern, aber auch dieses Risiko erschien ihm gering.

Geduckt arbeitete er sich am Waldsaum entlang und kam sogar einigermaßen trocken über die moorige Stelle hinweg, auch wenn ihm bei einem seiner Schritte braunes Wasser in den linken Schuh lief. Doch schließlich drückte er sich an die vom Haus abgewandte Bretterwand des Schuppens und verspürte dabei Euphorie. Das graue Holz fühlte sich warm in seinem Rücken an, auch wenn die Stelle, an der er stand, schon seit einer Weile im Schatten lag. Plötzlich fiel ihm auf, dass er den Schuppen noch nie inspiziert hatte. Dabei wusste er, dass Harald darin genächtigt hatte. Das zumindest war ihr Plan gewesen. So zu tun, als würde er darin sein Lager errichten, und sich dann, nachdem die Hexe im Bett war, rüber ins Haus zu schleichen.

Was war bloß schiefgegangen?

Josef lugte vorsichtig um die Ecke des Holzverschlags. Alles war ruhig. Nicht einmal die Vögel sangen, aber vermutlich war es dafür schon zu spät am Abend. Er hatte nicht viel Ahnung vom Landleben und von der Natur. Die Stadt war sein Terrain, dort fand er sich zurecht. Aber hier! Das alles hier würde er umgehend verkaufen, sobald es ihm gehörte.

Er schüttelte den Kopf und konzentrierte sich wieder auf die Gegenwart. Der Schuppen. Er wollte sich den Schuppen ansehen. Von dort, wo er stand, brauchte er nur die Hand auszustrecken, um den Riegel am Tor zu öffnen. Es dauerte keine drei Sekunden, dann hüllte ihn das Zwielicht in der schon recht baufälligen Holzhütte ein. Mehr war es nämlich nicht. Eine windschiefe Hütte, in der man gerade mal einen Heuwagen unterbringen konnte. Fensterlos. Weil er das Tor sofort wieder hinter sich zugezogen hatte, war alles an Licht hier drinnen der klägliche Schein, der durch die Spalten zwischen den Brettern und durch ein paar kleine Löcher im Gebälk und dem ziegelgedeckten Dach hereindrang. Im hinteren Bereich lagerte Stroh. An der Bretterwand hüfthoch zu zwei Haufen aufgeschichtet. Dort musste Harald geschlafen haben. Rechts von ihm war entlang der Längsseite des Schuppens Brennholz gestapelt. Eine Reihe, die ihm bis zum Bauchnabel reichte. Genug für einen Winter vermutlich. Auch davon hatte er keine Ahnung. Seine Zieheltern hatten mit Öl geheizt, soweit er sich erinnerte.

Vor dem Feuerholz stand ein Hackklotz, in den eine Axt geschlagen war. Jetzt, da seine Augen sich langsam an das schwache Licht gewöhnten, bemerkte er die dunklen Flecken auf dem ansonsten hellen Holz des Baumstumpfs.

Josef zögerte. Irgendwie war ihm mit einem Mal unheimlich. Er nahm Geräusche um sich herum wahr, die vorher nicht da gewesen waren. Ein leises Scharren aus der finsteren Ecke, dort wo der Holzstoß gegen die Rückwand stieß. Ein unheimliches, pfeifendes Wispern über seinem Kopf, vermutlich vom Wind, der durch die Ritzen hereinfuhr und um den mit Spinnweben verhangenen Dachstuhl wehte. Aber vielleicht war es auch ein Kichern von draußen. Womöglich kam es vom Haus herüber. Von der alten Hexe, die längst wusste, dass er sich in ihrem Schuppen aufhielt.

Josef schluckte trocken. Blickte hoch zu den Pfetten und Sparren, dann wieder zu der Axt, die im Hackklotz steckte. Auf die Flecken dort. Widerstrebend trat er einen Schritt darauf zu. Dann noch zwei, bis er unmittelbar davorstand und den Stiel des Beils hätte packen können. Mit bebendem Herzen betrachtete er die dunklen Stellen, wo etwas ins Holz gesickert war. Nicht nur dort, wo der Metallkeil versenkt war. Es gab auch ein Rinnsal, eine eingetrocknete Spur, der Josefs Blick nun folgte, runter bis zum gestampften Lehmboden.

Da neben dem Hackklotz lag etwas. Der Anblick ließ ihm das Blut in den Adern gefrieren. Denn obwohl er es nicht schaffte, genau hinzusehen, wusste er doch, dass die Hand, die dort aus Spänen und Stroh herausragte, einmal seinem Freund Harald gehört hatte.

12
WALTER

»Der Hubert war eine schwierige Geburt, und danach war's bei mir vorbei mit Kinderkriegen.«

Walter war es zu guter Letzt gelungen, die alte Frau zu besänftigen und ihre Finger von seinem Jackett zu lösen. Leider hatte sie sich, kaum dass sie saß, sofort wieder in Rage geredet.

Während Walter seinen Wagen zurück Richtung Passau lenkte, hallten Traudl Leiners Worte in ihm nach. »Wir haben uns damit abgefunden. Dachte ich zumindest. Doch als wäre es nicht schlimm genug gewesen, keine weiteren Kinder mehr bekommen zu können, schneit uns nach sechs Jahren dieser Bastard ins Haus! Weil mein feiner Herr Gemahl sich offenbar doch nicht so einfach damit hat abfinden können. *Maria* hat er sie taufen lassen. Da war sie schon über ein halbes Jahr alt. Maria! Wie wenn sie eine Heilige wäre. Die Zigeunerin, ihre leibliche Mutter, habe ich ihm gesagt, die hat ihr mit Sicherheit schon einen anderen Namen gegeben – und bestimmt keinen christlichen. Aber fragen konnten wir sie ja nicht mehr, weil sie das Weite gesucht hatte, zusammen mit ihrer Bagage, kaum dass sie den Balg bei uns in der Backstube losgeworden war. Und der Pfarrer, mei, der hat gezetert. Musste erst mit dem Bischof konferieren, ob er so ein Kind überhaupt taufen darf. Zu dem Zeitpunkt hat's im Dorf dann schon jeder gewusst, sonst hätten wir das Kind vielleicht noch ins Waisenhaus geben können. Aber der Georg hat gemeint, da gäb's nur Gerede. Gerade so, als hätten wir das Gerede nicht schon gehabt. Und es hat auch nicht aufgehört. Noch Monate nachdem er das Kind aufgenommen hatte, haben sich die Leut' das Maul darüber zerrissen. Jeder hat gewusst, dass es ein Zigeunerkind war, jeder! Er hatte bloß Glück, dass seine Schwester sich darum gekümmert hat. Weil ich, ich hab ihm gleich von Anfang an gesagt, ich mach keinen Finger krumm für diesen Bastard. Und so hab ich's auch gehalten. Keinen Finger hab ich gerührt. Aber die Bruni, die war gleich Feuer und Flamme; natürlich, die war ja schon immer nicht ganz zurechnungsfähig. Das hat man dann später gesehen, als sie dieser Zigeunerbrut ihr Erbe nachgeschmissen hat.«

»Sie meinen das Häuschen im Wald?«, hatte Walter gefragt.

»Freilich. Das, was der Vater ihr vermacht hat. Ein Haufen Hektar an Wald, als Ausgleich dafür, dass Georg den Hof und die Bäckerei erbte. Und man hat ja gesehen, was die Bruni damit anzufangen wusste, mit dem ganzen Wald. Perlen vor die Säue, sag ich nur. Perlen vor die Säue!«

Das hatte Traudl Leiner noch mehrmals wiederholt. Sein Aufenthalt bei der Bäckerswitwe dauerte deutlich länger als vom Neffen genehmigt, und als dieser schließlich ankam und ihn ermahnte, die Tante in Frieden zu lassen, verfügte Walter über weitaus mehr Informationen, als er sich zu Beginn seiner Vernehmung hätte träumen lassen.

Perlen vor die Säue.

Seit er wusste, wie die Familienverhältnisse wirklich waren, fragte er sich, warum Maria Steiner ihn nicht berichtigt hatte, als er sich bei ihr nach der vermeintlichen Tante erkundigt hatte, die in Wirklichkeit ihre Stiefmutter war. Noch so eine Ungereimtheit im Zusammenhang mit der Alten im Wald. Womit hielt sie wohl noch hinterm Berg?

Während er sein Auto die Serpentinen runter von Untergriesbach ins Donautal steuerte, fasste er für sich noch einmal zusammen, was er aus der Unterredung mitgenommen hatte. Maria Steiner war ein uneheliches Kind, das Georg Leiner mit einer Zigeunerin gezeugt hatte, die ihm das Kind nur wenige Monate nach dessen Geburt überlassen hatte. Walter war sich nicht ganz im Klaren darüber, warum der Bäcker das Baby aufgenommen hatte. Dass seine Frau nach der Geburt ihres Sohnes nicht mehr schwanger werden konnte, während er sich nach weiterem Nachwuchs sehnte, war sicher nicht der einzige Grund. Denn immerhin bescherte ihm Maria großen und anhaltenden Ärger mit seiner Gattin und minderte sein Ansehen im Dorf. Doch anscheinend hatte Georgs Schwester Bruni den heimischen Zwist abzuschwächen vermocht, indem sie sich der kleinen Maria zuwandte und sie mehr oder weniger großzog. An dieser Zuneigung änderte sich auch nichts, als Bruni selber eine Tochter bekam, Mathilde. Das musste kurz vor Beginn des Ersten Weltkriegs gewesen sein. Ab da wuchsen die beiden Mädchen wie Schwestern auf.

Später dann hatten Bruni und Mathilde den Ort verlassen. Er wusste nicht genau, wann Bruni geheiratet und den Namen Engler angenommen hatte. Und ob Mathilde das Kind dieses Herrn Engler war. Vermutlich spielte das für seine Ermittlung auch keine Rolle. Entscheidend war vielmehr, dass Bruni von ihrem Vater einiges an Wald und Land geerbt hatte. Und dass sie dieses Erbe später nicht ihrer Tochter Mathilde, sondern ihrer Nichte Maria vermacht hatte. Soweit er sich an die Unterhaltungen mit Maria Steiner erinnern konnte, hatte sie auf ihn nicht den Eindruck gemacht, sich dessen bewusst zu sein, dass das Haus, in dem sie lebte, tatsächlich ihr gehörte. Ebenso wie der Wald drum herum. Aber das war natürlich nur eine Annahme. Jedenfalls erschien es ihm wichtig, sich diese Besitzverhältnisse mal genauer anzuschauen. Er konnte zwar nicht konkret sagen, warum das relevant sein mochte, aber er hatte gelernt, seinem Gespür zu vertrauen.

Walter, du alter Spürhund!

Es war ein ungewohntes Gefühl, fast schon fremd, weil er es so lange nicht mehr empfunden hatte – aber irgendwie war er stolz auf sich. Selbst wenn er eigentlich noch nichts wirklich Handfestes herausgefunden hatte, was einen Zusammenhang mit dem Verschwinden von Harald Lang herstellte. Jetzt, nachdem er auf die Landesstraße eingebogen war und der geraden Strecke entgegen dem Donaustrom folgte, wagte er einen kurzen Blick auf das kleine Mäppchen, das seit seiner Untersuchung des Rucksackinhalts neben ihm auf dem Beifahrersitz lag. Dieser Fund hatte zweifellos eine Bedeutung, vor allem wenn es tatsächlich zu den Besitztümern von Harald Lang gehörte. Woran er eigentlich nicht zweifelte, auch wenn die kriminaltechnische Untersuchung des Rucksacks natürlich noch keine Bestätigung dafür ergeben hatte, denn gewiss hatten sich die Kollegen am heiligen Sonntag nicht damit befasst. Zumal er Heinz nicht dazu gedrängt hatte, bei dieser Untersuchung möglichst Gas zu geben. Hätte er plötzlich so ein großes Interesse an dem Fall gezeigt, wäre sein Chef sicher hellhörig geworden. Er hätte darauf bestanden, dass Walter ihm seine Gründe dafür mitteilte, und selbstredend bis ins letzte Detail erfahren wollen, was sein Spürhund bisher ermittelt hatte. Doch noch konnte oder wollte Walter seinen Chef nicht einweihen. Nicht solange er nur einer Ahnung folgte.

Er hing schon eine ganze Weile hinter einem Sonntagsfahrer fest. Nagelneuer 123er Mercedes, waldgrün lackiert. Klopapierrolle unter gehäkeltem Häubchen auf der Hutablage. Der Wagenlenker wagte es anscheinend nicht, schneller als fünfzig zu fahren. Auf gerader Strecke. Freilich, Walter konnte überholen. Doch er merkte, dass er es selber nicht eilig hatte. Zu Hause wartete nur die leere Wohnung und als einzige Unterhaltung der Fernseher. Sonntags nach der Tagesschau zeigten sie seit ein paar Jahren immer irgendwelche Krimis, in denen er sich als Ermittler nicht wiederfand. Noch nie hatte einer seiner Fälle so spektakulär und furios geendet wie jene, die sich die Drehbuchschreiber von den Rundfunkanstalten aus den Fingern sogen.

Nun, vielleicht war es ja mit diesem so weit, seinem *Talberg-Fall*. Er hatte etwas, das man zwar nicht als spektakulär bezeichnen konnte ... aber es war durchaus etwas Besonderes daran, wie sich hier die Geschichten der Leute ineinander verwoben: Ein Mann beschließt, im abgelegenen Dreiländereck des südlichen Bayerischen Waldes herumzuwandern. Dabei begegnet er einer alten Frau, die einsam auf einer Lichtung im Wald lebt und im nächstgelegenen Dorf als Hexe verschrien ist ...

Die ganze Zeit schon hatte Walter der Gedanke gepiesackt, dass der Wanderer nicht zufällig bei dem Kräuterweib vorbeigeschaut hatte. Wieder warf Walter einen Blick auf das schwarze Ledermäppchen neben sich. Warum hatte Harald Lang das auf seine Wanderung mitgenommen? Und wer war eigentlich dieser Horst Schneider aus Waldkirchen, der sich mit Harald Lang im Gasthaus in Talberg hatte treffen wollen und ihn kurz darauf als vermisst meldete? Ein Horst Schneider, den es unter der ihm angegebenen Adresse gar nicht gab. Er musste unbedingt mit Langs Lebensgefährtin sprechen. Vielleicht wusste die was ...

Der Sonntagsfahrer vor ihm bremste abrupt und vollkommen unbegründet. Walter stieg in die Eisen. Sein Puls schoss in die Höhe, er krallte die Finger ums Lenkrad. Es reichte gerade so, um nicht hinten aufzufahren. Er hupte wütend. Der Mercedes beschleunigte gemächlich. Walter zitterte und spürte den Schweiß am Rücken, der innerhalb dieser paar Sekunden kalt geworden war. Nach drei Atemzügen wagte er es schließlich wieder, aufs Gas zu steigen. Er hupte noch einmal, doch der Wagen vor ihm war bereits fünfzig, sechzig Meter voraus. Seine Insassen schienen nichts von dem Beinaheunfall bemerkt zu haben. Die Sonne, auf die er vorhin noch zugesteuert hatte, war nun von tief hängenden Wolken verschleiert. Der Herbst kam, auch wenn er hier unten im Donautal noch nicht so weit vorgedrungen war wie dort oben in Talberg.

Talberg.

Walter fuhr nun seinerseits sehr langsam.

Und, spüren Sie schon seinen Schatten auf Ihrer Seele?

Damit hatte ihn Traudl Leiner tatsächlich verunsichert. Mit ihrem Geschwätz über das Gift in ihren Adern. Über den Fluch und das Leben in *seinem* Schatten. Wen meinte sie eigentlich damit? Den Berg?

Vielleicht hatte er es auch deshalb nicht eilig, zurück in seine Wohnung zu kommen. Weil er dort doch nicht ganz alleine war. Nicht mehr. Denn er musste sich eingestehen, dass er etwas aus Talberg mitgebracht hatte, gleich von seinem ersten Besuch.

Spüren Sie schon seinen Schatten auf Ihrer Seele?

Nun, wie auch immer es zu erklären war, er hatte sich aus diesem abgelegenen Ort dort oben im Grenzland die Furcht mit nach Hause gebracht.

13
JOSEF

Letztlich hatte es irgendwie gereicht bis zur Tankstelle. Vermutlich, weil er hinter Hirschenberg den Gang rausgenommen und das Auto einfach nur hatte laufen lassen, solange es die abschüssige Straße zuließ. Natürlich hätte er tanken sollen, bevor er wieder hierher aufbrach. Doch er war heute Morgen ebenso unkonzentriert gewesen wie gestern Abend. Da war er heimgefahren und hatte nicht mehr daran gedacht, Benzin nachzufüllen, weil sein Kopf so leer war wie der Tank seines Wagens. Jedenfalls hatte die benzingeschwängerte Luft, die noch im Tank und den Benzinleitungen vorhanden war, ausgereicht, um mit bereits stotterndem Motor vor die Zapfsäule der Tankstelle in Talberg zu rollen.

Er stieg aus. Sah sich um. Im Krämerladen brannte schon Licht. Aus der Hosentasche kramte er das Kleingeld heraus und zählte es in seiner Handfläche. Für ein paar Liter würde es reichen. Er öffnete den Tankdeckel und wartete. Vielleicht war doch noch niemand im Laden? Morgenröte tränkte den Himmel über der im Osten aufragenden Bergkette des Böhmerwalds. Es war ziemlich kalt. Nachher, wenn er durch den Wald zur Lichtung ging, würde er die dünne Lederjacke gegen den graugrünen Parka tauschen. Josef sah auf die Uhr, ohne dass das, was er vom Zifferblatt las, in seinem Kopf ankam. Aber er wusste auch so, dass es noch früh war. So früh kam er für gewöhnlich nicht aus dem Haus. Aber er hatte nicht schlafen können. Hatte praktisch die ganze Nacht kein Auge zugetan. Fühlte sich müde und ausgelaugt – und gleichzeitig elektrisiert, gerade so, als hinge sein Hirn an einer Autobatterie. Eine Vorstellung, die ihm nicht gefiel, ihn aber dennoch antrieb.

Es war einfach der Schreck über seinen gestrigen Fund im Schuppen der Alten gewesen, der ihm diese stechende Unruhe bescherte. Und dass die Furcht, die in ihm gesimmert hatte, tatsächlich ihre Bestätigung fand. Denn er hatte es von Anfang an gespürt, immer wenn er sich am Waldrand auf die Lauer legte. Und noch viel mehr, als er die Lichtung betrat. Sie war quasi mit jedem Schritt angewachsen, den er auf das Hexenhaus zu getan hatte. Harald hatte ihn deswegen immer mal wieder ausgelacht. Nun fühlte er sich im Recht. Seine Angst war begründet gewesen. Eine gesunde Angst, der man sich nicht zu schämen brauchte, weil sie einen am Leben erhielt. Harald war nicht in der Lage gewesen, sie zu empfinden – und was hatte er nun davon?

Verdammt, es war meine Schuld, ich habe ihn blindlings in diese Hölle geschickt.

Ja, der Schreck saß tief und hatte ihm sogar die Migräne, die ihn beinahe den ganzen gestrigen Tag geplagt hatte, aus dem Kopf geblasen. Allerdings war es ihm ein schwacher Trost, dass er die hämmernden Schmerzen im Schädel gegen die eisige Kälte in der Brust getauscht hatte. Jedenfalls war er nach seiner Entdeckung aus dem Schuppen gestürmt, als wäre ein Schwarm Wespen hinter ihm her. Hatte er überhaupt den Riegel wieder vorgelegt? Oder es versäumt und damit

Spuren hinterlassen? Falls ja, würde die Alte wissen, dass jemand in ihrer Holzhütte gewesen war. Aber wusste sie das nicht ohnehin?

Noch etwas beschäftigte ihn fortwährend, seit er gestern so überstürzt von der Lichtung geflüchtet war. Hätte er seinen Fund nicht gleich melden müssen? Aber die Polizei einschalten ... Das war nach wie vor nur die allerletzte Option. Auch wenn er genug zu berichten hätte. Das Loch, die Hand ... Brauchte er noch mehr? Kein Zweifel, sie würden ihm sehr aufmerksam zuhören. Aber leider auch Fragen stellen, die ihn in eine verzwickte Lage brächten.

»Vollmachen?«, fragte jemand neben ihm, und er zuckte dermaßen zusammen, dass ihm das Klimpergeld aus den Fingern fiel. Der Großteil der Münzen kullerte natürlich unters Auto. *Kreuzteufel!*

Er ging auf die Knie und suchte nach dem Geld, das sich in den öligen Flecken des grobporigen Betonbodens verteilt hatte. Neben seinem Ohr knackte der abkühlende Auspuff.

»Kann ich jetzt?«, fragte die Stimme ungeduldig.

»Moment«, schnauzte Josef, immer noch halb unter seinem Wagen herumkriechend. Er hörte den Mann aus dem Krämerladen mit den Füßen scharren, während er die Münzen zusammensammelte.

»Gleich kommt die Warenlieferung«, ließ der Mann ihn wissen. »Der Lastwagen braucht dann den Platz. Entweder ich mach jetzt voll oder Sie kommen später noch mal!«

»Für drei Mark fünfzig«, knurrte Josef und zählte zur Sicherheit noch mal nach, was er jetzt ölverschmiert in der Hand liegen hatte.

»Da kriegen Sie ja kaum acht Liter«, kam es zurück. Mit Wut im Bauch richtete er sich auf.

Der Krämer war ein schweinsäugiger, rothaariger Mann, dessen rundliche Figur in einem blauen Arbeitskittel steckte. Darunter trug er Hemd und Pullunder mit V-Ausschnitt.

»Gut, worauf warten Sie noch?«, fauchte Josef. »Acht Liter, basta!«, wiederholte er und funkelte den Krämer an.

Jetzt war es sein Gegenüber, das zurückwich und abwehrend die Hände hob. Josef war trotz seines krummen Rückens tatsächlich fast einen Kopf größer als der Krämer und empfand unwillkürlich Genugtuung darüber, dass er immer noch einschüchternd wirken konnte.

Bloß vor der Alten scheißt du dir in die Hose!

Er verscheuchte den Gedanken und stemmte seine Fäuste in die Hüften. »Schnell jetzt, bevor der Lieferwagen kommt, der braucht den Platz«, äffte er den Krämer nach, dann klatschte er die drei Mark fünfzig aufs Autodach und wandte sich ab. Ja, er war gerade wirklich dazu in der Stimmung, in den Laden zu gehen und ein paar Regale umzuwerfen, sich eine Dose zu schnappen und damit die Scheibe einzuschmeißen ...

Verdammt, er musste sich beruhigen. Er durfte nicht weiter auffallen hier im Ort. Niemand sollte sich an ihn erinnern, wenn erst mal alles vorbei war. In seinem Rücken hörte er, wie die Pumpe der Tanksäule anlief und die Zapfpistole in den Stutzen gesteckt wurde, nahm das aber nicht wirklich wahr. Stattdessen dachte er darüber nach, dass er eigentlich schon viel zu oft durch dieses Kaff gefahren war in den letzten zwei, drei Wochen. Vermutlich war seine Karre längst bei den Leuten hier bekannt. Was bis zu Haralds Verschwinden ja auch keine große Rolle gespielt hatte. Jetzt war freilich einiges anders geworden. Unter anderem schnüffelte dieser Bulle hier herum. Zwar hatte er noch keine Idee, wie, aber irgendwie musste er die Anwesenheit des Polizisten für sich nutzen, statt sich darüber schwarzzuärgern. *Du musst das elegant einfädeln,* hätte Willy ihm geraten. Ja, vielleicht sollte er ihn anrufen und seinen Rat einholen. Wobei Willy dann vermutlich sauer auf ihn wäre, da er schließlich die Anweisung ausgegeben hatte, keinen Kontakt zu ihm aufzunehmen, bis sie beide ihr Ziel erreicht hatten. Es war besser, wenn die Behörden nicht nachweisen konnten, dass sie in irgendeiner Verbindung zueinander standen.

Demnach musste er sich selber zurechtlegen, wie er den Kriminaler dazu bringen konnte, sich endlich den Schuppen der Alten vorzunehmen. Und am besten auch gleich das Haus. Wobei er das wohl kaum mehr forcieren musste, sobald dieser Inspektor dieselbe Entdeckung in der windschiefen Holzhütte machte, über die er selbst gestern gestolpert war. Danach würde ohne Zweifel das Haus durchsucht werden. Einschließlich des Kellers. Dieser Keller, verdammt. Den hätte Harald im Besonderen inspizieren sollen, das hatte er ihm mehrfach eingebläut. *Knöpf dir auf jeden Fall den Keller vor!*

»Fertig!«, verkündete der Krämer und riss ihn aus seinen Gedanken.

Josef fixierte ihn durchdringend. Der rundliche Mann fingerte eilig die Münzen vom Dach seines Simca und trollte sich dann zurück in seinen Laden, ohne ihn ein weiteres Mal darauf hinzuweisen, dass er wegfahren und Platz für den zu erwartenden Lieferwagen machen sollte. War auch besser, dass er sein Maul hielt, dieser Wicht.

Josef schraubte den Tankstutzen zu und setzte sich hinters Steuer. Entgegen seiner Befürchtung, dass der Vergaser vorhin zu viel Luft angesaugt hatte, sprang der Motor sofort an. Vielleicht bauten die Tschechen ja doch keine so schlechten Autos? Mit durchdrehenden Reifen schoss er zurück auf die

Dorfstraße, nur um sich gleich über sich selbst zu ärgern. Von wegen, nicht auffallen! Er schalt sich selbst einen Idioten, während er aus dem Ort hinaussteuerte, ohne wirklich zu wissen, wohin er um diese Zeit fahren sollte.

Der Keller. Da war etwas, in diesem Keller, auch wenn er keine Vorstellung hatte, was. Aber aus irgendeinem Grund beschäftigte ihn der Keller die ganze Zeit. Das war auch so eine Sache, mit der Willy ihn geködert hatte. Ganz beiläufig hatte er damit angefangen, über den Keller zu sprechen. Dass es doch ungewöhnlich wäre, dass so eine einfache Kate im Wald überhaupt unterkellert war.

Freilich hatte Josef sofort nachgefragt, woher er das überhaupt wusste. Worauf Willy noch näher an ihn heranrückte, die Augen seltsam nach oben verdrehte und im Flüsterton weitersprach, gerade so, als befürchtete er, jemand könne sie belauschen. Er habe Leute aus dem Dorf darüber reden hören. Über den Keller der Hexe, in den sie niemanden hinunterließ. Da müsse man sich doch wundern, was sie dort unten versteckte. *Also, hör auf, dumme Fragen zu stellen, und find raus, was sie dort unten hat,* zischte Willy schließlich. *Nutze, was du rauskriegst, mach was draus!* Das war in der Regel der Spruch, den Josef am Schluss immer von Willy zu hören bekam.

Mach was draus!

Und so hatte er es ja auch gehalten. Ganz konsequent hatte er seinen Plan verfolgt – nur dass die Alte bislang nicht richtig mitspielte und sich deswegen alles in die Länge zog. Josef drosch mit der Faust aufs Lenkrad. Verflucht noch mal, wieso hatte die Hexe bloß nicht auf die Briefe geantwortet?

14

Dabei hatte er das alles so gewissenhaft vorbereitet. Hatte sich mithilfe einer Bekannten, die ihm noch einen Gefallen schuldete und die, als hätte es der Zufall so gewollt, zudem bei der Bundespost arbeitete, diese Postfachadresse eingerichtet. Und jetzt schrieb die Alte nicht zurück, Himmelherrgott noch mal.

Josef drehte die Heizung hoch, weil ihm immer noch kalt war. Der Simca schnurrte über die Landstraße Richtung Wegscheid. Vorne rechts spürte er wie schon in den Tagen zuvor eine leichte Vibration. Als hätte der Reifen eine Blase oder als wäre das Spurstangengelenk ausgeleiert. Doch das konnte ihn momentan nicht beunruhigen.

Natürlich war auch das mit den Briefen Willys Idee gewesen. *Wenn du die Alte ins Irrenhaus bringst und sie für unmündig erklärt wird, kommst du am schnellsten an dein Erbe*, hatte ihm sein Cousin wieder und wieder erklärt. Und ihm bald darauf auch schon eine Strategie präsentiert, wie sich das aus seiner Sicht *elegant* umsetzen ließ. *Elegant* war eines der Worte, die Willy gerne benutzte.

Jetzt im Nachhinein, während die zerfurchte, bergige Landschaft mit ihren Wäldern und Äckern, ihren Weilern und Ortschaften an ihm vorüberrauschte, drängte sich ihm erneut die Frage auf, wie Willy das wohl alles rausbekommen hatte. Die

Verwandtschaftsverhältnisse und wie alles zusammenhing. Wer wessen Tante, Großtante, leibliche oder nur angeheiratete Elternteile waren und bei wem was zu holen war. Nun gut, Willy war nicht nur ein Kleinkrimineller, er hockte auch auf irgendeinem Verwaltungsposten im Landratsamt und hatte höchstwahrscheinlich in viele Dingen Akteneinsicht. Willy, ein Beamter, der trotzdem so pleite war wie er selbst. Aber der Plan mit den Briefen, das musste man ihm lassen, hatte sich wirklich überzeugend angehört. *Du schreibst ihr, gewinnst ihr Vertrauen, und wenn du es schlau genug anstellst, wird sie dir alles offenbaren, was du wissen willst.*

Vielleicht hatte sie die Briefe ja auch verbrannt? Sie nicht einmal gelesen, sondern gleich in den Ofen gesteckt. Aber was, wenn nicht? Verflixt, er brauchte einfach Gewissheit! Das mit den Briefen sollte sich über Wochen hinziehen, wenn es nach Willy ging. Jetzt musste er sich eingestehen, dass er nicht die Geduld dazu hatte, den Plan in dieser Form umzusetzen. Schon alleine aus dem Grund, weil Lothar seinen Zaster zurückhaben wollte. Die Geduld fiel schnell hinten runter, wenn man die Geldeintreiber am Hals hatte.

Die Idee, sich als die Tante der Hexe auszugeben, war nicht von schlechten Eltern. Genau wie Haralds Einsatz – wenn er denn so gelaufen wäre, wie ihm sein Freund versprochen hatte. *Sobald sie schläft, schleiche mich ins Haus, schau mich ein bisschen um, verschaff mir einen Eindruck. Keine Sorge, ich find schon was, mit dem du die Alte hinreichend beeindrucken kannst. Oder noch besser, wir schieben ihr was unter.* Verdammt, Harald! Sobald ihm Harald in den Sinn kam, war da auch wieder die Hand neben dem Hackstock. Der blutige Stumpf, abgetrennt mit der Axt, die im Holz steckte. Wie hatte sie das nur hinbekommen? Wie nur hatte sie Harald, diesen Riesen, überwältigen können? Sie musste ihm was ins Essen gemischt haben. Oder in was auch immer. Sie war ein verfluchtes Kräuterweib, daran hätte er denken müssen. Wer wusste schon, welche Gifte sie bei sich im Hexenkeller aufbewahrte!

Ohne Frage, er musste diesen Inspektor dazu bekommen, sich die Alte endlich vorzunehmen. Endlich einen Blick ins traute Heim zu werfen. Es wäre so einfach gewesen, hätte es da nicht die verdammten Briefe gegeben, die er im Namen einer Toten geschrieben hatte. Selbst das wäre ja nicht weiter wild, aber die Adresse in Passau, die war das Problem. Gut, die stand nur auf dem ersten Schreiben, das mit der Post gekommen war. Den zweiten Brief hatte er ihr persönlich zugestellt, jetzt wo der Hund nicht mehr war. Vor allem weil ihm die Zeit davonlief und er nicht eine weitere Woche verlieren konnte, bis dieser lahme Briefträger sich wieder hinaufbequemt hatte. Das mit den Schreiben der toten Tante sollte sich über einen Monat oder länger hinziehen. Damit die Alte ganz langsam mürbe wurde, hatte Willy gemeint, damit sie immer mehr an ihrem Verstand zu zweifeln begann. Doch das hatte Josef einfach nicht mehr abwarten können, ohne zu riskieren, einen Finger oder gar ein Auge zu verlieren.

Wie auch immer, über die Briefe würde der Bulle irgendwann auf ihn kommen, da brauchte er sich nichts vorzumachen. Er steckte in der Klemme, und das in mehrfacher Hinsicht.

Überraschend passierte er wieder das Ortsschild von Talberg. Ganz in seine Gedanken verloren war er wohl im Kreis gefahren, einmal um diesen Berg herum, dessen Schatten die meiste Zeit des Tages über diesem verfluchten Kaff lag. Er bremste scharf, ließ den Wagen dann jedoch einfach weiterrollen, weil ihm einfiel, dass ein Wendemanöver mitten auf der

Dorfstraße noch mehr auffallen musste. Instinktiv machte er sich klein hinterm Lenkrad, während er auf die Kirche zusteuerte. Zwischen dem Gerätehaus der Feuerwehr und dem Kriegsgefallenendenkmal parkte der Wagen, den er mittlerweile nur zu gut kannte. Er zwang sich, nicht hinzuglotzen, rutschte noch etwas tiefer in den Sitz und fuhr so unauffällig wie möglich weiter, bis er am Ende der Friedhofsmauer abbiegen konnte. Er parkte den Simca an der üblichen Stelle oberhalb des Pfarrhauses und beeilte sich, wieder runter auf den Dorfplatz zu kommen, hinter der Kirche herum, damit er nicht gesehen wurde. Nicht von den Leuten, die beim Krämer einkauften, beim Bäcker oder in der Metzgerei. Und vor allem nicht von dem Polypen in seinem verknautschten Anzug, in dem er schon aus der Ferne zu erkennen war.

Gerade eierte der Inspektor am Dorfbrunnen vorbei rüber zum Metzger und verschwand in dessen Geschäft.

»Bist heute aber auch früh dran, mein Freund«, murmelte Josef, geduckt hinter den Granitstein, auf dem die Opfer des Ersten Weltkriegs verewigt waren. Er beschloss, hier zu warten und hoffentlich einen neuen Plan schmieden zu können, bis der Kriminaler wieder aus der Metzgerei kam.

15

WALTER

»Was darf's sein?«, fragte die Frau hinter der Theke. Ihr weißblondes Haar war streng nach hinten gebunden. Ihr rundes Gesicht wirkte fahl zwischen den geräucherten und rohen Fleischstücken, die hinter ihr an Edelstahlhaken von der in lichtem Grau gefliesten Wand hingen. Außer ihm und der blassen Frau hinter der gläsernen, eher bescheiden gefüllten Theke war niemand im Laden. Auch vom Metzger selber war nichts zu sehen oder zu hören. Ihm kam das gelegen.

»Das Fräulein Tochter hätte ich gerne gesprochen, Frau Wasner!«, verlangte Walter, hielt seinen Dienstausweis hoch und lächelte. Nicht, dass es noch nötig gewesen wäre, sich auf diese Weise zu legitimieren; inzwischen war davon auszugehen, dass längst jeder im Dorf sein Gesicht kannte. Aber es war gelegentlich nicht verkehrt, gleich von vornherein deutlich zu machen, dass man sich nicht aus Jux und Tollerei vor die Leute stellte. Er war nicht zu hundert Prozent sicher, ob er tatsächlich die Mutter des Mädchens vor sich hatte, doch ihre Reaktion jetzt war so eindeutig, dass es keinen Zweifel geben konnte.

»Die Heike?«, kam es über den Tresen zurück, und in der Frage schwang ebenso viel Entsetzen wie Ablehnung mit.

»Es dauert nicht lang«, versicherte er, immer noch mit der freundlichsten Miene, die er am frühen Morgen zusammenbrachte. Die vielschichtigen Gerüche nach Wurst- und Fleischwaren, unterlegt vom permanenten, metallischen Odeur frischen Bluts, machten seinem Magen zu schaffen. Er war froh, nur Kaffee getrunken zu haben. Für zwei Sekunden stellte er sich vor, wie es wäre, wenn er in einem Fleischerbetrieb arbeiten müsste. Keine gute Idee. Aber freilich würde man sich daran gewöhnen, so wie man sich auch als Polizist daran gewöhnte, was einem in diesem Beruf entgegenstank: Leichen und Lügen.

»Aber das ... sie ist krank«, wandte die Metzgersgattin ein.

»Ich benötige nur eine kurze Auskunft über ihren Besuch letzte Woche bei Maria Steiner«, erklärte er, diesmal mit mehr Nachdruck.

Auch wenn es unmöglich erschien, Frau Wasner wurde noch bleicher. »Ich hol meinen Mann!« Er wusste nicht, ob sie es als Drohung meinte. Jedenfalls lag ihre Hand plötzlich auf dem Fleischermesser vor ihr auf dem Schneidebrett. Aber das war natürlich nur eine unbewusste Bewegung, ausgelöst vom Mutterinstinkt.

»Das wird nicht nötig sein«, erklärte Walter, bemüht, äußerlich weiterhin gelassen zu bleiben. Er wollte kein Aufsehen und vor allem keine Auseinandersetzung mit dem ohnehin schnell reizbaren Metzger. Plötzlich fiel ihm ein, wie er dies vermeiden konnte. »Hören Sie, dieses Gespräch ist wichtig, um ein paar Sachverhalte zu klären. Außerdem wollen Sie doch nicht, dass Maria Steiner damit davonkommt, dass sie Ihre Tochter krank gemacht hat.«

Sie schüttelte den Kopf, ihre Miene blieb aber skeptisch. »Ich dachte, Sie sind hier, weil dem Hirscher Franz ein

Übernachtungsgast abhandengekommen ist. Was hat denn das mit der Steinerin zu tun?«

Walter hatte nicht damit gerechnet, dass die Metzgersgattin diese Verbindung überhaupt herstellte. »Ich überprüfe lediglich ein paar Fakten, so wie wir das bei der Polizei nun mal machen.«

Frau Wasner dachte über seine Worte nach. Das war gut, auch wenn er hoffte, sie würde damit fertig sein, bevor ihr Mann auftauchte. Doch schließlich nickte sie, löste ihre Finger vom Holzgriff des Fleischermessers und wischte sich die Hände an der Schürze trocken.

»Heute geht's ihr schon besser«, erklärte sie. Worte, die vermutlich eher an sie selbst gerichtet waren. Eine Rechtfertigung dafür, dass sie es riskieren konnte, den aufdringlichen Polizisten zu ihrer Tochter zu lassen.

Sie nickte ihm zu, ihr zu folgen, also ging er um den Verkaufstresen herum hinter ihr her. Über einen kurzen, gekachelten Gang kamen sie in die Wurstküche. Dort war niemand. Es sah aufgeräumt aus. Nur eine große Blechtonne, gefüllt mit blutigen Fleischabfällen und Knochen zeugte davon, was hier mit dem Schlachtvieh geschah. Und natürlich dieser unverwechselbare Geruch, das olfaktorische Echo des Todes, das vermutlich auf ewig zwischen den bis zur Decke hoch gefliesten Wänden dieses Raumes nachhallte.

Über einen weiteren Flur gelangten sie rüber ins Wohnhaus. Frau Wasner war schon auf der dritten Stufe die Treppe ins Obergeschoss hoch, als von unten Geräusche zu hören waren. Sie drehte sich nach Walter um und warf ihm einen fragenden Blick zu. Er zuckte mit den Schultern. Die Frau des Metzgers kam die Treppe wieder herunter und übernahm erneut die Führung. So gelangten sie in die Küche. Dort stand

Heike vor dem offenen Kühlschrank. Sie erschrak, als sie eintraten. Ihr rutschte die Flasche aus den Fingern, die sie soeben herausgeholt hatte. Sie landete laut polternd auf den Dielen, ohne zu zerspringen. Als die Falsche auf Walter zurollte, erkannte er, dass es sich um Bier handelte.

Schnell bückte sich die Mutter danach und versteckte die Bierflasche hinter ihrem Rücken. »Was machst du?«, fauchte sie das Mädchen an.

»Nix«, sagte das Mädchen. »Hab nur Hunger.«

»Na, das ist ja ein gutes Zeichen«, kommentierte Walter, um die Sache mit dem Bier zu überspielen. Gut möglich, dass die Flasche einfach nur im Weg gestanden und die Kleine deshalb danach gegriffen hatte.

Heike machte den Kühlschrank zu. Sie trug einen Morgenmantel. Ihre Füße waren nackt.

»Das ist der Inspektor von der Polizei«, sagte Frau Wasner. »Er will dich befragen.« Dann eilte sie selbst zum Kühlschrank und stellte die Bierflasche zurück.

Das Mädchen bekam große Augen. Vielleicht dachte sie, er sei hier, weil sie ihr Kind hatte töten wollen. Darüber hatte er überhaupt noch nicht ernsthaft nachgedacht. Ob man der Tochter des Metzgers das anlasten konnte und eine Anklage folgen würde, sobald ihr Arzt eine Meldung machte. Wie auch immer, das war nicht seine Aufgabe, also hob Walter beschwichtigend die Hände.

»Niemand will dir was Böses«, sagte er und empfand das in derselben Sekunde als Heuchelei. Wie konnte er so etwas versprechen? Nun, er war nicht geübt im Umgang mit einer Fünfzehnjährigen. Schon gar nicht mit einer schwangeren Fünfzehnjährigen, die das Kind, das in ihr heranwuchs, hatte loswerden wollen. »Ich möchte nur erfahren, was da vorgefallen ist, als du bei Maria Steiner warst. Vielleicht können wir uns an den Tisch setzen?« Er zeigte rüber in die Essecke. »Deine Mutter kann gerne mit dabei sein.«

»Ich muss wieder in den Laden«, wandte Frau Wasner sogleich ein, als wäre es eine Bürde, ihrer Tochter Beistand zu leisten, wenn diese der Polizei Rede und Antwort stehen sollte.

Die machte allerdings auch keine Anstalten, auf der Anwesenheit der Mutter zu bestehen. Vermutlich hatten die Umstände in den letzten Tagen für genug Zwist innerhalb der Familie gesorgt. Vielleicht waren alle darauf bedacht, sich aus dem Weg zu gehen? Walter nickte, woraufhin die Mutter schnellen Schritts aus der Küche verschwand. Das Mädchen hingegen stand da wie angewurzelt, also trat er an den Esstisch und setzte sich.

»Heike, stimmt's?«

Sie nickte.

»Geht es dir besser?«

Unbewusst legte sie die Hand auf ihren Unterleib. »Es tut noch weh. Nicht immer, aber ...«

»Krämpfe?«

Wieder ein Nicken. Dann kam sie zögerlich näher. Hatte sie sich wirklich ein Bier aufmachen wollen? Mehr oder weniger zum Frühstück? Er ärgerte sich darüber, dass ihm diese Frage in den Sinn kam. Vor allem, weil er ganz genau wusste, wie groß das Verlangen war, wenn sich die Gelegenheit bot. Wenn ein Bier oder sonstiger Alkohol in greifbarer Nähe war und man unbeobachtet nur die Hand danach auszustrecken brauchte, um dem Körper zu geben, wonach er gierte. Es gelang ihm nicht immer, standhaft zu bleiben. Aber er war natürlich nicht mehr so schrecklich jung wie dieses Mädchen. Und da war ja auch noch ihre Schwangerschaft ...

Heike Wasner rückte sich einen der Stühle zurecht und setzte sich mit dem größtmöglichen Abstand zu ihm an den Esstisch, auf dem mittig ein Platzdeckchen unter einem Trockenblumengesteck prangte. Er rückte es ein wenig zur Seite, damit es ihm nicht den Blick auf die Metzgerstochter verstellte.

»Ich habe verstanden, warum du Frau Steiner aufgesucht hast, deswegen brauchen wir darüber auch nicht zu sprechen. Das ist deine Sache. Ich meine, wie es dazu gekommen ist. Also, du weißt, was ich sagen will ...« Herrgott, was faselte er da für ein Zeug? »Nein, wirklich, ich möchte einfach nur erfahren, was bei Frau Steiner vorgefallen ist. Wie hat sie auf dein Auftauchen reagiert?«

»Wieso, was hat sie angestellt?«, fragte Heike.

Ihre Stimme war überraschend kräftig und klar, was ihn irritierte, wirkte sie doch äußerlich so fragil und schützenswert. Mit einem Blick wie ein scheues Reh, das im Lichtkegel der Autoscheinwerfer auftauchte und dem man nicht mehr ausweichen konnte. Jetzt plötzlich kam es ihm so vor, als täuschte diese zerbrechliche Fassade. Sah man in ihre blauen Augen, war da überhaupt nichts Verletzliches zu erkennen. Und auch nichts Kindliches mehr. Walter fragte sich, wieso er überhaupt davon ausgegangen war, hier ein Kind anzutreffen. Immerhin hatte das Mädchen bereits ... Also wie auch immer die Umstände waren, sie war irgendwann zu Beginn des Sommers zur Frau geworden. Vielleicht hätte er das doch nicht so einfach abtun sollen. Nicht erklären sollen, dass er über diesen Vorfall nichts wissen wollte. Das stimmte nämlich mit einem Mal gar nicht mehr.

»Was Frau Steiner angestellt hat? Nun, nichts, hoffe ich doch.«

»Warum erkundigen Sie sich dann nach ihr? Wegen dem Mann, der verschwunden sein soll? Hat sie was damit zu tun?«

Walter drückte den Rücken durch. Die Art und Weise, wie sie mit ihm sprach, diese Respektlosigkeit, die sie einem Staatsbediensteten gegenüber an den Tag legte, kränkte ihn. Was bildete sich diese Göre ein, dass sie meinte, hier die Fragen stellen zu können? Er wusste, dass das Lächeln, das er immer noch aufgesetzt hatte, mittlerweile ziemlich schmallippig geworden war. Unpässlichkeit hin oder her, er beschloss, einen härteren Ton anzuschlagen. »Letzte Woche, als du zur Frau Steiner in den Wald gefahren bist, da war doch eigentlich Schule, oder?«

Heike duckte sich ein wenig auf ihrem Stuhl und nickte unmerklich. »Es ging nicht anders. Das war der einzige Tag, an dem ich unbemerkt wegkonnte. Mein Vater war früh los, um Vieh zu kaufen, und meine Mutter hat er mitgenommen, weil sie einen Arzttermin hatte. Ich wusste, dass sie nicht vor Nachmittag zurück sein würden.«

»Dieses Mittel, das sie dir gegeben hat, um ... na du weißt schon ... Hast du das noch?«

»Es hat eh nichts geholfen.«

»Aber du hast es genommen?«

»Ich musste es versuchen. Aber ich hätte mir gleich denken können, dass das nur dummes Geschwätz ist. Wir haben so eine dicke Schwarte im Wohnzimmerregal stehen. So ein Buch über Medizin.« Sie zeigte mit den Fingern den Seitenumfang an. Zehn, zwölf Zentimeter, ein wirklich sehr dickes Buch. »Ich wette, meine Eltern haben dort noch nie einen Blick reingeworfen. War ein Geschenk von irgendwem. Egal, auf jeden Fall, dort steht ziemlich genau beschrieben, wie das alles funktioniert mit dem Kinderkriegen. Bloß wenn's darum geht, Kinder wieder wegzumachen, findet man nichts, dabei wär das was, was man viel nötiger wissen muss.«

»Aber das ist verboten«, wandte Walter ein, der einfach nicht damit zurechtkam, wie unverblümt Heike über dieses Thema sprach. Die Sache hatte was mit Paragraf 218 zu tun, und er hatte aufgeschnappt, dass es eine Frauenbewegung gab, die bis vor Kurzem noch dafür gestritten hatte, dass eine Abtreibung nicht mehr gesetzlich verfolgt wurde. Mit Erfolg, wie er sich nun auf einmal entsann. Bis vor drei Jahren hatten einer Frau allerdings bis zu fünf Jahre Zuchthaus gedroht, wenn sie es trotzdem tat. Vermutlich würde Heike Wasner also heute niemand dafür anklagen, was sie beabsichtigt hatte. Es war ihr ohnehin nicht gelungen. Ob das nun Pech oder Segen war, darüber wollte er nicht urteilen. Dennoch konnte er nun nicht mehr so einfach darüber hinweggehen. »Wer hat dir gesagt, dass du deswegen zu Maria Steiner gehen sollst?«

»Es ist kein Geheimnis im Ort, dass man bei der Hexe alles mögliche Zeug bekommt, auch dafür.«

»Und hattest du keine Angst, dort hinzugehen?«

»Gruslig war es schon. Vor allem, wie da der tote Hund lag. Und dass die Alte das Grab ausgehoben hat ...«

Das Grab, dachte Walter und verspürte ein leichtes Unbehagen dabei; er nahm sich vor, den Gedanken später, nach seiner Unterredung hier, noch einmal aufzugreifen.

»Du bist also zu ihr hin und hast ihr gesagt, dass du ein Kind erwartest, es aber nicht haben willst.«

»Ich musste gar nichts sagen, sie wusste auch so, was ich wollte«, erklärte Heike. »Das hat mir wirklich Angst gemacht, verstehen Sie? Sie schaut dich einfach nur an und ... na ja. Keine Ahnung, jedenfalls war es gruselig.«

Er hätte jetzt einwenden können, dass Maria Steiner, basierend auf ihrer Erfahrung mit Besuchen von jungen Frauen, einfach davon ausgegangen war, dass auch die Metzgerstochter keinen anderen Grund hatte, sie draußen im Wald zu besuchen. Aber war es denn so einfach? Kamen wirklich nur Frauen mit diesem heiklen Anliegen zu ihr? Nein, eher unwahrscheinlich. Kurz überlegte er, wie er sich gefühlt hatte, als er selbst ihr erstmals gegenübergestanden hatte, und erkannte, dass er Heike Wasner in gewisser Weise recht geben musste. Auch wenn er nicht das Adjektiv gruselig benutzt hätte, um die Begegnung mit der Einsiedlerin zu beschreiben.

»Und als du dort warst, hast du sonst noch jemanden gesehen, ich meine, außer Frau Steiner?«

Sie schüttelte den Kopf.

»Warst du auch im Haus?«

Nicken.

Walter war im Begriff zu fragen, wie es dort drinnen aussah, biss sich dann aber auf die Unterlippe. »Ist dir da was aufgefallen?«

»Ich weiß nicht, was Sie meinen.«

»Irgendwas Ungewöhnliches?«

»Wieso schauen Sie nicht selber nach?«, konterte sie, etwas zu kess für seinen Geschmack, vor allem, wenn man bedachte, dass sie immer noch krank war.

Vergiftet, korrigierte er sich. *Vergiftet durch einen Hexentrank.* Nüchtern betrachtet klang das mit einem Mal ziemlich absurd für ihn. Mit so einer Aussage brauchte er bei Heinz nicht anzutanzen. Überhaupt, dieses ganze Hexengerede. Für einen kurzen Moment musste er daran denken, was ihm Traudl Leiner gestern mit auf den Weg gegeben hatte. *Spüren Sie schon seinen Schatten auf Ihrer Seele?*

»Sie hat ein Kreuz an der Wand hängen, wie alle hier«, sagte das Mädchen und holte ihn damit aus seiner Grübelei. »Aber in die Kirche geht sie nicht. Gut, wenn ich's mir rausnehmen könnte, würde ich es genauso machen.« Kurz schnappte sie nach Luft. »Sie sagen davon aber nichts meinen Eltern, oder?«

Walter verkniff sich ein Grinsen. »Bleibt unter uns«, murmelte er, um dann wieder zu seinen Fragen zurückzukehren. »Das, was sie dir gegeben hat, was war das überhaupt? Was zu trinken?«

Heike Wasner nickte erneut. »Hat eklig geschmeckt. Und ich hätte es noch nicht nehmen dürfen. Erst bei Vollmond, hat sie gesagt. Vielleicht hat es deshalb nicht gewirkt, und ich habe immer noch Unterleibsschmerzen davon.«

»Und das Behältnis, das hast du nicht mehr?«

Heike schnaubte. »Mann, überlegen Sie doch, wenn das meine Mutter gesehen hätte, die hätte doch gleich gewusst, wo das herkommt. Und dann hätte ich erklären müssen, wofür ich es gekauft habe. Also habe ich den Trank noch auf dem Rückweg geschluckt, weil ich mich nicht getraut hab, es mit herzubringen. Das leere Fläschchen habe ich dann in den Wald geworfen. Aber fragen Sie mich jetzt bloß nicht, an welcher Stelle.«

Da war sie wieder, diese Tendenz zur Aufmüpfigkeit, die vermutlich auch dafür verantwortlich war, dass sie sich so jung schon einem Mann hingegeben hatte. Walter bemerkte, dass er mit seinen Fingerkuppen auf die Tischplatte trommelte, konnte sich aber nicht entsinnen, wie lange schon. Es wäre angebracht gewesen, sie doch darüber auszufragen. Vor allem darüber, ob dieser Geschlechtsakt nicht ein erzwungener gewesen war. Immerhin war sie minderjährig, und wenn derjenige ein erwachsener Mann gewesen war, konnte er strafrechtlich verfolgt werden. Doch wäre das der Fall gewesen, wären dann nicht die Eltern längst tätig geworden? Oder war da falsche Scham im Spiel? War es womöglich ein Hiesiger, gar ein Bekannter, den man nicht in Schwierigkeiten bringen wollte?

Walter war hin- und hergerissen deswegen und beschloss plötzlich, Heinz doch davon zu berichten. Gleichwohl scheute er davor zurück, dieses Thema jetzt bei der Metzgerstochter anzusprechen. Denn egal wie frech ihre Antworten und ihr Verhalten bisweilen waren, sie sah wirklich nicht sonderlich gesund aus. Das, was die Alte ihr verabreicht hatte, damit das Kind abging, setzte ihr nach wie vor zu. Es war wohl besser, zuerst die Eltern zu fragen, ob sie wussten, mit wem Heike ...

»Gut, dann ...«, begann er.

»Stimmt es, dass der Dobl-Bauer wegen ihr gestorben ist?«, wollte Heike unvermittelt wissen.

Er brauchte ein, zwei Sekunden, bis er wusste, was sie meinte, dann schüttelte er den Kopf. »Nein, ich denke nicht, dass Frau Steiner für den Herzinfarkt dieses Mannes verantwortlich ist.« *Aber kannst du dir da sicher sein?*

»Die Dobl-Bäuerin erzählt es halt so herum.«

»Besser, du gibst nichts auf so ein Gerede.« Selbst in seinen eigenen Ohren klang er nicht sonderlich überzeugend. »Gut, dann ...«, setzte er erneut an.

»Da war übrigens doch jemand, an dem Tag, als ich bei der Hexe war«, sagte das Mädchen, als er schon am Aufstehen war.

Er ließ sich wieder auf den Stuhl zurückfallen.

»Also nicht auf der Lichtung im Wald, sondern im Ort. An der Tankstelle.«

Walter hob die Brauen. »Ich höre!«

»Da war so ein Mann, den ich noch nie bei uns hier gesehen habe. Ich weiß gar nicht, warum ich Ihnen das jetzt sage, er war nämlich ziemlich nett.«

Ziemlich nett?

»Erzähl!«, verlangte er. In seinem Magen rumorte es.

»Es war noch mal richtig heiß an dem Tag, zumindest bin ich ganz schön ins Schwitzen gekommen, nachdem ich aus dem Wald raus war. Ich hatte das mit dem Fahrrad etwas unterschätzt, und dieser letzte Anstieg, bevor es wieder runter ins Dorf geht, der macht einem ganz schön zu schaffen. Jedenfalls, ich hatte wirklich höllisch Durst und außerdem immer noch diesen bitteren Geschmack im Mund von dem ... na, Sie wissen schon. Also dachte ich mir, ich gönne mir eine Cola. Drüben beim Krämer haben sie zum Sommeranfang so einen Automaten aufgestellt. Gut, während der Ferien und obwohl die Flasche volle dreißig Pfennig kostet, war das Ding echt immer leer. So schnell konnte der Geizkragen den Automaten gar nicht nachfüllen ... aber jetzt, nachdem wieder Schule ist ... Wie auch immer, die Aussicht auf eine kalte Cola hat mir über den Berg geholfen. Nur, als ich dann vor dem Automaten stand, fiel mir wieder ein, dass ich mein ganzes Geld ja der Hexe gegeben hatte. Für einen Moment war ich so wütend, dass ich dagegengetreten hab, woraufhin hinter mir jemand zu lachen anfing.« Sie unterbrach ihren Redeschwall, um dreimal tief Luft zu holen, dann beugte sie sich nach vorne. »Mist, es fängt wieder an«, brachte sie stöhnend hervor und drückte ihre Unterarme gegen ihren Bauch.

Ausgerechnet, dachte Walter, sprang auf und ging um den Tisch. Bei dem Mädchen angekommen, wusste er nicht, was er tun sollte, und tapste unbeholfen von einem Fuß auf den anderen, während sie sich auf dem Stuhl zusammenkrümmte.

Sie streckte die Hand von sich, um ihn davon abzuhalten, noch näher zu treten. »Geht gleich wieder«, ächzte sie und hechelte laut.

Vielleicht ging das Kind nun doch noch ab. Walter spürte ein Unbehagen, gepaart mit einem leichten Schwindel.

Er wusste nicht, wie viel Zeit verging, aber als sie wieder aufblickte, hatte sie feuchte Augen, und Schweißperlen standen ihr auf Stirn und Wangen. Immerhin, ihr Atem beruhigte sich.

»Solltest du nicht doch besser ins Krankenhaus?«, fragte Walter verunsichert.

»Nein, bloß nicht. Ich war dort vor drei Jahren wegen Blinddarm. Das war so schrecklich, ich hab gesagt, eher springe ich vom Veichthiasl-Turm, als dass mich dort noch mal jemand reinbekommt.«

»Ja, und was sagt dein Hausarzt?«

»Der hat doch keine Ahnung, hat nicht mal kapiert, dass ich schwanger bin, bevor ich es nicht gesagt habe.«

Walter fühlte sich nicht wohl bei der Sache. »Ich kann deine Mutter rufen.«

»Auf keinen Fall, die steht eh schon kurz vor einem Nervenzusammenbruch, weil sie Oma wird. Bringen Sie mir einfach ein Glas Wasser!«

Er tat wie ihm aufgetragen, eilte zurück an die Küchenzeile und musste drei Hängeschränke öffnen, bis er den mit den Gläsern fand. Er griff nach dem größten, das er fand, und füllte es bis zum Rand. Gifte musste man aus dem Körper spülen, das wusste er und hoffte, das Mädchen würde das ganze Glas leer trinken. Auf dem Weg zurück an den Tisch verschüttete er ein klein wenig davon. Als er es ihr reichte, nippte sie nur daran.

»Wissen Sie, warum mein Vater es zugelassen hat?«

»Was? Was zugelassen?«

»Na, dass ich nicht ins Krankenhaus muss. Dass er mir ausnahmsweise meinen Willen gelassen hat. Können Sie sich denken, warum?«

Jetzt, da sie es so direkt ansprach, hatte er tatsächlich eine Ahnung, worauf sie anspielte, doch er schüttelte den Kopf, als könnte er damit verhindern, dass es laut ausgesprochen wurde.

»Er hofft immer noch, dass es weggeht«, sagte sie leise und bestätigte damit seinen Verdacht. Der Metzger wollte keinesfalls einen Enkel, und auch wenn er seine Tochter einerseits dafür verfluchte, dass sie das Kräuterweib um Hilfe gebeten hatte, so spekulierte er doch andererseits auf die Wirkung des Tranks, den die Alte ihr gegeben hatte.

Eine Weile schwiegen sie sich an. »Du solltest wieder hoch in dein Bett«, schlug er vor, als die Stille unerträglich wurde.

»Ich dachte, Sie interessieren sich noch für den Mann ...«

»Den netten, von der Tankstelle?«

Sie nickte.

»Hm, wenn du meinst ...« Er gab sich uninteressierter, als er wirklich war, weil er sie in ihrem Zustand nicht noch mehr anstrengen wollte. In Wahrheit wollte er natürlich unbedingt hören, was sie zu erzählen hatte, über den *netten Mann*.

»Ich habe ihm wohl leidgetan«, begann sie. Das Zittern war wieder aus ihrer Stimme verschwunden. »Also, weil ich doch so abgekämpft aussah. Was mir im Nachhinein schon auch peinlich war, weil, es kommen nicht allzu oft nett aussehende Männer hier durch. Auch wenn der schon etwas alt war.«

»Wie alt?«

»Jünger als Sie, jedenfalls. Vermutlich so wie mein Vater. Ich weiß nicht. Ist ja auch egal. Jedenfalls hat er mir, nachdem er sich über mich und meinen Tritt gegen den Automaten amüsiert hat, tatsächlich die Cola spendiert, die er sich selber gezogen hatte. Es war die letzte, die noch drin war, und er hat sie mir überlassen. Wissen Sie, manchmal dauert es ewig, bis der Krämer seinen Hintern aus dem Laden bewegt, um die zu bedienen, die Benzin haben wollen. Wahrscheinlich lässt er sich mit Absicht so viel Zeit, damit die Leute Geld in seinen blöden Automaten werfen, während sie darauf warten, dass endlich das Auto betankt wird.«

Eben noch hatte sie ausgesehen, als müsste er den Notarzt rufen, und nun sprudelte es nur so aus ihr heraus. Walter war immer noch schwindelig, während er gleichzeitig versuchte, aus ihrem Redeschwall die relevanten Informationen herauszufiltern.

»Und du hast dann seine Cola getrunken?«

Sie nickte.

Walter wischte sich erneut übers Kinn. »Du erzählst mir das doch jetzt nicht nur, weil dir ein wildfremder Mann seine Cola geschenkt hat?«

Diesmal war sie es, die sich auf die Unterlippe biss. »Ich hab mir darüber bis vorhin, als Sie auftauchten, keine Gedanken gemacht. Aber jetzt, na ja. Wenn ich so drüber nachdenke, finde ich es komisch.«

»Was findest du komisch?«, fragte Walter und versuchte, nicht aufgeregt zu klingen.

»Na, er hat mich gefragt, ob ich hier in der Gegend eine Hexe kenne.«

16
JOSEF

Hinter ihm ragte der Kirchturm auf. Der Granitstein, aus dem man das Gebäude einst errichtet hatte, war an der dem Wetter zugewandten Seite nahezu schwarz, was ihm eine bedrückende Aura verlieh. Das Gemäuer glich mehr einer Festung als einem Gotteshaus, das Erlösung versprach. Als müsste es sich zur Wehr setzen gegen diejenigen, die es betreten wollten. Oder gar als wäre die Kirche nicht für den Schöpfer im Himmel erbaut worden, sondern für dessen Gegenspieler.

Josef schüttelte den Kopf. Er wusste nicht, woher diese finsteren Gedanken plötzlich kamen. Er war noch nie ein gläubiger Mensch gewesen. Darauf hatten seine Zieheltern zu seinem Glück auch nie bestanden, sonntägliche Kirchgänge waren bei den Krautters keine Pflicht gewesen. Was wieder so eine Sache war, die er erst rückblickend zu schätzen wusste. Alles in allem waren Elvira und Richard stets besser zu ihm gewesen, als er es ihnen durch sein mieses Verhalten vergolten hatte. Aber nun war es zu spät, ihnen das zu sagen. Zu spät, um sie wissen zu lassen, dass er ihnen dankbar war für die Art, wie sie ihn aufgezogen hatten. Dass es falsch gewesen war, ständig zu rebellieren. Tatsächlich, was hatte ihm seine

Aufmüpfigkeit letztlich eingebracht? Wo war er damit gelandet? Auf einem zugigen Dorfplatz im Nirgendwo. So sah die Antwort aus. Doch sich selbst zu bemitleiden, das brachte ihn jetzt auch nicht weiter. Er hätte die Hand mitnehmen sollen. Je länger er darüber nachdachte, desto mehr ärgerte er sich, dass er nach dem schaurigen Fund so kopflos getürmt war. Allerdings hätte er auch schlecht mit der abgetrennten Gliedmaße ins nächste Polizeirevier spazieren können.

Jetzt hatte er Bedenken, dass Haralds Hand zwischenzeitlich von der Alten entsorgt worden war. So, wie sie es schon mit dem Rest seines Freundes getan hatte. Dass die Hexe sie überhaupt im Schuppen vergessen hatte, schrieb er ihrem verwirrten Verstand zu. Wie überhaupt alles, was sie mit Harald gemacht hatte. Er brauchte gar keinen Plan, der sie verrückt machen würde – sie war es bereits. Jetzt musste er nur noch seinen Vorteil daraus ziehen. Und was die Hand betraf, so benötigte er sie gar nicht unbedingt, denn er war sich ziemlich sicher, wo die zerstückelte Leiche zu finden war.

Vermutlich hätte sie den toten Körper an den Hund verfüttert, wäre dieser noch da gewesen. Josef wollte eigentlich nicht daran denken, doch all diese Spekulationen drängten sich ihm auf, während er sich hinter dem Feuerwehrhaus herumdrückte und darauf wartete, dass der Bulle wieder aus der Metzgerei kam. Dass der sich dort nicht nur mit einer Leberkässemmel versorgte, war mittlerweile klar. Josef konnte sich zwar nicht zusammenreimen, was er sonst noch in der Metzgerei wollte, aber es hatte offenbar etwas mit der Ermittlung zu tun. Vielleicht gab es einen Zeugen. Oder eine Zeugin. Leider spiegelte die Schaufensterscheibe zu sehr, als dass er von seiner Warte aus hätte sehen können, was im Laden vor sich ging. Jedenfalls war in all der Zeit, seit er hier wartete, niemand hineingegangen oder herausgetreten. Schon allein die Warterei machte ihn verrückt. Schlimm genug, dass er hier herumstand wie auf dem Präsentierteller, in den letzten Minuten war auch noch ein wirklich lästiger Wind aufgekommen, der eine Kälte vor sich herschob, wie sie nur aus Sibirien stammen konnte.

Doch selbst wenn Wind, Ungeduld und die Befürchtung, zu sehr aufzufallen, ihn dazu drängten, in sein Auto zu steigen und das Weite zu suchen, behielt er seinen Posten bei. Da war etwas in Gang geraten, und er musste wissen, worum es sich dabei handelte. Und dieser Inspektor schien ihm im Moment die einzige Möglichkeit zu sein, um das in Erfahrung zu bringen. Er musste schleunigst herausfinden, was dieser Polizist bereits alles wusste. Ihn einfach zu fragen war leider keine Option. Er musste für diesen Bullen genauso unsichtbar bleiben wie für alle anderen Leute in diesem Kaff. Auch wenn diese Unsichtbarkeit ohnehin bloß eine Illusion war. Wenigstens kam ihm heute zugute, dass der Ort an einem Montagvormittag noch ausgestorbener wirkte als an den anderen Tagen.

Der Inspektor trat so überraschend wieder auf die Straße, dass er es beinahe versäumt hätte, sich hinter dem Feuerwehrgerätehaus zu verbergen. Das lag vor allem daran, dass der Polizist das Gebäude nicht durch die Ladentür, sondern durch den ein paar Meter weiter rechts gelegenen Hauszugang verließ. Das konnte nur eins bedeuten: Er war in der Wohnung der Metzgerfamilie gewesen. Mit wem hatte der Bulle sich da unterhalten?

Josef schlug sich gegen die Stirn. Natürlich! Die Tochter des Metzgers hatte der Hexe einen Besuch abgestattet. Wie hatte er das vergessen können! Sie hätte ihn doch beinahe auf seinem Spähposten erwischt. Das war doch am selben Tag gewesen, als der Hund hatte dran glauben müssen. Und noch etwas fiel ihm dazu ein. Hatte er nicht auch irgendwo aufgeschnappt, dass sie krank war? Im Dorf hatte sich jemand das Maul darüber zerrissen, während er zufällig in der Nähe stand, weil er der Alten nachgeschlichen war. Bloß wie konnte das mit dem Verschwinden von Harald in Zusammenhang stehen? Außer dass es ohne Frage der Tag war, an dem auch Harald seinen Auftritt bei der Alten geplant hatte ...

Jetzt rächte es sich offenbar doppelt, dass er an jenem Tag seine Überwachung frühzeitig aufgegeben hatte. Aber er war zu aufgewühlt und niedergeschlagen gewesen. Lothar hatte ihm ein Ultimatum überbringen lassen und gedroht, ihm ein Auge aus dem Schädel zu löffeln, sollte er es nicht einhalten. Und gleichzeitig war Harald so zuversichtlich gewesen, es auch ohne seine Rückendeckung hinzubekommen. Also war Josef heimgefahren. Im Nachhinein verfluchte er sich dafür. Denn plötzlich bestand die Möglichkeit, dass das Metzgermädchen eine Beobachtung gemacht hatte. Freilich, so musste es sein. Darum war der Inspektor bei ihr gewesen. Verdammt, er musste versuchen, ebenfalls mit ihr zu sprechen.

Vor lauter Aufregung über die neu gewonnene Erkenntnis merkte er erst, dass der Polizist schon in sein Auto gestiegen war, als dieser die Tür zuschlug. Wo wollte er hin? Die Hexe verhaften? Das wäre schlecht – oder zumindest zu früh. Die Euphorie darüber, wieder etwas herausgefunden zu haben, verflog so schnell, wie sie gekommen war. Der Bulle hatte bereits den Motor laufen, Josef konnte also keinesfalls vor ihm auf der Lichtung sein. Sein Pulsschlag beschleunigte sich. Er dachte an die Hand im Schuppen und natürlich an seine Briefe, die er aus lauter Angst nicht wieder an sich gebracht hatte.

Zu seiner Verwunderung bog der Ermittler nicht auf die Hauptstraße ein. Wo wollte er jetzt schon wieder hin? Soweit Josef wusste, führte die schmale Straße, die in dieser Richtung aus dem Ort führte, rüber ins Österreichische. Auch wenn er es im Moment nicht begriff, sagte ihm etwas, dass er hinterher musste. Er wetzte los, die Friedhofsmauer entlang und den Anstieg hoch bis zu dem Schuppen, hinter dem sein Wagen stand.

Bis er ebenfalls dort abbog, wo es der Inspektor getan hatte, verging keine Minute. Vielleicht war der Kriminaler ja doch zu der Alten unterwegs, nur fuhr er eben auf der anderen Seite um den Berg herum. Josef war sich zwar sicher, alle denkbaren Wege auf die Lichtung ausgekundschaftet zu haben, aber womöglich kam man trotz allem auch über diese Strecke irgendwie zu dem Hexenhaus. Während er fieberhaft darüber nachdachte, wieso der Polizist diese Route eingeschlagen haben könnte, traf ihn plötzlich die Erkenntnis. Da war nämlich noch etwas, was er bei dem Gespräch neulich belauscht hatte, von dem er sich mittlerweile zu erinnern glaubte, dass es direkt zwischen der Hexe und irgend so einer geschwätzigen Alten stattgefunden hatte, die er schon mehrfach vor dem Pfarrhaus gesehen hatte. Josef riss das Lenkrad herum und bog mit quietschenden Reifen ab. Das Heck brach aus, und fast wäre er gegen den Baum gekracht, der unmittelbar hinter der Abzweigung aufragte. Doch er bekam den Simca unter Kontrolle und schlingerte mit einigem Tempo auf die geschotterte Piste, die auf den Veichthiasl führte. Die Straße schlängelte sich hoch bis zu dem großen Gehöft des Mannes, der hier in der Gegend der Waldbauer genannt wurde. Danach wurde der Weg zur Zumutung für jeden fahrbaren Untersatz. Josef drosch den zweiten Gang rein, um dem Wagen den nötigen

Schwung zu verleihen und das steile Stück zu meistern, das nun folgte. Die Räder drehten durch, kleine Steine krachten gegen den Unterboden. Der Weg war ausgefahren. Nicht sehr viel mehr als zwei Rinnen, die von Traktorreifen aufgewühlt waren. Ein Schlagloch nach dem anderen rüttelte ihn durch. Er fragte sich, ob er die rostbefallene Hinterachse verlieren würde, aber allen Bedenken zum Trotz ging er nicht vom Gas. Das tat er erst, als er nach einer lang gezogenen Kurve ein Stück voraus durch die Bäume Bremsleuchten aufblitzen sah. Hatte er also recht gehabt! Etwa fünfzig Meter vor ihm war der Inspektor offenbar gerade dabei, seinen Wagen abzustellen.

Josef bremste scharf und stellte sofort den Motor aus, der wegen des porösen Auspuffs auch im Leerlauf übertrieben laut röhrte. Weit übers Lenkrad gebeugt, hoffte er darauf, dass der Polizist sich nicht verfahren hatte und einfach nur wenden wollte. Dann käme er ihm nämlich direkt entgegen und würde sich gewiss fragen, wer da den Weg blockierte. Er kurbelte das Fenster runter und horchte mit angehaltenem Atem. Seine Bedenken zerstreuten sich erst, als er das Schlagen einer Autotür vernahm. Der Inspektor war also ausgestiegen.

Gut. Josef war sich sicher zu wissen, wen der beleibte Polizist hier oben zu finden gedachte.

17

Er ließ den Wagen lautlos rückwärts rollen und stieß dann nach hinten in einen abschüssigen Waldweg hinein, weit genug, wie er hoffte, damit er nicht zu sehen war. Zumindest nicht, wenn man nicht nach ihm suchte. Da sich die Fahrertür nur mit viel Schwung schließen ließ, entschied er, sie nur anzulehnen, um keine unnötigen Geräusche zu verursachen. Er fühlte sich ebenso unwohl wie während einer Beschattungsaktion bei der Alten. Aber es musste einfach sein. *Ausreichend Fakten sammeln, das ist wichtig*, hatte Willy mehrfach betont. *Es muss sich so anfühlen, wie wenn du beim Kartenspiel nur gute Trümpfe auf der Hand hast.* Der omnipräsente Kartengeber des Lebens hatte lange damit gewartet, bei diesem Spiel ein brauchbares Blatt in seine Richtung auszuteilen. Aber gestern hatte sich dieses Blatt gewendet. Es fühlte sich tatsächlich an, als hätte er schon alle vier Ober zwischen den Fingern, ein, zwei Unter dazu und mindestens eine Sau. Alles, was er damit ausspielen konnte, war einen Stich wert, ja, damit war's unmöglich zu verlieren.

Unvermittelt drückte sich Josef gegen den Stamm einer Eiche. Teufel, hoffentlich hatte der Kriminaler ihn nicht gesehen. Seine dämliche Philosophiererei übers Schafkopfen hatte ihn unvorsichtig werden lassen. Außerdem stellte er fest, dass er vergessen hatte, seinen Bundeswehr-Parka überzustreifen, womit er ohne Tarnung war. Wieso hatte er sich auch ausgerechnet eine *rote* Lederjacke kaufen müssen? Und die Schlaghose in hellem Blau würde garantiert auch keinerlei Tarneffekt mitten im Wald haben. Leider starrten alle seine anderen Hosen vor Dreck, den er in den letzten Wochen bei seiner Mission aufgesammelt hatte. So war ihm nur noch diese geblieben. Besser wäre es gewesen, dazwischen mal zu waschen, aber ohne Waschmaschine war das eine elendige Plackerei. Josef hielt erneut die Luft an. Horchte. Atmete nach vier, fünf Sekunden sachte wieder aus. Wenn ihn sein Gehör nicht trog, entfernten sich die Schritte des Inspektors weiter. Der Bulle hatte ihn also nicht bemerkt, als er sich umdrehte. Der Baum hatte sich Josef gerade zum rechten Moment angeboten.

Vorsichtig lugte er um den Stamm herum und erspähte den Rücken des Polizisten, der sich das letzte Stück des Wegs bergwärts zum Plateau hochquälte. Josef wartete, bis er außer Sicht war, dann folgte er ihm, darauf bedacht, keinen Stein losezutreten. Er blieb hinter den Büschen, die am Waldrand entlang wuchsen. Jetzt konnte er sie durch das Blattwerk bereits sehen. Was wollte der Bulle nur von diesem Gesindel?

Die Zigeuner hatten ihre Wohnwagen zu einem Rund zusammengestellt. Wagenburg nannte man das wohl. Er kannte das aus den Westernfilmen, die er gerne schaute. Dort trafen die Siedler mit ihren Planwagen diese Maßnahme, um sich gegen die Indianer verteidigen zu können. Aber wen wollten die Zigeuner abwehren?

Er hatte schon gehört, dass sie ab und an hier durchzogen. Hatte ihm das nicht auch Willy erzählt? Wie auch immer, zwischen den Wohnwagen standen die Zugfahrzeuge. Allesamt Mercedes, soweit er erkennen konnte. Woher hatten diese Halunken das Geld, sich solche Autos leisten zu können?

Vage ahnte er, dass die Wut, die er spürte, eigentlich Neid war, aber das konnte er sich nicht eingestehen. Jedenfalls musste er irgendwie rauskriegen, was der Inspektor von ihnen wollte. Dass der Polizist extra hier heraufgefahren war, musste auf jeden Fall etwas mit Harald zu tun haben. Eine andere Erklärung fand er nicht. Allerdings hegte er kaum Hoffnung, sich ungesehen nah genug heranschleichen zu können, um etwas von dem Gespräch aufzuschnappen. Zumal der Wind hier oben ordentlich pfiff.

Der Inspektor betrat jetzt zögerlich die Wagenburg. Er hatte die Hosen voll, das glaubte Josef ihm anzusehen. Und er konnte ihm das durchaus nachfühlen. Sich freiwillig unter diese Messerstecher zu begeben, da brächten ihn keine tausend Pferde dazu. Und es dauerte auch keine fünf Sekunden, dann war der Bulle von ein paar Gestalten umringt. Soweit Josef auf die Entfernung erkennen konnte, wirkten die Gesten der Strauchdiebe zwar nicht aggressiv. Aber sehr wahrscheinlich hatten sie die Messer schon in den Hosentaschen aufgeklappt.

Verdammt, er bekam wirklich kein einziges Wort mit, das geredet wurde. Verstand der Polizist diese Leute überhaupt? Jedenfalls wirkte er auf einmal nicht mehr sonderlich angespannt. Als so abgebrüht hatte er diesen Schnüffler gar nicht eingeschätzt. Josef trat ungeduldig von einem Bein aufs andere, während seine Gedanken rasten. Vielleicht ... hatten ja die Zigeuner Harald zerhackt? Im Auftrag der Hexe? Er zog die Stirn kraus. Nicht, dass er es dieser Mischpoke nicht zutrauen würde, aber er fand keinen Grund dafür, dass sie so etwas hätten tun sollen. Außer die Alte hatte sie dafür bezahlt ... Nein, Blödsinn. Sie hatte ja gar nicht wissen können, dass sie Besuch von Harald bekam.

Die Unterhaltung des Inspektors mit den Heimatlosen dauerte nun bereits mehrere Minuten. Inzwischen hatte sich auch eine Greisin dazugesellt, die aussah, als wäre sie tausend Jahre alt. Offensichtlich war nun sie es, die das Gespräch mit dem Bullen führte. Herrgott, was gab es da eigentlich zu bereden – und dann noch so lange? Wenn es hart auf hart kam, musste er womöglich selber in die Wagenburg spazieren und ... ja, was sollte er die Zigeuner überhaupt fragen? Ob sie was mit der Hexe zu schaffen hatten?

Josef fröstelte. Der Wind wehte ihm heftig um die Ohren, und die Kälte kroch unter die Lederjacke. Ein Blick auf seine Füße zeigte ihm, dass die im Moos dieser Senke gespeicherte Feuchtigkeit bereits in seine Schuhe sickerte. Teufel noch mal! Jeden Tag aufs Neue holte er sich nasse Füße. Er schüttelte genervt den Kopf. Das brachte doch alles nichts. Von dieser Position aus konnte er einfach nichts Brauchbares erhaschen. Was wollte er eigentlich hier? Verrannte er sich gerade?

Er wollte sich schon verärgert von der Szene abwenden, da wurde es ihm klar. Das Metzgermädchen. Natürlich! Da hätte er doch sofort draufkommen können. Der Inspektor hatte sie befragt und war gleich darauf hoch zur Josefi-Platte gebrettert, direkt zu den Zigeunern. Die Kleine musste ihm also irgendwas gesteckt haben. Einen Hinweis gegeben haben, den er für so wichtig hielt, dass er ihn umgehend überprüfen wollte. So machten die Bullen das doch, das kannte er aus den Krimis, die er beinahe so gerne schaute wie Western.

Ich muss mit dem Mädchen sprechen!

Das war auf alle Fälle besser, als sich unter diese Strauchdiebe zu begeben. Just in dem Moment, als er damit begann, sich so leise wie möglich aus dem Unterholz zu befreien, hörte er die Sirene, die von unten aus dem Dorf bis hier herauf heulte. Was war denn nun schon wieder los? Ohne auf raschelndes Laub und knackende Zweige zu achten, rannte Josef zurück zum Weg und hinaus aus dem Wald, bis er einen Blick runter ins Dorf werfen konnte. Sofort sah er den Krankenwagen, der aus Richtung Wegscheid, ohne groß Tempo wegzunehmen, in den Ort raste. Danach verstellte ihm zwar die Kirche die Sicht, aber er hätte dennoch darauf gewettet, wo der Sanka gestoppt hatte.

Nämlich vor der Metzgerei.

18

Auch der Inspektor reagierte auf die Sirene. Josef konnte seine schweren Schritte hören, die irgendwo jenseits der Kurve, die der abschüssige Weg machte, auf ihn zukamen. Also schlug er sich wieder in den Wald und suchte erneut Deckung hinter einem Baum. Erst da bemerkte er, dass das Auto des Polizisten keine fünf Meter entfernt von ihm parkte. Und da war er auch schon, der dicke Ermittler, der in seiner Eile geradewegs gegen seinen Wagen prallte, so viel Schwung hatte er mitgebracht. Der Bulle fluchte vor sich hin, zupfte kurz sein Jackett zurecht und öffnete dann die Autotür. Er bückte sich ins Wageninnere und zog das Funkgerät heraus. Josef vernahm deutlich das statische Knacken; gleich darauf gab der Inspektor einen Code durch. Wieder ein Knacken und Knistern, dann hatte er jemanden dran.

»Wisst ihr von einem Notarzteinsatz in Talberg?«, fragte er. Er klang aufgebracht.

Knacken und Knistern.

»Ja, gerade im Moment.«

Die Antwort kam wieder zerhackt, aber der Inspektor schien sie zu verstehen. »Wasner, Heike Wasner«, wiederholte er. »Habe ich das richtig verstanden?«

Es dauerte ein paar lange Sekunden, doch dann folgte die Antwort, so deutlich, dass auch Josef sie hören konnte. Der

Bulle *hatte* richtig verstanden. Die Metzgerstochter wurde abtransportiert. Diagnose unbekannt, aber ein akuter Notfall. Mehr wüsste man nicht.

Josef versuchte zu begreifen, was diese Information bedeutete. Hätte er nicht mal ein bisschen Glück haben können?

Es kostete ihn einiges an Geduld, so lange hinter seinem Baum auszuharren, bis der Polizist eingestiegen war, seinen Wagen gewendet hatte und an ihm vorbeigefahren war. Dann rannte er zu seinem eigenen Auto.

Auf den Anlasser des Simca konnte man nach wie vor zählen. Wieder fuhr er mit durchdrehenden Reifen los, doch dann riss er sich zusammen und bremste ab. Es brachte nichts, wie ein Irrer den Berg hinabzurasen. So wie es gerade stand, war ohnehin nichts mehr auszurichten, und schließlich galt nach wie vor: bloß nicht auffallen. Unten angekommen, vermied er es, direkt am Ort des Geschehens vorbeizufahren, und stellte den Wagen stattdessen in einiger Entfernung vom Dorfplatz ab. Hier kannte er seine Wege und brauchte keine Minute, bis er wieder an der Kirche war. Rund um den Rettungswagen vor der Metzgerei waren ein paar Leute zusammengelaufen. Das Blaulicht kreiselte. Gleich dahinter hatte der Inspektor geparkt, der unschlüssig dastand und mit den Fingern aufs Autodach trommelte. Josef war noch rechtzeitig eingetroffen. Gerade kamen die Sanitäter aus dem Haus. Das Mädchen lag festgeschnallt auf der Trage und machte keinen Mucks. Der Metzger und seine Frau wankten hinterdrein und sahen mit bleichen Gesichtern zu, wie ihre Tochter in den Krankenwagen verfrachtet wurde. Die Türen fielen krachend zu, der Motor heulte auf, zeitgleich mit der Sirene. Wagen und Sirenengeheul entfernten sich schnell. Ein Dutzend Neugieriger glotzten ihm nach. Es wurde plötzlich seltsam still – bis der Blick des Metzgers auf den Inspektor fiel. Dann begann das Geschrei.

Vielleicht war es gut, dass der schrankbreite Hüne kein Schlachterbeil mit sich trug, als er auf den Polizisten zustürmte. Er packte ihn am Kragen und riss ihn zu sich heran. Der Inspektor wurde so kreideweiß, wie der Metzger blutrot im Gesicht war. Den weit aufgerissenen Mund kaum eine Handbreit von der Nase des Polizisten entfernt und ungeachtet all der Leute, die um sie herumstanden, brüllte der Metzger dem Inspektor entgegen, er solle jetzt auf der Stelle die Alte verhaften, die seine Tochter vergiftet hatte. Doch jede Antwort, die der Beamte womöglich gab, wurde vom Zwölfuhrleuten der Kirchenglocken übertönt, deren himmlischer Lärm über die Versammelten hinwegfegte. Josef zog sich hinter das Feuerwehrgerätehaus zurück, lehnte sich dort gegen die Wand und starrte hinauf zum goldenen Kreuz auf der Kirchturmspitze. Er durfte nicht länger zögern. Heike Wasner, die in einem Notarztwagen ins nächste Krankenhaus transportiert wurde, musste ebenso warten wie alles andere. Um seinetwillen. Nicht nur wegen dem, was der Lothar ihm antun würde, wenn der Plan in die Hose ging. Nein, auch wegen des Bullen, der jetzt womöglich doch genauer hinschaute, bei der Alten. Wollte er seinen Kopf retten, musste er jetzt handeln und das Haus der Hexe betreten, bevor die Polizei es tat.

19

Er würde auf jeden Fall Haralds Hand einsammeln. Dafür steckte eine Plastiktüte in der aufgenähten Tasche seines Bundeswehrparkas, die er in dem Saustall hinten auf der Rückbank gefunden hatte. Aber die Hand reichte natürlich nicht. Er musste noch mehr zutage fördern. Vor allem musste er auch die Briefe finden, zumindest den einen, in dem die verfängliche Postfachadresse stand.

Er hatte den Wagen an der üblichen Stelle geparkt. Auf seinem Pfad von dort durch den Wald kannte er längst jede Wurzel und jeden Stolperstein. Trotzdem blieb er in seiner Eile an einem hängen, fast als wäre dieser über Nacht ein paar Zentimeter weiter aus der schwarzen Erde gewachsen. Josef schlug der Länge nach hin und prallte dabei schmerzhaft auf eine Granitplatte, die nur sporadisch mit Moos bewachsen war. Er fluchte, rappelte sich wieder auf und griff nach der Schaufel, die er beim Sturz verloren hatte. Klopfte sich die Tannennadeln ab, rannte weiter. Wohlweislich hatte er gestern Abend auf einer Baustelle am Ortsrand von Waldkirchen neben einigen anderen Dingen auch eine Schaufel mitgehen lassen. Einfach so, aus einem Impuls heraus, weil sich ihm eben die Gelegenheit geboten hatte. Bedachte man, dass Wochenende war, hatten die Arbeiter das ganze Werkzeug ziemlich nachlässig herumstehen lassen. Kurz anzuhalten und einzupacken, was er vielleicht brauchen konnte, hatte keine Minute gedauert.

Eine dünne Rauchfahne stieg aus dem Kamin mit der von Rost zerfressenen Blechverkleidung. Rauch bedeutete in der Regel, dass die Alte in ihrem Nest hockte. Doch diesmal würde er sich davon nicht einschüchtern lassen. Wieder wählte er den umständlichen Weg durch den Morast hin zum Schuppen, der ihm Deckung bot. Seine Schuhe waren ohnehin schon durchweicht, was spielte es also für eine Rolle? In der Tasche seines Parkas raschelte die Plastiktüte. Sollte er tatsächlich zuerst die Hand aus dem Holzverschlag holen? Das würde bedeuten, sie die ganze Zeit mit sich herumtragen, ja, schlimmer noch, sie sich in die große Seitentasche stopfen zu müssen, damit er beide Hände frei hatte. Er stellte sich vor, wie sie bei jedem Schritt, den er machte, gegen seine Hüfte schlenkerte. Selbst wenn er sie ordentlich in das Plastik wickelte, war ihm diese Vorstellung unheimlich. Nein, die Hand musste warten, bis er alles andere erledigt hatte. *Bis ich die Briefe habe.*

Vom Schuppen aus rannte er geduckt hinters Haus. Es stank nach Ziegenmist. Die Viecher meckerten in ihrem Koben. Er hob drohend die Schaufel, was die beiden Paarhufer allerdings nicht beeindruckte. Aus schwarzen Augen glotzten sie ihn vorwurfsvoll an. »Euch geht's auch bald an den Kragen«, knurrte er leise. Natürlich hatte er keine Ahnung, ob die Ziegen nicht bereits zu alt waren, um sie zu schlachten. Einen Moment starrte er sie noch an, dann nahm er sich zusammen. Hier stand er, hinterm Haus der Hexe, und sollte keine Zeit mit dämlichen Ziegenbetrachtungen vertrödeln.

Die aufgewühlte Stelle unterm Hollerbusch glänzte feucht. Josef versuchte sich zu erinnern, ob es von gestern auf heute geregnet hatte, kam aber nicht darauf. Jedenfalls ringelten sich zahllose Regenwürmer aus dem lehmigen Erdreich. Als läge dort etwas unter den Krumen, das das Gewürm an die Oberfläche trieb. Josef erschauderte. Er umfasste den Holzstiel der Schaufel fester und rammte das Blatt dann tief in den weichen Boden. Bevor er sie mit einer Ladung Erde anheben konnte, vernahm er ein Geräusch. Ein Motor. Laut röhrend, aber kein Diesel. Einer, der hochtourig und laut arbeitete. Da näherte sich ein Motorrad durch den Wald. Er ließ die Schaufel in der Erde stecken und drückte sich gegen die Hauswand. Das Herz dröhnte ihm lauter in den Ohren als der Auspuff des Motorrads.

Nachdem er sich wieder etwas gefangen hatte, schielte er um die Ecke. Just in dem Moment brach das Gefährt aus dem Wald, dort, wo der Weg, der von Talberg herüberführte, auf die Lichtung traf. Hinter dem Lenker hockte der Metzger, ohne Helm, obwohl das seit dem letzten Jahr Pflicht war in Deutschland. Aber wer gab schon was auf diese neue Verordnung, wenn einem Zorn den Schädel anschwellen ließ. Da zog man keinen Helm über. Die Miene des Metzgers war versteinert und grausam entschlossen, das erkannte Josef selbst von hier aus.

Der Metzger. Verdammt! Aber besser als die Polizei, beruhigte er sich sogleich.

Der grobschlächtige Mann hielt in einiger Entfernung von der Haustür. Er ließ den Motor noch einmal aufheulen, bevor er ihn abstellte, wie um sicherzugehen, dass die Alte ihn auch ja gehört hatte.

Danach lag eine Stille über der Lichtung, die Josef erneut Gänsehaut bescherte.

»Komm raus, Steinerin!«, schrie der Metzger in diese Stille hinein.

Es dauerte lange Sekunden, dann hörte Josef, wie die Haustüre geöffnet wurde. Unglaublich, die Alte besaß tatsächlich den Mut, sich dem Zorn des Metzgers zu stellen. Noch während dieser sein Bein über den Sattel schwang und von der BMW stieg, begann er wie ein Besessener zu brüllen. Rings um die Lichtung flogen all jene Vögel auf, die der Motorenlärm noch nicht verscheucht hatte.

»Giftmörderin, elendige!«, hörte Josef den Metzger schreien. Es folgten noch zahlreiche andere wüste Beschimpfungen, die meisten davon allerdings so unartikuliert, dass man ihre Bedeutung nur erahnen konnte. Darunter mehrfach die Drohung, dass er gekommen war, um ihr die Kehle durchzuschneiden und ihr die Eingeweide herauszureißen ...

In all der Zeit, da der Metzger herumschrie, erwiderte die Alte nichts. Oder das, was sie sagte, war zu leise und wurde vom bellenden Gezeter des Metzgers verschluckt. Josef seinerseits stand da wie gebannt, immer noch gegen die aus groben Steinen gemauerte Wand gepresst. Er musste an sich halten, um nicht aus seinem Versteck zu springen und den Metzger aufzufordern, endlich zu tun, womit er drohte. *Dreh ihr den Kragen um! Worauf wartest du noch!*

Doch der Metzger schien sich nicht näher an die Alte heranzuwagen.

Mit einem Mal änderte sich der Tonfall des Metzgers, nun klang er überrascht statt wütend. »He, he, wo willst du hin, Steinerin?«, rief er. »Halt, bleib, wo du bist, zefix noch mal!«

Josef rutschte das Herz erneut in die Hose. Sie türmte! Was, wenn sie dabei hinters Haus lief? Jede Sekunde konnte sie um die Ecke biegen. Die Lähmung, die ihn befallen hatte, schien sich nun auch auf seine Atmung auszuwirken. Er bekam einfach keine Luft mehr ...

»Bleib stehen, du Hexe!«, schrie der Metzger, dem es ähnlich ergehen mochte, denn warum rannte er ihr nicht einfach hinterher? Warum fing er sie nicht ein und vollendete sein Werk?

Josefs Lunge brannte bereits unerträglich, als er sich den Gedanken gestattete, dass sie wohl doch nicht in seine Richtung geflüchtet war. Gierig sog er den Sauerstoff in sich hinein und hörte gleichzeitig, wie der Metzger fluchend versuchte, sein Motorrad zu starten. Mehrfach trat er den Hebel nach unten, der den Motor wieder zum Laufen bringen sollte. Wollte er ihr jetzt doch nach? Aber warum dann nicht zu Fuß? Jedenfalls plärrte er der Alten, die anscheinend im Wald verschwunden war, noch drei Mal hinterher, bevor er verstummte. Ebenso wie das metallische Scharren und Klicken des Kickstarters. Es war wieder still auf der Lichtung, still bis auf ein leises Wimmern, das der Wind bis zu Josef hinters Haus trug. Es dauerte ein paar Herzschläge, bis er begriff, woher dieses Wimmern kam. Dann jedoch wurde ihm ganz anders. Ganz anders, weil dieser wild entschlossene, zu allem bereite Mann, nun über seine BMW Strich-Sechs gebeugt, ungeniert vor sich hin heulte.

20

Irgendwann brachte der Metzger den Motor wieder in Gang und fuhr davon. Das groteske Schauspiel, dem Josef soeben beigewohnt hatte, hatte ihn ziemlich aufgewühlt. Wie so vieles, was im Zusammenhang mit dem Wald und der Lichtung stand. Schließlich, als er schon längst kein Gefühl mehr dafür hatte, wie lange er hier an der Hauswand lehnte, stakste er auf wackligen Beinen hinüber zu der Holunderstaude und griff mit zitternder Hand nach der Schaufel. Die Alte war weg. Aber vermutlich würde sie sich bald wieder zurück zum Haus trauen. Obwohl es ihm absurd erschien, jetzt an seinem Plan festzuhalten, musste er es dennoch versuchen. Zumindest solange er sich noch stabil genug fühlte, um nicht unverzüglich das Weite zu suchen.

Es wäre vermutlich gescheiter gewesen, zuerst ins Haus zu schleichen, um die Briefe zu holen. Trotzdem fing er an zu graben, denn woher diese Eingebung auch kommen mochte, er wusste plötzlich, dass körperliche Anstrengung momentan das Einzige war, was ihm jetzt noch dabei half, auf dieser verfluchten Lichtung zu bleiben.

Die erste Schaufel voll Erde fühlte sich unendlich schwer an. Als würde er einen großen Stein heraushebeln – oder als hielte etwas dort unten das Erdreich fest. Seine Oberarmmuskulatur zitterte, doch er ließ sich nicht beirren und rammte das Schaufelblatt erneut in den Untergrund. Er würde der Hexe das Feld nicht kampflos überlassen. Schon gar nicht nach dem, was sie mit Harald gemacht hatte.

Bald rann ihm der Schweiß in die Augen. Er war es nicht gewohnt, sich körperlich so zu verausgaben. Das war eines seiner Talente. Sich zu drücken, wenn etwas nach Anstrengung roch. Deshalb verfügte er auch kaum über Kondition. Harald war das ganze Gegenteil. Zumindest in jüngster Zeit. Freilich, früher hatten sie miteinander abgehangen und knobelten sogar darum, wer vom Sofa aufzustehen hatte, um das nächste Bier aus dem Kühlschrank zu holen. Doch dann, vor einem halben Jahr etwa, hatte Harald einen Bruch gemacht, und seither hing er dieser fixen Idee an.

Er war bei einem Theologieprofessor eingestiegen, einem, der an der Passauer Uni lehrte und bei dem es daher sicher was zu holen gab. Doch statt Wertgegenständen wie Schmuck und Uhren hatte Harald zu Josefs Überraschung ein paar Bücher aus der Bibliothek des Professors mitgehen lassen. Schwere Schwarten, die jeder andere aus ihrem Gewerbe liegen gelassen hätte, schon des Gewichts wegen. Und weil man schließlich vorhersehen konnte, dass diese Bücher auf dem Schwarzmarkt nichts einbrachten. Zu speziell, zu aufwendig, dafür einen Käufer zu finden.

Aus Josefs Sicht ein vollkommen unnötiges Risiko. Doch dann stellte sich heraus, dass Harald überhaupt nicht vorhatte, die Bücher zu verhökern. Stattdessen steckte er ständig seine Nase hinein. Dabei hatte er seinen Kumpel zuvor noch nie ein Buch lesen sehen. Wenn überhaupt, dann hatte Harald gelegentlich im *Playboy* geblättert und dabei vermutlich nicht einmal die Überschriften der Artikel gelesen. Doch diese hochtrabenden Wälzer hatten ihn irgendwie begeistert, mehr als alle Hochglanz-Tittenbilder. Josef hätte es noch verstanden, wenn darin einigermaßen interessante Themen behandelt worden wären. Aber es war verflucht noch mal ausschließlich religiöser Kram. Es ging um Wege zu Gott, soweit er das aus Haralds Schilderungen mitbekam. Am meisten begeisterte seinen Freund dabei das Pilgern. Pilgern und dabei Gott begegnen. Irgendwas in der Richtung. Josef hatte Harald nie wirklich zugehört, wenn er davon anfing. Stattdessen hatte er Schiss bekommen, weil sein Freund sich immer mehr in diesen Wahn hineinsteigerte. Denn bald darauf begann Harald mit seinen Wanderungen. Er wollte Strecke machen, wie er es nannte, und das ausschließlich zu Fuß. Jeden Tag ein paar Kilometer mehr. Josef glaubte nicht, dass es Harald damit irgendwie gelingen konnte, sich Gott anzunähern. Vielmehr beunruhigte ihn der Gedanke, dass sein Kumpel bei seinen Fußmärschen irgendwann auf die fixe Idee kommen könnte, ein redlicher Mensch zu werden und dem Gaunerleben abzuschwören. Diese Vorstellung machte ihm ziemlich zu schaffen.

Die Schaufelspitze drang in etwas ein, das sich anders anfühlte als der lehmige Boden, den er bisher bearbeitet hatte. Das schmatzende Geräusch holte ihn zurück in die Wirklichkeit. Obwohl er in der schlammigen Grube noch nicht erkennen konnte, worauf er gestoßen war, begriff er mit eisigem Schrecken, dass er sich keine Gedanken mehr darüber zu machen brauchte, ob aus seinem Busenfreund Harald Lang womöglich ein gottesfürchtiger Spießer wurde. Denn aus Harald würde überhaupt nichts mehr werden, in diesem Leben und auf dieser Welt.

Er war überrascht, wie hart er geackert hatte, während sein Verstand anderweitig beschäftigt war. Erschrocken blickte er sich um und horchte in die friedliche Stille hinein, die nur ab und an von Vogelgesängen durchbrochen wurde. Wobei das Gezwitscher in seinen Ohren mittlerweile so klang, als würden die Piepmätze über ihn lachen.

Außer dem gehässigen Getriller hörte er nichts. Zumindest nichts, was ihn beunruhigte. Das war gut. Trotzdem wäre er am liebsten Hals über Kopf davongestürzt. Fortgerannt in den schützenden Wald. Er atmete schwer. Schweiß tränkte sein Hemd und lief ihm bis in die Unterhose. Er sah an sich hinab und stellte fest, dass er fast bis zu den Knien in dem Loch stand. Dass die Hexe dieses Grab eigenhändig geschaufelt hatte, nötigte ihm Respekt ab. Einen Respekt, in den sich eine Riesenportion Angst mischte, als er sich klarmachte, zu was diese dürre, alte Frau noch alles in der Lage war.

Nur widerwillig zog er die Schaufel aus der Erde, und wieder ertönte das ekelhafte Schmatzen. Die Erdbrocken, die an der Spitze klebten, wiesen dunkle Flecken auf. Außerdem war da mit einem Mal ein abscheulicher Gestank. Beides hätte ihn normalerweise davon abgehalten, die Stelle genauer zu untersuchen. Aber genau darum hatte er doch die Schufterei und die Gefahr, erwischt zu werden, auf sich genommen.

Es kostete ihn immense Kraft hinzusehen. Zuerst erkannte er überhaupt nichts, doch als sich das Bild in seinem Kopf mit einem Mal vervollständigte, drehte es ihm den Magen um. Der Kaffee von heute Morgen kam als säuerliche Brühe wieder hoch und füllte seinen Rachen. Er hatte das abgenutzte Blatt genau in eine Augenhöhle gestochen. Schlotternd warf er die Schaufel von sich, und es gelang ihm, alles wieder hinunterzuschlucken, während er panisch versuchte, aus dem Grab zu klettern. Doch er rutschte ab und fiel dort hinein, wohin er um nichts auf der Welt hatte fallen wollen. Der lehmige Grund hielt ihn fest, saugte an ihm, als wollte er ihn in die Tiefe zerren. Es gelang ihm nicht, einen Schrei zu unterdrücken. Das Herz hämmerte ihm wie wild in der Brust. Der Dreck, in dem er lag, blubberte und schmatzte, als atmete etwas unter der schlammigen Oberfläche.

Endlich konnte er sich befreien, kam auf die Füße, fand einigermaßen festen Tritt und wälzte sich über die aufgeworfene Erde hinweg in die Wiese. Er sprang auf die Beine, drehte eine unfreiwillige Pirouette und taumelte rückwärts, bis er mit dem Rücken gegen die Hauswand prallte. Das brachte ihn wieder ein wenig zur Besinnung. Seine Gedanken rasten mit seinem Herzschlag um die Wette. Was hatte er erwartet zu finden? Natürlich genau das, was jetzt vorwurfsvoll mit einem vollständigen und einem gespaltenen Augapfel zu ihm aufblickte. Dennoch war die Realität so verstörend, dass er nicht mehr an sich halten konnte. Er presste die mit Erde verklebten Hände auf den Mund, um den nächsten Schrei zu ersticken. Dann rannte er los, als hätte er das Tor zur Hölle aufgestoßen und der Teufel höchstpersönlich wäre daraus hervorgesprungen, um ihn zu verschlingen.

21
WALTER

Die Sache läuft aus dem Ruder, dachte Walter, als er zum wiederholten Mal in das Grab starrte, in dem nicht nur ein Hund lag. Seine Lederschuhe waren mit rötlichem Lehm bis hoch zu den Schnürsenkeln verschmiert. Es war jetzt gut zwei Stunden her, seit er auf die Lichtung gekommen war und eine Runde ums Haus gedreht hatte, weil niemand auf sein Klopfen reagierte. Es war bei der halben Runde geblieben, denn da stieß er auf das Loch unterm Holunderbusch. Als sein Verstand endlich so weit war zu akzeptieren, was er dort unten zu sehen bekommen hatte, musste er den ganzen Weg durch den Wald wieder zurück, dorthin, wo sein Auto stand. Er hatte die Strecke noch nie so schnell hinter sich gebracht und befürchtete schon, einen Herzinfarkt zu erleiden. Als er schließlich die Meldung über Funk absetzte, musste er jeden einzelnen Satz wiederholen, weil er immer noch kaum Luft bekam. Nachdem er sicher sein konnte, dass alle seine Anweisungen in der Dienststelle angekommen und er die Bestätigung erhalten hatte, dass die Kollegen sich auf den Weg machten, war er unverzüglich auf die Lichtung zurückgekehrt. Langsamer diesmal, den Kopf voller sich überschlagender Überlegungen und so sehr in sich versunken, dass er überrascht aufblickte, als er wieder vor dem Haus der Alten stand. Dort hatte er sich auf die Bank gesetzt, gewartet und dabei eine Zigarette nach der anderen geraucht, bis die Schachtel leer war.

Hinters Haus war er erst wieder gegangen, als er nicht mehr alleine war.

Wie angewiesen, hatten sie den Geländewagen genommen, der sich über den Weg von Talberg her durch den Wald gewühlt hatte. Später traf zu seinem Erstaunen ein weiterer ein – er hatte nicht gewusst, dass die hiesige Polizei über zwei dieser Allradfahrzeuge verfügte. Jedenfalls saßen darin nicht nur die Leute von der Kriminaltechnik und Spurensicherung, sondern auch Heinz.

»Ist sie da?«, hatte sein Chef wissen wollen, kaum dass er aus dem Auto gestiegen war. Walter hatte den Kopf geschüttelt, auch wenn er nicht sicher sein konnte. Immerhin war er bis zu diesem Moment nicht im Haus gewesen, um nachzusehen. Das taten sie nun umgehend und gemeinsam.

Sie war nicht da. Im Ofen war noch Glut. Und auf dem Tisch stand eine halb leer getrunkene Tasse Tee, was darauf hindeutete, dass sie überstürzt aufgebrochen war.

»Wir sehen uns später noch genauer um«, hatte Heinz entschieden und ihn dann aufgefordert, ihm das Grab zu zeigen. Und da standen sie nun.

Die Sache läuft aus dem Ruder.

»Ist er es?«, wollte Heinz wissen. Einer der uniformierten Kollegen war gerade dabei, den Bereich um die Fundstelle abzustecken.

»Vermutlich«, antwortete Walter. Er hatte Heinz noch immer nichts davon erzählt, was er im Rucksack von Harald Lang gefunden hatte.

»Das ist eine ziemliche Sauerei, Walter«, sagte sein Chef, und es klang irgendwie vorwurfsvoll. Gerade so, als wäre es seine Schuld.

»Diese Maria Steiner, hat sie das verbrochen?«

Walter hätte am liebsten mit einem klaren Nein geantwortet, doch das war unmöglich. »Zum jetzigen Stand der Ermittlung schwer zu sagen. Allein von den körperlichen Voraussetzungen her ...«

»Genau kann man nie sagen, wozu jemand fähig ist«, warf Heinz ein. »Vielleicht ist sie durchgedreht, weil sie die Auflage bekommen hat, ihren Hund erschießen zu lassen. Ich habe den Polizeibericht dazu gelesen.«

»Und deshalb massakriert sie den Nächstbesten, der auf ihre Lichtung stolpert?«, wandte Walter ein und dachte gleichzeitig an das Metzgermädchen. *Sie hat Heike vergiftet.*

»Wie auch immer, wir müssen schleunigst mit ihr reden. Irgendein Anhaltspunkt, wo sie sich verstecken könnte? Hat sie noch Verwandte im Dorf?«

Walter schüttelte den Kopf.

Heinz runzelte ungeduldig die Stirn. »Was heißt das? Dass dir niemand einfällt, bei dem sie Unterschlupf findet oder dass du es nicht weißt?«

»Das heißt, es gibt in Talberg vermutlich niemanden, der sie aufnehmen würde«, erklärte Walter.

Heinz hob die Augenbrauen.

»Die Leute im Ort meiden sie«, setzte Walter an, obwohl das die Sache nicht traf. Man fürchtete die Alte, so sah es aus. Aber diese Einschätzung hätte seinem Chef nur noch mehr Fragezeichen auf die hohe Stirn gezeichnet.

»Kümmer dich drum!«, zischte Heinz, schnaubte missmutig und ließ ihn am Rand der Grube stehen.

Walter sah, wie er einen der Kollegen von der Spurensicherung heranwinkte. »Finde raus, ob es ein Rucksack bis zum Sägewerk schafft, wenn man ihn unten in den Bach wirft!«, ordnete Heinz an.

Das zu überprüfen war natürlich eine gute Idee. Doch soweit Walter die Topografie und den Bachlauf im Kopf hatte, kam es ihm eher unwahrscheinlich vor, dass ein so voluminöses Objekt wie der Rucksack von Harald Lang über das unten in der Au verlaufende Gewässer hinein in den Osterbach und bis runter zum Wehr des Sägewerks gespült werden konnte. Er war sogar ziemlich sicher, dass der Bach unterhalb der Lichtung nicht einmal ein Zulauf des Osterbachs war. Doch er sagte nichts. Auch nicht, dass bei diesem Fall einfach nichts zusammenpassen wollte.

»Walter, nun lass die Kollegen endlich ihre Arbeit machen!«, rief Heinz ihm zu, und erst da merkte Walter, dass er im Weg stand.

Mit gesenktem Kopf ging er am Haus vorbei zu den Einsatzwagen. Inzwischen war noch ein weiterer Geländewagen eingetroffen. Ein moosgrüner Mercedes, dem weitere Polizisten entstiegen. Zusammen mit einem rothaarigen Mann in Jägermontur. Der ließ gerade einen Hund aus dem Kofferraum.

»Ah, der Jäger«, bemerkte Heinz und eilte hinüber.

Bislang hatte Walter seinen Freund und Vorgesetzten immer als einen noch phlegmatischeren Sesselfurzer betrachtet, als er selber einer war. Woher kamen plötzlich diese Dynamik und der Tatendrang? Woher sein gesteigertes Interesse an diesem Fall?

Der Jäger stand unschlüssig herum. Der Hund saß reglos neben ihm.

Heinz begrüßte den Waidmann. »Sehr gut, dass Sie es einrichten konnten. Was meinen Sie, kann er sie aufspüren, falls sie sich irgendwo im Wald versteckt?« Heinz deutete auf den Hund.

»Er findet ein angeschossenes Reh, einen erlegten Hasen, einen Fasan. Ob er das bei einem Menschen kann, habe ich nie ausprobiert«, antwortete der Jäger. Er wirkte nicht sonderlich erfreut ob seiner Aufgabe.

Heinz wackelte mit dem Kopf. »Es gibt für alles ein erstes Mal«, entschied er und zog das Kopftuch aus der Beweismitteltüte, das er vorhin, als sie im Haus waren, von der Garderobe gepflückt hatte. Er gab es dem Jäger, und der ließ den Hund daran schnüffeln.

»Such!«, verlangte der Jäger, und der Hund rannte los.

Keine gerade Linie, sondern einen Zickzackkurs, der Walter ziemlich unwahrscheinlich vorkam. Auf diese Weise hatte sich Maria Steiner sicher nicht über ihre Wiese vom Haus wegbewegt. Ohne auf weitere Anweisungen zu warten, stapfte der Jäger seinem Hund hinterher. Mit der Büchse über der Schulter und einem Rucksack beladen.

»Was, wenn er sie findet?«, fragte Walter.

»Er hat ein Funkgerät von uns bekommen«, erklärte Heinz und sah dabei irgendwie stolz aus, als wäre die Sache mit dem Funkgerät ein Indiz dafür, wie gut er alles im Griff hatte. »Wir werden sie schon aufspüren, deine Frau Steiner«, sagte Heinz so laut, dass alle Kollegen es hören mussten. »Nimm du dir doch derweil mal das Haus vor! Vielleicht findest du einen Hinweis, wohin sie sich geflüchtet hat.«

Walter nickte mechanisch. Die Frage war doch viel eher, wieso sie überhaupt geflüchtet war. Denn selbst wenn Maria Steiner hinter ihrem Haus zusätzlich zu ihrem Hund auch eine männliche Leiche verscharrt hatte, weshalb hätte sie diese eine Woche später wieder ausbuddeln sollen? Obendrein, um dann unverrichteter Dinge das Weite zu suchen. Die einzige Erklärung, die für ihn zum jetzigen Stand der Untersuchung überhaupt einen Sinn ergab, war, dass die Alte das, worauf sie in dem Erdloch gestoßen war, dermaßen in Angst und Schrecken versetzt hatte, dass sie die Schaufel von sich geworfen und auf und davon gerannt war. War sie vielleicht schlichtweg nicht mehr zurechnungsfähig?

All diese Fragen musste er natürlich in die Runde geben, später, wenn man im Präsidium zusammensaß und den Fall diskutierte. Und bis es so weit war, fand er womöglich tatsächlich schon die eine oder andere Antwort beim Durchsuchen ihrer Habseligkeiten. Die Erfahrung sprach dafür, dass diese Antworten in der Wohnstube der Alten bereitlagen. Der Anweisung seines Chefs folgend, betrat er also das Hexenhaus, wie es die Leute im Dorf nannten. Und jetzt, da er dies alleine tat, war ihm deutlich mulmiger zumute.

Vorhin, als er mit Heinz nachgesehen hatte, ob Maria Steiner sich irgendwo hier drin versteckt hielt, war ihm der Geruch gar nicht bewusst geworden. Dafür empfand er die Vielzahl an Düften nun, nachdem er zögernd durch die Haustüre in den schmalen Flur getreten war, umso intensiver. Er konnte nicht bestimmen, was er da genau roch, nur dass nicht alles davon angenehm war. Nach drei Schritten ging rechts die Tür zur Wohnstube ab. Der Gang mit seinen grob verputzten, weiß gekalkten Wänden führte daran vorbei auf eine einfache, unlackierte Holztür zu, hinter der sich der Abort verbarg. Auch dort hatten sie vorhin schon einen Blick reingeworfen. Jetzt bog er in den Raum ab, der sowohl Küche als auch Ess- und Wohnzimmer war. Hier dominierten vor allem die Kochgerüche. Ofenrauch, zerlassenes Schweinefett, angeröstete Zwiebel; alles das, was sich eben so in Wänden und Vorhängen festsetzte. Zudem schwang auch hier eine Mischung an Aromen mit, die er nicht identifizieren konnte. Durch seine jahrzehntelange Raucherei verfügte er über keine besonders sensible Nase mehr.

Walter stellte sich in die Mitte des fast quadratischen Raums mit dem von zwei Holzbalken durchzogenen Blafon und ließ die Einrichtung auf sich wirken. Nichts, was er dabei bemerkte, kam ihm verdächtig vor. Skurril ja, aber nicht beunruhigend. Es war die ärmliche Behausung einer alten Frau, die nie viel besessen hatte und mit ihren wenigen Besitztümern von jeher so umgegangen war, dass sie ein Leben lang Bestand hatten. Das sah man an den Möbeln, an dem durchgesessenen Sofa, an den Töpfen, wo an mehreren Stellen die Emaille abgeplatzt war. An dem schief zusammengezimmerten Regal mit den angeschlagenen Tellern. Tatsächlich wirkte alles hier drin wie aus der Zeit gefallen, allem voran das kastenförmige Röhrenradio. So ein sperriges Teil hatten seine Eltern besessen, und das war noch vor dem Krieg gewesen.

Zwischen der Küche – die eigentlich nur aus einem Spülstein, dem Hängeregal darüber und dem Ofen bestand – und der Ecke mit der Couch ging eine weitere Tür ab, die sie vorhin offen hatten stehen lassen. Er wusste, dass sich dort die Schlafkammer befand und gegenüber der Abgang in den Keller. Von dort kroch kalte Luft herauf. Den Keller würde er sich bis zuletzt aufsparen, beschloss er und ging zum Tisch mit der Eckbank. Er fuhr über die bereits arg mitgenommene Wachstischdecke, auf der neben der Teetasse auch verstreute Brotkrümel sowie drei Fliegen reglos auf dem Rücken lagen. Er setzte sich auf den Stuhl, den vermutlich Maria Steiner immer benutzte. Hier hockte sie also, aß ihre Mahlzeiten und starrte dabei vermutlich aus dem Fenster. Wie sehr er auch hin und her überlegte, er konnte sich diese alte Frau nicht dabei vorstellen, wie sie einen groß gewachsenen Mann in der Blüte seiner Jahre überwältigte, ihn in Stücke hackte und danach hinterm Haus unter die Erde brachte. Gut, sie hatte auch den Hund verscharrt. Unter der Männerleiche, die allen Mutmaßungen nach die von Harald Lang war, auch wenn die offizielle Bestätigung dazu noch fehlte. Er fragte sich, ob sie beim Zustand der Leiche überhaupt jemanden für eine Identifizierung in die Pathologie beordern konnten. Wenn ja, dann wollte Walter jedenfalls nicht dabei sein.

Noch während seine Gedanken in dem kühlen, weiß gekachelten Untersuchungsraum verweilten, öffnete seine Hand die Schublade, die unter dem Tisch angebracht war. Wie vermutet fand er dort den Besteckkasten. Dazu Schreibpapier, Bleistifte in unterschiedlichster Länge, Stricknadeln und allerlei Krimskrams, den man wohl zum Stricken und Flicken brauchte. Und er fand Briefe. Neugierig zog er einen davon heraus. Die Handschrift war klar, in einem Maße akkurat, wie früher die Mädchen in seiner Klasse geschrieben hatten.

Der Inhalt des ersten Briefs verwirrte ihn, nicht zuletzt, weil eine Tote ihn geschrieben hatte. Nachdem er auch den zweiten Brief gelesen hatte, verstand er überhaupt nichts mehr.

22
JOSEF

»Du schreibst wie ein Mädchen«, hatte Willy ihn gerne gehänselt und dabei jedes Mal ein irres Lachen anklingen lassen. *Und du sprichst wie ein Weib,* hatte ihm dann stets auf der Zunge gelegen, aber er hatte nicht gewagt, ihm das entgegenzuschleudern. Josef wusste nicht, warum ihm das ausgerechnet jetzt in den Sinn kam. Als es um die Briefe ging, die er später von Willy diktiert bekam, war seine Mädchenhandschrift plötzlich gar nicht mehr so lächerlich gewesen. Und nun fielen sie der Polizei in die Hände, weil es ihm nicht gelungen war, sie vorher an sich zu bringen. *Willy, verflucht noch mal.* Hätte er sich von diesem Idioten nicht so mitreißen lassen, er hätte niemals in diesem Chaos festgesteckt.

Nachdem der Jäger den Hund aus seinem Geländewagen gelassen hatte, war er endgültig getürmt. Er konnte nicht riskieren, dass ihn der Köter aufspürte. Das hätte ihm gerade noch gefehlt. Es hatte schon gereicht, dass er auf seiner blinden Flucht von der Lichtung beinahe in die Arme des Inspektors gerannt wäre. Dass er ihn in seiner Panik überhaupt rechtzeitig bemerkt hatte, grenzte an ein Wunder. Er hatte sich hinter einen Weißdornbusch geworfen, die Luft angehalten und damit gerechnet, dass das Wummern seines Herzens ihn verriet, sofern der Bulle ihn nicht ohnehin schon gesehen hatte. Doch der Dicke war einfach an ihm vorbeigetrottet, damit beschäftigt, nicht in eine Pfütze zu treten oder auf den bemoosten Steinen auszurutschen.

Nachdem der Polizist an ihm vorüber war, konnte er sich natürlich sofort ausrechnen, was als Nächstes geschehen würde. Trotzdem schlich er wie ferngesteuert hinter ihm her – immerhin mit ausreichend Abstand. Der Schreck darüber, was er ausgegraben hatte, war zwar nicht gewichen, doch offenbar hatte eine Art von Selbsterhaltungstrieb seinen Körper übernommen. Statt ein für alle Mal das Weite zu suchen, bezog er also wieder Posten an jener Stelle, die er für die geeignetste hielt, um alles gut verfolgen zu können und gleichzeitig nicht von der Polizei entdeckt zu werden. Dass noch mehr von denen antanzen würden, war klar wie Kloßbrühe, doch letztlich zog sich ihre Ankunft zermürbend in die Länge. Die Verstärkung kam schließlich mit großem Aufgebot. Man hätte fast meinen können, dass sich dort in dem Haus auf der Lichtung diejenigen von der Baader-Meinhof-Bande verschanzt hatten, die noch nicht im Zuchthaus steckten.

Indes lauerte Josef in seinem Versteck und beobachtete das aufgeregte Treiben. Jedenfalls bis der Jäger den Hund aus dem Kofferraum holte.

Und jetzt?

Jetzt stand er vor dem Krankenhaus in Wegscheid und wusste selber nicht, welche Schnapsidee ihn eigentlich hierhergetrieben hatte.

Ich schreibe nicht nur wie ein Mädchen, vermutlich denke ich auch so. Irrational, unüberlegt, impulsiv. Warum sonst war er hergefahren, nachdem er es ungesehen bis zu seinem Auto geschafft hatte? Freilich, er kannte die Antwort. Ihm war nämlich plötzlich eingefallen, dass er sich ja doch mit dem Metzgermädchen unterhalten konnte. Denn noch war Besuchszeit im Krankenhaus.

So weit als möglich hatte er sich von dem Dreck befreit, den er beim Graben und später im Wald aufgesammelt hatte. Zum Glück hatte das meiste davon der Parka abbekommen, der jetzt im Kofferraum lag, nachdem er zu guter Letzt mit der Armeejacke auch noch seine Schuhe abgerieben und sogar einigermaßen sauber gekriegt hatte. So hoffte er, nicht allzu sehr aufzufallen, wenn er ins Spital marschierte. Vorsorglich hatte er eben auf dem Krankenhausparkplatz noch alle Autos überprüft, den Mercedes des Metzgers aber nirgendwo stehen sehen.

Der ältere Herr hinter dem Glas des Empfangsschalters musterte ihn kritisch. Josef war mit einem Mal nicht mehr sicher, ob er sich den Dreck auch aus dem Gesicht gewischt hatte. »Wasner«, sagte er. »Ich möchte meine Schwester besuchen. Sie ist heute erst eingeliefert worden.« Er zwang sich zu einem freundlichen Lächeln.

Endlich griff der Krankenhausmitarbeiter mit dem kahlen Schädel und dem stechenden Blick nach dem Klemmbrett mit der Namensliste und fuhr mit dem Finger die Zeilen abwärts. »Wasner?«, hakte er nach, und Josef nickte, obwohl der Mann ihn gar nicht ansah. Auch wenn die Liste nur eine Seite umfasste, dauerte es eine Ewigkeit, bis der Glatzkopf endlich fündig wurde. »Siebzehn, zweiter Stock«, knurrte er. »Sie müssen sich aber bei der Stationsschwester anmelden! Haben Sie das verstanden?«

Josef konnte sich gerade noch beherrschen, nicht zu salutieren, und nickte. »Stationsschwester. Verstanden«, wiederholte er und beeilte sich, das Treppenhaus zu finden. In der zweiten

Etage angelangt, hatte er sich so weit beruhigt, dass ihm zum ersten Mal der widerliche Krankenhausgeruch auffiel, der hier durch den Gang wehte. Noch ein Grund, unverzüglich zu verschwinden. Trotzdem ging er weiter und gratulierte sich selbst, als er das Schwesternzimmer leer fand und niemand ihm den Weg verstellte. Weit und breit keine Menschenseele, nur ganz am Ende des langen Flurs stand eine dürre Gestalt in einem grau-rot gestreiften Morgenmantel, die ihm den Rücken zukehrte und aus dem geöffneten Fenster rauchte. Leise schob Josef sich an einem Wagen vorbei, in dem sich das gebrauchte Geschirr vom Mittagessen stapelte. Josef rümpfte die Nase über die zusätzliche Geruchswolke, die ihm von dort entgegenströmte. Doch dann stand er vor der Tür mit der Nummer siebzehn und vergaß alles um sich herum.

Zögernd legte er die Hand auf die Klinke. Tausend Gedanken wirbelten in seinem Schädel durcheinander. Was tat er hier bloß? Schon überkamen ihn wieder Zweifel an seinem Unterfangen. Doch da hörte er sich nähernde Schritte aus dem abzweigenden Gang und betrat kurz entschlossen das Krankenzimmer. Rasch schloss er die Tür, bevor er sich dem Raum zuwandte. Er blickte auf drei Betten, von denen nur das am Fenster belegt war, was ihm zumindest ein wenig von seiner Nervosität nahm. Nichts Gutes allerdings verhieß der Kasten mit den Anzeigen, Uhren und Skalen, der dort am Kopfende stand und ein schleifendes Stöhnen von sich gab, das sich im Rhythmus von zwei, drei Sekunden wiederholte. Die Geräusche klangen auf erschreckende Weise wie die allerletzten Atemzüge eines endenden Lebens. In den Schläuchen, die zwischen Mensch und Maschine verliefen, floss eine dunkle Flüssigkeit. Man musste kein Mediziner sein, um zu erkennen, dass es sich dabei um das Blut des Mädchens handelte, das über diese voluminöse Vorrichtung aus dem schmächtigen Körper gesaugt und wieder zurückgepumpt wurde. *Sie waschen ihr Blut.* Josef bekam weiche Knie. Was zur Hölle hatte das zu bedeuten? Was um alles in der Welt hatte die Alte bei der Metzgerstochter angerichtet?

Erst als er näher trat, konnte er ihr Gesicht erkennen. Ihre Augen waren geschlossen. Die Haut unendlich blass. Eigentlich sah sie aus wie tot. Dieser Gedanke versetzte ihm einen Stich. Doch dann bemerkte er, wie sich ihr Brustkorb unter der Zudecke leicht anhob und wieder senkte. Noch lebte sie. Dennoch war der Drang, sofort wieder zu verschwinden, kaum weniger stark als nach dem Auffinden von Haralds Überresten. Er zwang sich bis ans Fußende des Krankenbetts und klammerte sich dort an das Gestell. Ihr Kopf war tief ins Kissen gesunken, ihr hellblondes Haar hob sich kaum vom Bettbezug ab. Überhaupt wirkte sie merkwürdig durchscheinend, wie beinahe nicht mehr vorhanden. Erneut studierte er das Gerät, das ihr Blut reinigte und dabei blechern röchelte. Als er den Blick zurück zu ihr wandern ließ, rutschte ihm das Herz in die Hose.

Sie starrte ihn aus weit aufgerissenen Augen an.

23
WALTER

Am Waldrand, dort, wo der Weg von Talberg herführte, hatten sich Leute eingefunden. Noch wagten sie sich nicht auf die Lichtung, doch Walter erkannte bereits ein paar Gesichter aus dem Ort. Sogar der Pfarrer war unter ihnen. Und er trug ein Kreuz an einer Stange mit sich, wie man es von Prozessionen her kannte. Sie waren gekommen, um das Böse zu vertreiben. Oder das, wovor sie sich fürchteten. Er war froh darüber, dass Heinz offenbar einen Uniformierten abgestellt hatte, dafür zu sorgen, dass die aus dem Dorf vorerst blieben, wo sie waren.

»Hast du was Brauchbares?«, wollte Heinz wissen, als er bemerkte, dass Walter aus dem Haus getreten war.

Zwei Briefe von einer Toten, dachte Walter und schüttelte den Kopf, während sein Chef ihm entgegenkam.

»Warst du auch im Keller?«

»Noch nicht«, gestand er. »Musste erst mal an die frische Luft.«

Heinz runzelte die Stirn. »Und sonst, was hast du sonst rausgefunden in dieser Woche? Ich habe noch keinen Bericht von dir gesehen. Nicht mal zum Fund des Rucksacks.«

Walter blickte zu Boden.

»Das ist doch … Kann mir sonst schon jemand was sagen?«, brüllte Heinz über die Lichtung, damit ihn auch ja alle hörten. »Todeszeitpunkt? Tatwaffe? Identität? Irgendwas?«

»Hier!«, tönte es vom Schuppen herüber, und nicht nur die Leute aus dem Dorf reckten neugierig die Hälse. Der Rufer war einer von der Kriminaltechnik, dessen Name Walter nicht einfiel und der nun dort in der Tür des Holzverschlags stand und winkte. Selbst auf die Entfernung sah man dem jungen Kollegen an, wie blass er um die Nase war. Sofort eilten alle hinüber. Einschließlich seiner selbst zählte Walter neun Männer.

»Da drin muss es passiert sein«, sagte der Spurensicherer, der erst etwa ein Jahr in ihrer Dienststelle war. »Jedenfalls ist da eine ganze Menge Blut.«

»Nur Walter und ich!«, entschied Heinz und gebot damit allen anderen, draußen zu warten. Heinz wollte sonst nie einen Tatort sehen, aber diesmal war wohl alles anders.

Walter folgte seinem Chef in den Schuppen. Drinnen war es dunkel, nur durch die offene Tür fiel Licht herein – ohne die Ecken zu erreichen. Walter bemerkte Heu und Brennholz. An einer Wand hingen Gerätschaften, die er aus der Landwirtschaft kannte. Werkzeuge für Wald, Wiesen und Äcker. Vor dem Brennholzstapel schälte sich ein Hackklotz aus dem Zwielicht, in dem eine Axt steckte. Die dunklen Flecken, die sich darauf abzeichneten, stammten nicht ausschließlich von dem Spiel aus Licht und Schatten, welches das Innere des Schuppens auskleidete. Heinz entdeckte sie ebenfalls und sog übertrieben scharf die Luft ein.

»Lassen wir den Kollegen erst seine Arbeit machen!«, entschied er und griff nach Walters Oberarm, um ihn zurückzuhalten. Aber der wäre ohnehin nicht näher an den blutigen Baumstumpf mit dem Beil darin getreten.

»Kann sein, dass ich weiß, wo Maria Steiner hin ist«, murmelte Walter.

Heinz musterte ihn von der Seite. Seine Mundwinkel bogen sich weit nach unten. »Und wieso rückst du erst jetzt damit raus?« Heinz machte auf dem Absatz kehrt und war schon durch die Schuppentür, als Walter ihn nun seinerseits zurückhielt.

»Was?«, zischte sein Chef irritiert.

»Lass mich sie holen!«, verlangte Walter und war selbst überrascht von seinem harten Tonfall.

Heinz starrte ihn an. Die Sekunden zogen sich in die Länge, dann nickte er schließlich, und Walter ließ seinen Jackenärmel los.

»Gut! Worauf wartest du? Oder brauchst du Verstärkung?«

»Das wird auch alleine gehen, macht ihr mal lieber hier weiter«, sagte Walter. »Vielleicht irre ich mich auch, aber das zu überprüfen dauert keine halbe Stunde.« Wenn er an den langen Weg dachte, war die Schätzung zwar viel zu optimistisch, aber er wollte die schlechte Laune von Heinz nicht noch verstärken. »Informiert mich per Funk, wenn ihr noch was findet«, bat er, dann marschierte er los, darauf bedacht, einen großen Bogen um die Schaulustigen am Rand der Lichtung zu machen.

»Beeil dich!«, rief Heinz ihm hinterher, worauf er seinen Schritt noch mehr beschleunigte. Kaum im Wald, fühlte er sich besser. Beim Gehen raschelten die Briefe in der Innentasche seines Jacketts. Wenn er darüber nachdachte, konnte er es selbst kaum fassen, dass er Beweismaterial von einem wahrscheinlichen Tatort entwendet hatte.

Erschöpft und mit dem unguten Gefühl, die halbe Stunde bereits überschritten zu haben, erreichte er seinen Wagen.

Allerdings würden seine Kollegen ohnehin noch eine Weile dort im Wald beschäftigt sein, er konnte sie also gar nicht verpassen, auch wenn er ein paar Minuten länger benötigte. Kaum saß er hinter dem Lenkrad, fiel ihm ein, dass er dringend noch etwas überprüfen sollte, bevor er sich auf die Suche nach Maria Steiner machte. Eine oder gar mehrere Sachen, die er eigentlich schon letzte Woche hätte erledigen können. Nur hatte er diesen Fall da noch nicht so ernst genommen.

Nein, das stimmte so nicht. Vielmehr war es so, dass die Richtungen, in die er inzwischen ermittelte, sich einfach noch nicht gezeigt hatten. Jetzt hingegen, mit diesen Briefen in seiner Tasche, gewann das Ganze nicht nur deutlich an Brisanz, sondern er sah auch den Weg viel klarer, den es zu beschreiten galt. Am allerbesten wäre es gewesen, die Flurpläne auf dem Katasteramt im Passauer Landratsamt zu studieren, doch er hoffte, dass man ihm auch auf der Gemeindeverwaltung in Wegscheid weiterhelfen konnte. Kaum zehn Minuten später parkte er das Auto dort vor dem Rathaus. Mit vorgehaltenem Dienstausweis geriet er ohne größere Verzögerung an eine junge Dame, die schnell verstand, worum es ihm ging. Und sie wusste, wo sie danach suchen musste. Im Anschluss konnte er von ihrer Amtsstube aus drei Telefonate führen. Auch hier hatte er jedes Mal das Glück, ohne große Umschweife jemanden an den Apparat zu bekommen, der ihm Auskunft geben konnte. Alles in allem verlief dieser Teil seiner Ermittlung, der nun fast vier Seiten in seinem Notizheft füllte, unverhofft reibungslos, auch wenn dabei nahezu zwei Stunden verstrichen.

Wieder im Wagen, blätterte er seine Notizen noch einmal durch und überflog, was er darin seit Beginn der Untersuchung alles vermerkt hatte. Ja, zwar waren immer noch ein paar lose Enden übrig, aber er hatte auch etliche Fäden verknüpfen können. Der Bericht, den er zu tippen hatte, würde umfangreich ausfallen. Kurz schwebte seine Hand über dem Funkgerät, doch dann verwarf er die Gedanken wieder, sich bei den Kollegen auf der Lichtung einen Statusbericht abzuholen. Wenn Heinz erfuhr, dass er Maria Steiner noch immer nicht ausfindig gemacht hatte, würde er bloß von ihm verlangen zurückzukommen. Solange er also nicht angefunkt wurde, wollte er seine Marschroute zuversichtlich weiterverfolgen. Dem Spürhund Raum lassen, den Heinz so gern in ihm sah.

Er machte sich auf den Rückweg. Am Ortsende von Wegscheid steuerte er auf das Krankenhaus zu. Sofort musste er an Heike Wasner denken; vielleicht sollte er sich kurz nach ihr erkundigen. Wie mochte es um sie stehen? War sie überhaupt ansprechbar? Er erinnerte sich an die Miene des Notarztes, als man sie heute Mittag in den Sanka geladen hatte. Sollte er anhalten? Womöglich konnte sie ihm trotz ihres Zustands noch weitere Angaben über den Fremden an der Tankstelle machen. Über den netten Mann, der ihr seine Cola überlassen und sich bei ihr nach einer Hexe erkundigt hatte. Der nette Mann ... Das war eines dieser losen Enden, die bisher nirgendwo dazupassten. Heike Wasner war nicht mehr dazu gekommen, ihm den Mann näher zu beschreiben. War sich sogar bei der Automarke unsicher gewesen. Vielleicht ein BMW, so gut kannte sie sich da nicht aus. Das war so ziemlich das Letzte gewesen, was sie ihm sagen konnte, bevor sie sich unter einem weiteren Krampf krümmte. Gut möglich, dass ihr sonst noch mehr zu dem Mann, seinem Aussehen und dem Wagen eingefallen wären. Und jetzt dachte er ernsthaft darüber nach, sie in einem Krankenbett liegend zu befragen ...

Später, entschied er, während er die Zufahrt zum Spital passierte, und trat das Gaspedal durch. Als er nach einem halben

Kilometer, auf Höhe des Friedhofs, links Richtung Breitenberg abbog, durchfuhr ihn ein neuer Gedanke. Es war ein Mann gewesen, der laut der Metzgerstochter zwischen vierzig und fünfzig war. Also ungefähr in dem Alter, in dem auch Alfred Hirscher sein mochte, der verschwundene Lieblingsneffe von Traudl Leiner. Wieso kam ihm nun ausgerechnet der in den Sinn? Einer, der um sein Erbe gekommen war, weil er sich mit nicht einmal zehn Jahren in Luft aufgelöst hatte. *Der rechtmäßige Erbe.* Irgendwas an der Sache beschäftigte ihn, ohne dass er es zu fassen kriegte. Aber falls der Unbekannte wirklich Alfred war, hätte er sich doch nach seiner Tante Traudl und nicht nach Maria Steiner erkundigt. Wobei er, sofern Heike Wasner es richtig erzählt hatte, ja überhaupt keinen Namen genannt, sondern lediglich nach einer Hexe gefragt hatte. Walter schnaubte. Wenn es nach ihm ging, dann konnte man durchaus auch die hochbetagte Bäckerswitwe so bezeichnen. Er schlug mit der flachen Hand aufs Lenkrad. Himmelherrgott, wieso befasste er sich ausgerechnet jetzt damit? Alfred Hirscher, der nach über vierzig Jahren zurückkehrte, um nach seinem Erbe zu sehen ... Standen nicht schon mehr als genug ungeklärte Fragen auf seinem Zettel? Musste ihn jetzt auch noch ein Gespenst aus der Vergangenheit dieses seltsamen Orts heimsuchen?

Eine gute Viertelstunde später fand die Grübelei ein jähes Ende, doch auch die Euphorie, die ihn in den letzten Stunden getragen hatte, verpuffte wie aus einem angestochenen Ballon. Denn oben auf dem Plateau angekommen, musste er feststellen, dass es verlassen war. Die Zigeuner waren weg. Nur der Aschekreis auf der Wiese und ein paar Reifenspuren zeugten davon, dass sie gestern noch hier gelagert hatten. Vermutlich waren sie rüber nach Österreich. Und wenn er sich nicht völlig täuschte, hatten sie Maria Steiner mitgenommen.

24
JOSEF

»Wer sind Sie?«, flüsterte sie kaum vernehmlich.

»Josef«, antwortete er unbedacht und schickte in der Hoffnung, sie abzulenken, gleich eine Frage hinterher. »Warum hast du den Inspektor zu den Zigeunern geschickt?«

Vielleicht trug ja auch ihr Zustand dazu bei, dass sie sich seinen Namen nicht merkte. Sie war ganz offensichtlich nicht richtig wach; trotz ihrer weit geöffneten Augen kam sie ihm ziemlich entrückt vor.

»Hab ich nicht«, wisperte sie.

»Aber er ist gleich, nachdem er bei dir war, zu ihnen gefahren. Du musst doch was gesagt haben.«

Sie schüttelte kaum merklich den Kopf. Josef kaute auf seiner Oberlippe. Vielleicht konnte sie sich auch bloß nicht mehr erinnern.

»Was fehlt dir eigentlich?«

Ihre Lider hatten sich wieder halb geschlossen. Ihre Wimpern waren hellblond und wie ihre Haare nur zu erahnen. Er konnte die feinen Äderchen darauf sehen. Die Art, wie sie da vor ihm in dem Krankenbett lag, machte ihn nervös. Die Pumpe neben ihr schabte geradezu einschläfernd vor sich hin.

»Vergiftung«, antwortete sie stockend. »Aber sie waschen es aus mir raus … haben sie gesagt. Alles ist im Blut, wussten Sie das? Das Gift geht weg wie das Kind. Das ist mit viel Blut aus mir rausgetropft. Dunkles, klumpiges Blut.«

Er schüttelte den Kopf. Verspürte Mitleid. Verdammt, er hätte nicht herkommen dürfen. »War das die Alte? Das mit dem Gift?«

Die Metzgerstochter kämpfte damit, die Augen wieder zu öffnen. »Ich kenn dich, du … du bist der, der immer oben beim Pfarrhaus parkt.«

Diese Wendung kam überraschend. »Du hast mich gesehen?«, fragte er überflüssigerweise.

»Nicht nur einmal. Gehört ihr zusammen?«

»Ihr?« Josef schluckte trocken. Eigentlich war er gekommen, um *sie* auszufragen. »Wen meinst du?«

»Du und der von der Tankstelle. Der mit der Cola«, wisperte sie.

»Tankstelle?«, wiederholte er und verstand nur Bahnhof.

»Immer irgendwie zur gleichen Zeit, aber nie zusammen.« Ihr Gemurmel war kaum mehr zu verstehen.

Du und der von der Tankstelle. Zur gleichen Zeit, aber nie zusammen. Verflucht noch mal, wovon redete sie da? Er versuchte irgendeinen Sinn darin zu finden, weil er nicht glauben konnte, dass sie nur fantasierte. Auf einmal musste er wieder an den vermeintlichen Mitwisser denken. Jener Unbekannte, der die Polizei eingeschaltet hatte. Der Harald als vermisst gemeldet hatte. Das hatte er zuletzt ganz aus den Augen verloren. *Mit wem hast du geplaudert, Harald?*

Sich nähernde Schritte draußen auf dem Gang rissen ihn aus seinem Gedankentunnel. Immer noch hatte er seine Finger um das Fußteil des Krankenbetts gekrallt. Jetzt ließ er es so abrupt los, als flösse Starkstrom durch die Edelstahlreling. Im selben Moment wurde die Tür aufgestoßen.

Josef wirbelte herum und stieß dabei mit dem Oberschenkel gegen den Tisch an der Wand gegenüber den Betten. Doch er hatte keine Zeit für den Schmerz, denn der Metzger schob seinen massigen Leib ins Krankenzimmer. Für Sekunden starrte er Josef an, als beabsichtigte er ihn zu schlachten. Dann stellte der Metzger leise, aber mit hasserfüllter Schärfe in der Stimme eine Frage, die man nur falsch beantworten konnte: »Bist du etwa die Drecksau, die sie geschwängert hat?«

25

WALTER

Auch von den Zigeunern hatte er seinem Chef noch nicht berichtet. Nichts davon, dass laut dem Bericht von Traudl Leiner die uneheliche Tochter ihres Mannes eine von ihnen war. Zumindest zur Hälfte. Bei seinem gestrigen Besuch im Camp der Zigeuner hatte er dafür keine Bestätigung erhalten. Das hatte er aber auch nicht erwartet. Dass er dort vorbeigefahren war und Fragen gestellt hatte, glich einem Tasten nach dem rettenden Strohhalm. Wobei er nicht einmal sagen konnte, was er mit diesem Strohhalm hätte anfangen können. Aber den Versuch war es wert, schlichtweg um herauszufinden, ob Maria Steiner Kontakt zu ihren fremdländischen Verwandten hatte. Natürlich hatte er auch darüber keine konkrete Auskunft erhalten. Allerdings hatte von denen, die bereit waren, mit ihm zu sprechen, auch keiner geleugnet, Maria Steiner zu kennen. Die Männer und Frauen mit den tiefschwarzen Haaren und dem dunklen Teint hatten freundlich gelächelt, während sie ausweichend auf seine Fragen antworteten. Alles, was Walter von hier oben mitgenommen hatte, war ein Gefühl. Eine Ahnung, aber eine hartnäckige, die sich auch mit rationalen Argumenten nicht mehr beiseitewischen ließ. Und nun, da diese Leute nicht mehr hier waren, fühlte er sich bestätigt. Gestern hatte noch nichts in ihrem Lager nach Aufbruch gerochen – und dennoch war die Josefi-Platte heute verwaist. Offenbar hatten sie ihr Zeug schnellstmöglich zusammengeräumt und das Weite gesucht. Während der Wind, der in heftigen Böen übers Plateau fegte, an seinem Anzug zerrte, entschied Walter, dass die rasche Abreise der Zigeuner etwas mit der Alten von der Lichtung zu tun haben musste. Ihr musste klar geworden sein, welche Konsequenzen das Aufkreuzen der Polizei bei ihr haben würde, und so hatte sich Maria Steiner an die vielleicht einzigen Leute gewandt, von denen sie in ihrer Lage noch Hilfe erwarten konnte. Sie hatte keinen anderen Ausweg mehr gesehen, als sich den Zigeunern anzuschließen.

Ergab das einen Sinn?

Nur, wenn sie wirklich was mit dem Tod von Harald Lang zu tun hatte. Walter sah die Ungereimtheiten. Spürte, dass nach wie vor vieles nicht zusammenpasste. Statt Antworten zu erhalten, warf er mit seinen Überlegungen nur weitere Fragen auf. Wenn Maria Steiner keine Mörderin war, was hatte sie dann aus ihrem Heim verscheucht? Der Brief in seiner Jackentasche, in dem sie dazu aufgefordert worden war, ihr Zuhause zu verlassen? Von jener Tante, die ihr alles vermacht hatte und schon vor zwanzig Jahren verstorben war? Nun, das war tatsächlich eine Möglichkeit, und deshalb musste er auch unbedingt herausfinden, wer diese Schreiben wirklich verfasst hatte.

Aber natürlich erklärten die Briefe noch lange nicht den Toten, den die Alte im Grab ihres Hundes gefunden hatte. Und der ihr noch viel mehr Anlass gegeben hatte, unverzüglich zu verschwinden. Walter hatte immer noch keine Erklärung dafür, warum sie das Grab nochmals aufgeschaufelt hatte. Warum nur hatte sie das getan?

Walter blieb stehen. Im selben Moment packte ihn eine besonders heftige Böe und warf ihn beinahe zu Boden. Nur eine schmerzhaft ungelenke Bewegung rettete ihn vor dem Sturz. Doch der Windstoß, so unangenehm er war, trieb ihm auch einen neuen Gedanken zu. Einen recht offensichtlichen Gedanken, wie er mit einem Mal fand. *Jemand anderes* hatte dort hinterm Haus gegraben! Jemand, der etwas gesucht oder sogar recht genau gewusst hatte, was er dort finden würde. Wieder tastete er nach den Briefen im Jackett. Brunhilde Englers Briefe, die unmöglich von der angeblichen Absenderin stammen konnten und die dazu dienten, Maria Steiner aus dem Haus zu verjagen, in dem sie über drei Jahrzehnte zugebracht hatte. Wer wollte sie weghaben und griff dafür zu diesen abscheulichen Mitteln? Wer ging sogar so weit, dem Kräuterweib eine Leiche unterzuschieben?

Unwillkürlich dachte Walter wieder an Alfred Hirscher. Den rechtmäßigen Erben, dem alles zugestanden hätte, wenn er nicht verschwunden wäre, als er noch ein Kind war. Gut, das betraf die Familie Hirscher. Aber wie stand es eigentlich um die Hinterlassenschaften der Leiners und der Steiners? Ebenfalls alteingesessene Familien in Talberg. Gründerfamilien, wie er heute hatte nachlesen können, seit Generationen in diesem Ort verwurzelt. Wem von all diesen zahlreichen Nachkommen, die in diesen Familien geboren worden waren, stand heute noch was zu? Wer erhob Ansprüche? Wer wurde vielleicht vergessen, weil niemand mehr an ihn dachte? Oder weil von denen, die etwas zu vererben hatten, keiner auf den Gedanken kam, dass es da noch weitere Kinder, Kindeskinder, Neffen und Nichten gab …

Obwohl er nur wenige Schritte von seinem Wagen entfernt auf der Wiese stand, vernahm er das statische Knacken nur deshalb, weil der Wind in diesem Moment eine Verschnaufpause machte. Walter verlor augenblicklich den Faden, den er soeben in seinem Kopf zu spinnen begonnen hatte. Er ging zum Auto, beugte sich hinein und fischte das Funkgerät heraus.

»Hier Erlau zwei, ich höre?«

»Komm sofort her!«

Es war Heinz. Heinz funkte ihn höchstpersönlich an.

»Warum? Was ist passiert?«

Er rauschte ungewöhnlich lang, ohne dass etwas zurückkam. Als müsste sein Chef gut überlegen, was er ihm sagen sollte. Dann endlich die vom gewohnten Knistern unterlegte, leicht zerhackte Antwort.

»Wir haben den Keller geöffnet.«

26
JOSEF

Mit einem Mal war die Sache noch mehr in Bewegung geraten. Zwar konnte er von seiner Warte aus nichts Genaues erkennen, aber an der Art, wie sich die Polizisten verhielten, war abzulesen, dass da noch etwas ans Licht gekommen sein musste. Etwas, das sie regelrecht in Aufruhr versetzte. Nur was konnte schlimmer sein, als der Fund einer Leiche, der man Arme und Beine abgehakt hatte? Verflucht, wieso war er bloß wieder hergekommen?

Dass er es vor einer knappen Stunde überhaupt lebend aus dem Krankenhaus geschafft hatte, verdankte er zwei kräftigen Pflegern, denen es irgendwie gelungen war, den tobenden Metzger von ihm herunterzuzerren. Nicht eine Sekunde zu spät, denn die mächtigen Schlachterpranken hatten sich bereits um seinen Hals gelegt. Josef hatte gar keine Gelegenheit erhalten, sich zu dem abwegigen Vorwurf zu äußern, dass er der Vater von Heikes Kind sein sollte – weder vor dem Angriff noch danach.

Stattdessen war er wie ferngesteuert aus dem Krankenhaus gewankt, zurück zum Geigerkreuz gefahren und von dort zum ungefähr tausendsten Mal durch den Wald gegeistert. Er hatte völlig vergessen, dass ihn der Hund des Jägers wittern oder er den an- und abrückenden Polizisten in die Arme laufen mochte. Oder von den Leuten aus dem Dorf entdeckt werden konnte, die plötzlich am Rand der Lichtung herumstanden. Ja, selbst nachdem ihm all diese Möglichkeiten nach und nach bewusst geworden waren, konnte er sich nicht dazu durchringen, die Flucht anzutreten. Es war verrückt, dass er erneut hier war, doch er schien irgendeiner Art Zwang zu unterliegen. Und deshalb wurde er jetzt Zeuge einer neuen Entwicklung.

Auf was auch immer die Polizei im Haus der Alten zuletzt gestoßen war, es handelte sich aller Wahrscheinlichkeit nach nicht um seine Briefe. Noch immer klammerte er sich an die klägliche Hoffnung, dass diese im Ofen gelandet waren. Womit er sich vermutlich wieder einmal selber in die Tasche log. Insgeheim wusste er doch längst, dass er im Knast landen würde, auch wenn er im Moment keine Vorstellung hatte, wie die Anklage dafür lauten könnte.

Aber es war ihm definitiv nicht gelungen, unsichtbar zu bleiben. Sein Krankenbesuch bei der Metzgerstochter hatte das bestätigt. Die Talberger wussten von ihm; davon, dass er seit Wochen ums Dorf geschlichen war. Sobald die Bullen anfingen, die Leute zu befragen, würde man sich an ihn erinnern. Vermutlich hatte einer der Bauern schon längst sein Autokennzeichen notiert, einfach nur, weil er mit dem Wagen eine Zufahrt zu einem Acker blockiert hatte. Gleichzeitig würde die Polente herausfinden, dass ihm die Postfachadresse gehörte, an die ihm die Hexe hätte schreiben sollen. Doch das Allerschlimmste war, dass er irgendwann Haralds Tod erklären musste. Denn auch darauf würden die Ermittler stoßen, da brauchte er sich nichts vorzumachen. Sobald sie damit begannen, in seinem Umfeld herumzuschnüffeln, würde jemand den Bullen stecken, dass Harald und er Freunde gewesen waren. Freunde und Kleinkriminelle.

Hinter ihm knackte ein Ast. Sein Herz setzte aus. Er wirbelte herum und ließ sich zugleich mit dem Rücken gegen den Baum fallen, hinter dem er sich versteckt hatte. Eine Gruppe eng stehender Buchen versperrte ihm den Blick dorthin, wo er den Verursacher des Geräuschs vermutete. Obwohl ihm davor grauste, hatte er doch seinen vor Dreck stehenden Parka wieder übergestreift. Jetzt war er dankbar für dessen tarnenden Effekt. Auch an der einst hellen Hose klebte mittlerweile der halbe Wald. Josef kniff die Augen zusammen, konnte aber nichts erkennen. Weder eine Bewegung noch irgendetwas, das sich farblich vom Dickicht abhob ...

Er horchte auf. Da, erneut ein Knacken, gefolgt von einem leisen Rascheln, das nicht der Wind verursachte, da war er sicher. Allerdings jetzt etwas weiter entfernt, links von ihm, hangabwärts. Etwas oder jemand bewegte sich von ihm weg. Konnte das die Alte sein, die sich nicht mehr zurück nach Hause traute?

War das seine Chance, noch etwas zu retten? Ehe er es sich anders überlegen konnte, folgte er dem Geräusch. So leise wie nur irgend möglich. Bekam er sie zu fassen, würde er sie fragen, was sie mit den Briefen gemacht hatte. Und mit etwas Glück gefiel ihm die Antwort, die er von ihr bekam. Bei dem Gedanken, die Hexe zu stellen, umfing ihn augenblicklich wieder diese unheimliche Kälte, die ihm nicht nur die Wirbelsäule hinaufkroch, sondern sich auch unter seinem Zwerchfell ausbreitete. Andererseits war er heute schon mehrfach der Polizei entkommen und hatte sogar den Angriff des Metzgers überlebt, da würde er wohl auch die direkte Konfrontation mit der Alten durchstehen. Jeden Schritt achtsam wählend, schlich er der Geräuschspur hinterher, die sich nun im dichten Gesträuch um die Lichtung herum bewegte.

So gelangte er nach wenigen Minuten an den abschüssigen Bereich, in dem mächtige, mit Moos überzogene und von Wind und Wetter geformte Granitfindlinge über die Dauer von Jahrtausenden aus dem Hang gewachsen waren. Hier musste man besonders aufpassen, wohin man trat. Nicht wegen des Laubraschelns oder der knackenden Zweige, sondern weil die Sohlen schlecht Halt fanden. An einer besonders kniffligen Stelle, als er schon abzurutschen drohte, klammerte er sich an den rauen Stamm einer schlanken Fichte. Er verschnaufte kurz und spähte derweil hinüber zum Hexenhaus, auf das man von hier einen wirklich guten Blick hatte. Und dann entdeckte er noch etwas anderes, direkt zu seinen Füßen, zwischen den sich in die steinige Erde bohrenden Wurzeln des Baumes. Dort lagen, flüchtig mit feuchten Blättern bedeckt, jede Menge Zigarettenkippen.

Genau hier hatte jemand gehockt und geraucht. Viel geraucht, was darauf schließen ließ, dass er lange Zeit in diesem Versteck gesessen hatte. Es brauchte kein großes Rätselraten, mit welcher Absicht. Offensichtlich war er nicht der Einzige, der die Gewohnheiten der Alten studiert hatte. Aber hatte er das nicht schon seit einer Weile geahnt? Die Kälte hüllte ihn nun vollständig ein, und er fühlte, wie auf seinen Unterarmen die Gänsehaut wuchs.

»Na also!«, ertönte da eine Stimme hinter seinem Rücken. »Jetzt hast du, was du willst.«

Josef fuhr herum, zu schnell, zu unvorsichtig. Er verlor den Halt und stürzte kopfüber den Abhang hinab.

27

Er überschlug sich mehrfach, prallte immer wieder gegen kantige Steine, gegen Wurzeln und Baumstämme. Er spürte, wie sich Dornen durch die Kleidung in seine Haut bohrten. Wie Muskeln, Knochen und Gelenke knirschten und Wellen brennender Schmerzen durch seinen Körper brandeten. Dann endlich blieb er in einem Haselnussstrauch hängen. Heiße Flüssigkeit füllte schnell seinen Mund und gleich darauf seinen Rachen. Mit letzter Kraft wälzte er sich auf die Seite und spie eine besorgniserregende Menge Blut auf den von Kiefernnadeln übersäten Waldboden. Er hatte sich auf die Zunge gebissen, und der Blutfluss wollte nicht aufhören. Doch die Wunde in seinem Mund verblasste zu Bedeutungslosigkeit, als er hörte, wie sich von oben etwas mit lautem Getöse auf ihn zubewegte. Für eine Sekunde dachte er an einen schweren Granitbrocken, der sich vom Hang gelöst hatte und gleich direkt über ihn hinwegrollen würde. Doch einen Wimpernschlag später wurde sein Kopf wieder klar, und er wusste, wer ihm durch den dichten Waldbewuchs entgegenkam.

Drei Meter über ihm teilten sich die Vogelbeerbüsche, und er trat hindurch. In Tarnkleidung aus Bundeswehrbeständen, auch wenn er, nach allem, was Josef wusste, nie gedient hatte. Leichtfüßig und scheinbar ohne Mühe bewegte er sich auf dem steilen Terrain. Charmant lächelnd, wie immer.

»Willy«, keuchte Josef, und ein weiterer Schwall Blut schwappte ihm über die Lippen.

28
WILHELM

Jeder, der ihn kannte – vor allem natürlich die Frauen –, sagte ihm gerne, dass er wirklich gut aussah. Mindestens so gut wie ein Schauspieler. Ein amerikanischer, wohlgemerkt. Ein bisschen wie Steve McQueen. Der war sogar am selben Tag geboren, wenn auch ein paar Jahre früher. Das hatte er einmal zufällig irgendwo gelesen und es für passend befunden. Denn tatsächlich war er ja ein ähnlicher Haudegen wie diejenigen Figuren, die McQueen in seinen Rollen so oft verkörperte. Echte Kerle eben. Und Willy fühlte sich durchaus als echter Kerl, auch wenn er Beamter war und in einer Behörde arbeitete. Das war nämlich im Prinzip keine schlechte Sache und in vielerlei Hinsicht sogar ein Vorteil. Was er freilich nicht ohne Weiteres zugegeben hätte. Vor allem gegenüber den Frauen behielt er das für sich. Die wirklich heißen Bräute gingen nicht mit Beamten aus, das hatte er schnell verstanden.

Ja, er war stolz auf sein Aussehen. Dieses verwegen Maskuline, das ihm half, über das Defizit einer viel zu hellen Stimme hinwegzuspielen. Er verabscheute diese Stimme und hatte sich schon oft gefragt, wer ihm diese unglaublich peinlichen Stimmbänder vermacht hatte. Seinen leiblichen Vater hatte Willy nie kennengelernt, denn der war vor seiner Geburt gestorben. Bei einem Unfall. Seine Mutter war ihm auf Fragen nach den genauen Umständen lange Zeit immer ausgewichen. Allerdings hatte sie auch nie erwähnt, dass sein Erzeuger über eine auffällig glockenhelle Stimme verfügt hatte.

Sein erster Ziehvater, den seine Mutter geheiratet hatte, noch bevor Willy zur Welt kam, wurde bald darauf in den Krieg entsandt und blieb dort. An diesen Mann erinnerte er sich mittlerweile auch nicht mehr besonders gut. Denjenigen, den sich seine Mutter danach ins Haus holte und dessen Namen er bis heute trug, war keiner, auf den er jetzt noch viele Gedanken verschwendete. Auch dieser Mann war zeitig genug gestorben, um ihn schnell vergessen zu können. Wäre Willy gefragt worden, er hätte nicht einmal sagen können, ob dessen Tod nun zehn oder gar fünfzehn Jahre zurücklag. Jedenfalls hatte seine Mutter seither nicht erneut den Drang verspürt, vor den Altar zu treten. Jetzt, bei ihren sechsundsechzig Jahren, ging er davon aus, dass es auch nicht mehr dazu kommen würde.

Eigentlich hatten ihn diese ganzen Verwandtschaftsgeschichten nie sonderlich interessiert, zumindest nicht bis zu dem Tag, als er wegen seiner Neigung zur Spielerei in Geldschwierigkeiten geriet. Auch wenn ihm sonst wenig entging, so hatte er bei dieser Sache einfach zu spät begriffen, dass seine Beamtenbesoldung niemals ausreichen konnte, um zu kompensieren, was er bis zu diesem Zeitpunkt schon beim Glücksspiel verloren hatte. Folglich hatte er keine Wahl, als sich nach anderen Wegen umzusehen, um an Geld zu kommen. Er fing damit an, sich bestechen zu lassen, krumme Geschäfte einzufädeln, kurz, Dinge zu tun, auf die man nicht eben stolz sein konnte. Schon bald wurden diese Machenschaften nicht nur zu einer unkontrollierbaren Spirale für ihn, sie reichten obendrein nicht aus, um sich wieder zu sanieren. Wobei seine Vorstellung einer solchen Sanierung sich deutlich von dem unterschied, was andere, bescheidenere Leute darunter verstanden hätten. Willy wollte kein bescheidenes Leben führen. Bescheidenheit hatte er in seiner Kindheit und Jugend genug erfahren. Bescheidenheit kotzte ihn an.

Irgendwann im Laufe dieser Phase, in der er außerhalb der Legalität herumexperimentierte, fiel Willy wieder ein, dass er aus der Blutlinie der Steiners stammte. Und die Steiners besaßen Land. Wälder, ja sogar einen ganzen Berg. Dazu Anteile an einem Steinbruch. Plus jede Menge Immobilien. Und Viehbestand. Das herauszubekommen war nicht schwer, durch seinen Posten hockte er ja gewissermaßen an der Quelle. Und auch wenn die Gänge des Archivs im Landratsamt lang und die Regale endlos waren, er wusste, wie man einen Aktenplan las und schnell fand, was man suchte.

Freilich, wenn er früher schon gewusst hätte, was er nach und nach in Erfahrung gebracht hatte, wäre es vielleicht nie zu dieser finanziellen Ebbe gekommen. Aber leider hatte seine Mutter ihm viel zu spät anvertraut, dass nicht Karl Leiner sein leiblicher Vater gewesen war, sondern jener Wilhelm Steiner, nach dem er benannt wurde.

Karl war offenbar ein Mann mit Prinzipien gewesen. Das zumindest pflegte seine Mutter immer zu sagen, wenn sie von ihm sprach. Aber er war auch ein armer Schlucker. Wenn Willy sich zwischen Prinzipientreue und Reichtum hätte entscheiden müssen, wäre die Sache klar gewesen. In der Tat war es doch so, dass seine Mutter zu viel falsch gemacht haben musste in ihrem Leben, sonst wäre er nie in dieser Armut aufgewachsen. Durch ihr Ehe mit Karl, diesem unbedeutenden Polizeibeamten, der sich geweigert hatte, in die Partei einzutreten und damit alle Chancen für einen Aufstieg und eine bessere Bezahlung zunichtegemacht hatte, hatte auch seine Mutter alles verspielt, was ihr rechtlich zugestanden hätte. Auch das hatte er aus den Unterlagen herausgelesen, die er irgendwann mal vor ein paar Jahren beim Herumstöbern auf dem Dachboden gefunden hatte. Und das hatte ihn mehr als wütend gemacht. Ja, verflucht noch mal, ohne ihren Karl hätten sie und Willy deutlich besser dagestanden. Aber freilich hatte er sie nie zur Rede gestellt. Er liebte sie, und es lag ihm fern, ihr Vorwürfe zu machen. In gewisser Weise war ihm seine Mutter heilig, trotz all der Dummheiten, die sie seines Erachtens in ihrem Leben gemacht hatte.

Jedenfalls hatte Karl, dieser Kleingeist, die Treue zu Hitler verweigert. Seine ideologische Einstellung führte dazu, dass er trotz des Postens bei der Polizei an die Front geschickt wurde. Willy wollte nicht gerade von Glück reden, doch wäre es womöglich noch schlimmer gekommen, wenn Karl samt seinen sozialen Ansichten den Krieg überlebt hätte.

Und nach Karl, ja, da wäre vielleicht auch noch was zu retten gewesen. Leider Gottes trat jedoch seine Mutter 1947 im Alter von sechsunddreißig Jahren ein drittes Mal vor den Traualtar. Und das war dann noch weniger hilfreich. Für Willy wäre nämlich nicht nur als Steiner was zu holen gewesen, sondern auch als ein Abkömmling der Leiner-Familie, selbst wenn er da über seine Mutter nur hineinverheiratet war. Kein Blutsverwandter also – aber wer von den Leiners, die nach dem Krieg übrig waren, wollte das noch so genau wissen. Jedenfalls fand er, er könne durchaus einen Anspruch auf das Geld seiner Großtante Traudl erheben, die Haus, Hof und Bäckerei bereits verkauft hatte, als er sich daranmachte, diese Verwandtschaftslinie zu durchleuchten. Dass Tante Traudl von Geiz zerfressen war und nichts von all dem Geld ausgegeben hatte, war einfach herauszubekommen. Glaubte sie wirklich, sie könnte den ganzen Zaster mit ins Grab nehmen?

Nein, sicher nicht. Jedenfalls wenn es nach ihm ging. Je praller gefüllt der Sparstrumpf von Traudl war, desto besser. Und den offenbar einzigen Mitbewerber für diese Erbschaft auszustechen erschien ihm nicht sonderlich schwierig. Nachdem es Franz Hirscher bisher nicht geschafft hatte, der Alten das Geld aus den Rippen zu leiern, machte sich Willy da keine allzu großen Sorgen.

Noch viel weniger, seit er sein Ass im Ärmel hatte.

Josef, dieser Trottel, glaubte immer noch, dass ihre Begegnung ein Zufall war. Aber Willy war keiner, der irgendwas dem Zufall überließ. Weder dem Zufall noch sonst jemandem. Erst recht hatte er nicht vor, Josef etwas zu überlassen.

Allerdings musste er sich eingestehen, dass er in den letzten Tagen ein wenig übereifrig vorgegangen war. In einigen Belangen zumindest. Das mit dem Mädchen hatte er wirklich nicht so gewollt.

Eigentlich hatte er vorgehabt, endlich die alte Leinerin ins Grab zu bringen. Dafür war das Zeug perfekt geeignet. Vierundneunzig Jahre waren doch mehr als genug. Von einem befreundeten Anwalt hatte er bereits vor geraumer Zeit alles vorbereiten lassen, um seine Rechtsansprüche auf das Erbe geltend zu machen. Nur wollte die Alte ums Verrecken nicht verrecken. Wen wunderte es da, dass er die Geduld verlor, obwohl er doch sonst immer so besonnen vorging.

Allerdings kam ihm dann diese andere Idee dazwischen, diese Gelegenheit, die sich ihm unvermittelt bot. Und Willy war, atypisch für einen Beamten, keinesfalls einer, der diese Sorte Gelegenheiten ungenutzt verstreichen ließ. An dem Tag war er schon früh im Ort gewesen, und dabei war ihm das Mädchen aufgefallen, das nicht wie alle anderen Kinder und Jugendlichen in den Schulbus stieg. Aufgrund seiner umfangreichen Recherchen über Talberg wusste er, dass es die Tochter des Metzgers war, die da ihr Fahrrad vom Hof schob und sich immer wieder umblickte, weil sie genau wusste, dass sie etwas Unerlaubtes tat. Damit hatte sie sofort seine Aufmerksamkeit erregt. Zwar hatte er nichts mit dem Wasner zu schaffen, aber dessen Tochter, die er schon davor ab und an zu Gesicht bekommen hatte, gefiel ihm. Freilich, sie war noch blutjung, aber er mochte ihre langen Beine und die Vorstellung, mit der Hand daran auf und ab zu streichen. Jedenfalls, als er sie da mit ihrem Rad sah, wurde er sofort aufmerksam und fragte sich, wohin sie wohl fuhr. Nun, eigentlich wusste er es schon, während er sich an ihre Fersen heftete. Eine Eingebung, die schnell Bestätigung fand. Kurz darauf hatte er seinen Plan im Kopf.

Im Nachhinein musste er sich allerdings eingestehen, dass er es übertrieben hatte mit dem, was er dem Mädchen in die Cola gemischt hatte. Er hatte es unterschätzt, dieses Dioxin-Zeug, das jenem Mist ganz ähnlich war, mit dem die Itaker letztes Jahr unten in Seveso aufgeflogen waren. In Italien war es natürlich keine Cola, das Gift kam in Form einer Gaswolke über die Leute. Er kannte die Einschätzung aus den Berichten, die man ihm hatte zukommen lassen, nachdem er dazu abgeordnet worden war, sich bei ihnen auf dem Amt um ein ähnliches Problem zu kümmern. Seit er im Landratsamt ins neu eingerichtete Dezernat für Abfallwirtschaft gewechselt hatte, wurde er von den verschiedenen Deponien und Müllentsorgern immer wieder wegen allerlei toxischer Mittel kontaktiert, die dort landeten. Zeug, das möglichst ohne großes Aufsehen wegmusste, bevor jemand darüber stolperte, den es nichts anging. Dafür war er ausgewählt worden, vom Landrat höchstpersönlich. Der hatte das aber mit Sicherheit nicht alleine entschieden. Nicht bei einem dermaßen heiklen Posten, den es da zu besetzen galt. Willy ging davon aus, dass da mindestens noch jemand aus der Bayerischen Staatskanzlei mitgeredet hatte. Einer mit einem direkten Draht nach ganz oben. So ein Geleckter, der dem Franz Josef auf die Schulter klopfen durfte, ohne dass man ihn einen Kopf kürzer machte.

Er, Wilhelm Schneider, sei der richtige Mann dafür, hieß es jedenfalls. Er stellte keine Fragen, tat wie ihm aufgetragen wurde, konnte schweigen, wenn es darauf ankam. Würde jedoch auch seinen Kopf hinhalten müssen, wenn mal etwas schieflief. Oder durchsickerte. So wie der unliebsame Dreck manchmal aus den durchgerosteten Fässern tropfte, die in seine Obhut gegeben wurden. Unter anderem von dieser Firma, die Kühlflüssigkeiten für Hydraulikanlagen herstellte. Er hatte keine Ahnung, was dort genau wofür produziert wurde. Denn das gehörte bei Bedarf auch zu seiner Aufgabe: keine Ahnung zu haben. Allerdings war ihm bekannt, dass die Frau des Landrats an diesem Unternehmen beteiligt war. Das hatte er freilich auch nicht zu wissen, doch in der Regel wusste er immer mehr, als die anderen glaubten. Oder als er vorgab zu wissen. Das war ebenfalls eins seiner versteckten Talente.

Die Umweltschützer waren leider ein wachsender Risikofaktor. Diese Fanatiker wurden immer dreister und kannten keinen Respekt mehr vor der Obrigkeit. Das machte seinen vertraulichen Job nicht gerade einfacher, doch auch damit kam er zurecht.

Jedenfalls behielt er manchmal Proben von diesem ganzen Giftzeug bei sich, statt alles rest- und spurlos verschwinden zu lassen wie befohlen. Schließlich war immer damit zu rechnen, dass er es mal brauchen könnte. Als Rückversicherung. Oder als Druckmittel gegen unberechenbare Staatssekretäre, je nach Grad der Bedrohlichkeit. Weshalb es auch wichtig war herauszukriegen, wie gut diese Toxine funktionierten. Er hatte sich daher zur Gewohnheit gemacht, die unterschiedlichsten Substanzen gelegentlich an Tieren zu testen. Hunde beispielsweise waren recht einfach zu vergiften. Genau wie Katzen. Von beiden gab es genug, auch gleich in der Nachbarschaft.

Schleichend, stand in diesem streng vertraulichen Untersuchungsbericht. *Das Gift wirkt schleichend.* Und ein Hund war freilich kein Mensch. Rückblickend wäre es besser gewesen, das Mädchen hätte die Cola nicht in einem Zug getrunken.

Selbstverständlich war er wieder viel schneller zurück im Dorf als sie mit dem Fahrrad. Und auf sie an der Tankstelle zu warten war schlicht und einfach ein brillanter Schachzug gewesen. Eigentlich konnte er immer noch nicht fassen, dass der Plan so elegant aufgegangen war. Tatsächlich kam sie dort vorbeigeradelt und war auch dementsprechend durstig. Der Tag war ja noch richtig warm gewesen. Ein Spätsommertag, an dem sie über den Berg musste. Und es brauchte keinen Propheten, um vorherzusagen, dass dieser Getränkeautomat mit seinen süßen Limos und der Cola auf die jungen Leute aus diesem Kaff wie ein Magnet wirkte.

Irgendwie klappte alles genau so, wie er es sich vorher ausgerechnet hatte. Natürlich bedauerte er, dass er das Mädchen damit letztlich ins Krankenhaus gebracht hatte. Aber sie war jung, sie würde darüber hinwegkommen. Und der alten Steinerin würde man die Schuld dafür geben. Josef konnte ihm dankbar sein, dass er die Geschichte so beschleunigt hatte.

Josef, dieser leichtgläubige Idiot! Dem hätte man wirklich *alles* erzählen können. Wobei das überhaupt nicht nötig war, denn sein Quasi-Cousin rannte auch ganz ohne sein Zutun blindlings ins Verderben. Allerdings hatte Willy dieses Verderben auf gewisse Weise vorbereitet.

Seit er die Sache mit Josef eingefädelt hatte, war er derjenige, der den Beobachter beobachtete. Wobei er hier nicht sonderlich sorgsam hatte sein müssen. Josef war so sehr darauf fixiert zu verfolgen, was auf der Lichtung passierte, dass er niemals über die Schulter, ja nicht einmal nach rechts und links blickte. Die Zigaretten, die Willy in all der Zeit, da er Josef im Auge behielt, weggepafft hatte, konnte er schon nicht mehr zählen. Er hatte sich irgendwann sogar die Nachlässigkeit erlaubt, seine Kippen einfach nur noch im Waldboden zu verscharren, statt sie in das Einmachglas zu packen, das er anfangs immer mitgeschleppt hatte. Gut, das war rückblickend vielleicht nicht so durchdacht gewesen, denn da dieses Vorhaben nun doch um einiges mehr an Dynamik gewonnen hatte als ursprünglich geplant, hätte er besser weniger Spuren hinterlassen sollen. Er hatte zwar von Anfang an einkalkuliert, dass irgendwann die Polizei aufkreuzen würde, allerdings hatte er da noch nicht mit einem Toten gerechnet. Zumindest nicht mit einem, für den er selber gesorgt hatte.

Mit Leichen sollte eigentlich ausschließlich die alte Hexe zu tun haben. Willy hatte zwar keinen echten Beweis, aber er war sich ziemlich sicher, dass an Maria Steiners Händen Blut klebte, wenn auch bloß im übertragenen Sinn.

Wenn Josef, dieser Trottel, ein bisschen mehr Geduld bewiesen hätte, dann hätten sie früher oder später ein schriftliches Geständnis in Händen gehalten. Aber sein Cousin musste die Sache ja unbedingt versemmeln. Vielleicht hätte

Willy ihm ja doch verklickern sollen, dass niemand anders als Maria Steiner schuld am Tod von Josefs Mutter war. Vielleicht hätte er dann umsichtiger agiert. Andererseits ... vielleicht wäre Josef auch völlig ausgerastet. So gesehen war es womöglich doch ganz vernünftig von ihm gewesen, diesen Idioten nicht mit allen Details vertraut zu machen.

Es war knifflige Detektivarbeit gewesen, auf die Willy mächtig stolz war. Natürlich hatte auch der Zufall mitgeholfen, dennoch musste man die Hinweise, die einem unerwartet zuflogen, erst mal als solche erkennen. Immer wieder erstaunlich, wie die Leute auch in der heutigen Zeit noch kuschten, wenn man ihnen einen Dienstausweis unter die Nase hielt. Selbst wenn es nur einer vom Dezernat für Abfallwirtschaft war. Doch das lasen die meisten gar nicht, oder sie wagten nicht nachzufragen. Wenn man entsprechend energisch auftrat, bekam man so prompt und unhinterfragt Antworten, als befände man sich auf dem Kasernenhof. Das Beste daran war zweifelsohne, dass sich die Leute später nicht mehr erinnerten, wem sie, derart überrumpelt, bereitwillig Auskunft erteilt hatten. Zu seinem eigenen Erstaunen konnte er immer wieder feststellen, dass der Dienstausweis – oder vielleicht eher der Beamtenstatus – ihn auf unerklärliche Weise unsichtbar machte.

Unter anderem hatte er auf diese Weise mit dem Riedl gesprochen – oder eher sich von ihm berichten lassen. Nicht vom Sohn, der jetzt die Schreinerei übernommen hatte, sondern von dessen Vater. Wobei er die Leute nie im Ort selbst befragt hatte, nicht einmal diejenigen, die tagein, tagaus im Wirtshaus hockten. O nein, er hatte geduldig gewartet, bis sie aus ihren Löchern gekrochen kamen. Weil sie zum Dorffest nach Meßnerschlag wollten. Oder nach Wegscheid, zur

Kirchweih oder einfach nur so, um dort ihre Einkäufe zu erledigen. Es ergaben sich so viele Gelegenheiten, wenn man nur wusste, worauf man zu lauern hatte. Und da hatte er sich die einfältigen Talberger dann gegriffen. Die einen hatte er sich, sofern nötig, dienstlich vorgeknöpft, die andern auf subtile, unverfängliche Weise in Gespräche verwickelt. Im Laden. Vorm Bierzelt. Beim Umzug während der Fahnenweihe. So hatte er unter anderem bald herausgehört, dass der alte Riedl eine Lieblingsgeschichte hatte, die er immer wieder zum Besten gab. Am Stammtisch der Schützengilde, beim Feuerwehrfest oder beim Faschingsball. Immer wenn der alte Riedl genug getrunken hatte und der Alkohol seine sonst so träge Zunge löste, erzählte der Schreinermeister allen, die es hören wollten, wie damals die Hexe in seine Werkstatt gekommen war. Damals, 1955. Völlig aufgelöst. Telefonieren hatte sie wollen. Einen Sanka bräuchte sie, wegen ihrer Cousine, weil die giftige Schwammerl gegessen hatte. Aber freilich war's schon viel zu spät gewesen ...

Mathilde Engler, Josefs leibliche Mutter, war an dieser Pilzvergiftung gestorben. Aber, fragte sich Willy, war das ihre eigene Schuld? Oder die ihrer Cousine, die sich mit Schwammerln ebenso auskannte wie mit Kräutern und allem, was im Wald wuchs und genießbar war. Oder halt auch nicht. Genau das war die Frage, die er sich seitdem stellte. War das mit den Schwammerln Vorsatz gewesen? Wenn man bedachte, dass danach nicht Mathilde, sondern eben Maria den Wald erbte, dann war das eine durchaus berechtigte Frage, fand Willy.

Dass nun Maria Steiner das Land gehörte, auf dem ihr Hexenhaus stand, kam ihm freilich besser zupass. Denn der Verwandtschaftsgrad zu ihr war deutlich günstiger, um das Erbe für sich zu beanspruchen. Immerhin war sein Vater Karl ein Neffe von Georg Leiner gewesen, der wiederum der Vater von Maria war. Wenn er so darüber nachdachte, mit welcher Bravour er dieses ganze Verwandtschaftsgeflecht aufgedröselt hatte, erfüllte ihn das mit ähnlich großer Zufriedenheit wie sein detektivisches Gespür an sich. In eigener Regie hatte er alles in die richtigen Bahnen gelenkt, sodass seine Taschen in absehbarer Zeit wieder ausreichend gefüllt sein würden. Nicht nur hatte er stets die Übersicht behalten und den Überbau seines Plans im Blick gehabt – auch all die kleinen Ideen und Kniffe, auf die er bis in der letzten Woche noch gekommen war, hatten das Ihre beigetragen. Unter anderem hatte er das Grab von Mathilde herrichten lassen. Die Kette des Hundes manipuliert. Sich überhaupt den Köter schon vor geraumer Zeit gefügig gemacht, sodass der keinen Mucks mehr von sich gab, wenn Willy sich näherte.

Auch dass er im Notfall die richtige Kaltblütigkeit aufbringen konnte, wenn es keinen Ausweg mehr gab, rechnete er sich hoch an. Obwohl sie aus menschlicher Sicht gesehen freilich verwerflich war, diese Kaltblütigkeit. Wo er die herhatte, wusste er nicht, aber vielleicht war ja Wilhelm Steiner entsprechend gestrickt gewesen. Sagte man den Steiners doch allesamt nach, dass sie nicht gerade von sensiblem Gemüt waren. Egal, woher auch immer es ihm in die Wiege gelegt worden war, mit Menschlichkeit ließ sich nun mal kein Leben finanzieren; und deshalb musste man sie, falls nötig, ausblenden können. Das war ihm bei Josefs Kumpel gelungen, und jetzt, da sein einfältiger Cousin vor ihm im Dreck lag, würde es Willy auch bei ihm gelingen, sollte es notwendig werden. Was er jedoch nicht hoffte. Nicht etwa, weil er Sympathie für Josef empfand. Das ganz gewiss nicht. Vielmehr war es so, dass er als lebendiger Sündenbock schlichtweg mehr wert war.

29
JOSEF

»Das hast du vergessen«, sagte Willy, der aussah, als nähme er an einer Wehrübung in schwierigem Gelände teil. Das Weibische in seiner Stimme hatte nun absolut nichts Komisches mehr an sich. Er warf Josef einen Plastikbeutel zu, den er in seiner halb liegenden, halb kauernden Position auffing. Kaum hatte er das Ding in den Händen, fühlte er durch die Verpackung hindurch, was es war. Im Grunde hatte er das schon vorher gewusst, als es in seine Richtung geflogen kam, weshalb er die Tüte auch sofort wieder fallen ließ wie eine heiße Kartoffel.

Unmittelbar vor seiner Nase purzelte Haralds abgehackte Rechte aus dem Beutel, die jetzt nur noch eine wächserne Klaue war. Wegen des Strauchs, in dem er mehr oder weniger feststeckte, konnte er nicht davor zurückweichen. So musste er alle Beherrschung aufbringen, um nicht aufzuschreien. Nicht alleine wegen der Klaue, mit der sich Harald früher so oft unbewusst durch sein schütteres blondes Haar gefahren war, um zu prüfen, ob die lichten Stellen auf seinem Kopf noch hinreichend bedeckt waren. Es war auch der schiere Schreck darüber, Willy hier zu sehen. Was trieb der nur in diesem Wald? Wieso hatte er Haralds Hand bei sich? Josef wurde mit einem Mal von solcher Furcht gepackt, dass er selbst die Abschürfungen, Kratzer und Prellungen, die er sich bei seinem Sturz zugezogen hatte, kaum mehr spürte. Ja, nicht einmal die Wunde in seinem Mund, wegen der sich seine Zunge anfühlte, als wäre sie um ein Zehnfaches ihrer sonstigen Größe angeschwollen. Ein Teil von ihm wusste sehr wohl, dass er jeden Grund zum Schreien hatte. Aber er konnte nicht. Wegen des Blutes, das seinen Rachen füllte. Wegen der Polizisten auf der Lichtung, die es gewiss hören würden. Und vor allem wegen der abgründigen Angst, die selbst seine Stimmbänder lähmte.

»Ich geb zu, es ist nicht alles optimal gelaufen. Was allerdings in erster Linie deine Schuld war, Josef, das kannst du nicht leugnen«, fuhr Willy jetzt fort. »Hatte ich dir nicht mehrfach deutlich gemacht, dass du niemanden einweihen sollst?« Sein Cousin schüttelte oberlehrerhaft den Kopf. »Das mit deinem Freund kannst du dir auf deine Kappe schreiben, das ist dir ja hoffentlich bewusst.« Willy zuckte mit den Schultern. Er stand vor Josef, als führte er ein Theaterstück auf. »Leider hat er mich erwischt – was hätte ich machen sollen. Es war keine Zeit für Erklärungen, und ich vermute mal, er hätte es ohnehin nicht verstanden. Also sag mir, was hätte ich sonst tun sollen?«

Josef *wollte* etwas sagen, doch alles, was aus seinem Mund kam, war das schaumige Gemisch aus Blut und Speichel, das in rosa Fäden über sein Kinn rann und von dort auf seine Brust tropfte.

»Keine Antwort ist mir Antwort genug, lieber Cousin. Gut, nachdem es passiert war, habe ich mir gedacht, dann schiebe ich es einfach der Alten unter, das könnte ja sogar helfen, unser Vorhaben zu beschleunigen.«

»Umsa Vohabm?«, presste Josef an seiner aufgeblähten Zunge vorbei über die verschleimten Lippen.

»Ja, Josef, verdammt! Unser Vorhaben. Wir mussten endlich mal Fortschritte machen. Deshalb habe ich ihn als vermisst gemeldet. Um Druck auszuüben.«

»*Du* waast das?«

Willy nickte. Stolz leuchtete aus seinen Augen. Doch dann senkte er den Blick. Wirkte mit einem Mal beschämt. »Du hast recht, es war ein bisschen voreilig.«

Josef hatte kaum Zeit, verwirrt die Stirn zu runzeln, da sah Willy wieder auf, und nun spielte ein diabolisches Grinsen um seine Lippen. »Doch dann habe ich noch mal nachgedacht und die perfekte Lösung gefunden. Die beste Lösung für uns beide, wenn du so willst.« Das Grinsen wurde noch breiter und machte aus Willys Gesicht eine hässliche Fratze. »Willst du's hören?«

Josef wäre am liebsten schreiend vor diesem Wahnsinnigen geflohen, der Harald zerstückelt hatte. Doch das ging nun einmal nicht. Also nickte er.

Und Willy freute sich wie ein Kleinkind, riss sogar die Arme nach oben, was ihn für einen Moment auf dem abschüssigen Untergrund ins Rutschen brachte. Doch seine grobstolligen Stiefel fanden sofort wieder Halt. »Ich wusste es, Josef«, sagte er und ließ wieder sein besessenes Grinsen aufblitzen. »Ich wusste, du bist noch mit im Boot, und das ist gut so, schließlich bist du jetzt wichtiger denn je, lieber Cousin. Denn die beste Lösung für uns beide ist, wenn du diesen Mord auf dem Kerbholz hast.«

30
WALTER

»Was ist das?«, fragte Heinz. Er klang heiser.

Walter hatte keine Antwort. Er fühlte sich überfordert und merkwürdig überreizt. Konnte nicht einmal mit Sicherheit sagen, ob er wach war oder vielleicht doch nur in einem Traum feststeckte. Einem Albtraum wohlgemerkt, aus dem man in der Regel in genau so einem Moment erwachte. Schweißnass und mit rasendem Puls. Orientierungslos für die ersten paar Sekunden, bis einen die erlösende Erkenntnis überkam, zurück in der Realität und dem Wahnsinn des Traums entronnen zu sein. Aber natürlich wusste Walter, dass er nicht aufwachen würde. Er wachte nicht auf, weil er nicht schlief. »Ich habe keine Ahnung«, murmelte er. »Ich weiß nur, dass es mir Angst macht.«

Es war kalt. Dunkel und kalt. Bis hier unter das Gewölbe reichte das Licht der nackten Glühbirne nicht, die draußen in dem schmalen Gang von der niedrigen Decke hing. Alles, was den Gewölbekeller im hinteren Teil des Hauses von Maria Steiner ausleuchtete, waren die harten Strahlen aus ihren Taschenlampen. Und vielleicht wirkte deshalb das, was sie hier vor sich hatten, noch viel verstörender. Zu verstörend jedenfalls, um es sich noch länger anzusehen, entschied Walter und wandte sich ab. Drei Stufen führten hinaus aus dem Gewölbe, das tiefer lag als der Rest des Kellers. Gestampfte Erde bildete den Boden, die Wände waren schwarz von Schimmel, der den feuchten, modrigen Raum für sich beanspruchte. Heinz folgte ihm hinaus in den Kellergang.

»Ich habe mich schlaugemacht, was das Haus und den Wald angeht«, begann Walter. »Ihre Tante Brunhilde Engler konnte aus dem Land, das sie von ihrem Vater geerbt hatte, offenbar ordentlich Kapital schlagen. Doch sie hat nicht alles veräußert. Nur etwa zwei Drittel der ihr zugesprochenen Waldfläche. Den Teil, in dem wir uns gerade befinden, hat sie behalten.«

»Klar so weit. Komm auf den Punkt«, herrschte Heinz ihn an, offensichtlich genervt davon, dass er kurz vor seiner Pensionierung noch so einen heiklen Fall auf seinen Schreibtisch bekommen hatte, der zudem weit davon entfernt schien, aufgedeckt zu werden. Vor allem auch, weil Walter noch hatte berichten müssen, dass Maria Steiner mutmaßlich in der Obhut einer Horde Zigeuner rüber ins Österreichische geflohen war.

»Das von Frau Engler so erwirtschaftete Vermögen wird seither treuhänderisch verwaltet. Ich habe mit dem Notar telefoniert. Er hat sich ein bisschen angestellt, aber als ich das Stichwort *Mordermittlung* hab fallen lassen, wurde er kooperativ. Brunhilde Engler hat kurz vor ihrem Tod klare Anweisungen bei diesem Notar hinterlegt, was dieses Haus hier und ihre Nichte betrifft. Selbst Details wie das Legen eines Stromanschlusses, sobald die Gegend hier elektrifiziert wurde. Bei Bedarf sollten alle anfallenden Reparaturen am Haus beglichen werden, sowie natürlich die laufenden Kosten bis hin zur Grundsteuer.«

»Die Steiner muss ihrer Tante viel bedeutet haben, wenn sie das alles im Voraus für sie geregelt hat«, folgerte Heinz.

Walter nickte. »Das ging so weit, dass der Besitz und das verbliebene Vermögen Maria Steiner zufielen, als ihre Tante starb. Und offenbar war zu diesem Zeitpunkt auch niemand mehr da, der das angefochten hätte. So gesehen ist Maria Steiner eigentlich eine wohlhabende Frau. Nur dass sie anscheinend nichts davon weiß. Das mag jetzt zwar unglaublich klingen, aber so, wie es sich darstellt, hat sie nie jemand darüber informiert, dass alles ihr gehört.«

»Was meinte der Notar dazu?«

»Dass das nicht Teil seiner festgelegten Aufgaben gewesen wäre und dass ja auch keine Testamentsverlesung gewünscht war. Kommt mir allerdings recht fadenscheinig vor. Vielleicht bangte er um die jährliche Gebühr, die er für seine Verwaltungstätigkeit einstrich und die weggefallen wäre, falls Maria Steiner sich dazu entschieden hätte, die Hinterlassenschaft selber zu organisieren.«

»Wie auch immer«, knurrte Heinz, »nichts davon erklärt das da.« Er zeigte über seine Schulter und schien dann doch noch einmal hinsehen zu müssen, weshalb er sich zu dem umdrehte, was dort an der rund gemauerten Rückwand des Kellers arrangiert war. Der Schrein. Walter fand keine treffendere Bezeichnung dafür.

Da waren zwar keine Kerzen, auch keine Blumengestecke, Heiligenbildchen oder sonstiger sakraler Firlefanz, wie man es von derartigen altargleichen Installationen her kannte, die von Familienangehörigen gelegentlich für Verstorbene geschaffen wurden. Zum Beispiel an einer Unfallstelle, wo die zu betrauernde Person, der auf diese Weise gedacht wurde, ums Leben gekommen war. Hier im Keller von Maria Steiner fehlte auch das obligatorische Holz- oder Steinkreuz, das den Namen des Verschiedenen und das Sterbedatum trug. Dafür war bei diesem Gedenkschrein das vorhanden, was es sonst nirgendwo zu sehen gab: die Leiche.

Die Leiche – oder besser, was noch davon übrig war. Also kaum mehr als das Skelett, das nur an manchen Stellen noch mit schwarzer Haut bedeckt war. Das lederige Gewebe spannte sich dünn und schuppig auch über den deformierten Schädel. Walter, der noch eine Sekunde zuvor geglaubt hatte, nie wieder die Kraft aufzubringen, erneut einen Blick auf das Unsägliche zu werfen, stellte nun fest, dass die Faszination stärker war als alle Abscheu. Tatsächlich kostete es ihn mit einem Mal mehr Mühe, *nicht* hinzusehen. Das, was Maria Steiner in ihren Keller schon seit vielen Jahren verborgen hielt, zog ihn nahezu hypnotisch in seinen Bann. Zum Glück gab es weder Kerzen noch sonst irgendeine Lichtquelle in diesem Teil des Kellers, abgesehen von ihren Taschenlampen. Selbst der Schacht, der an der Rückwand nach oben führte, war mit einem Kartoffelsack verhängt, um das Tageslicht auszusperren, das vielleicht sonst von dort oben bis ins Gewölbe gesickert wäre.

Der Weidenkorb, der ebenfalls von schwarzem Pilz befallen war und aussah wie verkohlt, stand auf einem Granitblock, der aus der dahinterliegenden Wand ragte. Ein Stück Fels, riesig und massiv, sodass er offenbar bei der Errichtung des Gewölbes nicht hatte entfernt werden können und man um ihn herum gebaut hatte. Ein Geschenk aus der Erde, das wie ein Altarstein genutzt wurde. Darauf noch mehrere viel kleinere Steine, aufeinandergestapelt zu unterschiedlich großen Gebilden. Dazwischen aus Pflanzenfasern und dünnen Zweigen geflochtene, bizarr anmutende Gebilde und Figuren. Und mittendrin: der Weidenkorb. Die Bettstatt des teilmumifizierten, skelettierten Kindes, das nicht länger als ein Unterarm war. Ein Neugeborenes, gebettet auf modriges Stroh, wie die blasphemische Verhöhnung des Jesuskinds in der Krippe. Das jedenfalls war Walter als Erstes in den Sinn gekommen, als er vor wenigen Minuten in diesen Keller hinabgestiegen war. Dieses gotteslästerliche Arrangement eines Krippenspiels, das an Schauerhaftigkeit und Obszönität nicht zu übertreffen war.

Zu dem, was sich auf dem fast tischhohen Steinblock selbst befand, kamen noch die Kreise, die darum gezogen worden waren. Einer mit Salz, das hatte Heinz getestet. Ein weiterer mit Tannenzapfen und dann noch ein dritter, der den engsten Radius um den Altar beschrieb und von einer stinkenden Masse gebildet wurde, von der Walter gar nicht wissen wollte, aus was sie bestand. Vermutlich ein Gemisch aus Tierinnereien, Blut und Fäkalien, in dem im Taschenlampenlicht aber auch Federn, Fellreste und Haare zu erkennen waren. Diese drei Kreise bildeten eine warnende Barriere, und weder er noch Heinz noch einer der Kollegen hatte es bislang gewagt, über diese Abgrenzung zu treten. Und irgendwie wollte Walter auch nicht mehr hier unten sein, wenn die Kriminaltechniker kamen, die Kreise durchbrachen und alles genau unter die Lupe nahmen. Oder wenn die Fotoaufnahmen für die Ermittlungsakte gemacht wurden. Denn er wollte auf keinen Fall den augenlosen Schädel des Säuglings im Blitzlicht aufleuchten sehen.

Walter zuckte erschrocken zusammen, als er hinter sich jemanden auf den Steinstufen hörte. Auch Heinz fuhr etwas zu rasch herum. In der Tür stand einer der Spurensicherer, der nun zögerlich das Gewölbe betrat. Den Keller mit seinem

Schrein hatten sie sich bis zum Schluss aufgehoben, und es war dem Kollegen anzusehen, dass dies selbst für ihn keine alltägliche Aufgabe darstellte. Der Spurensicherer sagte nichts, als geböte es dieser schauderhafte Ort zu schweigen, und reichte Heinz nur ein schwarzes Mäppchen, etwas kleiner und deutlich flacher als jenes, das Walter im Rucksack von Harald Lang gefunden hatte und das immer noch in seinem Wagen lag. Noch so ein Beweisstück, ähnlich den Briefen, die er Heinz immer noch nicht gezeigt hatte – ohne zu wissen, wie er das jemals erklären sollte. Enthielt das Etui von Lang einen Satz Dietriche, also klassisches Einbruchswerkzeug, so steckte in diesem hier ein Stück Papier, das Heinz nun mit spitzen Fingern herausholte.

»Haben wir noch im Schuppen gefunden«, erklärte der Kriminaltechniker leise.

»Ein Fahrzeugschein«, stellte sein Chef fest. »Ausgestellt auf einen Josef Krautter.« Heinz wandte sich an Walter. »Irgendeine Ahnung, wer das nun wieder ist?«

31
JOSEF

»Vielleicht finden sie gerade in diesem Moment deine Fahrzeugpapiere, die dir aus der Tasche gefallen sind, als du deinen Freund im Schuppen in aller Eile zerstückelt hast. Dabei sag ich den Leuten immer, klemmt eure Dokumente nicht hinter die Sonnenblende. Vor allem wenn ihr zu blöd seid, um das Auto abzuschließen.«

»Wahum tuf du daf?«

»Was meinst du? Warum ich alle so elegant aus dem Weg räume, die mir mein Erbe streitig machen könnten?«, gab Willy zurück. Auf fast verspielte Art hob er die Hände. »Mein lieber Josef, ich tu das, weil du es mir wirklich leicht gemacht hast. Die Polizei wird überall auf deine Spuren – und auf ein paar zusätzliche Hinweise – stoßen. Nicht nur im Schuppen, auch auf der Schaufel, mit der das Grab ausgehoben wurde. Ja, sogar im Haus.«

»Aba ich wa nie im Hauf«, protestierte er, dann fielen ihm die Briefe wieder ein. Briefe, die direkt zu ihm führten.

Willy fuhr ungerührt fort, als hätte Josef gar nichts gesagt. »Und wenn sie die Leute im Dorf befragen, wird man sich an dich erinnern. Irgendwem wird einfallen, dass er deinen Wagen gesehen hat, und ein weiterer wird das bestätigen und ergänzen, dass dies nicht nur einmal der Fall war. Du kennst doch die Geschwätzigkeit, die in so kleinen Orten herrscht. Dort bleibt nichts, aber auch gar nichts verborgen.« Willy kam den Rest der Böschung herab, bis er direkt vor Josef stand, und beugte sich zu ihm hinunter. »Selbst wenn du ihnen die Wahrheit erzählst, sobald sie dich schnappen, werden sie dir nicht glauben. Nein, nein, ich weiß, wie das läuft. Sie werden nur das sehen, was für sie offensichtlich ist. Ihr zwei, du und dein Freund Harald, hattet vor, die Alte um ihr Geld zu bringen. Deshalb habt ihr sie eine Zeit lang ausspioniert. Doch als es dann so weit war, da seid ihr über Kreuz geraten, und in diesem Streit hat dein Gaunerkumpel den Kürzeren gezogen, auch wenn er der Längere von euch beiden war.« Willy lachte zufrieden über seinen eigenen Witz, bevor er weitersprach. »Und weil dir nichts Besseres einfiel, hast du Harald hinterm Haus der Hexe verscharrt, praktischerweise in dem Grab, das sie für ihren Hund ausgehoben hatte. Wofür du den langen Lulatsch freilich erst zurechthacken musstest. Ja, so wird es kommen, Josef. Die aus Talberg werden sich an dich erinnern, genauso wie an den komischen Kauz mit seinem Wanderrucksack. Ihr zwei Gestalten und euer auffälliges Gehabe – das alles hat mir hervorragend dabei geholfen, im Hintergrund zu bleiben.« Willy ging in die Hocke und lächelte ihn fast mitleidig an.

»Das Mädschen weisch von dir. Von unsch. Sie wiad esch jemandem erschählen.«

Kurz huschte so etwas wie Unsicherheit über Willys Gesicht, dann kehrte der souveräne Ausdruck zurück. Dennoch blieb er ernst. »Ach, die wird's nicht mehr lange machen«, sagte er, fast wie zu sich selbst.

Josefs Augen weiteten sich. »Wa dasch auch dein Weak?«

»Nein, mein lieber Cousin. Auch dafür wirst *du* büßen. Die Polizei wird in all dem Saustall in deiner Karre eine Colaflasche und darin wiederum die Spuren eines Toxins finden, an dem das Mädchen sehr bald sterben wird.« In einer väterlichen Geste legte Willy ihm die Hand auf die Schulter und kam dabei noch ein Stück näher. »Das mit der Kleinen bedauere ich, das musst du mir glauben. So war das nicht vorgesehen ...«

Josef wusste nicht, wie lange er den Steinbrocken schon umklammert hielt, doch jetzt schwang er ihn mit all der Kraft, die noch in ihm steckte, gegen Willys Schädel. Der reagierte geistesgegenwärtig und zuckte nach hinten, weshalb Josef ihn nicht wie geplant an der Schläfe erwischte. Dafür hörte er das schauderhafte Knirschen, als Willys Jochbein unter der dünnen Schicht von Haut und Fleisch splitterte.

Sein Cousin kippte weg, landete auf dem Rücken und rutschte ein Stück den Hang hinab, ehe er vier, fünf Meter unterhalb von ihm liegen blieb. Josef musste sich schmerzhaft verrenken, um festzustellen, ob er sich noch rührte. Tatsächlich bewegte sich Willy, auch wenn seine Bewegungen unkontrolliert anmuteten, so als wäre er in den zähen Matsch einer Jauchegrube gefallen, aus der er sich nun zu befreien versuchte.

Gegen den quälenden Widerstand seines aufbegehrenden Körpers robbte Josef um die Staude herum, die ihn vorhin aufgefangen hatte. Schmerzen hin oder her, ihm war klar, er konnte den Wahnsinnigen nicht wieder auf die Beine kommen lassen. Selbst mit gebrochenem Jochbein wäre Willy ihm überlegen. Zumal er sich selbst nun wahrlich nicht in allerbestem Zustand befand. Den Treffer mit dem Stein hatte er nur landen können, weil das Überraschungsmoment auf seiner Seite gewesen war.

Er glitt in die schlammige Rinne, die sein Cousin durch Laub und Erdreich gezogen hatte, und schlitterte auf dem Hosenboden hinterher. Willy lag nach wie vor wie ein Käfer auf dem Rücken und ruderte ziellos mit den Gliedmaßen durch die Luft. Er war noch nicht wieder völlig zu sich gekommen, von daher war es für Josef ein Leichtes, seinen einen Arm mit dem Fuß zu fixieren, um sich dann auf Willys Brust zu setzen. Der Granitbrocken, den Josef nicht losgelassen hatte und an dem jetzt Blut und ein Fetzen Haut klebten, wog schwer in seiner Hand. Während er ausholte, hielt Willy mit einem Mal ganz still, als ahnte er, was folgen würde, und wollte, dass es schnell ging.

32

Nach dem ersten Hieb schlug er noch zweiundvierzig Mal zu, bevor ihn die Kraft verließ und der Stein ihm aus den Fingern glitt. Zweiundvierzig Mal, ohne dass er gemerkt hätte, wie er mitzählte. Wozu rasender Zorn einen doch befähigte.

Was einmal Willys für Frauen so interessantes Gesicht gewesen war, war jetzt nur noch eine breiige dunkelrote Masse, in der einzelne, weiße Splitter trieben. Josef versuchte aufzustehen, schaffte es aber nicht, also ließ er sich zur Seite fallen und kam so neben seinem Cousin auf dem Rücken zum Liegen. Er keuchte, und mit jedem Atemzug jagte ein glühender Schmerz durch seinen Körper. Vermutlich hatte er sich eine Rippe gebrochen. Oder sogar mehrere. Während er darauf wartete, dass sich seine Atmung und damit auch das fürchterliche Stechen in seinem Oberkörper beruhigten, schaute er durch die über ihm wogenden Baumwipfel hinauf in den Himmel. Schwere, bleierne Wolken zogen rasch dort oben vorüber. Bald würde der Regen kommen, und er stellte sich vor, wie die Wolken sich über ihm öffnen und die Wassermassen ihn sintflutartig den Berg hinunterspülen würden. Ihn und die Leiche seines Cousins. Doch er fand einfach nicht die Kraft, sich aufzurappeln und in Sicherheit zu bringen. Wozu auch? Willy hatte ihn zu einem Mörder gemacht – zuerst vor aller Welt und jetzt auch vor Josef selbst. Er hatte getötet. Sofern Lothars Männer ihn nicht erwischten, erwartete ihn die Polizei, was vermutlich sogar das kleinere Übel darstellte. Doch für den Rest seines Lebens eingesperrt sein … Da ließ er sich doch lieber fortwaschen von einem Regenschauer und hineinschwemmen in den Bach unten im Tal, um schließlich in der reißenden Strömung zu ertrinken.

Gerade eben hatte er sich noch den Tod herbeigesehnt, doch als sich der Schatten lautlos und ohne jede Vorwarnung in sein Blickfeld schob, erschrak er doch. Er musste dreimal blinzeln, bis er erkannte, wer da über ihm stand. Ein Grauen, wie er es noch nie verspürt hatte, machte sich in ihm breit. Es war nicht der Hund des Jägers, der ihn letztlich aufgespürt hatte. Nein, es war die Hexe. Sie hatte ihn gefunden, in ihrem Wald, von dem er für eine kurze Weile angenommen hatte, dass er bald ihm gehören würde.

»Ich bin gleich weg!«, presste er schließlich hervor.

Die Alte sagte nichts, sondern starrte nur teilnahmslos auf ihn hinab, was ihm mehr Angst machte, als wenn sie den Stock gehoben hätte, den sie in der Hand hielt. Nach ein paar Sekunden spähte sie durch das Buschwerk, mit dem der Wald zur Lichtung hin abschloss, in Richtung ihres Hauses.

»Es ist Zeit«, stellte sie fest.

Was meinte sie? Halb verzweifelt, halb verständnislos zuckte er mit den Schultern.

»Sie haben den Teufel befreit«, erklärte sie. »Auch wenn sie es noch nicht wissen.« Dann wandte sie sich ab und neigte sich über den toten Willy. Lange passierte nichts. »Jakob«, sagte die Alte schließlich, und er wollte ihr widersprechen. Doch dann hielt er sich zurück, denn sie wirkte sehr überzeugt. Er wusste nicht, wer dieser Jakob war, aber er war felsenfest davon überzeugt, dass man in der zerschlagenen

Masse, die einmal ein Gesicht gewesen war, nie mehr irgendwen wiedererkennen konnte. Doch vielleicht zählten für die Hexe keine Äußerlichkeiten, sondern andere Merkmale, die ihr halfen, eine Person zu identifizieren. Und vielleicht war Willy ja nie Willy und auch das nur eine Lüge gewesen.

»Jakob«, wiederholte das Kräuterweib und nahm dann wieder Josef ins Visier. »Wahrhaftig, er ist zurückgekehrt, aber du, du hast ihm Einhalt geboten.«

Nach dieser Anschuldigung wäre er gerne noch tiefer in den weichen Waldboden gesunken. Das heftige Pochen seines Herzens malträtierte seine gebrochenen Rippen. Ein Schmerz, der unweigerlich vorhanden, aber kein Vergleich zu der Furcht war, die er empfand. Nun würde er wohl auf eine ganz andere Art dafür büßen, einen Menschen erschlagen zu haben. Nicht durch lebenslanges Zuchthaus, nicht durch Ersaufen in einem über die Ufer getretenen Bach. Nein, die Hexe hatte mit Sicherheit ihre eigenen Methoden, und auch wenn seine Fantasie im Moment nicht ausreichte, sich diese im Detail auszumalen, schrumpften seine Eingeweide vor Entsetzen zusammen.

Einen Augenblick später bemerkte er, dass ihre Worte überhaupt nicht anklagend geklungen hatten. Er wagte es, vorsichtig wieder einzuatmen.

Plötzlich stand sie wieder über ihm, doch diesmal streckte sie ihm ihre faltige Hand entgegen. Und ihr Gesicht war nicht etwa eine verzerrte Hexenfratze, der die Mordlust aus den Augen funkelte, sondern dehnte sich zu einem milden Lächeln. Einem großmütterlich milden Lächeln.

»Gehen wir!«, sagte sie. »Gehen wir, solang der Teufel es uns noch gestattet.«

33
WALTER

Es war November geworden. Er hätte nicht gedacht, dass er noch einmal nach Talberg kommen würde. Nicht freiwillig jedenfalls. Doch nun belehrte er sich selbst eines Besseren. Kalt war es, ein eisiger Wind pfiff um die Kirche und die Grabsteine und rupfte an den schwarzen Mänteln der Trauergäste. Er stand abseits, zu weit weg, um die von scharfen Böen zerfaserten Worte zu verstehen, die der Pfarrer am offenen Grab zu den Angehörigen sprach. Zu dem schmalen Dutzend, das sich eingefunden hatte. Weit weniger, als er erwartet hatte. Aber von denen, die sie wirklich noch gut gekannt hatten, war höchstwahrscheinlich niemand mehr übrig. Sie hatte sie schlichtweg allesamt überlebt.

Hochbetagt war Traudl Leiner vor vier Tagen verstorben. Einfach eingeschlafen und nicht wieder aufgewacht. So, wie er es sich auch für sich wünschte, wenn er einmal dran war. Nicht, dass er sein Ende herbeisehnte, doch es hätte ihn auch nicht sonderlich in Aufruhr versetzt, wenn es schon morgen so weit gewesen wäre. Solange es ohne Schmerzen vonstattenging, konnte er den frühen Tod akzeptieren. Zumal er niemanden zurückließ, der ihn groß betrauerte. Da war kein Bedauern in ihm.

Er musterte die wenigen, die sich eingefunden hatten. Ihm selbst war diese Frau unheimlich gewesen. Sie hatte lang genug gelebt. Das hätte er nicht laut gesagt, aber eigentlich dachte er genau das. Und er nahm an, dass er damit nicht alleine war, sondern dass auch die, die nun mit gesenkten Köpfen und ineinander verschränkten Händen der Beerdigung beiwohnten, ähnlich dachten. Allen voran das Ehepaar Hirscher, bei dem Traudl ihre letzten Jahre zugebracht hatte. Würden sie dafür nun entschädigt werden? Für den Verdruss, den sie hatten ertragen müssen? Und was war mit dem Rest der Trauergäste? Standen die womöglich heute an diesem grauen und zugigen Novembertag auf dem Friedhof, um sicherzugehen, dass das boshafte Weib auch tatsächlich unter die Erde gebracht wurde?

Er rief sich selbst zur Ordnung; so sollte man nicht über eine Tote denken. Warum war er bloß hergekommen?

Nun, es wäre ihm sicher gar nicht eingefallen, wenn Traudl Leiner ihn nicht vor zwei Wochen noch angerufen hätte. Er erinnerte sich, wie er im ersten Moment darüber staunte, dass die hochbetagte Bäckerswitwe es verstand, ein Telefon zu bedienen. Denn es war nicht etwa ihr Großneffe Franz gewesen, der für sie gewählt und den Hörer dann an sie weitergereicht hatte. Nein, im Nachhinein war er sogar sicher, dass sie dieses Gespräch in aller Heimlichkeit mit ihm geführt hatte.

Freilich, er hatte ihr seine Telefonnummer notiert, als er im September bei ihr gewesen war. Nur war er niemals davon ausgegangen, dass sie jemals davon Gebrauch machen würde. Doch genau das hatte sie getan. Und nachdem sich seine Überraschung gelegt hatte, war in ihm die Hoffnung aufgekeimt, Traudl Leiner hätte doch noch etwas zu dem Fall beizutragen, bei dem sie bis dato mehr oder weniger auf der Stelle traten. Doch diese Hoffnung erstarb rasch.

Traudl Leiner hatte aufgeregt geklungen, als sie ihm berichtete, dass sie *ihren Alfred* im Ort gesehen hatte. Positiv aufgeregt. Voller Zuversicht hatte sie erklärt, wie befreit sie sich fühlte, jetzt, da ihr Lieblingsneffe bald wieder die Zügel in die Hand nehmen würde, was das Wirtshaus und den Hof betraf, von dem sie abstammte. Jetzt, da nicht alles verloren gehen würde, wenn sie nicht mehr war, könne sie endlich guten Gewissens gehen. Und diesen schrecklichen Ort ein für alle Mal verlassen.

Alfred Hirscher, der nach Walters Einschätzung vermutlich seit über vierzig Jahren tot war, hatte das Zepter allerdings nicht übernommen. Er war Traudl Leiners Hirngespinst geblieben, schwirrte ihr wohl schon eine ganze Weile im Kopf herum. Trotzdem war sie gestorben. Vielleicht, weil sie es zum Schluss wirklich geglaubt hatte.

Walter wusste nicht so recht, was er davon halten sollte. Das Telefonat mit der Bäckerswitwe hatte ihn nicht losgelassen und ihn nach zwei schlaflosen Nächten sogar dazu gebracht, nach Wegscheid zu fahren und sich im Archiv der hiesigen Dienststelle durch verstaubte Akten zu wühlen. Natürlich wurde er nicht fündig. Ein großer Teil der Ermittlungsunterlagen aus den Dreißigerjahren war durch einen Wassereinbruch im Keller der Polizeiwache vernichtet worden. Es war nichts zu machen. Alfred Hirschers Verschwinden mit neun Jahren blieb für Walter ebenso undurchsichtig wie dessen vermeintliche Sichtung durch seine Großtante.

Und eigentlich hatte Walter ja auch Besseres zu tun. Heinz trieb ihn an, den Fall des ermordeten Harald Lang endlich zum Abschluss zu bringen. Zumal es nicht bei nur einer Leiche geblieben war. »Zwei Tote, Walter!«, hatte Heinz bei ihren Besprechungen immer wieder vorwurfsvoll eingestreut. »Drei, wenn man es genau nimmt.«

Es war der Hund des Jägers gewesen, der den Toten im Wald gefunden hatte. Und dazu kam noch das Kind im Keller. Die Leichenschau bei dem Neugeborenen hatte zu nichts wirklich Brauchbarem geführt. Die sterblichen Überreste gaben zu wenig Aufschluss darüber, wie das Kind zu Tode gekommen und ob es überhaupt lebensfähig gewesen war. Die klimatischen Verhältnisse in dem Gewölbe unter dem Haus im Wald ließen zumindest die Schätzung zu, dass der Säugling dort seit rund dreißig Jahren aufbewahrt wurde. Aufbewahrt – oder aufgebahrt, wenn man so wollte. Antworten dazu hätte ihnen nur Maria Steiner geben können, doch die war seit dem Fund der Leichen nicht wieder aufgetaucht.

Dem Ergebnis der Obduktion folgend, war Harald Lang mit einem scharfen Messer die Kehle durchgeschnitten worden. Zerstückelt wurde er post mortem. Der Täter hatte ihm die Extremitäten abgehackt, damit der groß gewachsene Mann in das Hundegrab passte. Das war ebenso pragmatisch wie verstörend. Eine Weile hatte er darüber nachgedacht, ob diese Tat gerade wegen dieser praktischen Vorgehensweise nicht womöglich dem Metzger zuzutrauen war. Doch er entschied sich dagegen, auch weil sämtliche Beweise recht eindeutig für jemand anderen sprachen.

Was dem Hauptverdächtigen danach widerfahren war, blieb das eigentliche Rätsel. Denn der Täter war genau eine Woche nach dem Mord an Harald Lang selbst zum Opfer geworden. Die Papiere, die dem vom Hund des Jägers unweit der Lichtung aufgespürten Toten in der Jacke steckten, passten zu dem Fahrzeugschein, der im Schuppen gefunden worden war. Und zu seinem Wagen, der bald darauf jenseits des Waldes in der Nähe der Bushaltestelle entdeckt wurde, die hier als Geigerkreuz bekannt war. In dem Auto, zugelassen auf Josef Krautter, fanden die Kollegen von der Spurensicherung eine leere Flasche Cola, die Spuren jenes Gifts enthielt, das Heike Wasner beinahe das Leben gekostet hatte. Womit sich der Kreis endlich schloss. Der Irrsinn, der während dieses Spätsommers in und um Talberg gewütet hatte, fand ein Ende. Auch wenn die Sache selbst undurchschaubar blieb. Jedenfalls kam es Walter so vor, egal wie oft er die Akten durchblätterte, um nach Hinweisen zu suchen, die er vielleicht bisher übersehen hatte.

Weil ganz in der Nähe von Josef Krautters Leiche die fehlende Hand von Harald Lang herumlag und Krautters Fingerabdrücke auch im Schuppen von Maria Steiner erfasst worden waren, gab es hinsichtlich seiner Schuld bald kaum mehr Zweifel. Warum er die abgetrennte Hand nicht mit dem Rest seines Mordopfers vergraben, sondern mitgenommen hatte, blieb allerdings rätselhaft, genau wie das Motiv. Aber natürlich hatten Walter und seine Kollegen eine Theorie. Eine Theorie, die vor allem von den Briefen gestützt wurde, die Walter bei Maria Steiner in der Tischschublade entdeckt hatte. Briefe, die ihr vorgaukeln sollten, dass ihre verstorbene Tante sie verfasst hatte, die sich jedoch ebenfalls zu Josef Krautter zurückverfolgen ließen. Weshalb sich für die Ermittler schließlich folgendes Bild ergab: Josef Krautter war, ebenso wie sein Bekannter Harald Lang, eine gestrandete Existenz. Wie die beiden auf die Idee verfallen waren, sich am Vermögen von Maria Steiner zu bereichern, war unklar, aber es bestanden keine Zweifel, dass genau dies ihre Absicht gewesen war. Beide waren zuvor mehrfach in Talberg gesehen worden. Lang offenbar als Übernachtungsgast im Hause Hirscher – was im Nachhinein betrachtet auch seltsam widersinnig erschien –, Krautter hingegen in der Funktion des heimlichen Beobachters, der die

Gewohnheiten von Maria Steiner ausspionierte. Beim jetzigen Stand der Ermittlungen durfte davon ausgegangen werden, dass ihr Unterfangen in einem Streit geendet hatte, der Harald Lang das Leben kostete. Leider konnte Walter auch Josef Krautter nicht mehr dazu befragen. Und an dem Punkt wurde es wirklich vertrackt. Denn Krautter konnte sich ja schlecht selbst mit einem faustgroßen Stein erschlagen haben. Außerdem blieb da eine weitere Ungereimtheit, die Walter wie ein besonders schmerzhaftes Hühnerauge quälte. Eine Ungereimtheit, ausgelöst durch die Aussage von Heike Wasner.

Begleitet von anhaltendem Glockengeläut war der Sarg in die Erde gelassen worden. Die Trauergäste zogen in kleinen Grüppchen an ihm vorüber. Franz Hirscher und seine Gattin taten, als bemerkten sie ihn nicht. Andere musterten ihn ungeniert, aber keiner sprach ihn an. Einzig der Pfarrer nickte ihm einen Gruß zu, ehe er eilig in seiner Kirche verschwand. Natürlich erhielt er keine Einladung zur Totensuppe, die in Hirschers Gasthaus abgehalten wurde. Vielleicht hatte der Wirt nach wie vor Angst davor, dass er nicht der Begünstigte seiner Großtante sein würde. Egal, Walter hatte nicht die Absicht nachzufragen. Er schlug den Kragen seines Mantels hoch, schob seine kalten Finger noch tiefer in die Taschen, ließ eine halbe Minute verstreichen und folgte dann den Angehörigen.

Sein Wagen parkte dort, wo er ihn auch während der Tage im September immer abgestellt hatte; an der Friedhofsmauer, mit Blick über den Dorfplatz auf die Metzgerei. Wieder dachte er an Heike Wasner. Inzwischen ging es ihr besser, auch wenn es hieß, sie würde nie wieder völlig genesen. Es war von Langzeitfolgen die Rede, doch er hatte nicht herausfinden können, wie sich diese bei dem Mädchen auswirkten.

Walter hatte die Metzgerstochter schließlich doch im Krankenhaus besucht und ihr ein Bild von Josef Krautter gezeigt, das sie kurz davor in dessen schäbiger Junggesellenwohnung in Waldkirchen sichergestellt hatten. Heike hatte den Mann auf dem Foto auch sofort wiedererkannt. Zu Walters Erstaunen hatte sie sogar angegeben, dass Krautter sie im Spital besucht hatte, auch wenn sie sich nicht mehr daran erinnern konnte, wann genau das gewesen war. Sie wusste jedoch noch sehr wohl, dass ihr aufgebrachter Vater den unerwarteten Besucher recht rasch vertrieben hatte. Eine Aussage, die Alois Wasner tatsächlich bestätigte. Walter erfuhr, dass es am selben Tag gewesen war, als sie auf der Lichtung von Maria Steiner die Toten gefunden hatten. Damit stand fest, dass Josef Krautter bei Heike Wasner am Krankenbett gestanden hatte, kurz bevor man ihm gewaltsam das Leben genommen hatte. Doch das war noch nicht das Verrückteste an dieser obskuren Geschichte. Laut Heike Wasner war Krautter nämlich *nicht* derjenige gewesen, der ihr die mit Dioxingift versetzte Cola zu trinken gegeben hatte. Und darauf beharrte sie bis zum heutigen Tag.

Walter schloss den Wagen auf und ließ sich schwer hinters Lenkrad fallen. Ihm fehlte nach wie vor die Antwort darauf, warum Krautter – oder wer auch immer – das dem Metzgermädchen überhaupt angetan hatte. Freilich, es ging bei diesem Verbrechen ganz offensichtlich darum, Maria Steiner gegenüber den Leuten aus Talberg noch mehr in Misskredit zu bringen. Diese böswillige Absicht lag einfach nahe. Aber wozu? Und wieso um Gottes willen mit einer derart scheußlichen und hinterhältigen Methode, die noch dazu eine gänzlich Unschuldige getroffen hatte? Walter fand nicht die Kraft, den Zündschlüssel zu drehen. Wenigstens war er dem frostigen

Wind entronnen, ein deutlicher Vorbote von Eis und Schnee. Lange ließ der Winter hier in Talberg sicher nicht mehr auf sich warten. Inzwischen hatte er schon mehrfach gehört, wie hart und unbarmherzig die Winter unterhalb des Veichthiaslbergs waren. Ein bitterkaltes Schicksal, mit dem die Leute hier lebten. Mit welchen dunklen Kräften hatten sie hier wohl noch zu kämpfen …?

Plötzlich fiel ihm auf, dass er sich bereits wieder in Spekulationen verrannte, mit denen er sich eigentlich gar nicht beschäftigen wollte. Erneut fragte er sich, warum er noch einmal hergekommen war. War es tatsächlich Traudl Leiners Beerdigung, die ihn erneut nach Talberg gelockt hatte? Oder nicht doch etwas anderes …

Er schüttelte den Kopf, wie um ihn wieder klarzukriegen. Zurück zu den Ermittlungen, mahnte er sich.

Sie hatten versucht herauszufinden, wie Josef Krautter sich das Dioxin besorgt haben mochte. Und woher es überhaupt stammte. Doch diesem Vorhaben hatte jemand einen Riegel vorgeschoben. Jemand von ganz oben, wie Heinz in einer ihrer zahllosen Besprechungen eines Tages verkündete. Das sei ein heikles Thema, hatte es mit einem Mal geheißen. Und ohnehin irrelevant, da der Hauptverdächtige dafür nicht mehr belangt werden konnte. Walter hatte versucht zu intervenieren, weil da einfach etwas faul sein *musste*, doch sein Chef hatte energisch klargestellt, dass es vorbei war – da könne ihm die Sache stinken, so viel sie wollte. Seitdem hegte er den Verdacht, dass auch das Ehepaar Wasner und ihre Tochter auf irgendeine Weise ruhiggestellt worden waren.

Heinz hatte es sich jedenfalls verboten, dass Walter ihn weiter damit belästigte. Er war in den letzten Wochen sowieso immer unausstehlicher geworden. Wenn in den nächsten

Tagen nichts Unvorhergesehenes mehr geschah, würde Heinz in Ruhestand gehen, ohne dass er diesen Fall zu den Akten legen konnte. Walter wusste, wie seinen Chef das grämte. Aber was sollte er machen? Solange sie Maria Steiner nicht aufstöberten, würden sie nie alle Fragen beantwortet bekommen. Die Gendarmerie suchte zwar weiterhin nach den Zigeunern, die im September Station in Talberg gemacht hatten, doch es galt als ziemlich sicher, dass sie nach Österreich gewechselt waren.

Ob sie sich dort immer noch aufhielten? Walter war skeptisch. Vermutlich waren die Zigeuner schon wesentlich weiter südöstlich. In Jugoslawien, oder was auch immer weiter unten folgte. Oder wo auch immer man sie hineinließ. Obschon es ein paar seiner Kollegen – und vermutlich auch Heinz – anders sahen, hielt er daran fest, dass sie Maria Steiner mit sich genommen hatten. Die verlorene Tochter, wenn man so wollte, die ihr Leben in Talberg fristen musste, während die Sippschaft, der sie entsprungen war, immer weiterzog. Er hätte zu gerne gewusst, warum die Zigeuner Georg Leiner das Kind damals überlassen hatten. Und wieso der Bäcker das Mädchen überhaupt aufgenommen hatte. Nun, vielleicht fürchtete er sich vor einem Fluch, mit dem er im Fall einer Weigerung von den Zigeunern belegt worden wäre.

Traudl Leiner hätte womöglich eine Antwort darauf gehabt, aber wahrscheinlich wäre dann Walter verflucht worden – allein weil er fragte.

Walter besann sich der Warnung, die ihm die Greisin während ihrer Unterhaltung vor drei Monaten hatte zukommen lassen. Wobei es genau genommen weniger eine Warnung als eine Frage gewesen war. *Spüren Sie schon seinen Schatten auf Ihrer Seele?*

Sie hatte ihn davor gewarnt, dass Talberg diejenigen vergiftete, die sich hier aufhielten, und das nicht etwa mit Dioxin oder sonstigem chemischen Teufelszeug. Es handelte sich um ein anderes Gift, das nicht die Organe befiel, sondern die Seele. Und tatsächlich, überlegte er zum wiederholten Mal, gab es hier mehr Tote als in Gemeinden vergleichbarer Größe. Warum nur ...

Walter schüttelte den Kopf, weil er erneut in wirre Gedanken abzudriften drohte. Vermutlich war es wirklich nur ratsam, sich hier aufzuhalten, wenn man unbedingt musste. Nach Antworten zu suchen hatte ohnehin keinen Sinn, solange dieser Ort nicht gewillt war, sie preiszugeben.

Er war froh, dass der Motor sofort ansprang, legte den Gang ein und gab Gas. Plötzlich hatte er es sehr eilig, von hier wegzukommen.